이사장님, 여기선 곤란해요 ⓒ요안나 / Cierra Ⓟ예원북스

이사장님, 여기선 곤란해요

1

이사장님, 여기선 곤란해요 1

초판 1쇄 찍은 날 | 2018년 12월 3일
초판 1쇄 펴낸 날 | 2018년 12월 19일

지은이 | 요안나
펴낸이 | 예경원

편집 | 박수희 · 주승아

펴낸곳 | 예원북스
등록번호 | 제396-2012-000132호
등록일자 | 2012. 7. 25
YRN | 제1-0240호

주소 | 경기도 고양시 일산동구 호수로 646-24 위너스 21-Ⅱ 206A호 (우) 10401
전화 | 031-819-9431 팩스 | 031-817-9432
http://cafe.naver.com/yewonromance
E-mail | yewonbooks@naver.com

ⓒ 요안나, 2018

ISBN 979-11-89701-01-7 04810
ISBN 979-11-89701-00-0 (세트)

Goldline Romance Story

이사장님, 여기선 곤란해요

Undercover Romance

1

요안나 장편 소설

LINE

C•O•N•T•E•N•T•S

프롤로그 이사장님, 자꾸 이러시면 곤란한데요

"몇 학년 몇 반?"

"2학년 3반이요."

"이름?"

"마……타리요."

"마, 뭐?"

이사장이 잘못 들었나 싶은 얼굴로 되물었다. 미안하지만 댁이 잘못 들은 건 아니고요.

"마. 타. 리. 요."

마타리, 실로 아름다운 나의 잠입명 되시겠다. 희대의 여성 스파이였던 마타하리 버금가는 취재를 해 오라며 선배 기자가 지어 준 잠입명. 술김에 좋다고 콜을 외쳤었는데, 지금 생각해 보면 내가 미쳤었지 싶다. 술이 웬수다.

흔하고 예쁜 이름 많잖아? 수지, 지현, 혜교, 태희. 뭐 이런 이름들.

"그래, 마타리."

그런데 쥐 죽은 듯이 숨어서 움직여야 하는 잠입취재를 하는 마당에, 대책 없는 신문사는 이렇게 튀는 이름을 지어 주었다.

"왜 실내화를 신고 등교하지?"

눈앞에 서 있는 이 남자는 얼마 전 부임한 신임 이사장 되시겠다. 오늘따라 이사장이 교문 앞에 학생 지도를 나와 있었다. '대체 이사장이 왜 이런 일까지 하는 거지?' 하는 의문은 잠시 접어 두기로 한다. 계획했던 것과 다르게 이사장의 눈에 띄고 말았으니, 지금 닥친 이 상황을 현명하게 대처하는 게 더 중요했다.

그런데 신발 벗겨진 줄 모르고 스쿨버스 잡느라 뛰었다고 하면 나 되게 멍청해 보일 텐데…….

하지만 별수 없다.

"스쿨버스 잡으려고 뛰다가…… 신발이 벗겨져서 도로에…… 이미 버스는 탔는데……."

수줍은 여고생에 빙의해서 울먹거렸더니, 헛웃음 소리가 들려왔다.

"신데렐라 나셨네."

네, 그래서 제가 지금 여고생으로 변신해서 당신 앞에 서 있네요. 12시 종이 땡 치면 신데렐라가 재투성이로 변했던 것처럼, 당신 앞에서 정체가 탄로 나면 안 되는데 말입니다.

"리본은?"

"스쿨버스 안에서 멀미를 심하게 해서 잠깐 뺐어요."

"어디 있는데?"

가만 보니, 지금 복장이 몹시도 불량하다. 슬리퍼 찍찍 끌고 다녀, 리본도 안 했지, 교복 블라우스 단추 세 개나 푼 상태로 당당히 월요일 아침 교문을 넘는 센 캐릭터!

"여기요."

그래도 리본은 갖고 있다고 변명이라고 해야겠다는 생각이었다. 나는 코트 주머니를 뒤적거려서 리본을 움켜잡은 뒤 이사장 눈앞에 꺼내 보였다.

"교실 가서 거울 보고 할게요."

"교실 가서 할 게 많아 보인다?"

이사장의 목소리가 무섭게 가라앉았다.

손바닥 위를 내려다본 나는 당황하고 말았다.

내 손바닥 위에는 빨간 리본과 함께 어제 신문사 정 선배와 함께 술을 마셨던 술집의 로고가 새겨진 일회용 라이터가 다소곳이 놓여 있었다. 작년 겨울 잠입을 시작하면서 학교에서 가까운 오피스텔로 이사를 했고, 새집 냄새가 심해서 향초를 피울 때 쓰려고 어제 술집에서 집어 온 거였다. 단지 그뿐이었다.

[언니, 놀다 가요.]

라이터에 새겨진 홀로그램 글자가 이른 봄 아침 햇살을 받아 반짝반짝 빛났다. 이사장과의 첫 대면, 얌전하고 조용한 학생이고 싶었건만……. 절대 저런 곳에서 열심히 놀다 가는, 노는 언니가 될 수는 없는 노릇이었다.

"제 거 아녜요! 이 코트 어제 저희 언니가 입었어요. 언니 것 같은데요."

없는 언니를 끌어와 서둘러 변명을 내뱉는데, 구둣발이 성큼 다가왔다.

"마타리."

굵직한 목소리가 울렸다. 교문 앞을 지나는 학생들이 흘끔거리는 시선이 느껴졌다. 마른침이 꼴깍 넘어갔다.

"네?"

"고개 들어."

아, 이사장님이 이러시면 곤란해진다. 거리가 가까워도 너무 가깝다. 지난밤 정 선배의 성화에 새벽 5시까지 술을 마셨다. 아직 숙취도 가시질 않았다. 이 정도면 술 냄새를 맡고도 남는다.

"고개 안 들어?"

반질반질한 이사장의 구두코를 내려다보며 어떻게 해야 하나 열심히 머리를 굴리고 있는데, 이사장의 남자다운 손이 시야에 들어왔다.

그리고는 당황할 새도 없이 기다란 손가락이 나의 턱 끝을 받치고 들어 올렸다. 그 모습을 바라보고 있던 몇몇 여학생이 꺅 새된 비명을 질렀다.

코앞에 이사장 얼굴이 다가와 있었다. 진심으로 인정해 줘야 할 만큼 잘생긴 얼굴이다. 심장이 두방망이질 쳤다.

이사장의 얼굴이 점점 가까이 다가왔다.

와, 이거 멀리서 보면 키스하는 줄 알겠는데? 이사장님, 여기서 이러시면 곤란해요!

갑자기 떠오른 엉뚱한 망상에 얼굴이 홧홧 달아오른다. 이사장의 시선이 이채롭게 빛나는가 싶더니 내 얼굴을 요리조리 뜯어보며 코를 킁킁거렸다. 미끈하게 높은 콧대, 잘생긴 콧방울이 킁킁거릴 때마다 내 심장은 쿵쿵 울렸다.

"마타리."

"네?"

나는 입을 최소한으로 벌리며 오물오물 대꾸했다.

"너······."

여전히 그의 기다란 손가락은 내 턱 끝을 받치고 있다. 턱 끝이 녹아내릴 것처럼 홧홧 열이 올랐다. 나는 고개를 숙여 머리를 최대한 뒤로 뺐다. 그러자 이사장이 문제의 손가락을 거둬 가며 거리를 넓혔다.

나는 그동안 참고 있던 숨을 조심스레 내쉬었다. 이사장은 미간을 찌푸린 채로 나를 한참 동안 내려다보았다. 짙은 눈썹 사이는 좁았고, 우수에 찬 먹색 눈동자는 매혹적인 빛을 냈다. 곧게 뻗은 높은 콧날은 베일 듯 날카로웠다. 또렷한 인중을 타고 내려온 입술은 빨간색을 머금은 붓으로 섬세하게 그려 놓은 것처럼 아름다웠다. 저렇게 꽉 찬 입술 모양이 학자의 상이라고 어디서 본 것 같다.

나는 좀처럼 가까이 볼 기회가 없었던 이사장의 얼굴을 맘껏 감상했다. 실로 아름답다는 감상이 터져 나올 정도였다.

"수업 끝나고 상담실로 와."

"네?"

"못 들었어? 수업 끝나고 상담실로 오라고. 가 봐, 이제."

나는 쭈뼛거리며 묵례를 꾸벅하고는 돌아섰다. 일단 긴박한 상황은 모면했다.

근데 이따 상담실 가서는 어째야 할까?

나는 어떻게 하면 조용하고 얌전한 학생으로 거듭날 수 있을까 고민하며 교실로 들어섰다.

"야! 마타리!"

이럴 줄 알았다. 교실에 들어서자마자 이사장 추종자 집단인 준스엔젤이 다짜고짜 나를 불러 세웠다. 준스엔젤, 이사장 이름인 윤준재를 따서, 그를 따르는 천사라는 뜻이란다. 천사 같은 소리 하고 앉았다.

"너 방금 뭐 했어? 여우 같은 년이 우리 준스한테 꼬리 쳤어? 너 뭐야, 대체?"

천사 같은 아이들이 구사하는 아름다운 언어를 보라! 애들아, 진정해.

봤다시피, 나 너네가 신으로 모시는 갓준스랑 암것도 안 했다!

나는 두 손을 활짝 펴서 들어 올리며 결백을 주장했다.

"리본 안 한 거 걸려서 혼난 거야."

나는 얼른 코트 주머니에서 빨간 리본만 빼내어 흔들어 보였다.

"그게 다야? 근데 왜 막 우리 준스가 얼굴을 이렇게, 응? 이렇게 막 들이대지?"

준스엔젤의 행동 대장 격인 진아가 얼굴을 막 들이대며 나를 위협했다.

나는 욱하려는 성질을 고이 접어 넣으며 대꾸했다.

"그게 다야."

그러자 준스엔젤 회장이라는 하연이 묘한 눈빛으로 나를 머리부터 발끝까지 훑어 보며 다가왔다. 어린 게 사람 고깝게 보는 기술이 수준급이다. 발치까지 다가온 하연이 고개를 기울이며 내 귓가에 은밀하게 속삭였다.

"비법이 뭐야?"

나는 멍한 시선으로 멀어지는 하연의 얼굴을 바라봤다.

"우리 준스가 그렇게 너한테 옥안을 들이대시게 만든 비법이 뭐냐고."

옥안이란다. 이사장이 이 학교에서 절대 권력자라는 면에서 왕과 일맥상통한다고 볼 수 있을지도 모르겠다.

순발력 좋은 나는 일단 기침부터 해 댔다.

"내가, 으흠. 감기 때문에. 으흠! 목이 잠겨서. 콜록콜록."

일부러 입을 크게 벌려 얼굴이 새빨개지도록 기침을 해 대자, 아이들이 한 걸음 뒤로 물러섰다.

"네 목소리가 잘 안 들려서 우리 준스가 그러셨다는 거야?"

나는 쐐기를 박듯 곧 죽을 것 같은 기침을 쏟아 내며 고개를 끄덕거렸다.

"좋은 방법인데?"

순간 준스엔젤 회장 진아의 눈동자가 이채롭게 빛났다. 이제 복도가 좀 조용해질지도 모르겠다. 이사장이 지나갈 때마다, 일등고등학교 복도는 여학생들의 떼창으로 물들었는데, 준스엔젤들이 전부 감기에 걸린 척하면 소란했던 복도가 잠잠해질 터였다.

여기서 잠깐 내가 잠입한 학교를 소개하자면, 모든 중학생들의 선망의 학교, 날고 기는 아이들이 모였다는 일등고등학교 되시겠다. 암튼 복도가 어떤 떼창으로 물드는지 살펴보면 대략 이렇다.

"이사장님, 완전 잘생겼어요!"

윤준재 이사장의 외모부터 찬양하고 보는 얼빠 부류.

"이사장님, 저 S대 가면 저랑 사귀어 주세요!"

성적으로 들이대는 모범생 코스프레 부류.

"이사장님, 저 졸업하면 저랑 결혼해요!"

프러포즈부터 하고 보는 성격 급한 신혼 빙의 부류.

하지만 조용해질 거란 예상과 달리, 2교시 수업이 끝나고 매점 다녀오는 길에 마주친 복도 풍경은 가관이었다.

"이사장님! 이사장님! 향수 뭐 쓰세요?"

네댓 명 되는 여학생 무리가 이사장 뒤를 졸졸 따르며 꺄륵꺄륵 소리를 지르고 있었다.

"가서 공부나 해."

이사장이 낮게 성기는 목소리로 일갈하자, 아이들은 또다시 손뼉을 치며 새된 비명을 빽 질렀다.

"이사장님! 저 공부하면 예뻐해 주실 건가요?"

아이들보다 앞서가던 이사장이 그 자리에 우뚝 멈춰 섰다. 어이없다는 듯이 한심한 눈빛으로 그렇게 말한 아이를 내려다보자, 그 눈빛에 쏘이기라도 한 듯 아이가 뒤로 넘어갔다.

안타까운 광경에 고개를 절레절레 내젓는 순간, 시선을 돌리던 이사장과 눈이 마주쳤다. 나는 얼른 고개를 숙여 묵례를 한 번 하고는 교실 반대 방향으로 돌아섰다.

뭔가 지금은 내빼야 할 것 같은 타이밍이 맞는 거다.

그런데 마치 누가 뒤통수를 잡아당기는 것 같다. 은근슬쩍 걸음을 옮기려는 순간.

"마타리."

나지막한 이사장의 목소리에 복도를 울리고 말았다.

아, 빌어먹을. 하필 준스엔젤 앞에서 이름이 불리고 말았다.

"대박! 이사장님이 이름 외웠어! 대박!"

윤준재 이사장은 여학생 이름 안 외우기로 유명한 인간이다. 그런데 보란 듯이 복도 한가운데 서서 내 아름다운 잠입명을 외쳐 버렸다.

이사장님, 여기서 이러시면 곤란합니다!

"마타리."

두 번째로 이름이 울려 퍼진 순간, 나는 자포자기한 심정으로 돌아섰다. 멀찌감치 서 있던 이사장이 어느샌가 코앞까지 와 있다. 그리고 그의 시선이 내 손에 들린 헛개나무 음료병으로 향했다.

"가지가지 한다?"

나는 들고 있던 음료수를 불쑥 이사장에게 내밀었다.

"어쩌라고."

"이사장님 드시라고요."

나는 순발력을 짜내고, 짜내어 대꾸했다. 그러자 뭐가 우스운지 이사장이 고개를 내저으며 웃기 시작했다.

"핫, 하하핫."

나도 심히 어색하게 이사장을 따라 웃었다. 그랬더니 그가 일순간 얼굴을 굳히며 묻는다.

"웃어?"

그럼 울어?

나는 얼른 웃음을 멈추고 고개를 푹 숙였다. 기적처럼 수업 시작을 알리는 종소리가 들려왔다. 스페인 민요에서 따온 거라는 종소리가 세상 반갑다.

올레, 에스파뇰!

"이따 보자, 마타리."

낮게 성기는 음성이 울려 퍼지는가 싶더니 머리 위로 드리웠던 그림자가 멀어지는 게 느껴졌다. 여러모로 참 곤란한 남자다. 이 남자, 교육자치고 너무도 섹시한 음성을 가졌다.

배우 뺨을 후려치는 얼굴로 모자라 섹시한 음성까지 겸비한 젊은 이사장, 여학생들이 미칠 만도 하다. 나는 그의 뒷모습을 향해 묵례를 하고는 교실로 걸음을 옮겼다. 조용히 취재에 임하려고 했건만, 이사장에게 찍혀 버렸다.

정신 차리자, 변유정! 호랑이 굴에 들어가도 정신만 차리면 산다!

4교시 수업이 끝나갈 무렵, 교실이 술렁이기 시작했다. 오늘 급식 반찬이 뭐였더라? 급식 반찬이 좋은 날에는 먼저 급식실로 뛰어가려는 아이들이 4교시 중반부터 발동을 건다. 꼭 책상을 스프린터로 사용할 기세다.

'오늘 반찬 뭐야?'

나는 오른쪽에 앉은 은진에게 입 모양으로 물었다. 은진이 예쁜 입을 오물거리며 대답했다.

'탕수육, 군만두, 고추잡채, 꽃빵, 짬뽕국물.'

실로 발동 걸릴 만한 메뉴였다.

'마타리, 끝나꼬 바로 뛰자!'

은진이 손가락으로 교실 뒷문을 가리켰다. 천진난만 여고생으로 빙의한 나는 화사한 미소로 화답했다. 4교시를 마치는 종이 울리자마자, 교실 뒷문으로 달려 나갔다. 아무리 취재를 위해 잠입해 있는 상황이라 할지라도, 나는 최선을 다해 고교 생황에 임하는 중이었다. 그러니 탕수육을 쟁취하기 위해 교실 뒷문으로 달리는 것도 당연한 거였다.

그런데 뒷문을 열어젖히고 뛰쳐나가려는 순간, 그곳에 서 있던 누군가와 콩 부딪치고 말았다.

"아이고."

정신을 차리고 보니 이사장의 너른 가슴팍이 눈앞에 있다.

"마타리, 따라와."

이사장님, 자꾸 이러시면 곤란한데요.

제1장 키스는 혼자 못합니다

나는 은진에게 먼저 가라고 손짓하고는 이사장 뒤를 따랐다.

이사장실로 가려나? 드디어 내가 그곳에 입성하는 겐가?

심장이 두근두근 울렸다. 온갖 비리와 병폐로 물들었던 장소. 원래 내가 취재하려던 대상은 윤준재 이사장의 선임 이사장이었던 서충원 전(前) 이사장이었다.

지난겨울 1학년으로 전학 온 나는 학교 분위기를 살핀 뒤, 2학년으로 진학해 본격적인 취재를 할 예정이었다. 그런데 새 학기 시작과 동시에 이사장이 바뀌었다. 이사장실에 숨겨져 있을 비리의 파편들을 찾아내야만 했다.

그곳에 들어갈 날만을 손꼽아 기다려 왔는데, 드디어 그 순간이 오나 보다!

심장이 두근두근 울렸다. 작년 겨울 방학 직전, 일등고에 잠입한 이후, 이사장과 이렇게 가까이 있는 건 처음이었다. 그런데 이사장의 발걸음이 이사장실과 정반대 방향으로 움직였다.

그를 따라 도착한 곳은 학내 주차장이었다.

"어디, 가시게요?"

"따라와 보면 알아, 타."

나는 운전석에 오르는 남자를 바라보며 조수석에 올라탔다.

"아직도 속 안 좋아?"

운전대를 잡은 남자의 목소리가 난데없이 다정했다.

"……."

나는 이렇다 할 대답을 내놓지 못하고 고개를 푹 숙였다.

이사장도 대답을 들을 생각은 없었는지 더는 캐묻지 않았다. 학교를 출발한 차는 5분여를 달려 어느 해장국집 앞에 멈춰 섰다. 이 남자, 사람 고문하는 방법이 참 신박하다. 술 먹은 것처럼 보이는 여학생을 데리고 지금 해장국집에 온 거다.

"내려."

나는 일단 군말 없이 따라 내렸다. 여긴 왜 왔느냐는 멍청한 질문은 하지 않기로 했다.

"뭐 먹을래? 여긴 선지 해장국이 유명한데."

"아, 저는 선지는 별로……."

취향이 반사적으로 툭 튀어나오고 말았다. 그냥 주는 대로 먹을 걸 그랬다. 이사장은 어이가 없다는 듯 웃음을 터뜨렸다.

"외국에서 오래 살았다는 것 같은데, 선지 해장국은 먹어 본 적 있나 봐?"

나는 최대한 자연스럽게 웃으려 노력하며 대꾸했다.

"외국에도 소는 사니까요."

이사장의 입은 웃고 있지만, 눈빛은 서늘했다.

"그럼 뭐 먹을래?"

"소고기 해장국……이요."

내가 쭈뼛거리며 대꾸하자 그는 직원에게 소고기 해장국 두 그릇을 주문하고는 아주 확고한 시선으로 나를 바라보았다. 나는 그 진득한 시선에 점점 불안해지기 시작했다.

테이블 나무 무늬에 시선을 두고 있는데, 아주머니께서 겉절이와 깍두기가 담긴 항아리 두 개와 접시 두 개, 집게와 가위를 놓고 가셨다. 나는 자연스레 집게와 가위를 들고 김치와 깍두기를 척척 잘랐다.

"잘하네, 마타리."

사회생활 하던 게 버릇이 되어서…….

나는 또다시 자연스럽게 웃으려 노력하며 입을 열었다.

"아빠가 김치 좋아하셨는데요. 외국에는 김치 냉장고가 없어서, 엄마가 이런 항아리에 담아서 냉장고에 넣어 두시곤 했거든요."

"그래?"

이사장의 얼굴에 무언가 미심쩍은 기운이 어렸다. 이마에서 식은땀이 흘렀다. 나는 입안이 바짝 말라서 가위와 집게를 내려놓고 물컵을 집어 들었다. 이윽고 해장국 두 그릇이 서빙되었고, 나는 배가 몹시 고팠던 양 그릇에 코를 박고 국물을 들이켰다.

"마타리, 아버지께서 편찮으셔?"

사실 저희 아버지는 9년 전에 돌아가셨고요.

"……네."

마타리 아버지는 편찮으신 설정입니다만.

"어머니는 계속 병원에서 아버지 곁에 계시고?"

"네."

이사장의 목소리가 사뭇 자상했다. 그리고 마주한 이사장의 눈빛에서는 온기마저 느껴졌다.

아, 나 혼자 지레 찔린 건가? 이 남자 나 되게 걱정하는 분위긴데?

"학생기록부 보니까 언니는 없던데?"

"사, 사촌 언니요."

이런 바람직한 교육자이면서 집요한 남자 같으니. 그새 마타리 생활기록부를 찾아봤나 보다. 없는 언니는 사촌 언니로 둔갑시켰다. 그는 고개를 가만가만 끄덕이더니, 또다시 걱정 가득한 목소리로 물었다.

"힘들어?"

세 음절밖에 되지 않는 질문이 세상 따뜻했다. 진짜 마타리였다면 지금쯤 눈물이 핑 돌았을 것이다. 나는 가만히 고개를 들어 이제껏 피하려 노력했던 남자의 시선을 바로 마주했다. 아련한 미소를 머금은 얼굴이 제법 근사했다.

"힘들어도 인마, 학생이 술 담배를 하면 돼?"

'저기, 술은 했는데 제가 담배는 안 합니다만.' 하고 곧이곧대로 대답할 수는 없어서 고개를 떨어뜨린 순간, 정수리를 쓱쓱 쓰다듬는 다정한 손길이 느껴졌다. 순간 심장이 쿵 울렸다. 마치 온몸의 중심을 잡으려고 가슴 한가운데 매달아 놓았던 거대한 추가 바닥으로 뚝 떨어지는 기분이었다. 얼굴이 홧홧 달아올랐다.

"나도 고등학교 때 그 짓 다 해 봐서 아는데, 그래 봐야 너만 손해야."

진중한 목소리에서 거짓이 느껴지지 않았다. 너무 자상하고, 어른스러운 말투에 심장이 착실히 박자를 높여 갔다. 이 남자가 정말 서충원 전 이사장의 도피를 도왔다고?

심장이 두근두근거렸다. 갑자기 머릿속이 혼란의 도가니탕이 되어 버렸다! 이것 참 곤란하다!

바람직한 교육자의 면모를 여과 없이 드러내는 이사장 때문에 잠시 혼돈의 카오스에 빠졌던 나는 얼른 정신을 추슬렀다. 나는 판단력 좋은 사회부 기자다. 현혹되지 말자. 속으로 열심히 되뇌었다.

"이사장님, 거짓말하시는 거죠?"

댁이 그러고 다녔으면 그룹 윤, 윤동엽 명예 회장이 가만히 있었을까요?

윤준재, 그룹 윤의 명예 회장인 윤동엽 전(前) 회장의 막내아들이다. 그룹 윤은 재계 서열 3위권을 유지하는 명실상부 국내 거대 기업체였다. 형인 윤경재가 그룹 회장직을 물려받으면서 윤준재는 그룹 경영과는 관계없는 학원 재단 이사장으로 취임했다.

"거짓말 아닌데?"

미소를 머금은 그의 먹색 눈동자에 전혀 흔들림이 없었다.

"진짜, 라고요?"

"궁금하면 정문 수위 아저씨께 여쭤보든지."

평소 개인적인 정보를 절대 풀지 않는 이사장이었다. 그룹 윤에서도 그룹 경영활동과 관계없는 이들은 철저히 보호했다. 윤준재 이사장에 대한 보호도 당연했다. 그렇기에 언론이나 여타 기관을 통해 얻을 수 있는 그의 정보는 극히 드물었다.

평범한 삶을 살 수 있도록 돕는 그룹 차원의 보호 혹은 배려라고나 할까?

그래서 이사장 윤준재가 그룹 윤의 재자(才子)라는 것을 아는 이도 드물었다. 그런 그가 자신의 학창 생활이 궁금하면 정문 수위 아저씨께 여쭤보란다.

"저 정말 여쭤봐도 돼요?"

사회부 기자의 취재 본능을 자극하는 줄도 모르고, 이사장은 어깨를 으쓱하며 장난기 어린 미소를 머금었다.

'장난기 어린'이라……. 이 남자와는 전혀 어울리지 않는 수식어다.

식사를 마친 그는 팔짱을 끼며 의자 등받이에 등을 깊숙이 기대앉았다. 딱 떨어지는 슈트 핏도 예술이었지만, 몸에 밴 듯 유려한 자신감이 이 남자를 더 월등해 보이도록 만들었다.

금수저로 태어나 어려움 없이 자랐을 테니까. 아버지 돌아가셨는데, 장례비용부터 걱정했던 흙수저인 나로서는 상상할 수 없는 삶을 살아왔을 것이다.

갑자기 입맛이 뚝 떨어졌다. 세상 모든 게 제 뜻대로 돌아가는 듯 보이는 남자 앞에서 신분을 숨긴 채 앉아 있으려니 풀린 속이 또다시 뒤집히는 듯했다.

그들 중에는 원하는 것을 얻고자 할 때 불의도 서슴지 않는 치들도 있었다. 갑자기 본능적 거부감이 일어 입맛이 뚝 떨어졌다.

"왜, 더 먹지?"

뚝배기의 반도 채 비우지 못하고 숟가락을 내려놓자, 걱정스러운 물음이 들려왔다.

"많이 먹었어요. 잘 먹었습니다."

깍듯이 인사를 건네자, 테이블에서 멀찌감치 물러나 앉아 있던 이사장이 대뜸 가까이 다가왔다. 갑자기 심장에 매달려 있던 추가 좌우로 움직이는 듯 속이 울렁거렸다. 테이블을 사이에 두고 있기는 했지만, 얼굴과 얼굴 사이 거리가 한 뼘 정도밖에 되지 않았다.

"다른 애들한테는 비밀이다."

붉은 물감을 풀어 놓은 듯 매혹적인 입술이 밀어를 쏟아 내듯 속삭였다.

"뭐, 뭘요?"

나는 뒤로 슬쩍 얼굴을 물리며 되물었다.

"수위 아저씨가 내 과거를 알고 있다는 거. 그리고 너한테 점심 산 거. 이따 상담실로는 오지 말고."

말이 끝나기가 무섭게 그는 자리에서 일어나 계산대로 향했다. 그동안 이사장 윤준재에게 접근하려고 고심했던 날들이 주마등처럼 스치고 지나 갔다. 어차피 한 번 다녀 본 고등학교, 성적으로 발라 버릴까 했던 계획은 문과 귀신인 내가 이과로 진학하면서 수포로 돌아갔다.

준스엔젤에 가입해서 이사장 사생팬을 할까 하는 생각도 했었다. 하지 만 덕후에도 급이 있다. 지금 가입하면 나는 새우젓보다 못한 먼지 취급 을 받을 게 뻔했기에 그 계획도 수포로 돌아갔다.

그런데 이렇게 쉬운 방법이 있었다니! 이거면 되는 거였어! 노는 언니 코스프레!

나는 본격적으로 노는 언니 코스프레를 하기로 마음먹었다. 하지만 나 의 노는 언니 코스프레 계획은 학교에 돌아오기가 무섭게 수포로 돌아갔 다.

"마타리, 너 방송반 붙었어! 대박!"

은진이 호들갑을 떨며 달려왔다. 은진은 날고 긴다는 집안 애들 사이 에서도 유독 눈에 띄는 아이였다. 세상 그 어떤 여배우의 리즈 시절을 다 갖다 붙인다고 해도 은진의 교복 핏은 따라올 수가 없을 거다.

검고 긴 생머리, 실핏줄이 비칠 만큼 투명한 피부, 속쌍꺼풀이 진한 길 고 고혹적인 눈매, 오뚝하니 높은 콧날.

은진은 일등고의 학생 모델이자, 특별한 방문자에게 학교를 소개하는 도슨트 역할을 맡고 있었다. 그런 은진이 나의 등교 첫날을 안내했고, 나 는 이 아이와 급속도로 친해졌다. 누가 보기에도 '와, 예쁘다.' 싶은 아이 여서 그랬는지, 여자 친구들에게 왕따를 당하고 있었고, 여자애들 기에 눌려서 남자애들도 쉽사리 다가오지 않는 듯했다.

나는 은진에게 유일한 친구나 다름없는 상황이 되었다.

"다른 여자애들 다 떨어졌대! 너만 붙었어! 방송실 앞에 공고 났다니까!"

옛날 같았으면 벽에 붙은 공고 보겠다고 부리나케 뛰어갔을 텐데, 휴대전화에서 얼굴책 알림이 딩동 울렸다. 일등고 대나무 숲에 누군가 벌써 방송반 공고문을 찍어서 올렸다.

[여자 아나운서 1명: 2학년 3반 마타리.]

내 비록 방송고시에서는 고배를 들이켰어도 일등고 방송반에는 붙었구나!

한국대 신문방송학과 61기 수석졸업에 빛나는 변유정!

고등학교 방송반 아나운서 시험에서 떨어졌으면 사수인 정나미 선배가 달려와서 목을 조를지도 모른다.

「잘 들어, 변유정. 대중을 통제하기 위해 지도층이 가장 먼저 하는 짓이 뭔지 알아?」

「언론 플레이. 선동을 통한 여론 조작이요?」

정나미 선배는 두 눈을 반짝거리며 반드시 일등고 방송반에 입성해야 한다는 소리를 했었다.

[선배님, 저 아나운서 붙었어열! 신문사 건물에 '사회부 변유정 일등고 방송반 합격!' 하고 현수막 걸어 주셈! 잇힝!]

일종의 업무 보고를 위해 선배 정나미에게 문자를 보냈다.

[한 번만 더 혀 짧은 소리로 애교 비슷한 거라도 떨면 죽여 버린다.]

목숨 부지하려면 혀를 길게 늘이고 다녀야겠다.

수업이 끝난 후, 방송실에서 합격자와 기존 부원과의 대면식이 진행되었다. 합격자는 신입 엔지니어 1학년 2명, 2학년 1명, 그리고 아나운서 마타리가 전부였다. 엔지니어부터 자기소개를 시작했고, 가장 마지막이 내 차례가 되었다.

"안녕하십니까? 아나운서 마타리입니다."

흘끔흘끔 날카로운 시선을 보내던 이들이 대놓고 수군거렸다. 그중 입을 꾹 다물고 있던 3학년 남자 선배가 입을 열었다.

"마타리?"

"네, 마타리입니다."

"네가 이사장님이 말씀하신 그 마타리구나?"

이사장님이 친히 방송반 선배에게 대체 뭐라고 하셨을까?

"2학년 중에 물건이 하나 있다더니."

3학년 선배는 영 고깝다는 듯 나를 노려보았다.

"너 작년 겨울에 전학 왔다며?"

"네, 그렇습니다."

"그전에는 외국에서 살았다고?"

"네."

"홈스쿨링해서 학교는 처음이라고?"

기가 막히는 설정이었다. 20대 중반을 넘긴 여자가 고등학교에 잠입한다고 하면, 어색해 보일 게 당연했다. 그래서 나는 외국에서 홈스쿨링을 하다가 한국 고등학교에 처음으로 진학한 설정으로 잠입 근무를 시작했다.

그렇다고 잠입 과정이 쉬웠던 것은 아니다. 정의 실현 사제단 신부님과 정나미 선배의 인맥이 동원되었고, 그 결과 내가 고등학생으로 자리하고 있는 것이다.

"네. 학교는 처음이지만, 즐겁게 생활하고 있습니다."

"네가 즐거운지, 안 즐거운지는 내 알 바 아니고."

이놈 말하는 싸가지가 결코 곱지 않다.

"나 누군지 알지?"

곱상하게 생긴 외모, 위압적인 목소리에서 자존감이 뚝뚝 흘러넘쳤다. 알아야 할 것만 같은데……. 도무지 누군지 모르겠다.

"일등고 전설의 아나운서, 방송반 레전드를 몰라?"

네가 레전드인지, 방송반 드래곤인지는 모르겠다만……. 나는 두 눈을 동그랗게 뜨고 존경해 마지않는 눈빛을 했다.

"감히 제가 어떻게 선배님 이름을 입에 올릴 수가……."

나는 울먹거리며 벅차오른 감정을 주체하지 못하는 후배처럼 굴었다. 그러자 열아홉 선배님께서 허세 어린 웃음을 내뱉었다.

"후후. 귀엽다, 너?"

후후. 누구냐, 너?

나는 속으로는 그리 되물으며 황송해 죽겠다는 얼굴로 하늘 같은 선배님을 올려다보았다.

"따라 해."

"네?"

"내가 하는 말 그대로 따라 하라고."

"네."

나는 눈앞에 선 자신감 넘치는 남자애가 잠시 시선을 돌린 사이 주위를 흘끗 보았다. 아이들은 입술을 벌리고, 동공이 풀린 채 경외심 어린 얼굴로 문제의 이 선배를 우러러보고 있었다.

애 진짜 무슨 전설의 드래곤이라도 되나 보다.

"손."

"손?"

"석"

"석?"

에이 설마.

"기."

"기?"

일등고 방송반 레전드의 이름이 참으로 묘하다.

"불러 봐."

"네?"

"내 이름 불러 보라고."

"손석기 선배님."

존경심을 가득 담아 선배의 이름을 입에 올린 순간, 등 뒤에서 바람이 일었다. 누군가 방송실 문을 열고 들어왔나 보다. 아이들은 일제히 굳은 얼굴로 문을 향해 꾸벅 인사를 했다. 석기도 마찬가지였다.

나는 문을 향해 천천히 돌아섰다.

"벌써부터 기강 잡고 있는 거야?"

나는 이사장을 향해 묵례를 꾸벅했다. 뒤가 구린 권력일수록 언론을 통제하려 애쓰는 법이다. 선후배 대면식부터 이사장이 등장하다니, 방송반에 들어오려고 용쓴 보람이 있다.

"마타리, 카메라 테스트 만점자였지, 아마?"

이리하여 나의 노는 언니 코스프레는 수포로 돌아가게 된 것이었다.

"이사장님, 여긴 무슨 일로……?"

석기가 레전드답게 나서서 물었다.

"방송반 담당이셨던 이준희 선생님이 육아휴직을 쓰셨다. 당분간 방송반은 내가 맡을 거니까 그렇게 알아."

아이들 머리 위에 물음표가 동동 떠올랐다. 물론 나도 마찬가지다.

나는 방송반 신입다운 패기를 발휘해 손을 들었다.

"마타리, 왜?"

"이준희 선생님, 미혼이셨던 것 같은데요?"

"겨울방학 때 극비리에 결혼하셨고, 그 이상의 정보는 교사의 프라이버시 보호를 위해 노코멘트."

와, 이거 수상해! 미혼 여교사가 하루아침에 애 엄마가 되어 육아휴직을 썼다고?

물론 임신과 함께 육아휴직을 당겨쓰는 경우도 있기는 하지만.

지금 이 상황, 나만 의심스러워?

주위를 흘끗 둘러보니 순진한 아이들은 쉽게 수긍하는 눈치였다.

딱 한 아이만 빼고, 역시 손석기.

"이사장님."

"왜?"

"이준희 선생님이 우리 방송부원한테 일언반구도 없이 결혼을 하셨다고요?"

아마도 석기는 이준희 선생을 짝사랑했나 보다.

"그래서 서운해?"

"네, 서운합니다. 지도교사가 방송반에 대한 애정이 그것밖에 되지 않았다니, 정말 실망입니다!"

석기가 격하게 애정한 건 선생님이 아니라 방송반이었다.

"어쨌든 그래서 앞으로는 내가 일등 방송반을 지도할 예정이니까, 그렇게 알고."

이사장은 빙그레 미소를 머금으며 아이들과 마주 섰다. 그동안은 있는 듯 없는 듯 이사장실에 있던 그였다. 그러던 그가 갑자기 잠영을 마치고 수면 위로 올라왔다.

이제 분위기 파악 다 됐다, 이건가?

'엄마야!'

의심 가득한 시선으로 물끄러미 이사장을 올려다보다가 눈이 마주쳤다. 검은 눈동자로 내려 보는 시선에 의문이 가득했다.

"왜, 마타리. 더 할 말 있어?"

아니라며 고개를 절레절레 내저었더니, 이사장이 환한 미소를 터뜨렸다. 의문이 가득했던 눈동자에 명백한 애정이 어렸다. 그건 마치 귀여워 죽겠다는 눈빛이었다.

"점심 방송은 다다음 주부터, 저녁 방송은 야자 시작하는 그 다음 주부터 할 거니까 그렇게 알고 준비해."

"저, 이사장님. 지금 아나운서가 타리 하난데요? 고3인 제가 방송을 뛸 수도 없고요."

일등고 방송반은 명성만큼이나 기강이 세기로 유명했다. 지난 학기까지 아나운서를 하던 아이들이 학업을 핑계로 그만둔 상태였다.

"다음 주에 한 명 더 뽑을 거니까. 그렇게 알아."

"다음 주요?"

"다음 주 되면 알 거야. 타리 너는 석기랑 연습 좀 해 두고. 석기는 타리 한 명 정도는 봐줄 시간 되지? 한국대 신방과 너끈히 들어갈 성적이잖아?"

"후배님이 하기 나름이겠죠."

하마터면 으스대며 말하는 석기의 뒤통수를 후려갈길 뻔했다.

어디 두 눈을 동그랗게 뜨고! 하늘 같은 선배한테! 너 한국대 들어오면 내가 까마득한 선배야, 인마!

"열심히 하겠습니다."

하지만 나는 아직 뭘 모르는 어리바리한 신입부원 마타리가 되어 열과 성을 다하겠노라 다짐하는 척했다.

❖

그날 저녁, 주간 보고를 위해 신문사를 찾았다. 하지만 사옥에 도착한 나는 입구에서부터 저지당했다.

"학생, 여기 무슨 일이야?"

나는 서둘러 사원증을 꺼내 덩치 큰 경호업체 직원에게 내밀었다.

"아, 사회부 변유정 기자님? 그런데 복장이……."

교복을 입고 있는 내 몸을 위아래로 훑어보는 시선에 의심이 가득했다.

"업무상 비밀입니다. 저 그럼."

나는 심각한 얼굴로 낮게 읊조린 다음 보안 검색대를 지나 사무실로 향했다. 방송반에 보기 좋게 합격한 나는 의기양양한 얼굴로 나의 사수, 정나미 선배를 찾아 헤맸다.

"나미 선배!"

"아우, 토 나와."

정 선배는 후배 얼굴 보자마자 얼굴을 구기며 헛구역질을 해 댔다.

"너 교복 입고 회사 오지 말라고 했지?"

"갈아입고 올 시간이 없었어요."

"네 자리에 여벌 옷 갖다 놓고, 나한테 보고하러 오기 전에 갈아입고 와. 알았어?"

"네."

대뜸 소리를 지르는 정나미 선배의 얼굴이 벌겋다.

그렇게 짜증나? 피가 몰려서 곧 터질 것처럼 얼굴이 벌겋게 익을 만큼? 칭찬을 못해 줄망정 보자마자 시비야? 어제도 술 마시면서 그렇게 갈구더니.

진짜 이름만큼이나 정나미 뚝 떨어지게 재수 없는 사수다.

7시 40분까지 등교해야 하는 여고생의 비애를 아느냐고, 제발 작작 좀 마시자고 말리는데도 앉은 자리에서 소주를 몇 병을 깠는지 기억조차 나지 않는다.

"방송반은 어때?"

소회의실에 자리를 잡고 앉자마자 질문이 쏟아졌다.

"수확이 좀 있어요. 앞으로 이사장 윤준재가 지도한대요."

"음. 생각보다 진행이 빠른데? 뭐 그거 말고 별다른 일 없었어?"

아침에 신발 잃어버려서 슬리퍼 찍찍 끌고 등교했다가 라이터로 한 획을 긋고, 노는 언니 코스프레를 하려다 실패했다는 말은 하지 말자. 또 그 김에 이사장이 해장국을 쐈다는 말도 빼는 게 낫겠지 싶다.

"없어요. 선배는 뭐 좀 알아낸 거 있어요?"

"그게……."

바늘이 아니라, 송곳으로 쑤컹쑤컹 찔러도 피 한 방울 안 나올 것 같은 냉혈한처럼 생긴 인간이 어울리지 않게 걱정스러운 얼굴을 했다.

"왜요? 무슨 일인데요?"

"혹시 이런 거 본 적 있어?"

정 선배가 내민 사진은 평범한 태블릿 PC였다.

"태블릿 PC요?"

여기서 '아, 이런 거 흔하잖아요!' 하는 멍청한 대꾸는 하지 않기로 한다. 뭔가 수상쩍은 물건이니까 튀어나왔을 거다.

"어. 서충원 이사장이 사용하던 건데……."

"그런데요?"

"정보를 사고파는 목적으로 개설된 디프 웹에 접속했던 태블릿 PC인데."

"그런데요?"

"그때 그 디프 웹 접속했던 기록을 해커가 잡았어. 해당 태블릿 PC에 설치된 앱을 해킹해서 위치추적이 가능한 프로그램을 깔았는데."

"그래서요?"

"말 좀 끊지 마라! 하고 있잖아!"

"그럼 빨리하세요! 뜸 들이지 말고! 그 태블릿 PC 신호가 학교 안에서 잡히기라도 했어요?"

"어."

"……."

나는 잠시 할 말을 잃었다.

정리하자면, 태블릿 PC에서 일반 검색으로는 찾을 수 없는 디프 웹에 접속했던 사실을 우리 쪽 해커가 발견했다. 그 기록을 통해 해당 태블릿 PC를 온라인으로 해킹해서 위치추적 앱을 깔았다. 그런데 그 태블릿 PC의 위치가 학교 안에서 잡힌다는 거다.

지금 신호가 잡힌다는 건, 서충원 전 이사장의 후임자인 윤준재 이사장이 사용하고 있다는 의미인가?

"오늘 오전에 잠시 신호가 잡혔다가, 전원을 껐는지 다시 신호가 사라졌어. 근데 그 장소가 학교야."

"윤 이사장일까요?"

"혹시 사용하는 거 본 적 있어?"

나는 고개를 절레절레 내저었다.

"없죠. 어떻게 학생이 이사장실에 들어가요?"

정 선배가 한심하다는 듯이 나를 바라보았다. 그래, 방금 질문은 잠입 기자 주제에 너무 멍청했던 거 인정한다.

"보통 학생은 못 들어가지만, 저는 들어가야 하는 거잖아요?"

"당연한 소릴 해?"

"수단과 방법을 가리지 않고, 들어가 볼게요."

"아니, 수단과 방법은 되도록 가리도록 해. 장기전이 될지도 몰라. 네 신분이 노출되는 날에는 네 안위뿐 아니라, 신문사 전체가 위험에 빠질 수도 있어."

근데 씨, 너는 선배라는 놈이 나를 거기에 집어넣었냐? 차라리 남자인 네가 들어가지?

심각한 척 구겨진 정 선배의 미간을 다리미로 확 다려 주고 싶었다.

"오늘같이 큰 수확이 있는 날에는 꼭, 반드시 회사로 들어와서 보고해. 학교 안에서는 되도록 문자나 전화도 조심하고. 학생 전체 휴대전화를 모니터링할 수도 있어."

"근데요."

나는 갑자기 생겨난 의문을 꺼내 들었다.

"아니, 디프 웹 정보도 다루는 능력을 가진 집단이 제 잠입 사실을 모를까요?"

순간 정적이 흘렀다.

그리고 입 밖으로 나오지 못한 쌍욕이 가슴속에서 메아리쳤다.

이거 일등재단에서는 내가 잠입한 거 알 수도 있는데, 신문사에서 나를 사지로 몰았다는 걸로밖에는 결론이 안 나는데? 아무리 우리 신문사 이름이 데스패치(Deathpatch)라고 한들, 진짜 목숨을 내놓으라는 겁니까? 저 없이 살았어도 우리 집에서는 귀한 고명딸이란 말입니다!

"아직 모를 거라 예상하고 있어."

모를 거라 확신하는 것도 아니고, 예상한다는 환장할 결론을 정 선배는 처연하게 내뱉으며 덧붙였다.

"그거 알아?"

"뭐요?"

되묻는 말이 삐딱해진다.

"너랑 나랑 비밀 사내 연애를 한다고 치자."

이 사람이 진짜! 나 지금 볼드 궁서체다. 나 얼굴 많이 본다. 진심이다.

"근데 사람들이 우리 사이를 막 의심해. 너희 연애하는 거 아니냐고."

"그래서요?"

어떻게 결론이 나는지 일단 듣고 족쳐도 나쁘지 않을 거다. 선배 족치는 게 쉬운 일은 아니니 말이다.

"우린 눈에 흙이 들어와도 아니라고 우기는 거야. 그럼 어쩌겠어? 다들 아니라고 믿는 수밖에."

"그래서 잠입 사실을 걸려도 학생이라고 우겨라?"

"그렇지. 역시 이해가 빨라."

어디 이런 개떡 같은 논리가 다 있는지 모르겠다.

"변유정."

"네?"

"몸조심하고."

이제 와서 새삼스럽게 몸조심하라는 인사가 세상 재수 없었다. 칭찬받으러 왔다가 결국 엄청난 폭탄을 떠안고 사무실을 나서는 길, 휘영한 바람이 교복 치맛자락을 스쳤다.

혹시 윤준재 이사장, 내 정체를 알고 접근한 건가?

이튿날 수업이 끝난 뒤, 나는 이사장이 말한 방송 연습을 위해 방송실을 찾았다. 약속 시간보다 5분 먼저 도착해 기다리고 있었더니, 석기가 위풍당당한 모습으로 등장했다.

"내가 늦었나?"

"아뇨, 제가 5분 빨리 왔습니다."

"마타리."

낮게 내리깐 고압적인 목소리로 공포감을 조장하려는 의도인 듯하다.

석기가 근엄한 얼굴로 개폼을 잡았다. 그렇지만 사회부 기자가 고등학교 방송실에서 한참이나 어린 열아홉 남자애한테 긴장할 수는 없는 노릇이었다. 나는 어깨를 꼿꼿이 펴고 대꾸했다.

"네, 선배님."

석기는 교복 바지 주머니에 손을 찔러 넣고는 방송실 안을 서성였다. 묵직한 움직임으로 긴장감을 더하려 애쓰는 것처럼 보였다.

"누군가한테 듣게 되겠지만."

대체 무슨 비밀 이야기를 하고 싶은 거니? 너의 다크한 내면을 알고 싶은 마음은 전혀 없다만.

"우리 조직에 널 끼워 줄 생각, 눈곱만큼도 없어."

나는 얼이 빠진 얼굴로 석기를 올려다보았다. 그때 석기가 갑자기 암막 커튼을 거둬 냈다.

갑자기 들어온 환한 태양빛에 나는 미간을 찌푸리며 이마 위에 손 그늘을 드리웠다.

"눈부시지? 감히 쳐다도 못 볼 만큼?"

나는 대답 대신 천천히 고개를 끄덕거렸다.

"SID, Sun in the dark."

석기는 아득한 시선으로 밖을 내다보며 허세 섞인 목소리로 덧붙였다.

"그래. 이 암흑 같은 학교에 한 줄기 빛을 불어넣은 게 바로 우리야. Sun in the dark."

얘 영화를 너무 많이 봤든지, 어린 나이에 사회 불신으로 인한 음모론자가 된 거든지, 둘 중 하나일 가능성이 다분해 보였다. 어둠 속 태양이라니, 비유 한번 유치찬란했다.

"간신히 밝혀 둔 곳에 칙칙한 인간 하나 들여서 다시 어둠이 도래하는 꼴은 내가 허할 수가 없네?"

내내 창밖을 바라보던 석기가 돌아서는가 싶더니 내 앞으로 성큼 다가왔다.

"지금 저한테 칙칙하다고 하시는 거죠?"

"다행히 눈치는 빠르네."

"저 때문에 방송실에 어둠이 도래할 거라는 말씀인 거죠?"

"그렇지."

"왜요?"

"거울 보여 줘?"

"허!"

헛웃음이 튀어나오고 말았다. 생각해 보니 방송부원은 나 빼고 전부 남자였고, 하나같이 다 꽃돌이들이었다.

"거울은 왜요?"

"아까는 눈치가 빠른 것 같더니. 지금은 하나하나 집어서 설명해 주길 바라는 건가?"

"해 보세요, 어디."

도발적인 석기의 눈빛에 긴장감 가득했던 순진한 마타리의 모습은 온데간데없이 사라지고 사회부 변 기자의 정의로운 아우라가 불타오르기 시작했다. 석기는 건방지게 오른손을 들어 내 머리부터 발끝까지 가리켰다.

이 자식이 보자 보자 하니까, 진짜!

"지금 절 도발하신 걸로 생각해도 되는 거죠?"

네 나이 고작 해야 열아홉, 무서운 척해 봐야 순딩순딩 고등학생.

내 나이 스물일곱, 여자로서 가장 아름다운 나이.

시퍼렇게 어린놈에게 칙칙하단 소리를 들었으니, 발끈해야 마땅했다!

네 이놈, 변 기자를 도발한 죗값을 치르게 해 주리라.

"겁도 없이. 도발?"

석기가 성큼 다가왔다. 보통의 10대 여고생이라면 음울한 분위기를 내는 선배에게 주눅이 들어 물러설지도 모른다. 하지만 비리에 맞서 고등학교 잠입에 몸을 내던진 마당에 이깟 유치한 기 싸움에 밀려날 수야 없다.

"기어코 방송반 활동을 하시겠다?"

"확실한 절차를 밟아 오디션을 통해 선발되었고, 다다음 주부터 방송 시작하라는 이사장님 말씀도 있었는데요?"

"아, 이사장이 시키면 시키는 대로 다 하는 모범적인 학생인가 봐, 마타리는?"

"네, 모범적인 학생 되고 싶어요. 아시다시피 제가 한국 학교생활은 처음이거든요. 뭐든 해 보고 싶은 의욕이 아주 충만해요. 선배가 하라 마라 할 문제는 아닌 것 같은데요. 이거 일종의 학교 폭력 아닌가요?"

패기 충만한 여고생다운 대답을 내뱉은 순간, 석기가 후후 웃으며 얼굴을 일그러뜨렸다. 한쪽 얼굴을 찡그린 탓에 입술 모양이 기이하게 벌어졌다.

"너, 제법이다."

거만하게 찡그린 얼굴에 허세가 가득했다. 순수한 10대 여고생이 본다면, '어머, 오빠 완전 멋져요!' 하고 소리를 뺙 지를지도 모를 일이다.

"무슨 뜻이에요?"

나는 눈을 동그랗게 뜨고 최대한 어려 보이리라 노력하며 석기를 올려다보았다. 선천적으로 눈가 주름이 없음에 어머니께 감사해야 하나, 싶은 순간.

석기의 얼굴이, 이 아이의 시선이 코앞까지 다가왔다.

"나한테 이렇게 대드는 여잔……."

네가 처음이야, 이딴 몹쓸 드립을 시전 할 생각인가? 설마.

"네가 처음이야."

빙고!

중력에 이끌린 턱이 바닥으로 한없이 내려앉을 듯했다. 나는 멍하니 입을 벌린 채 석기를 올려다보았다. 또 자신에게 반한 여자가 생겼다는 듯 석기는 고개를 가로저으며 아득한 목소리로 읊조렸다.

"입 다물어. 다물게 해 줘?"

석기가 비스듬히 고개를 내리는가 싶더니, 내 코끝에 석기의 코끝이 닿았다.

"엄마야!"

나는 기겁하며 한발 뒤로 물러섰다.

지금 나 열아홉한테 키스당할 뻔한 거야? 그것도 학교 방송실에서?

이 자식 보통은 넘는다.

"너!"

"네!"

"기어코 하겠다 이거지?"

"네, 최선을 다할 생각이에요. 뉴스 룸에 앉아 있는 앵커 못지않게 잘 할 자신도 있고요."

이건 뻥이 좀 섞였다. 뉴스 앵커보다 잘했다면, 지금쯤 고등학교 잠입 취재가 아니라 9시 뉴스 예고를 하고 있을 시간이다.

"그 태도 그대로 첫 방송에 임하도록."

나는 재차 다짐하듯 고개를 끄덕였다.

"너 첫 방송 마치고 나서."

뭐, 두고 보자 이건가?

부리부리한 눈동자에 가득했던 적개심이 어스름히 그 성질을 달리하는 듯 보이더니.

"너 첫 방송 마치면, 내 여자다."

얼굴이 잘생겼다고 능사는 아닌 거다. 세상에 그렇게 잘난 얼굴로 초등학교 때 읽던 순정만화 추억 돋는 수작만 부릴 거면, 그냥 그 얼굴 다른 사람 주는 게 어떨까?

나는 다소 황당하다는 눈빛으로 석기를 올려다보았다.

"나한테 너무 반하지는 마. 나 이래 봬도 나쁜 남자야."

석기야, 이럴 때 어른들이 하는 말이 있어. 1절만 해, 1절만.

"그럼, 본격적인 연습은 내일부터. 잘해 보자, 마이 걸."

1절, 2절을 완창한 것도 모자라 앵콜곡까지 부른 석기는 순정만화에 나오는 남자 조연처럼 검지와 중지를 모아 눈썹 옆에서 거수경례하듯 가볍게 튕기며 윙크를 찡긋 하고는 사라졌다. 점심 먹은 건 진작 소화되고도 남았을 텐데, 체기가 일었다.

방송반이고 나발이고, 석기 때문에 못해 먹겠다. 이상하게 잡친 기분을 추스르며 방송실을 나온 나는 곧장 교실로 향했다. 수업을 마친 지 꽤 지났기에 교실은 텅 비어 있다. 아이들이 썰물처럼 빠져나간 학교는 고요했다.

고3은 학기 시작과 함께 야자를 시작했지만, 1, 2학년은 아직 야자 개시 전이어서 일찍들 하교한 상태였다. 넓은 운동장을 지나 교문 앞으로 걸어 나오는데, 진입로 중간에 어정쩡한 자세로 서 있는 한 남자의 모습이 눈에 들어왔다. 나는 이상한 낌새에 주위를 한 번 두리번거렸다.

안타깝게도 지금 이 길에는 저 남자와 나, 둘뿐이었다. 사회부 기자로 구르며 갈고 닦은 촉이 남자를 피해 가는 게 좋겠다고 경고음을 울려 댔다.

흡사 여고 앞 변태 출몰 분위기?

나는 잰걸음을 옮기기 시작했다. 남자에게서 시선을 뗐지만, 그의 움직임은 주시했다.

그런데 빙 둘러 가려는 내 걸음 방향을 알아차린 남자가 갑자기 이쪽으로 쏜살같이 달려왔다. 남자의 키는 멀리서 봤던 것보다 훨씬 컸고, 눈동자는 취한 듯 풀려 있었으며, 입가에 어린 미소는 소름이 오소소 돋아날 정도로 잔악해 보였다.

눈 깜짝할 새, 다섯 걸음 앞에서 멈춰 선 남자가 홀러덩 바지를 내려 버렸다. 이걸 어째야 하나 싶은 순간, 부드러운 손길이 눈앞을 감쌌다.

"소리 내지 마. 가만히 있어."

심장이 쿵쿵 날뛰었다. 앞에 선 변태 때문이 아니라, 뒤에 서 있는 남자 때문에.

"괜찮아. 별일 아냐."

여전히 부드러운 손길로 내 시선을 막은 채 뒤에 붙어 서 있는 이는 이 사장이었다.

"이런 미친 새끼가, 여기가 어디라고 또 나타나."

"야, 경찰에 신고해."

"저 새끼 잡아!"

우다다 뛰는 소리와 함께 네댓 명 되는 남자들 목소리가 들려온 순간,

눈을 가리고 있던 손의 따스한 느낌이 사라졌다. 남자들이 뛰어간 곳을 바라보던 그의 시선이 나를 향해 왔다. 내려다보는 시선에 걱정이 어려 있다.

"괜찮아?"

나는 이 상황이 다소 당황스러워서 그저 고개만 끄덕거렸다.

"가자, 데려다줄게."

내가 아무 말이 없자 이사장이 손까지 꼭 잡아 주었다. 커다란 손은 놀라울 정도로 따뜻했다.

"걸을 수 있겠어?"

"네."

나는 고개를 재차 끄덕거리며 대꾸했다. 짧은 대답을 내뱉은 음성이 묘하게 떨렸다.

"많이 놀랐나 보네."

세상에 태어나서 남자의 실물 거시기를 처음 대면한 순간에 날 구해 준 남자가 하필 윤준재 이사장이라니! 웃음도 나오질 않았다.

나는 천천히 고개를 들어 이사장을 흘끗 보았다.

검은색 윙팁 구두 위로 길게 뻗은 두 다리, 팽팽하게 당겨진 블랙 슈트 재킷, 풀어진 드레스 셔츠 단추 위로 보이는 남성미 넘치는 목선과 턱선, 붓으로 그려 놓은 듯 유려한 입술, 베일 듯 날카로운 콧날, 그리고 까만 눈동자를 품고 있는 깊고 그윽한 눈매.

이 남자에 관한 기사를 쓰라고 하면 그 헤드라인에는 단연코, '섹시'라는 수식어를 넣어야만 할 것이다. 다시 말하지만, 태어나서 처음으로 남자 거시기의 실물을 마주한 마당에 이 남자가 섹시해 보였다.

돌겠다, 나. 미친 거냐?

갑작스레 맞닥뜨린 상황에 두뇌 회전이 이상한 쪽으로 기우나 보다.

나는 얼른 고개를 내저으며 인상을 찌푸렸다.

"집까지 데려다줄게, 타."

이사장을 따라 걷다 보니 학교 주차장이었다. 이로써 두 번째, 나는 이사장의 차를 얻어 타는 상황을 맞았다. 캐내야 할 취재 대상한테 신세 지는 방법도 가지가지다.

"그냥 큰길에 있는 지하철역에 세워 주세요."

"……집까지 가."

"괜찮은데요."

"내가 안 괜찮으니까, 집까지 가."

목소리가 딱딱했다. 그의 얼굴은 너무 화가 나서 표정을 잃은 사람처럼 보였다.

"이사장님……?"

"너한테 화난 거 아니니까 신경 쓰지 마."

"아뇨, 저희 집 반대 방향인데요?"

내내 도로를 향해 있던 이사장의 시선이 조수석을 향해 왔다. 당황스러운지 이사장의 눈동자가 미세하게 흔들렸다.

"어, 미안. 집이 어디야?"

나는 이사장이 내민 휴대전화 내비게이션 앱에 집 주소를 찍어 주었다. 물론 그곳은 학생기록부상의 집 주소다.

"여기요."

"가깝네. 10분이면 가겠다."

그는 한숨을 한 번 내쉬더니 다시 도로로 시선을 고정했다. 나는 10대 여고생에 빙의하여 조심스러운 목소리를 냈다.

"아까 그 변태 때문에 화나신 거예요?"

"아니. 나한테."

"이사장님한테요?"

내내 굳어 있던 얼굴에 자조 섞인 미소가 머물렀다.

"이상한 놈 출몰한다는 소식은 들었는데, 방심했어. 등하교 시간만 살피면 된다고 생각했는데, 내 생각이 짧았지. 사람 없을 때 노릴 거라는 생각을 했어야 했는데. 미안하다."

갑작스러운 그의 사과에 어안이 다 벙벙했다.

"이사장님이 미안하실 일 아닌데요?"

"내가 돌보는 학교에서 불미스러운 일이 일어났으면 내가 사과해야 하는 게 맞아."

뒤통수가 부어오르는 착각이 일었다. 커다란 해머로 한 대 세게 얻어맞은 듯했다.

이 남자가 정말 서충원 전 이사장의 도피를 도왔다고?

자신의 악랄한 면을 철저히 숨기는 법을 깨우친 사회화된 사이코패스인가, 아니면 학교를 구하기 위해 나타난 소신 있는 교육자인가?

윤준재 씨, 그대는 진정 훌륭한 교육자인 겁니까? 전 이사장과는 하나도 관계없어요?

"여기서 세워 주세요."

나는 내비게이션으로 찾은 주소지가 나타나기 직전에 차를 세워 달라고 청했다.

"여기서 집 가까워?"

"네, 바로 앞이에요. 데려다주셔서 감사합니다."

"그래, 조심해서 가고."

감사하다는 인사를 재차 건넨 나는 차에서 내리자마자 골목 안으로 달려 들어갔다. 심장이 쿵쿵 울렸다. 눈꺼풀 위에 닿았던 부드러운 손길, 손끝을 감싸 주었던 따스하고 커다랬던 손의 감각이 자꾸만 떠올랐다.

윤준재, 쓸데없이 멋있어 가지고 사람 참 곤란하게 만든다.

❖

다음 날, 발 없는 말이 달리는 속도가 기가 LTE급이다. 학교 전체에
내가 변태를 봤다는 소문이 퍼졌다.

"마타리, 괜찮아? 완전 놀랐겠다."

"그러게 왜 혼자 나갔어?"

"타리 방송 연습하느라 그랬대."

아이들은 내 얼굴을 살폈다가, 자기들끼리 떠들어 댔다가, 그 변태는
왜 안 가둬 놓느냐고 어른들의 사회를 욕하기 시작했다. 순간 미안하다고
했던 이사장의 목소리가 귓가를 맴돌았다.

뭔가 석연치 않은데, 그게 대체 뭔지를 모르겠으니 미치겠다. 뭐 이런
거 파내려고 내가 잠입을 하긴 했다만.

괜한 상념에서 날 건져 준 건 뒤에 앉은 아이의 목소리였다.

"반장, 쌤 왜 안 와? 오늘 아침 조회 없어?"

아침 7시 50분, 조회를 위해 담임이 들어와야 할 시간이었다.

"아니, 그런 말 못 들었는데."

반장이 새초롬하게 고개를 내젓는데, 누군가 교실 앞문을 열어젖혔다.

묘하게 이사장하고 똑같이 생겼다?

교실 문을 열고 뚜벅뚜벅 걸어 들어온 남자는 칠판 위에 이름 석 자를
적기 시작했다.

[윤. 호. 재.]

"내 이름이다. 담임 선생님이 새벽에 갑자기 쓰러지셔서 내가 오늘부
터 너희 담임이다."

아이들이 전부 머리 위에 물음표를 드리운다.

이사장과 똑 닮은 외모의 남자, 윤호재.

다른 게 있다면 이사장 윤준재는 얇은 은테 안경을 썼고, 포마드 헤어 스타일에 딱딱한 인상을 주는 반면, 자신을 윤호재라 소개한 남자는 두꺼운 뿔테 안경을 썼고, 갈색빛이 감도는 앞머리를 자연스레 앞으로 내린 부드러운 이미지다.

"선생님, 혹시 윤준재 이사장님하고 무슨 사이세요?"

용감하게 질문을 던진 이는 아까 담임 왜 안 오냐고 물었던 아이, 진웅이다.

"사촌."

의뭉스러운 기색으로 담임을 쏘아보는 순간, 눈이 마주쳤다. 그는 자리를 확인하는 척 출석부를 한 번 보더니 내 이름을 부른다.

"마타리."

"네?"

나는 손을 들어 올리며 대꾸했다.

"점심 먹고 12시 반까지 이사장님이 상담실로 오라신다. 늦지 않게 가라. 이상."

순식간에 아침 조회가 끝났고, 갑자기 담임이 바뀌었다는 사실에 아이들이 수군거리기 시작했다.

이거 진짜 뭐 되게 이상한데?

"타리야."

은진이 걱정스러운 얼굴로 다가왔다.

"너 뭐 이사장님한테 찍힌 거 있어? 엊그제 아침에 있었던 일 때문에 계속 불려 가는 거야?"

"아니야. 방송반 담당 선생님이 육아휴직 내셔서 이사장님이 당분간 맡으셨대. 그것 때문에 부르시는 거야."

말이 떨어지기가 무섭게 준스엔젤이 출동했다.

"야, 마타리! 방송반을 누가 맡아?"

덕질을 소홀히 하는 자, 임의 소식에 분노치 말라 했거늘.

"이사장님이 임시로 맡으신댔어. 자세한 건 나도 몰라."

"너 지난번에 점심때도 이사장님한테 불려 가지 않았어?"

빨리도 물어본다.

"어."

"그땐 뭐 했어?"

이사장님이 비밀이랬어. 니들한테 말해 주지 말랬어, 하고 내 무덤 팔 수는 없으니.

"혼났다, 왜?"

"그럴 줄 알았다."

하연과 진아가 콧노래를 불러 댔다. 잠입 마치기 전에 저것들과 언젠 가 한번 거하게 붙을 것 같은 슬픈 예감이 든다.

점심을 먹고 있는데, 정 선배에게 전화가 왔다. 전교생의 휴대전화를 도청하네, 어쩌네 하면서 조심하라고 할 땐 언제고.

— 혹시 알아봤어?

"뭘요."

— 뭐긴 뭐야. 태블릿 PC지.

"아직요."

— 미쳤냐? 야, 너 지금 교복 입고 노는 줄 알지? 정신 안 차려?

"시동 걸 시간은 주시죠? 무작정 달려요? 그러다 들켜서 다 놓치면 선배가 책임질 거예요?"

버럭 소리를 내자, 수화기 너머에서 침묵이 흘렀다.

"여보세요?"

한 번 더 소리를 지르자, 가까운 곳에서 목소리가 들려왔다.

"푸르른 초원에서 자유롭게 살다가 갑자기 시계 보고 살려니 힘들겠네."

뉴스 간판 앵커 뺨치는 또박또박한 발음, 섹시한 중저음의 목소리, 이사장이었다.

"아, 이사장님!"

나는 그가 서 있는 3층 창문을 올려다보며 정 선배의 목소리가 왕왕 울리는 전화를 얼른 끊어 버렸다. 그리고는 내리쬐는 햇볕을 가리려 손 그늘을 만들고는 아무 일도 없었다는 듯 빙그레 웃었다.

"웃어?"

"네?"

"안 튀어와?"

서늘한 물음을 듣자마자, 3층으로 부리나케 뛰어갔다. 그런데 이사장이 서 있던 장소는 남교사 휴게실이었다.

"아, 씨! 여기 상담실 아니잖아!"

"니한테 욕했어, 지금?"

남교사 휴게실 문이 열리고 이사장이 모습을 드러냈다. 나는 눈꼬리를 내리며 불쌍한 표정을 지으려 애썼다.

"아뇨, 안 했는데요."

"아, 씨. 이거 욕 아니야?"

"씨, 뒤에 뭐가 붙어야 욕인 걸로 아는데요."

모퉁이를 돌아 계단을 내려가던 이사장이 우뚝 멈춰 서더니 고개를 돌렸다. 이사장이 계단 하나 아래에 있는데도 그의 눈높이가 나보다 좀 더 높았다. 촉촉한 물기를 머금은 먹색 눈동자가 반짝거렸다.

"씨, 뒤에 뭐가 붙어야 욕인데?"

가나다순으로 보자면, 바, 박, 밤, 발, 부렁, 파, 팔…….

머릿속으로 떠올리기만 하려고 했는데, 손으로 새어 가며 '바, 박, 밤, 발, 부렁…….'을 입 모양으로 충실히 읊고 말았다.

내가 이렇게 실험정신이 투철한 인간이었나?

"하!"

어이없다는 듯 이사장이 웃음을 흘리며 고개를 내저었다. 상담실에 들어서자, 그가 커다란 타원형 테이블에 앉으라며 손짓했다.

"마타리, 종이 신문 본 적 있어?"

있다마다요. 제 업인걸요.

"아뇨."

시치미를 뚝 뗀 순간, 이사장이 종이 신문을 건넸다.

"이거 한번 볼래?"

신문으로 시선을 옮겨 간 나는 그 자리에서 얼어붙었다. 데스패치, 사회부 기자 변유정이 목숨 바쳐 일하는 신문이었다.

"어제 석기가 연습은 제대로 봐줬어?"

"네!"

나는 명색이 학교 선배라고 으스대는 놈을 이사장 앞에서 대놓고 씹을 수는 없어서 은혜로운 사사라도 받은 양 굴었다.

"정말? 석기가 쉽게 가르쳐 줄 리가 없는데?"

한쪽 입꼬리를 들어 올리며 웃는 얼굴에 장난기가 가득했다. 천진난만한 눈동자가 꼭 아이 같았다.

섹시한 얼굴을 했다가, 순진무구한 눈동자를 보였다가. 이 남자의 잘 생긴 얼굴은 오늘도 여러 가지 하느라 바빠 보였다.

"잘 가르쳐 주던데요?"

"뭐 특별한 일은 없었고?"

꼭 알고 묻는 것처럼 짓궂다.

네, 첫 방송 끝나면 내가 지 여자라는 개드립을 합디다.

"석기가 누구 곱게 가르치는 성격은 못 돼. 방송반 기강이 엄해. 분명 석기한테 신입부원 가르치라고 하면 한 소리 할 것 같았거든. 어제 석기가 한 말에 겁먹고 그만둔다고 하면 내보낼 생각이었어. 그 정도도 못 버티면 힘드니까."

"아무리 고등학교 방송반이라 할지라도 시간 엄수는 기본이고, 학교 규정을 준수하는 방송을 해야 하니까 기강이 엄할 수밖에요."

"자, 이 신문 받아."

나는 이사장이 건넨 신문을 받아 들고는 물끄러미 내려다보았다. 지금 보니 1면에 실린 기사가 정나미 선배 거다.

와 씨! 이 선배, 나는 고등학교로 내몰고, 잘나가네?

"신문 1면은 사람들이 가장 궁금해하는 이슈를 정제된 언어로 써 놓은 글이야."

아닐걸요. 신문사에서 돈 될 것 같은 특종을 MSG 팍팍 친 자극적인 단어로 도배해서 써 놓은 글일걸요. 징나미가 화학조미료를 얼마나 좋아하는지 모르시죠? 그게 해악한 줄도 모르고 데스패치 데스크에서 얼마나 반기는지는 아세요?

나는 되받아치고 싶은 욕구를 꾹꾹 누르며 경청하고 있다는 듯 고개를 주억거렸다.

"이걸 원고 삼아서 연습하면 도움이 될 거야. 한번 읽어 볼래?"

신문을 건넨 그는 안경을 벗고는 눈머리를 지그시 누르며 눈을 감았다가 떴다. 깊은 눈가에 노곤한 주름이 잡혔고, 시선은 더욱 그윽해졌다. 누군가 그랬다. 요즘은 있어 보이는 것도 능력이라고.

일명 '있어빌리티(있어 보인다+Ability의 합성어)', 이사장은 있어빌리티계에서 만렙을 찍은 듯하다. 그저 창가에 몸을 기대고 삐딱하게 서서 피곤한 얼굴을 하고 있을 뿐인데, 세상 멋짐은 이 남자가 혼자 짊어지고 있는 것처럼 보일 정도였다.

웃는 게 매력적인 남자, 찡그린 표정도 있어 보이는 남자. 이사장은 분명히 자기가 멋있는 줄 아는 거다. 게다가 낮고 매혹적인 음성과 수려한 외모를 이용해 의심을 가득 품은 상대에게 신뢰감을 줄 만큼 처세도 좋아 보였다.

"한번 읽어 보라고."

수려한 외모에 미혹된 나머지, 대꾸할 타이밍조차 잊고 있었다. 나는 얼른 정신을 차리고 물었다.

"여, 여기서요?"

"그럼 방송반 가서 해 볼까, 마이크 앞에서?"

피로한 목소리가 나지막이 울려 퍼졌다. 하긴 이사장은 학교가 직장이고, 직장인에게 점심시간은 꿀맛 같은 시간인데, 휴식을 취하기는커녕 전학 온 학생을 마주하고 있다니.

"아, 아뇨. 집에 가서 혼자 연습하면 안 될까요?"

"혼자 할 수 있겠어?"

이사장이 빙그레 웃으며 벗어 놨던 안경을 썼다. 그런데 뭐가 불편한지 이내 다시 안경을 벗더니 섬세한 손길로 안경을 매만졌다.

저 남자는 키스할 때도 지금처럼 우아하게 안경을 벗을까, 아니면 격하게 내던질까?

걷잡을 수 없는 상상력이 뭉게뭉게 피어올랐다.

'기다란 손가락이 안경테를 잡았다. 그가 안경을 벗으려 고개를 살짝 비틀자, 남자다운 목선에 핏대가 불거졌다. 피로를 머금은 그윽한 시선이 이쪽을 향했다. 남자의 커다란 손이 작은 턱을 그러쥐었다. 얼굴이 점점 가까워졌다. 붉은 수채물감으로 칠해 놓은 듯한 입술이 내려앉았다.'

음험한 생각으로 머릿속을 물들이고 있는데, 이사장이 고개를 비스듬히 기울이며 재차 물었다.

"혼자 할 수 있겠냐고."

키스는 혼자 못합니다!

순간 안경을 집어 던지고 저돌적으로 다가와 두 손으로 머리통을 부여잡고 양껏 빨아들이는 이사장의 옆얼굴이 머릿속을 스치고 지났다. 갑자기 키스신이 봇물 터지듯 머릿속을 가득 채웠다. 나 변유정, 연애를 오래 쉬어 미친 게 분명하다.

경계하라! 나를 곤란케 하려는 자!

내가 머뭇거리는 게 느껴졌는지 이사장이 자상한 목소리를 냈다.

"좀 불안해 보이네."

순간 이사장의 커다란 손이 정수리 위에 올라왔다. 머리를 쓰다듬어 주는 손길이 세상 다정했다.

"근데 부딪쳐 보지도 않고 걱정부터 하는 건 어리석은 짓이야. 재고 따지는 건 어른이 돼서 해도 늦지 않아. 뭐든 해 보고, 부딪쳐 보고, 실패한다 치더라도 그 일들이 나중에 너를 더 큰 어른으로 만들어 줄 거야. 가봐, 이제."

나는 묵례를 꾸벅하고 돌아섰다.

기자의 촉이 무뎌진 걸까, 왜 이 남자는 좋은 사람처럼 보일까?

"저기."

내적 갈등을 겪으며 복도를 걷는데, 누군가의 목소리가 들려왔다. 나는 목소리가 난 쪽으로 고개를 돌려보았다.

어디선가 상큼함 BGM이 깔리는 듯했다. 하얀색 후드 티에 청바지를 입은, 아이돌 그룹 비주얼 담당 뺨치게 생긴 남자가 서 있었다.

"교무실이 어디야?"

"2층이요."

"그래, 고마워."

"저기요!"

남자가 천천히 돌아서자 또다시 별빛이 내리는 착각이 일었다.

"중앙계단은 교직원만 쓸 수 있어요. 양쪽 끝에 있는 계단 쓰셔야 해요."

고맙다는 듯 고개를 한 번 주억거리며 눈웃음을 지어 보인 남자가 복도 끝으로 향했다.

갑작스레 등장한 남자가 안겨 준 비주얼 어택의 여운은 5교시까지 이어졌다.

스무 살쯤 됐으려나? 졸업하고 선생님 뵈러 왔나? 근데 빨간 리본이 2학년인 줄 알면서, 왜 교무실 위치는 몰라? 아, 맞다. 교무실 옮겼다고 했지, 참.

5교시 수업이 끝나 갈 무렵, 석기에게서 메시지가 왔다.

[마타리, 너 내가 제대로 안 가르친다고 이사장한테 일러바쳤냐?]

[아뇨.]

이른 적은 없다.

[너 내일까지 방송 기획안 짜 와.]

적당히 당황해 줘야 하는 게 인지상정인데, 나는 회심의 미소를 머금었다. 기가 막힌 방송 플랜을 이미 짜 두었으니까.

이름하여 '인터뷰 대잔치', 학교의 이모저모를 전하기 위해 마타리 아나운서가 발로 뛰며 취재하는 학교 소식!

대놓고 학교에 대해 캐내고 다닐 수 있는 절호의 기회, 방송반에 입성한 또 다른 이유다.

첫 인터뷰 주자는 이사장의 과거를 알고 있다던 수위 아저씨가 되어야 할까, 아니면 단도직입적으로 이사장에게 마이크를 들이대야 할까?

그 옛날 동네 점방 앞 평상에 앉아서 고스톱을 치시던 할머니가 그러셨다.

못 먹어도 고다!

그래, 수위 아저씨 인터뷰로 돌아갈 필요가 있나? 이사장에게로 돌진하자!

나는 의지를 불태우며 석기에게 회신했다.

[내일까지 기안서 제출하겠습니다. 그럼 오후에도 파이팅!]

보내자마자 숫자 1이 사라지더니.

[미래 내 여자도 파이팅.]

아, 이 새끼가 진짜!

발끈하는 순간, 아이들이 술렁거렸다. 6교시로 향하는 쉬는 시간, 담임이 교실로 들이닥쳤다.

"거기 깨워라."

식곤증을 이기지 못하고 책상 위에 엎드려 자던 아이들이 눈을 비비며 상체를 일으켰다.

"전학생이 있다."

무슨 전학생이 아침이 아니라 오후에 와? 하는 생각을 하며 담임의 뒤를 따르는 남학생을 발견한 나는 흠칫 놀라고 말았다.

아까 그 꽃돌이다.

족히 스무 살은 된 줄 알았는데, 열여덟 전학생이란다. 요즘 애들은 나이를 종잡을 수가 없다. 왠지 전학 소감을 이렇게 밝힐 것 같다.

'안녕, 얘들아. 오징어들 사이에서 비주얼을 담당하러 왔어.'

눈웃음을 머금은 얼굴에 눈이 부시다. 주위를 둘러보니 반 여자애들은 전부 넋이 나가 있다. 한 명만 빼고.

신은진. 본인이 워낙 훌륭한 비주얼을 지녀서, 그 어떤 비주얼 폭격에도 반응이 없는 건가?

은진을 향했던 시선을 다시 교실 앞으로 옮겨 간 순간, 전학생과 눈이 마주쳤다. 눈웃음이 짙어졌다. 아, 훈훈하다. 나도 모르게 흐뭇한 미소를 머금고 말았다.

"은진이 아직 도슨트 하지?"

담임의 물음에 은진이 고개를 끄덕이며 대꾸했다.

"네, 하긴 하는데요. 이번 주에는 도서관 청소 맡아서 활동이 어려운데요?"

꽃 비주얼 가진 자의 우월함인가. 극강의 비주얼 전학생이 나타났는데, 은진은 가차 없이 학교 안내를 마다했다. 그러자 반 여자애들의 눈이 반짝반짝거렸다. 무언의 비명이 들려오는 듯했다.

'제가 할게요! 저 시켜 주세요! 쌤, 여기요!'

나는 심드렁히 교실을 한 번 둘러보고는 휴대전화로 시선을 옮겨 갔다.

[답이 없네? 감히 선배 톡을 씹어? 경고하는데, 나는 내 여자라고 봐주고 그러는 거 없다.]

석기야, 너 내년에 한국대 가면 내가 꼭 애들한테 괴롭혀 주라고 할 거야.

사악한 미소를 지으며 석기의 대학생활에 미리 애도를 표하고 있는데, 얼굴이 따갑다.

"마타리, 쌤이 부르잖아."

등 뒤에서 진웅이 쿡 찌른다.

"네, 네?"

나는 얼른 고개를 들어 교실 앞을 바라봤다.

"은진이한테 학교 안내받은 적 있지?"

"네."

작년 겨울 전학 왔을 때를 말하는 듯했다.

"오늘은 타리 네가 전학생 안내 좀 해 줘."

"네, 그럴게요."

담임과 전학생이 뭐라고 속닥거렸다.

"타리하고 진웅이하고 자리 바꾸고."

"네?"

맨 뒷자리를 사수하던 진웅이 놀라서 되물었다.

"뒤에 자리 붙여서 한별이랑 타리랑 같이 앉아. 한별이가 수업에 적응할 때까지, 타리가 좀 도와주고."

담임은 한 명씩 뚝 떨어져 앉는 교실에서 굳이 한별과 나를 짝지어 주었다.

"어서 움직여. 종 칠 때 다 됐다."

담임의 채근에 나와 진웅은 자리를 바꿔 앉았고, 남는 책상과 의자가 어디선가 등장했으며, 그 자리에 한별이라는 이름을 가진 극강 비주얼 전학생이 앉았다.

"반갑다. 이름이 타리?"

"어, 마타리. 너는 이름이 한별?"

"어, 진한별."

별빛 내리는 비주얼을 가진 자답게 이름도 반짝반짝 빛난다.

"다음 시간 뭐야?"

"생물 I."

반 여자애들이 흘끔거리는 시선이 느껴졌다. 안 그래도 은진이랑 친하게 지낸다고 고깝게 보는 것들이 있는데, 전학생이랑 붙어 앉았다고 눈에 불을 켜고 있다.

아, 정말 고달프다. 내가 얘랑 살겠다는 것도 아닌데 말이다. 별것도 아닌 사소한 것에 목숨 걸고 득달같이 달려드는 10대 여고생은 참 무섭다.

나는 잠입취재를 무사히 마치기 위해 비주얼 덩어리 전학생과는 친해지지 않기로 결심했다. 안 그래도 준스엔젤에게 치이는 마당에 또 다른 추종자 집단은 사절이다.

"책 좀 같이 보면 안 돼?"

전학생이 고개를 비스듬히 기울이며 물었다. 눈웃음을 탑재한 얼굴이 만화에서 튀쳐나온 듯했다.

"어? 미안. 같이 봐."

"뭐, 미안할 건 없고."

이윽고 6교시 생물 I 수업이 시작되었다.

불뚝 나온 배 위로 바지를 끌어 올려 입은 뒤 멜빵까지 매고 팔토시를 한 50대 중반쯤으로 보이는 남자 선생은, 학생들이 수업을 듣거나 말거나 그저 어떻게 하면 이 칠판에 고등동물의 2심방 2심실을 더 예술적으로 표현할 것인지 고심하는 모습이다.

멀티미디어 수업이 보급된 지가 언젠데, 분필을 쥐고 학생을 등진 채 칠판에 열심히 예술 활동을 하고 있는 선생 덕분에 아이들은 거의 대부분이 꾸벅꾸벅 졸고 있다.

우리나라 교육 현실은 변한 게 없어.

나는 안타깝게 고개를 한 번 내젓고는 전학생에게 시선을 돌렸다.

이런 바람직한 10대 청소년 같으니!

한별은 검은색, 파란색, 빨간색, 초록색 펜과 노란 형광펜을 번갈아 쓰며 노트를 작품으로 승화시키고 있었다. 솜씨 좋은 만화가가 그려 놓은 듯 선 고운 얼굴만큼이나 글씨체도 기가 막혔다. 심지어 이 녀석이 그린 2심방 2심실은 잘생긴 것 같다!

말끄러미 바라보는 시선을 느꼈는지, 노트와 칠판을 오고 가던 한별이 내 쪽으로 고개를 돌렸다.

'왜?'

입 모양으로 묻는 짧은 물음에 대답이 궁색해진 나는 최대한 자연스럽게 어깨를 한 번 으쓱거리고는 칠판을 바라보며 이내 집중한 듯 미간을 좁혔다. 그런데 오른쪽 뺨 옆에 누가 촛불을 대 놓기라도 한 양 뭉근한 열기가 피어올랐다.

볼따구니가 흘러내릴 것만 같아서 시선을 돌렸더니, 아니나 다를까 한별과 눈이 마주치고 말았다.

'왜?'

한별이 그랬던 것처럼 입 모양으로 짧게 물었다. 그러자 화사한 눈웃음을 그려 낸 한별이 노트 귀퉁이에 뭐라 적기 시작했다. 다 적었는지 노트를 슥 밀며 칠판을 바라보는 한별의 얼굴에는 도저히 참지 못하겠다는 듯한 미소가 희미하게 걸려 있다.

[깜찍하다.]

깜찍하다? 깜. 찍. 하. 다? 깜찍. 하다?

쭉 읽어도 보고, 얼토당토않은 띄어쓰기로도 읽어 보았다. 새파랗게 어린놈이 적어 놓은 짧은 문장에 게슈탈트 붕괴가 오려고 한다.

네가 적은 '깜찍하다'가 내가 아는 '깜찍하다'가 맞니? 이 자식아, 나 네 이모뻘이야, 인마. 누구보고 깜찍하대?

어이가 없는데 나도 모르게 입꼬리가 뺨을 타고 올랐다.

[뭐가?]

나는 짐짓 무심한 척 묻는 말을 적어서 한별 쪽으로 노트를 밀었다.

[생물 선생님 멜빵]

요놈 봐라? 누나를 갖고 놀아, 감히?

[너 취향 되게 독특하다? 커밍아웃임?]

아, 두 번째 질문은 하지 말 걸 그랬다— 하고 깨달은 순간은 이미 늦었다. 머리보다 빠른 손이 움직여 버렸고, 입술까지 삐죽였다. 정말 나는 여고생 코스프레가 아니라, 빙의를 했나 보다.

[글씨도 깜찍하네?]

이 자식 보통은 넘는데?

[이제 집중해라.]

한별이 눈웃음을 머금으며 메모를 적은 노트를 들이밀었다.

[아까부터 집중했다, 나는.]

유치하게 열여덟 남자애한테 한마디도 지고 싶지가 않다. 난 원래 유치하니까. 좀 유치해지면 세상은 깨알같이 재미있어지니까!

[나한테 말고, 수업에 집중하라고. 마타리.]

턱에 나사가 빠진 듯 입이 떡 벌어졌다. 진한별, 이 자식 진짜 보통을 넘어선다!

생물시간이 끝나고 나자, 반 애들이 부산스럽게 움직였다.

"체육시간에 배드민턴 한대. 라켓 들고나오래."

7교시는 체육이다. 그나마 교실에 앉아서 받는 수업은 그럭저럭 받을 만했다. 그런데 체육은 정말 하기 싫다. 아홉 살이나 어린 것들이랑 셔틀콕을 튕겨야 한다니.

"너 어디 가?"

체육복을 챙기는데, 한별이 물었다.

"여자는 탈의실에서 갈아입고, 남자는 교실에서 갈아입어. 너 사복인데, 체육복은 있어?"

"전학생, 여기 비상용 체육복 입어."

대화 중간에 끼어든 아이는 좀 전에 라켓 들고나오라고 소리친 체육부장 명균이다. 콧등이 납작하게 주저앉았고, 얼굴이 네모져서 마치 이 아이 혼자만 2차원 세계에 살고 있는 듯한 모습이다. 게다가 덩치는 또 무지하게 커서 그 존재감이 더더욱 2차원스럽다.

"마타리."

체육복을 들고 교실을 나서는데, 등 뒤에서 한별의 목소리가 들려왔다.

"또 왜?"

나는 삐딱하게 서서 고개를 돌렸다.

"운동장에서 보자."

눈웃음 발사! 명중!

나는 한별이 날린 눈웃음에 맞아서 나동그라진 심장을 달래느라 잠시 멈칫했다.

"타리야, 안 가?"

은진이 재촉했다.

"어, 가."

정신도 챙겨 가자. 그리고 조심하자. 저 눈웃음 꽃돌이.

탈의실 안은 이미 타 학년과 다른 반 여학생들로 붐볐다. 여자들끼리 있는데도 불구하고 학생들은 이리저리 몸을 가리며 옷을 갈아입었다. 아무리 여고생 코스프레에 혼신의 힘을 기울인다 한들, 제 버릇 개 못 준다.

대중탕에서 옷을 갈아입듯이 교복을 훌러덩 벗어 던진 순간, 탈의실에 모인 스무 명 남짓한 여학생들의 시선이 몰려왔다.

아, 깜빡했다. 여고생의 부끄러움.

아이들의 눈동자에 동경이 어렸다. 그 시선 끝은 내 가슴을 향해 있었다.

"2학년?"

짧은 물음이 무척이나 고깝다.

"네."

나를 떫은 표정으로 내려다보고 있는 키 큰 여학생의 블라우스에 풀어 헤쳐진 리본 색을 확인했다. 파란색 리본, 3학년이다.

"너네 혹시 2학년 3반이야?"

"……네."

내 나이 스물일곱, 눈앞에 서 있는 고3 선배님 고작 열아홉. 여덟 살이나 어린 여자애한테 주눅이 들고 말다니. 아니다! 지금 나는 고2니까! 1년 선배는 하늘보다 더 높으신 선배느님이시니까!

고3 선배의 부리부리한 눈이 봉긋 솟아오르다 못해 흘러넘칠 듯한 내 검은색 브래지어를 찢어발길 듯 쏘아보았다. 나는 슬그머니 고개를 들어 풀어헤쳐진 교복 단추 사이로 납작한 고3 그녀의 가슴을 흘끗 보았다. 갑자기. 솟아난다. 지금 이 순간 아무짝에 쓸모없는 가슴 부심.

"이름이 뭐냐?"

"마타리요."

"마, 뭐? 크게 말해! 또박또박!"

"마. 타. 리. 요."

또박또박 이름을 내뱉은 순간이었다.

"뭐가 이렇게 시끄러워?"

카랑카랑한 목소리가 들려오는가 싶더니 쿵 하는 소리와 함께 로커 문
이 닫히고, 딱 보기에도 '나 잘나가는 센 캐!' 라 외치고 있는 비주얼의 여
학생이 모습을 드러냈다.

"어, 언니!"

납작한 가슴 고3 선배가 언니라고 불렀다. 이건 무슨 개 족보인가 싶
다.

"너 내가 애들 앞에서 언니라고 부르지 말랬지? 나 1년 꿇었어도 빠생
이어서 니들이랑 동갑이라고!"

빠생? 빠른 생일이라는 뜻인가 보다.

돌이켜 보면 10대 땐 뭐든 급했다. 나이도 빨리 먹었으면 좋겠고, 빨리
어른이 되었으면 좋겠고, 뭐든 빨리해 봤으면 싶은 나이라 그런지, 급한
마음에 말도 다 줄여 버리나 보다.

누구냐 물을 새도 없이 자신의 존재감을 드러낸 걸그룹 뺨치는 여학생
은 1년 꿇었어도 나이는 열아홉이라는, 소위 말하는 일진인 듯했다.

"2학년 3반이라고?"

"네."

"너네 반에 오늘 전학생 왔지?"

"네."

"이름이 마타리?"

"네."

할 줄 아는 대답이 '네.' 밖에 없는 것처럼 느껴질 정도다. 여고생 일진,
무섭다.

"프락치한테 딱 어울리는 이름이네. 너 마타 하리 알아?"

여고생이 희세의 여성 스파이 마타 하리를 다 안다.

"아니요."

하지만, 나 마타리는 모른 척해야 할 것 같은 분위기다. 선배의 위신을 세워 줘야 하는 분위기니까.

"아니요."

"책 좀 읽어라. 전학생 이름이 진한별이지?"

"네."

소문 참 빨랐다. 발 없는 말은 천 리를 가고, 보석 같은 비주얼은 세상을 널리 밝히는 법이다.

"내 이름은 안고은."

곱게 생긴 언니가 이름은 안고은이란다.

"어떻게 프락치를 심어야 하나 고민했는데, 잘됐네."

뭐가 잘됐다는 건지 도통 모르겠다.

"오늘부터 한별이가 어떻게 지내는지, 나한테 보고해."

사학 재단 비리를 캐려고 잠입했더니, 열아홉 여학생이 프락치를 하란다.

이것도 일종의 이중 스파이인가? 환장하겠다.

"전학생은 타리랑 짝지어서 해라."

"우워!"

체육 선생의 짝지으란 말 한마디에 여기저기서 남학생들의 짐승 같은 포효 소리가 시작되었다. 두뇌 활동의 상당량이 기—승—전—그거로 점철되는 시기여서, 비슷한 단어만 들었다 하면 몸이 제멋대로 반응할지라도, 그렇게 노골적인 시선을 보내 올 것까지야…….

"타리야, 전학생 처음이니까 살살 해 줘라."

저질 농담을 아무렇지도 않게 내던지는 진웅의 말에 나는 침음을 삼켰다. 어쨌든 지금은 산전수전 다 겪은 성깔 더러운 사회부 변 기자가 아니라 수줍은 고2 여고생이어야만 한다.

"흘려들어. 마음에 담아 두지 말고."

한별이 셔틀콕을 만지작거리며 빙긋이 미소 지었다. 거북스럽게 차올랐던 불쾌감이 한별의 눈부신 반짝거림으로 은하수 저 너머로 물러갔다.

그래, 한별아. 누나가 감히 칭하고 싶구나. 입덕을 부르는 눈웃음. 넌 참 여러모로 월등한 아이로구나!

그런데 바람직하다고 생각했던 한별의 시선이 내 가슴께로 내려왔다가 급히 위로 올라가는 게 느껴졌다. 그 순간 한별의 얼굴이 붉게 달아올랐다.

한별이 '흠흠.' 목을 가다듬으며 물었다.

"배드민턴 잘 쳐?"

"그냥, 기본은 해."

여고 시절, 반에서 유일하게 체력장 특급을 유지했던 게, 바로 나다. 이까짓 배드민턴이야 눈 감고도 칠 수 있다.

그런데…….

얘 셔틀콕에 목숨을 건 걸까, 아니면 원래 이렇게 힘이 넘치는 걸까?

한별이 국가대표 뺨치는 스매싱으로 셔틀콕을 내리칠 때마다 나는 이리 뛰고, 저리 뛰고, 몸을 날려야만 했다.

"야 너 좀 살살 해!"

"어? 미안!"

허리를 구부린 채로 두 손으로 양 무릎을 짚고 헉헉거리는데, 반대편

코트에 있던 한별이 달려왔다.

"업혀, 보건실 가자."

"아냐, 헉헉. 숨차서, 헉헉, 그래."

나는 말하기도 힘들다는 듯 오른손을 한 번 들었다 내렸다. 그 순간 눈앞에 너른 등이 드리웠다.

"업혀, 어서."

어린놈이 쓸데없이 사람 두근거리게 한다.

그 순간 어디선가 날아온 배구공이 내 머리에 내리꽂혔다. 안 그래도 힘이 풀린 무릎이 무너져 중심을 잃었고, 탕 하는 경쾌한 소리와 함께 운동장에 있던 모든 이의 시선을 나와 나를 품에 꼭 안고 있는 한별을 향해 왔다.

내가 언제 애 품에 안겼을까?

그보다 누구지? 겁도 없이 내 머리에 배구공을 메다꽂은 게?

"어머, 미안해. 괜찮아? 서브 방향이 틀어져서 그만."

목소리의 주인공은 안고은이다. 숨차 죽겠는데, 기운 센 10대가 내리꽂은 배구공에 머리를 가격당한 나는 그저 느릿하게 눈을 깜박거렸다.

아이고, 두야! 머리가 깨질 것 같다.

이글이글 타오르는 고은의 눈이 내 어깨에 오른 한별의 손과 내 몸이 기대고 있는 한별의 가슴팍을 스쳤다.

"공이 빗나간 건데요, 뭐. 괜찮아요. 선배님."

나는 한별에게서 얼른 몸을 떼어 내며 아무렇지 않다는 표정을 지었다. 최대한 평범한 학교생활을 해야 한다. 그런데 일진처럼 보이는 안고은한테 프락치로 임명된 것도 모자라, 눈 밖에 난다면?

잠입취재고 나발이고 목숨 부지하기 힘들어질 것 같다.

……벌써 힘들어진 건지도 모른다.

"한별아, 네가 선배님께 공을 좀 주워 드릴 수 있겠니? 내가 그리고 싶은데, 좀 어지러워서."

어색하게 웃으며 내뱉은 말에 한별이 움직였고, 배구공을 집어 든 한별은 정중한 몸짓으로 고은에게 공을 건넸다.

이 기회를 놓칠세라, 고은이 공과 함께 한별의 손을 덥석 움켜잡았다.

"고마워."

고은은 새침하게 대답하고는 아주 티 나지만 나에게만 보내는 신호라는 듯 눈을 한 번 찡긋하며 자기네 반이 몰려 있는 곳으로 뛰어갔다.

"마타리."

한별의 목소리가 낮게 가라앉았다. 환한 눈웃음만큼이나 목소리도 제법 다정한 편에 속하는 녀석이 난데없이 어두운 분위기를 잡았다.

"왜?"

불러 놓고 고민하는 눈치다.

"너."

"어."

"저 여자 조심해. 혹시 괜한 걸로 트집 잡아서 괴롭히면, 혼자 끙끙 앓지 말고 나한테 말해. 알겠어?"

저 여자? 선배를 지칭하는 단어치고는 좀 과격하다 싶어서 한별이 서 있는 쪽으로 고개를 돌리자, 다부진 어깨가 눈에 들어왔다. 슬쩍 시선을 올렸더니 검고 단정한 눈동자가 내려다보고 있다.

저기, 한별아. 너만 가만히 있어 준다면, 누나가 안고은 양 심기를 건드리지 않고 아주 평화로운 학교생활을 할 수 있을 것 같다만?

키가 큰 한별을 올려다보는데, 눈앞이 핑그르르 돌아서 나는 그만 몸을 휘청거리고 말았다. 학교생활과 신문사 일을 병행하는 게 힘들었던 탓인지 현기증이 일었다. 사회부 기자로 밤샘을 밥 먹듯이 하고, 회식을 주식처럼 해도 끄떡없는 체력이었는데…….

아, 맞다! 지난번 회사 정기 건강검진에서 저혈압 진단이 나왔었다. 거기에 오늘 한별이 휘갈기는 셔틀콕을 받아 치려고 달리느라 무리해서 그런가 보다.

"어지러워?"

"아니, 괜찮아."

"야, 너 얼굴이 하얗게 질렸잖아!"

한별이 갑자기 소리를 버럭 질렀다. 운동장이 쩌렁쩌렁 울리도록 소리를 지른 한별은 순식간에 나를 동화 속 공주 안기로 안아 들었다.

"쌤, 애 데리고 보건실 갈게요!"

체육 선생의 허락이 떨어지기도 전에 한별은 이미 나를 안고 돌아서서 보건실을 향해 뛰고 있었다. 저 멀리에서 당황한 체육 선생의 물음이 들려왔다.

"다리 많이 안 좋냐?"

"안 좋아요!"

너는 입 꾹 다물고 있으라는 듯 한별이 인상을 구겼다. 갑자기 심장이 콩콩 뛰었다. 이 자식은 어린 나이에 여자 심장에 무리를 주는 행동을 다채롭게 구사한다. 하지만 나는 얼른 정신을 차리고 한별을 나무랐다.

"야, 너 체육 선생님 허락도 안 받고 뭐 하는 짓이야?"

"글쎄. 뭐 하는 짓일까?"

눈웃음을 머금은 녀석이 흘끗 내려다보는 시선에 장난기가 배어났다.

"내려 줘. 내가 내 발로 걸어갈게."

"싫어."

"아까 그 선배가 본단 말이야!"

"그 여자가 괴롭히면 나한테 말하라니까?"

"내려 달라고!"

나는 허공에 발장구를 치며 몸을 뒤틀었다.

"너 만약에 땅에 내렸는데 휘청대면 내가 어깨에 들쳐 멘다?"

"그래, 메라! 메!"

큰소리 떵떵 쳤는데 사악한 놈이 나를 땅에 거의 메다꽂듯이 내려놓아 버렸고, 발을 내디딘 순간 몸이 크게 휘청이고 말았다.

"아이고야."

나는 두 팔로 허공을 휘저어 간신히 중심을 잡았다.

"어쩔래, 인제?"

한별이 팔짱을 끼며 턱을 들어 올리고는 거만하게 웃고 있다.

"곱게 내려 줬으면 안 휘청댔어!"

"나 되게 곱게 내려 줬는데?"

변론이 통하질 않았다. 나는 한숨을 폭 내쉬며 고개를 떨어뜨렸다.

"후우."

입술 사이로 흐르는 바람 소리와 함께 정수리가 간질거렸다. 한숨을 내쉬는 한별을 나는 새초롬하게 올려다보았다.

"얼른 가자, 보건실."

장난기 가득했던 얼굴은 온데간데없고, 듬직하고 자상한 눈웃음이 내려다보고 있다.

"나 혼자 갈게."

"들쳐 멘다, 그럼?"

작작 좀 해. 열여덟밖에 안 된 놈이 벌써부터 사람 들었다 났다 하는 솜씨가 보통이 아니다. 승강이 끝에 결국 나는 한별의 부축을 받으며 보건실에 들어섰다.

"누가 아파서 온 거야?"

"얘요."

한별이 나를 가리키며 눈웃음을 머금었다. 한별의 눈웃음은 기본 옵션인가 보다.

"어디가 아파?"

보건 선생의 목소리에 의심이 가득했다. 한별이와 티격태격하다 보니 내 얼굴은 복사꽃 저리 가라 화사했다.

"체육 시간에 배드민턴 했는데, 무리를 좀 했나 봐요."

나는 머쓱하게 머리를 긁적이며 대답했다.

"3학년 선배가 던진 배구공에 머리도 맞았어요. 그리고 많이 휘청거렸어요. 어지럽다고."

한별이 덧붙인 말에 갑자기 신빙성이 확 떨어져 버렸다.

"봤어. 아까 운동장에서 3학년 여자애가 과녁에 조준하듯이 보고 던지는 거. 삼각관계야?"

20대 중후반으로 보이는 보건 선생이 빙그레 웃으며 물었다.

아, 우리 같이 늙어 가는 처지에 이러지 마십시다.

"삼각관계 만들 생각 없는데요?"

한별이 진중한 목소리로 내놓은 대답에 보건 선생이 쿡쿡 웃었다.

그래요, 내가 만약에 보건 선생 입장이라면 되게 재미있을 것 같기는 합니다만.

"저 선생님, 약 주시면 먹고 갈게요."

나는 얼른 약을 먹고 꺼져 버리고 싶은 심정이었다. 진한별이 전학 오면서 만천하에 내 존재를 바람직하지 못한 방법으로 알리고 있는 것 같은 아주 불길한 예감이 든다.

"그래, 줄게. 남자 친구는 가 봐."

"남자 친구 아녜요!"

발끈하며 내뱉은 말에.

"그럼 여자 친구야?"

"그럼 여자 친구야?"

너무도 진부한 질문이 되돌아왔다. 그것도 두 사람이 동시에.

나는 그저 얼굴을 붉히는 것으로 대답을 대신했다. 속에서 천불이 나서 그런 거지만, 한별과 보건 선생은 내가 민망하고 부끄러워서 그러는 거라고 착각할 터였다.

"체육 시간 끝나고, 데리러 올게."

한별은 환한 눈웃음을 날리고는 다시 운동장으로 향했다. 한별이 나가고 나자, 보건 교사가 걱정스러운 목소리로 물었다.

"몇 학년 몇 반, 누구?"

"2학년 3반, 마타리요."

"너도 쟤도 낯이 익지가 않은데?"

질문도 어딘가 날이 서 있다. 아니면, 내가 괜히 찔리는 걸 수도 있다.

"저는 작년 겨울 방학 전에 전학 왔고요. 쟤는 오늘 전학 왔어요."

보건 교사가 기가 막힌다는 눈빛으로 나를 바라봤다.

그래요, 전학 온 지 하루밖에 안 된 애가! 그것도 비주얼 덩어리인 저 아이가! 누가 봐도 노안인! 신문사에서 잠입취재가 들킬까 봐 노심초사하는 저를! 이다지도 신경 쓰고 있다는 게 놀라우시죠?

"생리하니?"

"아뇨. 끝난 지 얼마 안 됐어요."

"규칙적으로 하고?"

"네, 28일 주기로 꼬박꼬박. 어쩔 땐 한 달에 두 번도 해요."

전문가와의 상담에서는 솔직한 게 답이다.

"자주 어지러워?"

"예전엔 안 그랬는데, 요즘은 좀……."

"일단 약 먹고, 남자 친구 올 때까지 누워 있다가 가."

나는 더 이상 반박하기를 포기하고 보건 교사가 건네준 약을 삼킨 뒤, 침대에 누웠다.

아이구, 좋다.

눕자마자 몸이 노곤해진다. 보건실 침대는 예나 지금이나 천국이 따로 없다. 불면증에 걸린 사람도 이 침대에만 누우면 꿀잠에 빠질 거다. 무거운 눈꺼풀이 스르륵 내려앉으려는데, 보건 교사의 목소리가 들려온다.

"선생님 잠깐 교무실 다녀올 테니까 종 치면 가라."

"네."

나는 졸음이 가득한 목소리로 간신히 대꾸했다. 이불 속이 세상 따듯했다. '이불 밖은 위험해!' 라고 겨울마다 외쳐 대는 우스갯소리가 머릿속에 떠올랐다. 이왕 보건 교사하고 안면 튼 거, 일하다가 힘들면 보건실을 자주 들락거려야겠다.

가만, 저 보건 교사는 언제부터 일했더라? 한때 모든 교직원이 서충원 전 이사장의 수하에 있었다고 했다. 심지어 매점 관리를 했던 아주머니도 서충원 이사장의 먼 친척이었다고.

보건실에서도 좀 캘 게 있으려나? 건강염려증이 대단한 인간이었다지 아마? 그럼 이사장이 보건실에도 아마 자주 들렀을 거야. 영양제 같은 거 나 달라고 부탁했으려나? 아니면 이사장실로 직접 불렀으려나? 아, 태블릿 PC도 찾아야 하는데…….

현 이사장 윤준재의 얼굴이 머릿속에 둥둥 떠다녔다.

무슨 일을 저질러야 이사장실에 들어갈 수 있을지 고민하고 있는데, 나직한 목소리가 들려왔다.

"마타리, 아파?"

"앗! 깜짝이야!"

머릿속을 동동 떠다니던 얼굴이 눈앞에 있다.

"이사장님, 여기 어쩐 일이세요?"

"안녕하세요?"

인사 먼저 하라는 뜻인 거다.

"안녕하세요. 근데 무슨 일로……."

이 남자도 건강염려증 있나 보다.

"머리가 좀 아파서 이 옆에 잠깐 누워 있었지."

몽롱한 정신으로 딴생각에 집중하느라 닫혀 있던 옆 침대 커튼이 젖혀지는 소리도 못 들었나 보다.

"마타리는 어디가 아파?"

"그냥 좀 어지러워서요."

"전학생이 어지럽게 해?"

"그런 거 아녜요!"

소리를 발끈 지른 순간 보건실 안에서 있었던 일들이 주마등처럼 스쳐 지나갔다. 맙소사. 나 지금 이 남자 있는 데서 생리 주기까지 인증해 버린 거였다. 순간 얼굴이 새빨갛게 달아올랐다.

"열 있어?"

이사장이 커다란 손이 불쑥 이마를 짚는다. 나는 누운 것도 아니고, 일어나 앉은 것도 아닌 상체만 어정쩡하게 세운 자세였고, 이사장은 침대 헤드를 짚은 채로 몸을 기울여 나를 살폈다.

"미열이 좀 있네?"

몸이 아파서 나는 열은 아닌 것 같다. 외간 남자한테 생리 주기를 커밍아웃한 부끄러움이랄까?

"이사장님, 혹시요."

"혹시 뭐?"

"아까 여기서 주무셨어요?"

"깜빡 졸았지."

"그럼 언제 깨셨는데요?"

제발, 못 들었으면. 지극히 사적인 부분을 이 남자와 나누고 싶은 생각은 추호도 없다.

"방금."

"다행이다."

"뭐가 다행이야?"

사람이 너무 피곤하면 머릿속 생각이 필터링 없이 입 밖으로 튀어나오는 걸까.

"아, 그게. 학교 일 때문에 피곤해 보이시는데, 잠시나마 눈을 붙이셔서 다행이라고요. 일등 재단의 수장이며, 지도자이며, 얼굴이며, 대표이신 이사장님이 아프시면 안 되잖아요."

"마타리."

"네?"

"너 사회주의 국가에서도 산 적 있어?"

"아뇨."

"지도자에 대한 맹목적인 충성심이 사회주의와 닮아 있네?"

이 남자가 지금 나한테 빨갱이라고 한 거니? 내 몸에 흐르는 피는 분명 붉소만!

나는 어색한 미소를 최대한 자연스레 지으려 노력하며 무슨 말인지 하나도 못 알아먹겠다는 얼굴로 이사장을 올려다보았다.

"아니면 어린 나이에 사회생활 하는 법을 벌써 익혔나?"

그는 굳이 '어린 나이에 사회생활'이라 강조했다.

"마타리."

이사장의 얼굴이 코앞까지 다가왔다. 사람을 꿰뚫어 볼 듯 바라보는 시선에 심장이 콩닥콩닥 울렸다.

"지켜보고 있다."

소름이 오소소 돋아난다.

암 와칭 유! 암 올 웨이즈 와칭 유!

설리와 마이크 와조스키를 감시하던 할머니 몬스터의 목소리가 귀에 아른거렸다. 이 남자, 지금 그 몬스터 뺨치게 무섭다.

"뭐, 뭘요?"

"네 학교생활."

"저, 제가 뭐 잘못했나요?"

이게 다 오늘 전학 온 한별이가 남자 친구니 어쩌니 해서 생긴 일이다. 존재감도 특출한 놈이 자꾸 들러붙는 게 사달이 나지 싶었는데, 이렇게 빨리 이사장 눈에 띌 줄 누가 알았겠는가?

가만, 지켜보고 있다더니 요즘 이사장과 유독 자주 마주쳤었다. 이거 뭔가 상당히 불길하다.

"잘못한 건 아닌데…… 앞으로도 지켜볼 거다?"

분명 귀가 녹아들 것처럼 달콤한 목소린데, 자상하게 들리지가 않았다.

왜? 날 왜 지켜봐? 님 혹시 내가 여기 잠입한 거 눈치 깠어요? 왜요? 대체 왜!

내가 무언의 비명을 지르는 동안, 이사장은 유유히 사라져 버렸다. 그가 사라진 공간에는 짙은 세이지 향과 함께 물음표가 동동 떠다녔다. 이윽고 종 치는 소리가 들려왔고, 그와 동시에 보건실 문이 열렸다.

"왜 일어나 있어? 누워 있지 않고."

보건 선생이길 바랐건만, 보건실 문을 열고 들어온 이는 한별이다.

"왜 왔어? 그냥 교실로 가면 되는데……."

"데리러 온다고 했잖아."

한별이 침대에서 내려가려는 나를 부축하려 손을 뻗었다. 이쯤 되면 선을 한번 그어 줘야지 싶다.

"한별아, 미안한데 너 내 스타일 아냐."

나는 단호한 얼굴로 진지하게 내뱉었다.

"타리야, 미안한데 너도 내 스타일은 아냐."

한별이 단호한 얼굴로 진지하게 대꾸했다.

"어, 그래."

민망해서 돌아가실 것 같다.

"근데."

나는 뻘쭘하게 한별을 올려다보았다. 한별이 눈웃음을 장착하며 입을 열었다.

"스타일은 변하는 거니까."

"애석하게도 나는 평생 한 스타일을 고수해 왔어."

"네가 애석하게도 평생 고수한 스타일이 뭔데?"

나는 손을 들어 얼굴께에서 위아래로 흔들며 대꾸했다.

"미모."

한별이 풋 하고 웃음을 터뜨렸다.

"웃지 마. 나 진지해. 난 우리 엄마한테도 나중에 시집가면 남자 얼굴 뜯어먹고 살 거라고 했어. 이게 제일 중요해."

거짓말 하나도 안 보탠 사실이다. 엄마가 시집은 언제 갈 거냐고 물으실 때면 아직 뜯어먹을 만한 얼굴 가진 남자가 나타나질 않았다며 둘러대곤 했었다.

"내 얼굴은 평생 뜯어먹을 정도는 아냐?"

나는 절대 아니라는 듯 미간을 찌푸리며 고개를 끄덕였다. 그랬더니 한별의 생기발랄한 눈가에 '눈웃음'과 함께 장난기가 어렸다.

"그럼 잠깐 뜯어먹어 볼 생각은 있어?"

"입맛 버려."

나는 또 한 번 단호하게 대꾸하며 한별의 손을 뿌리쳤다.

"이거 마셔. 이건 입맛 안 버리지?"

파란색과 흰색이 섞인 이온 음료 캔을 내미는 손이 재촉한다.

"왜 이것도 입맛 버려서 싫어? 2프로 사 올 걸 그랬나?"

"아냐, 고마워."

음료수까지 단칼에 거절하기는 뭐해서 일단 받아 들었다.

"그거에 술 섞으면 어른들이 뭐라고 부르는지 알아?"

포카리가 아닌 뽕가리. 알코올을 흡수가 빠른 이온 음료에 섞어 마시면 순식간에 정신줄 놓는다고 해서 붙여진 폭탄주 이름이다.

"모르겠는데?"

사회생활 하면서 마신 소주병을 줄 세우면 지구 한 바퀴를 돌고도 남을 텐데, 나는 알코올 한 방울 입에 대 본 적 없는 듯 순진한 얼굴을 했다.

"뽕가리."

"뭔 가리? 용가리도 아니고 이름이 왜 그래?"

"그거 같이 마시면 앞에 앉은 남자한테 뽕 반해서."

이게 어서 거짓말을! 야, 누나가 마신 뽕가리가 1만 리터는 될 거다.

"그러니까 마타리. 스무 살 되면 뽕가리는 나랑 제일 먼저 마셔라."

전학 오자마자 한별의 활약이 두드러졌다. 저 자식과 최대한 멀리하려고 했는데, 대놓고 작업을 치는 판에 정신이 혼미해질 지경이었다.

한별아, 너 눈이 삐었어? 잘 봐! 누가 봐도 나는 네 이모뻘로 보이는 외모라고!

안타깝게도 나는 내가 보기에도 상당한 노안이다. 뭐 그렇다고 미친 듯이 나이 들어 보이는 건 아니고, 딱 내 나이인 스물일곱만큼이어서 고등학생으로 보기엔 힘든 얼굴이라고 할까.

가만, 혹시…… 그래서니? 또래는 가지고 있지 않은 성숙함 때문에?

나는 절대 비주얼 강자인 한별이 나한테 들이대는 이유를 나름대로 훌륭히 정리하였다. 그렇다면 또 일면 납득이 가니까.

아, 그럼 얘를 떼어 내려면 내가 좀 또래보다 모자란 척을 하면 될까? 어리바리 뜨는 맹한 여고생?

정말 캐릭터 잡는 것도 골 때린다. 방송반에서는 딱 부러지는 아나운서 하면서 정보 캐야 해, 교실에서는 쥐 죽은 듯이 있어야지, 들이대는 한별이한테는 맹한 척도 해야 하고. 지금까지 3 아이덴티티다. 숫자가 몇까지 올라가나 두고 보자.

나는 한별을 먼저 교실로 돌려보내고, 탈의실로 향했다.

"어이, 마타리."

아, 그냥 교실로 갈걸. 4 아이덴티티였구나, 안고은의 프락치. 이쯤 되면 다섯 번째로 튀어나올 나의 기가 막힌 아이덴티티는 뭘지 궁금해질 정도다. 탈의실 안, 고은이 팔짱을 낀 채로 형형한 눈을 빛내며 서 있다.

"한별이가 준 이온 음료, 마셨어?"

"아니요. 근데 한별이가 이온 음료 준 거는 어떻게 아셨어요?"

"아까 한별이가 자판기에서 뽑는 거 봤어. 아, 씨. 됐고!"

묻는 말에 순순히 대답하던 고은이 이건 아니다 싶었는지 대뜸 화를 냈다. 한별이가 준 이온 음료를 마셔 버렸으면 이승 떴겠지 싶을 기세다. 이온 음료 한 캔 때문에 꽃다운 스물일곱에 저승이를 만나고 싶지는 않다.

"내놔."

내가 살다 살다 새파랗게 어린년한테 음료수를 삥 뜯겼다.

이 나이에 삥 뜯기는 내가 호구인 건가? 보란듯이 마셔 버릴까?

갑자기 타는 듯한 갈증이 이는 듯했다. 비참함과 함께 캔을 따 버릴까, 말까 고민하는 순간.

"이건 너 마시고."

"네?"

고은은 한별이 건넨 것과 똑같은 이온 음료를 나에게 건넸다.

"아깐 좀 미안했다? 한별이가 네 어깨에 손대는 거 보고 내가 정신이 나갔었나 봐. 근데 어떻게 그 순간에 공 주워 주라는 말을 했어? 너 완전 이름처럼 타고난 프락치다!"

호들갑을 떨던 고은이 두 손을 반짝반짝 흔들며 웃었다.

"근데 너 지금은 괜찮아? 보건실 갔다고 해서 완전 걱정했잖아. 근데 너 몇 킬로야?"

"네?"

질문이 참 맥락 없다.

"몸무게 말이야."

"45킬로요."

"키는 한 155 되나?"

굳이 내 키와 몸무게를 집어 주니 참으로 고맙다. 내친김에 BMI수치도 계산해 줄 기세다.

"어쩐지 한별이가 널 너무 쉽게 들더라. 근데 뭐, 내가 너보다 더 가벼우니까. 난 42킬로. 키는 너보다 6센티 더 크다."

고은이 난데없는 데서 우월감을 드러내며 빙글거렸다. 한별이를 사이에 두고 고은과 치정극을 벌이고 있는 것도 아닌데, 뭔가 기분이 묘하게 엿 같다. 이건 다 내가 키에 민감한 탓이다.

"나 손 안 씻을 거야. 절대. 우리 한별이 핸드크림 써? 막 손에서 한별이 향기 나는 것 같아!"

황홀하다는 듯 손끝을 코에 갖다 대고 킁킁대기까지 하던 고은은 나의 황망한 시선을 느꼈는지, 갑자기 목을 '흠흠.' 가다듬으며 정색했다.

"나 음료 뺏은 거 아니다? 내 거랑 네 거랑 바꾼 거다?"

"네, 선배님."

"얘는 딱딱하게 선배님이 뭐야, 언니라고 불러."

고은이 나에게 팔짱을 끼며 배시시 웃었다.

"네, 언니."

나보다 여덟 살이나 어린 언니. 서로 어색하게 마주 보고 있는데, 탈의실 문이 벌컥 열렸다.

"언니! 우리 다음 시간 뭐죠?"

탈의실 문 앞 가림막 옆으로 모습을 드러낸 이는 아까 그 납작 가슴 선배였다.

"너는 학생이 시간표도 안 외웠냐? 영어잖아. 숙제는 했어?"

"아, 깜빡했다."

"학교는 왜 다니냐? 그리고 언니라고 부르지 말랬지!"

아주 불량스러운 일진인 줄 알았는데, 그건 또 아닌가 보다. 또 손 한 번 잡았다고 저렇게 호들갑을 떨고 얼굴을 붉힐 수 있다니, 새삼 여고생의 두근거림이 부럽기까지 하다.

"마타리! 내일부터 보고 잊지 마라!"

고은과 납작 가슴 선배가 사라지고 난 뒤, 나는 옷을 갈아입고 종이 치기 전 가까스로 교실로 향했다. 고작 50분의 체육시간 동안 심신이 너덜너덜해졌다. 아직 창창한 나이라는 말이 무색하리만큼 힘에 부쳐서 씁쓸함이 몰려왔다. 그에 비해 반 아이들은 50분이 워밍업이었던 양 날아다녔다.

"8교시 중국어, 시청각실이다!"

반장이 외치는 소리에 애들이 부산스레 움직였다.

"마타리, 너 중국에도 살았었다고 하던데? 중국어 잘해?"

한별의 물음에 고개가 갸우뚱 기울어졌다. 그렇다. 마타리는 중국 산간 고지에서 살다 온 설정이었다.

"어떻게 알았어? 나 중국에서 살았었는지?"

"아까 체육시간에 진웅이가 알려 주더라. 너 외국에서 살다가 작년에 전학 왔다며?"

"어."

"외국어 몇 개나 해?"

이게 바로 설정 구멍인 거다. 문화부에 잠시 몸담았을 때, 세계 문화기행 기사를 맡았었고 그로 인해 온갖 잡다한 지식을 넓고 깊게 갖춘 나였다.

하지만 그 모든 나라의 언어를 구사할 수야 없지 않은가?

순간 아이들의 이목이 집중되는 게 느껴졌다. 아이들의 시선에는 호기심, 경외심, 시기심을 비롯한 여과되지 않은 온갖 감정이 뒤섞여 반짝거렸다.

"어, 그게. 내가 티베트 가까운 곳에 있는 소도시에서 살았거든. 중국 사람하고 교류도 거의 없었고, 초원에서 혼자 지내는 날이 많았어. 중국어는 못해."

대륙의 스케일이 오늘따라 이상하게 고맙다.

"아, 그렇구나. 하긴 우린 북경어 배우는 거니까."

똘똘한 한별은 고개를 끄덕이며 대꾸하고는 빙긋이 웃었다.

이 상황이 한스럽구나. 누나가 딱 10년만 젊었으면 널 오빠라 부르며 네 얼굴 아주 조금 뜯어먹어 봤을 텐데…….

"나 시청각실에서도 네 옆에 앉으면 돼?"

그리 묻는 눈웃음이 세상 다정했다. 이렇게 다정한 아이가 함께 가자고 하면 지옥 끝까지라도 갈 수 있을 것 같은 막연한 신뢰감마저 생긴다.

보인다. 싹이. 무려 될성부른 츤데레, 쿨데레, 메가데레의 떡잎이!

조심하자, 이 새싹. 잠입 중인 나에게는 독초나 다름없다.

한별과 어정쩡한 거리를 유지하며 복도를 걷는데, 지옥문이 눈앞을 스쳤다.

이사장실이었다. 저 안에 얼마나 어마어마한 비리가 숨겨져 있을지 가늠이 되질 않았다.

학교에 대한 열의가 대단한 윤준재와 그룹 윤은 일등고에 대한 물재적 지원을 아끼지 않는다고 했다. 작년 겨울까지 엉망이던 급식도 이사장이 바뀌면서 호텔 세미 뷔페가 부럽지 않은 수준으로 격상하였다.

전 이사장이 그룹 윤의 사외 이사라고 했는데, 그럼 결국 지금 이사장이랑 한통속인가?

신임 윤 이사장의 투자로 바뀐 것은 급식뿐만이 아니었다. 지난겨울 방학에 리노베이션한 시청각실도 휘황하기는 마찬가지였다. 도서관처럼 칸칸이 나뉘어 있지만, 두꺼운 유리가 칸막이로 되어 있어서 정면에 서 있는 선생님의 얼굴과 칠판은 매우 잘 보였다.

그리고 책상 아래에는 애플에서 나온 최신형 아이패드가 들어가 있고, 그 옆에는 무려 뱅앤올룹슨 헤드폰이 놓여 있었다.

"오늘 배우는 노래로 수행평가 볼 거니까, 그렇게들 알고 열심히 연습하도록."

헤드폰을 머리에 얹자 귀에 익은 멜로디가 흘러나왔고, 칠판에 드리운 프로젝터 화면에는 수십 번을 돌려 본 장면이 플레이되었다.

[티엔 미미 니 샤우더 티엔 미미~ ♪]

패스트푸드점 아르바이트생 옷을 입고도 저렇게 예쁜 여자는 세상에 장만옥밖에 없을 거다. 4분가량 되는 영상을 보는 동안 나는 씁쓸한 추억에 젖었다. 중국어는 배운 적도 없는 내가 등려군이 부른 첨밀밀의 가사를 다 외우고 있는 데는 이유가 있었다.

대학에 들어가 처음 소개팅으로 만난 타과 남학생과 첨밀밀을 보았다. DVD방이 한창 유행하던 시절이었다. 아름답고 애틋한 사랑 이야기에 젖은 나머지, 나는 그 남자와 태어나서 처음으로 입을 맞추었다.

DVD방의 탁한 공기와 어두웠던 조명과 눈앞에 비친 화면을 가득 채웠던 여명의 미소와 남학생의 입에서 나던 쌉싸름했던 담배 맛. 첫 키스의 텁터름함이 떠오르자 나도 모르게 미간을 찌푸렸다.

중국어 선생님은 오늘 수업을 공으로 집어 잡수셨다. 50분 내내 노래 한 곡을 열두 번 반복 재생하고는 수업을 마쳤다. 지난 시간에 해설과 풀이를 다 했던 터라 오늘은 감상 및 연습이라나, 뭐라나.

씁쓸한 중국어 수업이 끝나고 교실로 돌아가는데, 한별이 불쑥 나타나 앞을 가로막아 섰다.

"왜 그래?"

허리를 굽힌 한별은 얼굴을 갸우뚱 기울여 내 얼굴을 깊게 들여다보았다.

"표정이 왜 그래?"

한별이 눈웃음을 싱긋 지으며 옆에 나란히 섰다. 내려다보는 시선이 세상 다정했다.

"그냥. 옛날 생각나서."

맑은 얼굴을 하고 있는 아이에게 거짓말은 할 수 없어서 에둘러 대답했다.

"뭐 중국에 첫사랑이라도 있었어?"

열여덟 남자애가 당연하다는 듯이 입에 올리는 첫사랑이라는 단어가 싱그럽다. 이렇게 바람직한 '눈웃음 꽃돌이'가 첫사랑이었으면 얼마나 좋았을까.

"설마."

아직 그런 거 없다는 듯 나는 손사래를 치며 내숭을 떨었다. 그래, 마타리는 그런 씁쓸한 첫 키스의 추억 따위 곱씹지 않는 발랄한 여고생이었으면 좋겠구나.

마타리의 첫사랑은 진한별인 걸로 하자!

"그럼 다행이고."

커다란 손이 정수리를 부드럽게 헝클어 놓고는 성큼 앞서 나갔다. 갑작스러운 손짓에 순간 심장이 멎어 버릴 뻔했다. 이 바람직한 자식은 심쿵 포인트를 본능적으로 깨우친 놈인가 보다.

"야, 머리를 이렇게!"

나는 마타리 역할에 충실하며 얼굴을 붉힌 채로 소리를 빽 질렀다. 그 순간 옆에서 딸깍거리는 소리와 함께 이사장실 문이 열렸다. 빠끔히 열린 문 사이로 긴 다리가 척 나오더니 듣기 좋은 굵직한 음성이 복도를 울렸다.

"복도에서 왜 이렇게 소란스러워?"

이 남자는 왜 이렇게 시도 때도 없이 나랑 마주쳐?

"자주 본다, 마타리?"

오오! 통했어! 나랑 같은 생각했어……가 아니라…….

"저는 여기 학생이고, 이사장님은 여기 교직원이시니까요."

나는 너무도 당연하다는 듯 대꾸했다.

"학생…… 그래, 학생……. 학생 맞지, 마타리?"

그가 물에 잠긴 듯 뭉개진 목소리로 묘한 질문을 던졌다.

"맞죠. 학생."

떨지 말자. 정신만 똑바로 차리면 산다. 식은땀이 삐질삐질 났다. 의지와 달리 동공이 미친 듯이 지진을 일으키려 했다.

쭈뼛거리며 어쩔 줄 몰라 하자, 이사장이 묘한 미소를 머금으며 가 보라고 고갯짓을 했다. 살짝 삐딱하게 고개를 까딱거린 순간, 보건실에서 맡았던 세이지 향이 코끝을 스쳤다.

제법 자연스럽게 넘어갔다. 학교 절대 권력자 앞에서 완벽하게 쪼그라든 여학생의 모습을 연기해 낸 나는 무척이나 뿌듯했다.

"마타리, 너 이사장님한테 왜 덤벼?"

어디선가 이사장과 관련한 무슨 일이 생기면 어김없이 나타나는 준스엔젤이 내 옆으로 따라붙었다.

"내가 언제 덤볐다고? 나 이사장님이 갑자기 부르셔서 완전 쫄았는데?"

"겁나 반항하는 눈빛으로 쳐다봤으면서."

"야, 그러니까 학생 맞냐고 묻는 거잖아. 네가 그렇게 눈빛으로 도발하니까."

내 연기는 완벽했다고 생각했는데……. 안타깝게도 그게 아니었다며 준스엔젤이 친절히 모니터링을 해 주었다. 사회부 기자로 굴러먹으면서 다소 도전적인 눈빛을 갖추게 된 건 사실이지만.

"마타리. 너 조심해라."

양쪽에서 빌어먹을 준스엘젤들이 내 어깨를 치고 앞서 나갔다. 달려가서 머리채를 휘어잡아 내동댕이치고 싶은 충동마저 일지만 참아 본다. 이

길 자신 없으니까. 양가감정, 소심함이 분노를 이긴다.

　복도 끝 모퉁이를 돌기 직전, 나는 고개를 돌리다 이사장실 앞을 흘끗 보았다. 그는 여전히 그곳에 서 있다. 복도를 걷는 내 모습을 뚫어져라 바라보며.

제2장 변유정 씨, 나랑 연애할래?

이튿날 아침, 식전 댓바람부터 카톡방이 시끄럽다.

[완전고은: 마타리, 일어났심?]

[마타리: 네, 선배님. 안녕히 주무셨어요?]

[완전고은: 어웅. 우리 프락치는 예의도 참 바르지. 어제 우리 꿀별이 일과를 보고해 봐봐!]

빚쟁이가 추심이라도 하듯 보고를 내놓으란다. 심지어 지금 시각 아침 7시. 아무리 많은 빚을 졌어도 아침 7시에 하는 추심은 법적으로 금지되어 있거늘. 나는 모범적인 한별의 일과를 열거하기 시작했다.

[마타리: 어제 음, 한별이는 수업 태도가 상당히 바르고, 집중력이 좋으며, 필기도 꼼꼼히 잘합니다.]

[완전고은: 하아…… 얘가 말귀 못 알아먹네.]

[마타리: ???]

[완전고은: 누구나 짐작할 수 있는 사실을 나열하는 건 보고가 아니다.]

이건 뭐 열아홉 고은의 보고 까는 수준이 신문사 데스크와 맞먹는다.

[완전고은: 나는 아주 감수성이 예민한 소녀야.]

갑작스러운 자아 고백에 나는 문화부 기자 시절 닦아 놓은 수준 높은 감상 필력을 뽐내 보기로 했다.

[마타리: 한별이의 맑은 시선은 언제나 초록색 칠판을 바라봅니다. 그래서 가끔은 그 아이의 그윽한 눈동자가 향해 있는 칠판이 부러울 정도지요. 형형색색 볼펜을 쥐고 노트 필기에 엄청난 공을 들이는데, 필기를 마치고 뿌듯하게 노트를 바라보며 손으로 한 번 쓱 훑는 동작에는 마치 제 뺨을 어루만지기라도 한 듯 가슴이 두근거려요.]

[완전고은: 꺅! 뺨을 어루만진대! 대박! 마타리 대박! 우리 마타리 잘한다, 잘한다, 잘한다! 근데 타리야.]

하트까지 붙인 다정한 부름에 오소소 소름이 돋아난다.

[마타리: 네, 선배님.]

[완전고은: 너 방송반 붙었지?]

[마타리: 아마도……요?]

[완전고은: 우리 한별이 잘 부탁한다.]

눈을 번뜩이며 빙그레 웃는 강아지 이모티콘이 하나도 귀엽지가 않다.

[마타리: 그게 무슨 말씀이세요?]

질문은 돌직구지.

[완전고은: 아마 다음 주쯤 방송반에 인사하지 않을까 싶은데? 너에게 또 하나의 특명이 내려진다는 의미와도 같다.]

진한별? 방송반?

나는 엄청 요란하게 생긴 토끼가 고개를 획 들며 머리 위로 물음표를 띄우는 이모티콘을 눌렀다.

[완전고은: 한 달에 두 번 '보이는 방송실'만 영상으로 볼 수 있고, 나머지는

다 음성 방송이야. 너에게 특명을 주겠어. 앞으로 우리 한별이 방송하는 모습 촬영해서 나한테 보내도록! 그리고…….]

그리고 뒤에 붙은 말줄임표가 형형했다.

[완전고은: 우리 한별이한테 꼬리만 쳤단 봐. 그날로 넌 요단강 쾌속 페리 VIP석에 탑승하는 거돼!]

등교 전, 소녀 감성 안고은이 내린 취재 지령은 데스패치 잠입취재와 맞먹는다. 목숨 걸고 취재하라고 데스패치라더니, 안고은은 날 위해 요단 강 쾌속 페리 VIP석을 예약해 준단다.

고맙다! 목숨 걸고 프락치 하게 생겼다.

등교 전에는 안고은이.

등교 후에는 손석기가.

아침 자습시간부터 나는 방송실로 불려갔다.

"기안서는?"

아, 맞다. 깜빡했다!

어제 진한별이 전학 오고 나서부터 이상하게 일이 꼬인다. 어디서 갑자기 툭 튀어나온 소녀 감성 안고은이 날 갈구질 않나, 이사장하고 시도 때도 없이 마주치질 않나.

그러면서 심신이 고단해진 나는 어젯밤 집에 가서 그대로 뻗어 버렸다. 고등학교 때 야자를 마치고 집에 가면, '딱 10분만 자고 일어나서 씻어야지.' 하고 교복을 입은 채로 침대 위에 누웠다가 다음 날 아침 몹시 더럽고 찜찜한 기분으로 눈을 뜨곤 했었다. 어젯밤도 그와 같은 패턴이었을까.

"나 분명히 경고했는데, 내 여자라고 봐주는 거 없다고."

일단은 숙이고 들어가야겠다.

"하루만 더 시간을 주시면……."

최대한 비굴한 목소리로 읊조리자 석기가 피식 웃음을 머금었다.

"생각해 놓은 건 있고?"

"있어요."

"그럼 기안서 만들어 올 필요 없이, 여기서 설명해 봐. 방송하면서 즉흥적인 진행을 해야 할 때가 있어. 그런 거라고 생각하고."

나는 목소리를 흠흠 가다듬었다. 머릿속으로 정리하느라 뜸을 좀 들였더니 웃음 섞인 석기의 목소리가 들려왔다.

"긴장하지 말고. 누가 보면 선배가 후배 잡아먹는 줄 알겠네?"

석기야, 너 한국대 입학하면…… 졸업한 선배와의 대면식 같은 거, 기대해도 좋아.

"생방송 인터뷰를 진행할 예정입니다. 한 달에 두 번, 보이는 방송실을 통해서 학내에서 이슈가 되고 있는 인물을 초청해 인터뷰를 진행하는 겁니다. 학교 방송실 게시판과 SNS를 이용해서 실시간 질문도 받고요. 인물 선정은 2주 동안의 추천을 통해서 가장 추천을 많이 받은 사람으로 선정하면 어떨까 합니다."

"그럼 첫 인터뷰는?"

"이사장님이요."

주저 없이 대꾸한 순간, 석기가 미간을 일그러뜨렸다.

"야."

"네?"

"너."

"네?"

"이사장님, 좋아하나?"

질문이 참 신선하다. 나는 고개를 절레절레 내저었다.

"근데 왜 이사장인데?"

내가 그 남자에 대해 캐내야 하니까! 라고 대답할 수는 없으니 나는 진부한 대답을 꺼내 들었다.

"간단하죠. 제일 높은 사람이니까요."

"식상한데?"

"학내에 존재하는 팬클럽 중에 회원이 가장 많은 장본인이기도 하고요."

"그건 신선하네. 그럼 학내에서 가장 인기가 많은 사람으로 소개하겠다는 거야?"

말해 놓고 보니 그러네. 비리를 저지른 이사장이 보통 인기가 많을 수도 있나……? 비리로 도망간 이사장은 이미 떠난 사람이고, 학생 입장에서 보기에 윤준재 이사장은 아직 특이점이 발견되지 않은 잘생긴 신임 이사장이니 그럴 수도 있겠다.

일종의 똥차 가면 벤츠 올 거라는 기대감이랄까? 이사장이 진짜 벤츠인지 아니면 또라이 질량보존법칙에 입각한 잘생긴 똥차인지는 내가 알아내면 되는 거다.

"좋은 생각이네. 대신 이사장님은 사전 인터뷰를 먼저 진행하는 게 나을 것 같다."

"그럼 좋죠!"

학교 방송에서 물을 수 없는 질문을 할 수 있으니까.

"왜 좋을까? 이사장님한테 사적인 질문이라고 하려고?"

차세대 언론인, 석기의 질문이 날카롭다.

"아닌데요. 첫 인터뷰니까 그래야 할 것 같아서……."

"흑심 있는 사람은 어떤 사람이 알아보는 건지 알아?"

석기가 팔짱을 끼며 턱을 추켜올렸다.

"모르겠는데요."

"더 깊은 흑심을 가진 사람이 알아보는 거야. 너 이사장님 진짜 안 좋아해?"

이 말은 내가 이사장에게 지대한 관심을 갖고 있는 것처럼 느껴진다는 거다. 석기의 촉은 한국대 언론학부 수시전형 합격자의 기준에 충분히 부합했다.

"안 좋아하는데요."

여기서 좋아한다고 하면, 석기가 '미래의 여자' 자리에서 날 내려 주려나 싶었다.

"상관없어."

"네?"

"맘껏 좋아해. 결국 넌."

내내 방송실 테이블 앞에 삐딱하게 앉아 있던 석기가 자리에서 벌떡 일어나 내가 서 있는 곳으로 성큼 다가왔다. 또 무슨 말을 하려고 이렇게 위풍당당하십니까?

"나한테 넘어올 테니까."

느긋하고 여유로운 목소리에서 당당함이 배어났다. 너 자신감 하나는 내가 인정 인정해 줘야겠다. 나중에 언론인이 되거들랑 절대 갑을 내세운 불의와 맞닥뜨리더라도 그 자신감 잃지 말도록!

나도 모르게 석기를 흐뭇한 표정으로 바라보고 말았다. 후배 언론인을 바라보는 선배 언론인의 애정 가득한 시선이었다.

"이제 흔들리나 보네, 마타리?"

그런데 본의 아니게 고등학교 선배를 경외심 어린 눈으로 바라보는 후배 여학생으로 비쳐졌나 보다.

"이사장님 출장 가신 걸로 알아. 출장 다녀오시면 사전 인터뷰할 수 있도록 연락해 놓을 테니까, 미리 준비해 둬."

학교 이사장이 출장을 어떤 업무로 갔을까 생각하며 미간을 좁힌 순간 석기가 진지하게 덧붙였다.

"오늘처럼 말로 바를 생각 절대 하지 말고. 인터뷰 질문 제대로 작성해. 오늘은 특별히 너니까 내가 봐준 거다."

석기가 오른쪽 눈을 찡긋하며 함박웃음을 머금었다. 사람은 안 변한다. 좀 믿음직한 선배 모습을 보이나 싶더니 곧장 본래 느끼한 모습으로 돌아가는구나. 나는 방송실을 빠져나가는 석기의 뒷모습을 물끄러미 바라봤다.

이사장의 출장이라, 일단 이것부터 캐 봐야겠다.

결국 주말이 되도록 이사장 출장에 관한 정보는 얻지 못했다.

신문사에 도움을 요청했지만, 윤준재 이사장의 출입국 기록은 말끔했다. 외국으로 나간 건 아닌 것 같고.

진척이 없는 취재 때문에 주말에도 머릿속이 시끄럽다. 그런데 조용하던 옆집이 오늘따라 더 시끄럽다. 밤을 꼴딱 새우고 아침 해가 뜨는 것을 보며 겨우 잠들었는데, 시계를 보니 30분밖에 안 지났다.

나는 눈곱만 떼어 낸 채로 문고리에 걸려 있는 녹색 주머니에서 우유를 빼기 위해 현관문을 빠끔히 열었다. 옆집 현관문이 떼어져 있고, 2424—****라는 전화번호가 적힌 조끼를 입은 인부들이 왔다 갔다 하는 것으로 보아, 옆집에 누군가 이사를 오나 보다.

나는 얼른 우유를 빼내고는 현관문을 쏙 닫았다.

"늦잠 자기는 글렀네."

200ml 흰 우유 한 팩을 습관처럼 입안으로 털어 넣은 뒤, 잠도 안 오는데 봄맞이 대청소나 해야겠다 싶어서 창문을 열어젖혔다.

봄 햇살이 따사롭다.

분리수거를 하고, 음식물 쓰레기를 갖다 버리고, 밀린 빨래를 하고, 침대 시트도 새 걸로 갈고 났더니 허기가 져서 라면을 하나 끓여 먹고, 맥주 캔 하나를 따서 책상 앞에 앉았더니 벌써 정오다.

"윤준재……. 이 남자는 왜 이렇게 정보가 없어?"

나는 그동안 수집한 윤준재 이사장의 정보를 훑으며 오후를 보냈다. 옆집은 이사 후 정리를 하는지 여전히 부산스럽다. 이 와중에 온몸을 떨며 찾는 이가 있음을 알리는 휴대전화를 나는 심드렁히 집어 들었다.

"어, 민경아."

잉여로운 나의 토요일 저녁을 구제해 줄 가능성이 전혀 없는, 친구 중에 유일한 유부녀 친구 민경이었다.

"다음 주 토요일?"

이번 주 토요일도 아니고 다음 주 토요일에 만나잔다. '넌 바빠서 못 오려나?' 하는 물음에 나는 고개까지 절레절레 저으며 대답했다.

"가지, 왜 못 가. 근데 한단아 걔가 시집을 간다, 이거지? 그때 그 디자이너한테? 대박."

— 그치, 그치? 완전 대박! 야, 호텔 스위트룸 잡아 줬대. 한단아는 뭔 복이 있어서 그런 남자를 잡았대? 완전 대박.

괜히 허전하고 헛헛한 기분이 든다. 누구는 시집간다는데, 누구는 썸은커녕 새파란 고등학생들한테 둘러싸여서, 수상한 이사장 뒤를 캐야 하는 마당에 벙어리 냉가슴 앓듯 하고 있으니.

"다음 주에 보자, 그럼."

통화를 마치려는데 요란한 드릴 소리가 들려왔다.

— 이게 무슨 소리야?

"드릴로 못 박는 소리?"

— 어, 박아? 뭘?

여고 동창 유부녀의 음흉한 목소리가 수화기 너머에서 우렁차게 울려 퍼졌다.

"너 시집가더니 되게 뻔뻔해졌다."

드릴 소리가 점점 격렬해지기 시작했다.

— 어머, 우리 유정이 화났어? 언니가 연애 못하는 친구 너무 자극했나?

음산한 민경의 웃음소리에 나는 소리를 버럭 지르고 말았다.

"죽는다! 너는 드릴 박는 소리에도 음흉해지는 거 보니까 아줌마 다 됐다?"

— 야, 너, 드릴로 못 박는 남자가 얼마나 섹시한지 알아? 근데 옆집에 환갑 넘기신 아주머니 혼자 사시잖아?

"며칠 전에 이사 가셨고, 오늘 누구 이사 들어왔어."

— 진짜? 그 할머니 평생 거기 사실 것 같더니.

"아, 몰라."

남자 친구 생겼다고, 인생은 정말 육십부터라고, 고작 스물일곱에 연애 못하고 혼자 산다고 노여워하지 말라던 염장 섞인 위로와 작별인사를 건넨 아주머니는 남자 친구와 살림을 합친다며 이사를 가셨다.

— 내 생각엔 그 옆집에 분명히 드릴을 섹시하게 다룰 줄 아는 남자가 이사 왔을 것 같아.

"끊자, 짜증난다."

— 야, 그래도 다짜고짜 가서 막 들이대지는 말고. 적당히 텐션을 주면

서 접근하도록.

"아줌마, 끊는다."

나는 민경의 대꾸도 듣지 않고 전화를 끊어 버렸다. 활짝 열어 놓았던 창문을 통해 생생히 들려오던 시끄러운 드릴 소리는 이제 조용해졌다.

밥하기는 귀찮고, 동네 분식집에 가서 김밥이나 사 올 요량으로 현관 앞에 선 나는 운동화에 발을 끼워 넣었다. 들어오는 길에 맥주도 더 사 와야겠다.

현관문을 열어젖힌 순간, 옆집 현관문이 열리는 소리가 들려왔다.

순간 민경의 음흉한 목소리가 귓전을 맴돈다.

"드릴을 섹시하게 다룰 줄 아는 남자."

고개를 돌린 순간, 나는 화들짝 놀라 현관문 안으로 도로 들어와 버렸다. 쿵쾅거리는 심장을 입에 물고 있는 기분이다. 뒤이어 들려오는 여자의 또랑또랑한 목소리가 부르는 이름에 정신이 혼미해지고 말았다.

"준재야, 맥주도 사 와."

잘못 봤나 했는데. 닮은 사람이라 생각했는데. 그래도 혹시 모르니 재빨리 몸을 숨겼는데.

"안주는 허니 버터 아몬드?"

"어."

……맥주와 허니 버터 아몬드를 사러 가는 남자, 드릴을 섹시하게 다룰 것 같은 남자.

아나운서 뺨치는 또박또박한 발음과 이지적인 목소리, 윤준재 이사장이 분명하다.

❖

토요일 밤, 옆집에 사람들이 우르르 몰려왔다가 돌아가는 정황이 포착되었다. 이사장을 다정하게 불렀던 여자의 집이기를 바랐건만, 옆집에 이사 온 주인공은 이사장이었다.

일요일 밤까지 가택 연금이라도 당한 사람처럼 집에만 틀어박혀 있던 나는 월요일 아침, 이사장이 먼저 오피스텔을 나서는 모습을 확인한 뒤에야 교복을 입고 등굣길에 올랐다.

"아 씨, 당장 이사를 갈 수도 없고. 죽겠네, 진짜!"

나는 점심시간을 이용해 정나미 선배에게 전화를 걸었다.

"선배, 큰일 났어요! 어떡해요?"

— 왜, 뭐가? 뭐 알아낸 거 있어?

"그 사람이 옆집으로 이사 왔어요."

— 누가?

"이사장이요. 무려 옆집으로 이사 왔다고요!"

— 난 또 별일이라고.

"당장 저 이사 갈 곳부터 알아봐 주시면 안 될까요?"

— 변유정. 너 내가 지난번에 했던 말 잊었어?

"……"

— 우리 사귑니다! 하고 불기 전까지는 절대 남남인 거야. 세상에 닮은 사람이 천지야. 지구상에 60억 인구가 다 다르게 생겼다고 생각하나? 마주치면 뻔뻔하게 굴어!

혈압이 올라서 뒷목이 저렸다. 내가 이런 사람을 상사라고! 물심양면으로 돕는 거 좋아하네!

씨알도 안 먹히는 통화를 마친 나는 학교 뒤 벤치에 주저앉아서 차근차근 생각을 정리해 보았다. 당장에 이사를 가는 건 현실적으로 무리가 있을 것 같고.

캐릭터……. 그래, 캐릭터! 고유의 캐릭터를 달리하면 돼!

교복은 지하철역에서 갈아입는 걸로 하고, 이사장 나가는 거 확인하고 나서 등교하고, 들어갈 땐 뻔뻔하게 변유정인 척하자. 갑자기 눈가에 습기가 차올랐다. 진짜 하다 하다 집에서도 연기를 하게 생겼다.

그날 하굣길 집으로 향하는데, 부동산에서 전화가 걸려 왔다.

— 유정 씨. 오랜만이야. 거기 유정 씨 사는 데, 건물주가 바뀌었잖아.

금시초문인 이야기를 마치 부동산 아줌마는 듣지 않았느냐는 식으로 이야기했다.

— 다른 집은 다들 주말에 와서 계약서 새로 쓰고 갔는데, 유정 씨는 언제 쓸래? 건물주가 오늘 저녁에 했으면 좋겠다고는 하는데, 시간 괜찮아?

절대 갑이 부르는데, 마다할 수는 없다.

"네, 부동산으로 가면 되죠? 몇 시까지 갈까요?"

— 어, 저녁 8시까지 오면 충분해. 회사에서 나올 수 있어?

"저녁 시간에 잠깐 가죠, 뭐. 그럼 이따 봬요."

통화를 마친 나는 지하철 문 앞에 서서 검은 유리에 비치는 얼굴을 물끄러미 들여다보았다. 회사 생활보다 고등학교 생활이 훨씬 더 힘들었다. 몰골이 말이 아니었다. 이런 얼굴을 열여덟 살로 믿다니, 자리가 만들어 주는 거짓말은 정말 감쪽같았다.

집에 도착한 나는 오랜만에 언론인 변유정으로 돌아가기 위해 치장을 해 댔다. 바빴던 탓에 인사를 나눌 만한 여유조차 없었지만, 이사 가신 아주머니를 제외하고는 이웃과 데면데면 지냈던 게 얼마나 다행인지 모르겠다.

"아이고, 유정 씨. 오랜만이야!"

마치 어제 보고 오늘 또 보는 것처럼 반갑게 맞이하는 부동산 아주머니의 얼굴을 마주한 나는 흠칫 놀랐지만, 자연스레 웃으며 인사를 건넸다.

"어머, 살 완전 많이 빠지셨어요! 운동하세요?"

"응, 운동도 하고."

얼굴을 보니 뭔가 여러 방 맞으셨나 보다.

"예뻐지셨어요. 10년은 더 젊어 보이시는데요? 제가 언니라고 불러야 할 것 같아요."

취재를 하다 보면 자연스레 붙임성이 좋아진다. 취재 대상에게 친근하게 굴어야 인터뷰가 용이해지는 법이니까.

"어우, 유정 씨는 더 어려지고 예뻐졌네, 연애해?"

"아뇨, 연애는 무슨."

고등학생 사이에서 고군분투하다 보니 제가 좀 회춘했나 봅니다.

"어, 어. 마침 저기 집주인 오네."

부동산 유리문에 달린 청명한 풍경 소리가 들려오는가 싶더니 집주인의 목소리가 이어졌다.

"늦어서 죄송합니다. 차가 많이 막히네요."

순간 그 옛날 유행가 가사가 귓가를 스쳤다.

문이 열리네요. 그대가 들어오죠♬

낮고 이지적인 음성, 귀에 쏙쏙 박히는 정확한 발음, 유려한 말투. 옆집에 이사 온 남자, 이사장이다!

문을 등지고 서 있던 나는 돌아서지도 못하고 그대로 굳어 버렸다. 등줄기를 타고 식은땀이 흘렀다. 갑자기 얼굴에 열이 오르는 것도 같고, 살갗이 따끔거렸다. 보이지 않는 손이 목을 조르는 것처럼 답답했다.

조물주 위에 건물주, 그 위대하신 갓물주가 무려 윤준재 이사장인 거다!

이거 최소 인연, 진부한 말로 운명 아닌가 싶다. 학교에서 마주쳐, 옆집 살아, 내 오피스텔 주인이란다. 무려 삼단 콤보 달성이다.

"앉아요, 들. 다른 사람들은 집주인 이사 들어오던 날 계약서 다 다시 썼는데, 우리 유정 씨만 바빠서 못 썼어요. 이쪽 아가씨가 워낙 바빠, 신문사 기자 양반이라. 인사들 해요."

순간 정나미 선배의 목소리가 허공에 메아리치듯 울려 퍼졌다.

「세상에 닮은 사람이 천지야. 지구상에 60억 인구가 다 다르게 생겼다고 생각하나? 마주치면 뻔뻔하게 굴어!」

천하의 사회부 기자 변 기자의 모습으로 완벽하게 돌아온 나는 마치 드라마 여주인공이 고개를 돌리듯 머리끝부터 회전하며 공중으로 머리카락을 흩날렸다. 시선에는 자신감 넘치는 도도함을 탑재하고, 입술은 살짝 벌린 채로 처음 보는 남자에게 호감 어린 어조로 자신을 소개하듯이 입을 열었다.

"안녕하세요, 변유정입니다."

이사장의 눈이 동그랗게 뜨이는가 싶더니 한참 동안 두 눈을 깜빡거렸다. 미간을 좁혔다가 이내 풀어진 얼굴로 미소를 머금은 그는 닮아도 이렇게 닮을 수 있나, 하는 얼굴이었다.

괜. 차. 나. 요? 마. 니. 놀. 라. 쪼?

이쪽도 놀라운 건 마찬가지다.

"안녕하세요, 윤준재입니다."

나는 여유로운 미소를 머금으며 한 번 더 묵례를 건넸다. 건물 관리에 얼마나 심혈을 기울이시려고 여기까지 이사를 오셨답니까?

"우리 유정 씨 올해 몇이지?"

"스물일곱이요."

"아이고, 스물일곱, 참 좋을 때다. 이쪽 주인은 서른셋이래. 고등학교 교사라는데. 사람 참 괜찮아 뵈지?"

부동산 주인한테 복비 주는 건물주보다 더 괜찮은 사람이 있을까. 젊은 나이에 이사장이라는 타이틀이 부담스러웠는지, 그는 부동산 아주머니께 교사로 둔갑해 있었다.

"교사라는 안정된 직업에, 월세 나오는 건물도 있어, 얼굴도 잘생겼지, 세상에 운동은 얼마나 해?"

아주머니의 시선이 은근히 이사장의 단단한 몸을 훑어 내려갔다. 아이고, 아줌마! 주책이셔!

순간 웃통을 벗어젖힌 이사장이 청바지를 느슨하게 내려 입고 드릴을 쥐고 있는 장면이 떠올라서, 얼굴이 달아올라 버렸다. 의지와 다르게 내달리는 지나친 상상력 덕분에 민망해서 이사장하고 눈을 못 맞추겠다.

"어머, 우리 유정 씨 얼굴 붉히는 것 좀 봐."

"아, 아니에요!"

세련된 현대 여성, 커리어 관리 잘된 사회부 기자 변 기자가 여고생 마타리처럼 소리를 치고 말았다.

"아주머니, 왜 그러세요. 호호호호."

나는 애써 고운 목소리로 내숭을 떨었다.

캐릭터, 캐릭터. 혼동하지 말자, 나의 캐릭터. 나는 지금 사회부 변 기자.

"그래요. 둘이 이웃이니까 사이좋게 지내고, 각별히."

아줌마는 능글맞게 각. 별. 히. 를 강조했다. 나는 여유로운 미소를 가장하며 이사장을 한 번 흘끗 보았다. 그는 으레 사무적인 태도로 시계를 한 번 확인하더니 나지막한 목소리로 입을 뗐다.

"계약서부터 작성하시죠."

"응, 내가 다 뽑아 놨어. 확인하고 도장만 찍으면 돼."

계약서에 도장 찍는 일은 1분도 채 걸리지 않았다.

"아이고, 저녁 시간이 한참 지났는데, 식사들은 했어? 혼자 사는 사람들이라, 아직 식사 전이지? 나도 저녁때 집 보여 주러 다니느라 끼니를 걸렀네. 저녁들 먹고 가."

이 아주머니께서 오늘 왜 이러시는지 모르겠다. 오늘따라 주특기인 오지랖을 맘껏 펼치시기로 작정하셨나 보다. 내가 안타까운 미소를 머금으며 고개를 내저으려는 순간, 이사장 쪽이 더 빨랐다.

"안 그래도 편의를 많이 봐 주셔서 식사 한번 대접하려고 했습니다. 가시죠."

부동산 아주머니에게 상냥하고 다정한 목소리로 속삭인 이사장이 나를 향해서도 짧게 덧붙인다.

"그쪽도."

그. 쪽. 도. 세 음절에 무한한 호기심이 묻어났다. 그리고 입꼬리가 살짝 치켜 올라간 모습이 뭔지 모르게 께름칙했다. 입술이 소리 없이 씰룩거렸다.

저녁식사는 됐다고 말하려는데, 이번에는 아주머니가 더 빨랐다. 이건 뭐 대통령 담화 뒤에 이어지는 질문 시간보다 발언권을 얻기가 어렵다.

"그래, 그래! 같이 먹고 가, 유정 씨. 그냥 가면 나 섭섭하다. 내가 유정 씨 집 몇 번이나 구해다 줬는지 알지?"

딱 한 번인 것 같다.

결국 세 사람은 부동산 근처 이탈리안 퓨전 레스토랑에 자리를 잡고 앉았다.

"요즘 전세난이 심각하잖아. 그래서 난리도 아니야."

살인적인 서울 부동산 가격, 젊은 나이에 독립하면 전세는커녕 월세 보증금 만들기도 어려운 현실이다. 집 구하러 다니는 안쓰러운 사람들 이야기를 늘어놓던 부동산 아줌마는 갑자기 화들짝 놀란 얼굴로 어딘가 급히 전화를 걸었다. 이 아줌마 참 정신없는 캐릭터다.

"어, 삐삐 엄마! 세상에 내가 깜빡했다. 응, 얼른 갈게."

어딜 가요? 삐삐 엄마가 누군데요?

나는 간절한 눈길로 아주머니를 바라보았다. 이미 아주머니는 자리를 박차고 일어난 상태다. 신에게는 아직 열두 채의 매물이 남아 있습니다! 이렇게 외치고 사라질 것 같은 비장한 분위기다.

"내 정신 좀 봐. 집 보기로 했는데, 깜빡했네. 삐삐 엄마라고, 응, 그 집 애가 삐삐가 아니고, 그 집 개 이름이 삐삐인데, 암튼 나는 가야겠네. 둘이 오붓하게 밥 먹어요, 그럼!"

아주머니는 또 오. 붓. 하. 게. 를 강조하신다.

저 아주머니께서 삐삐 엄마와의 약속을 잊은 건 절대 아닐 거라는 데 내 손목을 걸겠다. 나는 황급히 자리를 뜨는 아주머니를 바라보다가, 마주 앉은 이사장을 향해 시선을 돌렸다.

이 남자랑 내가 굳이 단둘이 마주 앉아서 밥을 먹고, 기자 변유정의 일상을 보일 필요가 있을까?

정답은 '아니다!' 였다. 혹여 내가 실수로 마타리가 학교에서 하는 짓과 똑같은 짓을 해 버린다면 지옥이 눈앞에 펼쳐질지도 모른다.

"아직 주문 전인데, 일어나시는 게 어떨까요? 제가 사무실에 다시 들어가 봐야 해서요."

나는 바쁜 일이 있는 척 손목시계를 들여다보며 의자 등받이에 걸어 두었던 핸드백을 주섬주섬 챙겼다.

"아까 아주머니 계실 때는 괜찮다고 하시더니. 저랑 둘이 식사하는 거 불편하세요?"

편할 리가 없다. 이사장은 의자 등받이 깊숙이 등을 기대앉으며 여유를 부렸다. 형형한 눈빛에는 호기심이 가득했고, 입가에는 매혹적인 미소가 머물렀다.

얼굴에 현혹되지 말자, 변유정!

"불편할 게 있나요. 기자 생활이 그래요. 이런 레스토랑에 앉아서 밥 먹는 거, 사치죠. 시간에 대한 사치."

얕게 바라보던 그의 시선이 이내 깊어졌다. 꿰뚫어 보듯 가늠하는 시선은 학교에서 마주쳤던 것과 미묘하게 달랐다.

"왜 그렇게 보세요?"

학교에선 감히 그에게 물을 수 없는 질문이 흘러나왔다.

"혹시 잃어버린 여동생 있습니까? 아니면 본인이 출생의 비밀이 있다든지."

"왜요? 누가 저랑 닮았어요?"

초면에 무슨 이야기를 하느냐며 발끈했어야 맞는 건가. 유쾌한 웃음을 짓는 그의 표정을 마주하고 있자니, 그의 마수걸이에 걸려든 것 같은 불길한 예감이 든다. 가만히 생각해 보니 이 남자, 계속 질문만 하고 있는 듯하다.

질문은 이쪽에서 나가야 하는데, 분위기에 말렸다.

"우리 학교 학생이랑 많이 닮아서, 신기해서요."

"그 학생도 어지간히 예쁜가 보네요."

스승 대 제자가 아닌 상황에서 만나니 되지도 않는 농담도 가능해진다.

"우리 학생이 그쪽보다는 좀 더 나은 것 같아요. 적어도 립스틱 번진 것도 못 알아챌 만큼 칠칠치 못한 성격은 아니거든요."

이사장의 시선이 내 입술 위에 머물렀다.

나는 핸드백에서 급히 거울을 찾았다. 그런데 거울 속에 있는 입술은 얼마 전 시즌 신상이라며 백화점 화장품 매장에서 영업당해서 산, 작년 시즌과 별다를 바 없는 핑크빛 립스틱이 곱게 발려 있다.

나는 얼굴을 와락 구기고 말았다. 그러자 이사장이 유쾌한 웃음을 터뜨렸다. 청명한 웃음소리가 일으킨 파동에 갑자기 가슴이 두근거렸다. 심히 당황스럽다.

"식사하시고 가세요. 밥 한 끼 먹는 게 뭐 어렵다고."

핸드백에 거울을 도로 집어넣은 나는 대꾸 없이 조용히 자리에서 일어났다.

"정말 죄송합니다. 아까 아주머니 말씀에는 거절을 할 수가 없었는데요, 제가 정말 지금 들어가서 정리해야 할 일들이 너무 많아서요. 나중에 기회 되면 식사는 함께하는 걸로 하죠."

그대로 돌아섰어야 했다. 그런데 일주일간 몸에 밴 습관이 무섭게 튀어나왔다.

"안녕히 가세요."

학교에서 이사장한테 하듯 허리를 90도 가까이 숙여서 인사하고 말았다. 뒤돌아서 걸어 나오는데, 황당하다는 듯 웃음이 터지는 소리가 들려왔다.

그래, 댁은 웃으세요. 저는 갑니다.

"변유정 씨."

식당을 막 나서려는데, 나지막한 부름이 들려온다.

쿨하고 시크하게 돌아서서 가려는 여자를 그대는 왜 붙드는 겁니까?

나는 부동산에서 그랬던 것처럼 '여배우 돌아서기'를 시전하며 도도한 시선으로 그를 바라봤다. 윤준재 이사장이 자리에서 일어나 성큼성큼 문가로 다가왔다.

거리가 좁혀질수록 심장이 두근거렸다. 긴장감에 목이 타들어 가고 눈가가 건조해졌다. 마른침을 꿀꺽 넘긴 순간, 이사장이 코앞에 서 있다.

"이거 바닥에 떨어뜨렸어요."

나는 무언가를 내미는 이사장의 손바닥을 내려다보고 경악한 나머지 눈알이 튀어나올 뻔했다. 이사장의 손바닥 위에는 일등 고등학교의 도서관 출입증이 놓여 있었다.

도서관 출입증에는 다행히 마타리의 정보는 적혀 있지 않았다. 그렇지만 이사장이 저걸 학교에 가져가서 카드에 적힌 등록번호로 검색을 해 본다면 마타리가 떡하니 나타날 거다. 지금 저걸 집어서 내 거라고 하면 마타리 인증이고, 그렇다고 아니라고 하면 학교 가서 검색해 볼 거고.

혹시 들리나요, 내가 열심히 짱돌 굴리는 소리?

"어디 도서관 대출증처럼 보이네요?"

나는 얼른 이사장 손바닥에서 대출증을 낚아챘다. 일단 위험한 남자에게서 물건을 빼앗고 시치미를 떼면 되는 거다. 내 거 아니라고.

"여기 먼저 왔던 손님이 떨어뜨렸을 수도 있겠네요. 카운터에 맡기죠."

나는 자연스레 돌아서서 가게 점원이 서 있는 카운터로 다가갔다.

"이거 저기 남자분이 테이블 아래에서 주우셨다고 하시네요. 누가 찾으러 올지 몰라서요."

점원이 얼떨떨한 표정으로 나를 바라보았다.

"거기 오늘 청소하고 두 분이 처음 앉으셨는데……."

손을 뻗어 점원의 입을 막아 버리고 싶었지만, 나는 빙긋이 웃으며 확신하듯 덧붙였다.

"어디 의자 위에 있다가 바닥으로 떨어졌나 보죠, 그럼."

민망하게 가게 안에는 손님이 하나도 없다.

"제가 회사에 불려 들어가서, 식사를 못했네요. 죄송해요. 다음에 꼭 다시 올게요."

나는 환히 웃으며 점원에게 사과 인사를 전하는 것을 마지막으로 가게를 빠져나왔다. 내내 점원과 이야기하는 나를 지켜보고 있던 이사장이 내 뒤를 따랐다.

내가 고개를 휙 돌려 뒤따라오는 이사장을 올려다보자, 이사장이 당황스럽다는 듯이 물었다.

"왜요?"

"뭐가요?"

"왜 그렇게 도전적인 눈빛으로 보냐고요."

"왜 따라와요?"

"가게에서 나와서 세 발자국 걸었고, 그쪽이랑 집으로 가는 방향이 같을 수밖에요. 나 그쪽 옆집 사니까."

대답을 듣고 보니 멍청한 질문을 했구나 싶었다.

"작별인사는 여기서 하죠. 그럼."

나는 고개를 한 번 까딱하고는 돌아섰다. 도도한 척 굴었는데 뒤에서 또다시 웃음소리가 들려왔다. 이 남자 이렇게 웃음이 헤픈 남자였나? 학교에서는 세상 도도하신 분이 왜 이러실까. 성큼성큼 앞서가려 다리를 쫙쫙 벌리는데, 어느새 거리를 좁힌 이사장이 옆에 나란히 섰다.

내 키는 안고은에게 말했다시피 155cm, 이 남자는 186, 7cm? 가만 보자. 31cm 차이면 다리 길이가 얼마나 더 길까?

딴생각을 하며 자꾸만 긴장감으로 타오르려는 정신을 분산시켜 보았다.

"꼭 컴퍼스 같네."

장난기가 잔뜩 어린 목소리가 들려왔다. 나는 고개를 돌려 '뭐요?' 하는 시선으로 이사장을 올려다보았다. 키가 진짜 더럽게 크다. 오래 쳐다보고 있으면 목이 뻐근해질 것 같다.

"점 하나 찍어 놓고. 거기에 중심 잡은 다음에 자기가 그릴 수 있는 최대 크기의 원을 그리기 위해서 쫙 벌어지는 컴퍼스 같다고요."

그러니까 내가 앞서가려고 짧은 다리로 애쓰던 모습이 컴퍼스 같다, 이거다?

"시비 거는 거예요?"

"작업 거는 건데요."

세상에 키 작은 여자가 걸어가는 모습을 보고 컴퍼스 같다고 놀리는데, 작업 거는 거야? 뭐 이런 엿 같은 작업이 다 있어?

"내가 짧은 다리로 그쪽 따돌리려고 걷는 게 컴퍼스 같다는데, 그게 작업이에요? 대체 어떤 종류의 작업일까. 난 도통 모르겠네."

갑자기 부글부글 끓어오른다. 피가 거꾸로 솟는 듯했다. 얼굴이 시뻘겋게 달아오르는 게 느껴질 정도였다. 하지만 말을 더 섞을수록 불리했다. 변유정과 마타리가 동일 인물이라는 힌트를 은연중에 계속 주게 될지도 모르니까.

나는 대답을 채근하듯 눈썹을 치켜올렸다.

그러자 갑자기 이사장이 우뚝 멈춰 섰다. 나란히 걷던 나도 마치 파블로프의 개처럼 멈춰 섰다. 그는 빤히 나를 내려다보고 있었다. 깊은 눈동자에 장난기라고는 찾아볼 수 없었다. 그렇다고 학교에서 학생을 바라보던 권위적인 눈빛도 아니었다.

당황스럽다. 나는 마치 눈싸움이라도 하는 것처럼 그의 시선을 받아냈다. 그런데 말끄러미 바라보는 까만 눈동자에 비친 내 눈부처가 점점 커지기 시작했다. 내 얼굴과 이사장 얼굴의 거리가 가까워지고 있었다.

뭔가 피하면 질 것 같고, 안 피하자니…… 길에서 이게 뭐 하는 짓일까, 싶어진다.

나는 눈에 힘을 주며 부릅떴다. 허튼수작 부릴 거면 각오하라는 의미였는데, 똑바로 내려오던 얼굴이 살짝 비껴가는가 싶더니 귓가에 따스한 숨결이 닿았다.

"귀엽다고."

허! 나 완전 황당해! 나 오늘 그래도 매혹적인 스물일곱 사회부 기자로 보이려고 꾸미지 않은 듯 꾸민 세미 정장에, 신상 립스틱도 바르고 나왔는데…… 귀여워?

나도 모르게 입꼬리가 뺨을 타고 올랐다.

아, 내가 이렇게 올바르게 생겨 먹은 성인 남자 작업에 걸렸던 게 언제더라?

심장이 속절없이 두근거렸다. 갑자기 설레는 감정이 일어서 어이가 없다.

"기막혀."

나는 낮게 읊조리며 콧방귀를 한 번 뀌고는 오피스텔을 향해 다시 빠르게 걷기 시작했다.

"변 기자님, 오늘 회사에 일 있다고 들어가 봐야 한다고 하지 않으셨어요?"

등 뒤에서 어느새 따라붙은 이사장이 얄밉게 물었다. 질문도 내가, 허를 찌르는 말도 내가! 해야 한단 말이다!

나는 아무렇지 않은 척 돌아서서 걸었다.

"고마워요. 그쪽이 헛소리하는 바람에 내가……."

"동요했다? 떨렸다? 두근거렸다? 설레었다? 그래서 방향감각을 잃었다?"

주머니에 손을 찔러 넣은 이사장이 비스듬히 고개를 기울이며 웃었다. 되게 사악해 보이는데, 은근히 매력적이다. 아니, 말은 바로 하자. 대놓고 매력적이다.

"인정. 윤준재 이사장님, 말 잘하는 거 인정."

나는 마치 선서하듯 오른손을 들고 읊조렸다.

"어? 어떻게 알았지? 내가 교사라고 했지, 이사장이라고는 안 했는데?"

등에서는 또다시 식은땀이 흐르고 살갗이 따끔따끔하지만, 나는 여유를 가장하며 미소를 머금었다.

"나 사회부 기자예요. 그걸 모를 리가."

나는 굉장히 유능한 기자라는 듯 허세 섞인 목소리로 대꾸했다.

"아, 나 부임한 지 얼마 안 됐는데, 내가 이사장인 걸 알 정도면 우리 학교에도 관심 있어요? 뭐 취재라도 했어요?"

네, 아니요. 로 대답하시오.

판사님! 저는 아무것도 하지 않았습니다. 학교 잠입은 저희 집 고양이가 한 것 같습니다!

너무 당황스럽다 보니 우스개 드립이 머릿속을 둥둥 떠다녔다. 그리고 나는 미친년처럼 나도 모르게 헛웃음을 흘렸다.

"그만하시죠. 아까 말씀드렸다시피, 제가 좀 바빠서요."

나는 쿨내를 진동하며 이사장을 지나쳐 역으로 걷기 시작했다. 이제 집에도 내 마음대로 못 들어가게 생겼다.

오늘 밤 바람에 스치는 별빛이 한없이 아름답다.

❖

월요일 저녁 부동산에서 이사장을 마주한 뒤로 나는 갖가지 핑계를 대며 그를 피해 다녔다. 아버지 병원에 가 봐야 한다는 핑계도 대 보고, 아프다고 꾀도 부려 보았다. 그렇게 일주일이 지나고, 너무 신경을 썼더니 삭신이 쑤시고, 정신도 피폐해져 버렸다.

가르치는 애랑 닮았다잖아. 그냥 그렇다잖아.

하지만 변유정일 때는 대차게 나오던 방어기제가 여고생 마타리가 되면 어려웠다. 이사장에게 유려한 언변으로 대들 수도 없는 노릇이고, 얼굴을 붉히며 수긍하는 것도 한계가 있는 거다.

모르겠다, 오늘은 놀자.

오랜만에 여고 동창들과의 모임, 연애와는 담을 쌓고 지내던 한단아가 결혼을 한단다. 쟤보다는 안 늦을 줄 알았는데……. 친구들 모두가 그렇게 생각하는 듯했다.

예비 신랑이 친구들과 브라이덜 샤워 파티를 즐기라며 스위트룸을 예약해 줬단다. 게다가 함께 입고 즐기라고 블랙 미니 드레스까지 보내왔다.

"한단아. 너 진짜 시집 잘 가는 것 같다. 이 언니가 넘나 뿌듯해서 눈에서 땀이 다 나네."

"그러게나 말이다. 내가 친구 잘 둬서 디자이너 맞춤 드레스를 다 입어 본다."

친구들의 칭찬에 단아는 얼굴만 붉힐 뿐이다.

드레스까지 차려입고 방 안에만 있을 수는 없다며, 남편한테 어렵게 외박 허락받고 왔다는 유일한 유부녀 민경과 새 신부 단아와 얼마 전까지 남자 친구와 헤어지고 실의에 빠져 있던 지원, 그리고 오늘만큼은 열심히 놀아 보리라 다짐한 나, 네 여자는 물 좋다는 호텔 최상층 루프 탑 바로 향했다.

"와, 여기 분위기 진짜 죽인다."

민경이 칵테일을 홀짝거리며 헤죽거렸다.

"아줌마, 입 다물어. 그렇게 좋아?"

민경을 나무라는 순간, 등 뒤에서 익숙한 음성이 들려왔다.

"단아 씨?"

"아, 안녕하세요, 호재 씨."

정말 대한민국 바닥 더럽게 좁다. 담임인 윤호재가 무려 고등학교 친구인 단아 예비 신랑의 절친이란다.

"우리 얼른 들어가자."

"변유정, 너 왜 그래?"

"들어가서 말해 줄게."

고2 때 아버지 장례식부터 팔 걷어붙이고 도와준 친구들이다. 못할 이야기가 뭐가 있겠느냐마는.

"그러니까, 사학재단의 비리를 밝히기 위해서 고등학교에 잠입취재 중이다? 근데 아까 봤던 단아 신랑 친구 호재 씨가 네 담임이라고?"

"대박. 너 그럼 요즘 교복 입고 고등학교 다녀?"

"다니는 게 아니지. 엄연한 취재라니까."

"무슨 수로?"

"자세히 알려고 하지 마, 다쳐."

"그래서 아까 그 남자 자기네 학교 학생이랑 비슷한 얼굴 있어서 놀란 거야?"

"아, 몰라. 나 어쩌냐?"

"어쩌긴 뭘 어째? 시치미 떼야지."

민경은 어이가 없다는 듯 웃었고, 착한 한단아는 걱정스런 얼굴로 물어 왔다.

"근데 호재 씨 너희 아빠 장례식 때도 왔었다는데? 그이랑 같이."

이 무슨 운명의 데스티니란 말인가?

단아의 예비 신랑, 디자이너 최강이 데뷔 전, 좋은 일에 뜻을 두고 수의를 지어 준 적 있었는데, 바로 우리 아버지였다. 어린 나이에 아버지를 여읜 학생을 돕겠다며 그 당시 친구들이 우르르 왔었는데, 그중 한 명이 윤호재였나 보다.

갑자기 마음 한편이 불편하다. 마음 놓고 놀기는커녕, 마음의 짐과 스트레스만 가중되었다.

윤씨 패밀리, 그대들은 왜 갑자기 만수산 드렁칡이 얽히듯, 나와 얽히고 또 얽히는 겁니까?

월요일 새벽, 어디선가 격한 드릴 소리가 또 들려왔다.

윤준재 이사장님 이따 출근 안 하십니까?

나는 베개를 접듯이 구부려서 귀를 막았다.

"아니 대체 드릴로 뭔 짓을 하는 거야?"

벌써 2시간째다. 대체 뭘 만들면 밤낮없이 드릴을 들고 사는 건지 모르겠다.

또다시 청바지를 느슨하게 내려 입은 채로, 복근과 흉근을 타고 흘러내리는 땀을 손바닥으로 쓸어내리며 드릴질을 하는 이사장의 모습이 눈앞에 아른거렸다.

"변유정, 미쳤구나."

머릿속이 음험하게 물들기 시작한 순간, 나는 침대에서 벌떡 일어나 창문을 열어젖혔다. 어느새 동이 터오는지 하늘이 짙은 파랑으로 물들고 있었다. 잠도 안 오는데, 일찍 준비하고 나가야겠다.

이사장이 보통 7시쯤 집을 나서니까, 6시 반쯤 나가면 되겠지 싶었다. 욕실에 들어왔는데, 이번에는 벽이 맞닿아 있는 옆집 욕실에서 뭘 박고 있는지 배관을 통해 엄청난 드릴 소리가 들려온다.

대체 욕실에서 뭘 박는 거야?

순간 민경의 음흉한 대답 소리가 들려오는 듯하다.

'욕실에서 여러 가지를 박을 수 있지.'

내 머릿속이 음흉하게 물드는 건 절대 민경이 탓이지, 내 탓이 아니다.

교복을 꿰어 입은 나는 백팩을 메고 현관문을 열어젖혔다. 그 와중에도 드릴 소리는 끊이질 않았다.

"아, 진짜 작작 좀 하지."

현관을 열면서 내뱉은 말에 누군가 대꾸하는 소리가 들려왔다.

"그죠? 잠을 못 자겠네, 진짜."

대꾸한 이는 청바지를 느슨하게 내려 입은 채로 복근과 흉근을 과시하며 드릴로 못을 박고 있을 거라 생각했던 남자였다.

바로 옆집 남자, 이사장, 윤준재.

왕왕 울리는 드릴 소리 사이로 현관문이 완전히 잠겼음을 알리는 도어록 잠김 음이 음산하게 파고들었다.

"대체 어느 집이지? 못 잤죠?"

내내 엘리베이터를 향해 있던 그의 시선이 이쪽으로 향해 왔다. 아침 댓바람부터 오피스텔 복도에서 드릴 소리를 사이좋게 나눠 듣는 게 평범한 상황은 아닌 거다.

그러니 저 남자 표정이 저럴 만도 하지. 많이 놀랐나 보다. 드릴 소리가 그렇게 놀랄 일인가……?

화들짝 놀란 이사장의 얼굴을 본 순간, 나도 동시에 굳어 버렸다. 일찍 나왔으니 괜찮을 거란 생각에 입어 버린 교복!

지금 저 보이세요? 나 귀신이다! 해 버릴까? 마타리 오늘 죽는 설정으로 갈까? 죽기 전에 이사장 앞에 한번 나타났다고?

"마타리?"

하아…… 곤란하다, 정말.

이사장이 스산한 목소리로 마타리라 불렀다.

"거기가 너희 집이 아닐 텐데……. 그렇죠, 변유정 씨?"

나는 입도 뻥끗 못하고 얼어 버렸다.

"그쪽, 정체가 뭐야?"

어떡하지? 어떡할까! 에라 모르겠다. 나는 입이 움직이는 대로 떠들기 시작했다.

"어! 안녕하세요? 이사장님. 여기 저희 사촌 언니 살아요. 변유정이라고 저랑 많이 닮았는데…… 이사장님 여기 사세요?"

내가 기자 생활 헛한 건 아니었다. 아무 말이나 내뱉었는데, 어쩐지 개연성 있어 보인다.

이사장의 얼굴에 의뭉스러운 기색이 어리자, 나는 확언하듯 덧붙였다.

"아, 언니가 한 번만 놀러 오라고 난리를 쳐서 어제 왔다가, 학교가 멀어서 일찍 나가려고 했거든요. 근데 이사장님 정말 여기 사세요?"

음산한 목소리를 내던 이사장의 입가가 한쪽으로 치솟아 올랐다. 지금 심장이 뛰는 이유가 잠입 사실을 숨기기 위해 고군분투하는 중에 긴장한 탓인지, 아니면 저 남자의 매혹적이 미소 때문인지 도통 모르겠다.

"옆집 사는 변유정 씨가 마타리 사촌 언니야?"

"네!"

"어떻게?"

"저희 큰이모 딸이요!"

엘리베이터 안에 들어선 뒤, 골똘히 생각에 잠겨 정면만 응시하던 이 사장이 나지막이 목소리를 냈다.

"내 차로 가자."

"네에?"

"학교 갈 거 아냐? 딴 데 가?"

"아, 아뇨! 학교로 가야죠."

딴 데 가느냐는 질문에 나는 괜히 찔리고 말았다. 오피스텔 지하 주차 장으로 향하자, 그는 건물주답게 반짝반짝한 검은색 수입차 앞으로 걸어 갔다.

"그럼, 변유정 씨는 아직 자나?"

그런 험한 소리가 새벽 내내 건물을 왕왕 울렸는데도, 아직도 자고 있 느냐는 듯 한심하다는 목소리였다. 아니면 변신술이 하도 어이가 없어서 한심하다는 말을 에두르는 건지도.

"설마요. 그런 소리를 듣고 어떻게 자요. 언니는 먼저 나갔어요. 근데 이사장님이 건물주라면서요? 어떻게 해 보시면 안 돼요? 완전 시끄럽던 데."

나도 모르게 본의가 튀어나오고 말았다. 그래, 어떻게 좀 해 봐, 이 건 물주야!

"사촌 언니가 사회부 기자야?"

"네."

"집안 내력인가 보네, 똑 부러지는 건."

이 남자 보시게? 변유정 한 번 보고 칭찬한 거임? 혹시 변유정한테 반 한 거임?

"오올, 이사장님. 우리 언니한테 관심 있어요?"

이사장이 '흐음.' 하며 묵직하게 목을 한 번 가다듬는다.

어머머! 이 남자, 목 빨개졌어!

나 변유정, 이 순간에 잠시 설레도 되겠습니까?

"왜? 마타리가 다리 놔 주게?"

이 남자 보시게?

"제가 저희 언니는 잘 아는데요, 이사장님은 잘 몰라서…… 다리를 놔 줄 수 있을지, 모르겠네요."

걸려들어라! 이사장님, 그대의 모든 것을 나에게 털어놓고 어필해 봐요!

"전화번호 좀 알려 줘 봐."

"누구요? 언니요?"

"어."

"언니한테 허락받아야 할 것 같은데요?"

"아니다. 계약서에 있을 거야. 그걸로 연락하면 되겠네."

변유정 전화번호 갖고 재미 좀 보려고 했더니, 실패다.

"근데요, 이사장님. 이렇게 차에 학생을 태우셨으면, 학교생활은 어떠냐, 어려운 건 없냐, 공부하는 데 도움이 필요한 부분은? 뭐 이런 질문을 하셔야 하는 거 아녜요? 어떻게 언니 얘기만 물어봐요?"

"학교생활은 지켜본 결과 별 무리 없이 잘하고 있고. 무리 없다 뿐이야? 진한별이 전학 오자마자 덤벼, 손석기는 지 여자라고 소문내고 다녀. 그만하면 교우 관계는 원만한 것 같고. 수업 시간 태도도 좋고, 성적은 시험을 한 번 봐야 알 것 같고. 그래서 내가 궁금한 걸 물었는데, 왜?"

딱히 반박을 못하겠다.

"인기가 많네, 마타리."

"이놈의 인기는 정말."

피식 웃으며 거드름을 피우자, 허를 찌르는 질문이 날아왔다.

"언니도 인기 많았나?"

"그걸 말이라고요. 근데 남자 보는 눈이 드럽게 없어서 나쁜 놈한테 한 번 데여 갖고 가슴앓이 꽤 했죠."

포장하지 못하고 팩트 그대로 떠드는 건 직업병이었다. 아무리 그래도 셀프 팩트 폭격이라니.

'저희 언니 숙맥이라 연애 같은 거 몰라요!'

이렇게 포장센터 우수 직원 뺨치는 말을 했으면 얼마나 좋을까.

"사람 사귀면서 감정에 솔직했던 거겠지. 계산하지 않고. 그래서……."

잠시 침묵이 흘렀다.

"마타리는 사람 사귈 때 이렇게 머리를 굴리나?"

나는 운전석으로 고개를 돌린 채 얼어붙었다. 두 눈만 껌벅거리는 동안 머리 위로 물음표가 두둥실 떠올랐다. 감정에 솔직해서 가슴앓이 한 건 변유정이지, 마타리가 아닌데…… 이 남자는 왜 마타리한테 묻고 있는 걸까?

"하, 하하하. 언니가 남자 조심하라는 말을 귀에 딱지가 앉도록 했거든요."

또다시 엘리베이터 앞에서 맞닥뜨렸을 때처럼 그의 얼굴에 이상한 미소가 어렸다.

"여기서 내려."

"에? 여기 학교에서 지하철로 세 정거장은 떨어져 있는데요?"

이사장은 대꾸 없이 비상등을 누르며 도로변에 차를 세웠다.

"아, 하긴. 이사장님 차 타고 학교까지 갔다가, 제가 시달릴 걸 생각하면 끔찍하네요. 그거 아세요? 이사장님, 학교에서 인기 되게 많아요."

"설마. 무섭다고 피하기만 하지."

그 어마어마한 카리스마에 미쳐 버린 여학생들이 여럿 있다는 것을,

그대는 진정 모르는 겁니까? 준스엔젤이 허구한 날, 학교 졸업하면 이사장님이랑 사귈 거라고 떠벌리고 다니잖아요!

애들이 똥인지, 된장인지 모르고 덤비는 건지, 아니면 어릴 때부터 진국을 알아보는 눈을 타고난 건지는 모르겠습니다만. 이 남자 목 또 빨개? 부끄러운 거야? 귀, 귀여워!

나는 '그럼 즐거운 한 주 보내세요, 이사장님!' 하고 활력 넘치는 인사를 건넨 뒤 이사장 차에서 내려 터덜터덜 지하철역 쪽으로 걸었다. 왠지 이번 주도 격하게 빡셀 것 같은 유쾌한 예감이 돈다.

왜 빡센 예감은 틀린 적이 없나. 교실에 도착했더니, 은진이 전에 없이 붉은 얼굴로 멍하니 교실 앞문을 바라보며 앉아 있다. 게다가 책상이 모둠 형태로 네 개씩 붙어 있다.

"반장, 이게 뭐야?"

내 질문에 대답한 건 반장이 아닌 필터링 없는 진웅이다.

"마타리, 넌 화장 안 했냐? 여자애들 화장 다 했는데?"

"화장? 왜?"

"선배 중에 사정이 있어서 1년 꿇은 선배가 있는데, 넌 작년에 전학 와서 모르겠다. 방정구라고."

"방정구?"

방정구의 별명이 방구라는 데, 왼 손목을 걸 수도 있겠다.

"그 형 때문에 여자애들 다 화장하고 난린데?"

"그게 이 네 개씩 붙어 있는 책상이랑은 무슨 상관인데?"

"아, 이건 이사장님 지시래. 토론 수업 활성화한다고."

"그래서 토론 수업 활성화랑 방정구랑 관련 있어?"

"전혀 없지."

하……. 진웅아, 너의 깐족거림은 진짜 매를 번다. 나는 주먹을 꽉 움켜쥐며 한숨을 한 번 내쉬었다. 마음 같아서는 한 대 쥐어박고 싶지만 참는다. 이번에도 역시나 소심함이 분노를 이긴다.

"오늘 일찍 왔네?"

한별이 함박웃음을 머금으며 교실로 들어섰다. 나는 한별의 꽃미소를 바라보며 가슴속에 들끓는 분노를 참기로 한다. 그런데 한별이는 알까? 안고은이 팬클럽 만들고 설치고 있다는 것을…… 팬클럽 이름이 무려 밀키웨이, 즉 은하수란다. 그중 가장 빛나는 별이 한별이라나, 뭐라나.

"근데 어디 앉아야 하는 거지?"

한별이 교실을 한 번 슥 훑고는 물었다.

"칠판에 붙은 A4용지 봐 봐. 거기 좌석표 있어."

그제야 반장이 대꾸했다. 반장이 진작 이렇게 대꾸를 해 줬으면, 월요일 아침 댓바람부터 진웅이의 필터 없는 헛소리를 들을 필요가 없었을 텐데, 애석할 따름이다.

"다행이다. 우리 또 같은 조네?"

한별이 싱긋 눈웃음을 머금었다. 그래, 대꾸 늦는 반장도 한별이의 눈웃음으로 극복하자!

자리에 앉자마자 담임이 교실에 들어왔고, 아침 조회가 시작되었다. 순간 지난 주말 호텔 루프 탑 바에서 담임을 마주쳤던 순간이 머릿속을 스쳤다.

"마타리?"

"네?"

갑자기 내 이름은 왜 불러?

출석부에 무언가를 체크하던 담임이 고개를 들어 내 얼굴을 바라봤다. 나는 켕기는 것 하나 없다는 듯 눈을 말똥거렸다. 담임은 한동안 나를 뚫어져라 응시하더니 도로 출석부로 시선을 옮겨 갔다.

"지난 주말에 뭐 했어?"

순간 동공이 지진을 일으켰다.

친구 브라이덜 샤워 갔다가 호텔에서 술 퍼먹고 놀았쪄염. 내 친구는 시집간다는데, 난 고등학생들 사이에서 이러고 있네염. 헤헤.

당황스러우니 정신이 가출하려 든다.

"마타리 뭐 사고 쳤나?"

저쪽에서 진웅이 떠드는 소리에 나는 정신을 바짝 차리고 정색하며 대꾸했다.

"내내 집에 있었습니다. 감기 기운이 있었거든요. 콜록."

넘어가라, 제발 넘어가라. 그냥 좀 넘어가라.

"알았어. 이따 수업 끝나고 마타리는 교무실로 와."

이건 마치 내가 주말에 중죄를 저질렀다가 들킨 분위기 같다.

"방정구 오면 은진이 옆에 앉게 하고."

담임의 말에 은진이 '꺅!' 하고 새된 비명을 질렀다.

나와 한별, 은진이 한 모둠에 있었고, 은진의 옆자리면 내 앞자리였다.

근데 없던 짝이 생기는 게 비명을 '꽤액—' 지를 정도로 좋은 일인가?

"방정구가 누군데?"

담임이 나가고 나서 대체 누구기에 천하의 신은진이 소리를 다 지르냐며 물었다.

"아, 너는 계속 외국에서만 살아서 모르려나? 암튼 있어, 그냥 오면 봐."

새초롬한 여고생의 얼굴에는 복숭앗빛 행복감이 가득했다. 누군지 모르겠지만, 2교시 시작을 앞두고 있는데도 교실에 코빼기도 안 보이는 걸 보면 대단한 날라리거나, 양아치거나, 노는 놈이거나, 그중 하나일 거다.

여자는 왜 나이 고하를 막론하고 나쁜 남자에게 끌리는 것일까? 한별이 같은 바람직한 아이를 두고. 나는 혼자 결정지어 버린 '나쁜 방정구'에게 빠져 있는 은진에게 언니로서 따끔한 충고 한마디 하고 싶었다.

'평강 공주는 전래 동화에나 나오는 거다. 나쁜 남자는 끝까지 나쁜 놈이야. 바보 온달처럼 변하는 남자는 없어. 자상하고 착한 놈 만나라, 아가.'

딱 한 번뿐이었던 초라한 연애사를 떠올리며 괜히 씁쓸해진 순간.

"이번 시간 진로 탐구로 바뀌었대. 이사장님 들어오신대."

이사장이 수업을 해? 진로 탐구?

애들도 하나같이 당황스럽다는 반응이다. 학내 토론 수업 활성화시킨다고 모둠으로 앉히질 않나, 이제는 진로 탐구 수업을 직접 하신단다.

수업종이 울리기가 무섭게 이사장이 교실로 들어왔다. 어김없이 준스 엔젤이 나섰다.

"이사장님, 진로 탐구가 뭐 하는 시간이에요?"

"한 달에 한 번, 진로 탐색을 위한 건설적 토론이 있을 거다."

이사장은 A4용지를 한 장씩 나눠 주었다. 종이에는 'I have a dream.'으로 시작하는 마틴 루터 킹의 연설문이 인쇄되어 있었다.

"마타리. 네가 읽고 해석해."

나란 여자, 토익 990점, 무려 만점 맞은 여자. 어마 무시한 언론 고시도 통과했던 여자다. 이렇게 유명한 연설문쯤이야, 자면서도 읊어 줄 수 있다. 유창한 발음으로 연설문을 읽어 내려갔다.

귀신이라도 지나간 듯 주위가 고요해졌고, 아이들의 집중력 게이지가 올라가는 듯했다. 그리고 나는 대학 방송국 아나운서로 활약했던 목소리로 차근차근 해석을 해 나갔다. 하마터면 끝에 습관처럼 '여러분의 UBC 변유정입니다.'를 덧붙일 뻔했다.

해석을 마친 나는 조용히 자리에 앉았다.

"마타리."

이름 세 글자를 내뱉는 목소리는 가을 낙엽처럼 건조했다. 그 건조함 때문인지 나는 괜한 갈증이 일었다. 이사장의 타는 듯한 시선도 한 몫 거드는 듯했다.

"네."

"넌 꿈이 뭐야?"

"네?"

스물일곱 변유정에게 꿈이 무어냐고 물으신다면, 댁같이 섹시한 남자와 함께 불처럼 타오르는 연애 한번 찐하게 해 보고, 한없이 자상한 어른 진한별 같은 남자를 만나 결혼도 하고, 퓰리처상을 노릴 수 있는 특종 잡아서 크게 터뜨리는 거라 말씀드릴 수 있사오나.

열여덟 마타리에게 물으신다면…… 그 대답은 모호해야 했다. 궁금한 거 많고, 하고 싶은 것도 많고, 갖고 싶은 것도 많지만, 10대는 꿈꾸는 것도 많다. 그래서 그런지 진정 자신이 하고 싶은 것이 무엇인지, 자신의 꿈이 무엇인지 아는 아이는 드물다.

가뭄에 콩 나듯 본인이 알아서, 혹은 부모나 교사 등 타의에 의해서 꿈을 정하는 아이도 있지만 20년도 되지 않는 짧은 인생을 살아온 아이들에게 100세 시대를 바라보는 지금을 살면서, '넌 앞으로 뭘 하면서 살고 싶니?' 하는 질문은 너무도 막연하고, 어리석은 것인지도 모른다. 차라리 '너희 부모님은 너 뭐 됐으면 좋겠대?' 라는 질문에 대답하는 게 더 쉬울지도.

"잘…… 모르겠는데요."

시원찮은 대꾸에 원하는 대답을 얻었다는 듯 이사장이 고개를 끄덕거렸다.

"다음 시간까지 자신의 꿈에 대해서 논하는 영문 에세이 A4용지 두 장

분량으로 작성해서 제출할 것. 폰트 크기는 10."

아이들의 한숨 소리가 여기저기서 터져 나왔다.

"마타리, 대충 아무거나 얘기하지. 아, 진짜 짜증나."

뒤에서 속삭이는 진웅의 말에 나 역시 짜증이 났다. 미간을 찌푸리자, 한별이 노트 귀퉁이를 들이밀었다.

[어른이 되면 어떨지, 진지하게 고민해 볼 수 있는 기회네.]

누나가 네 덕분에 힘이나, 한별아. 눈물이 앞을 가린다, 야.

곧이곧대로 쓸 수는 없으니, 나는 샤프를 굴려 우는 이모티콘을 하나 그렸다.

[ㅠ~ㅠ]

[깜찍이.]

[너 저 꼰대를 깜찍이라고 부르냐?]

[설마……. 지금 징징거리는 애 깜찍하다고.]

그래 인정. 진한별, 너는 스물일곱 이모를 아주 녹여 버리는구나.

흐물흐물 의자 시트로 녹아내릴 것만 같은 순간, 체육시간에 얻어맞은 배구공이 눈앞을 스치고 지나갔다.

[미안하지만, 한별아. 너 정말 내 스타일 아니다.]

[뭔 소리야. 누가 넌 정말 내 스타일이래?]

배구공으로 머리를 얻어맞은 것보다 충격이 더 크다. 이 자식, 정말 위험한 놈이다. 여자 여럿 울릴 놈.

"진한별, 마타리랑 꽤 친해졌나 보네?"

어느새 다가온 이사장의 시선이 한별이와 끄적거리던 노트에 닿아 있었다. 한별은 머쓱하게 머리를 긁적거렸고, 나는 수줍은 10대 소녀처럼 고개를 푹 숙이고 얼굴을 붉혔다.

아, 여고생이 이렇게 좋은 거구나. 10대의 하루는 이렇게 풋풋하고 아름다운 거구나.

핑크빛 망상에 젖어 있는 사이 누군가 교실 앞문을 두드리는 소리가 들려왔다.

"네."

이사장의 나지막한 대답에 교실 문이 빠끔히 열렸다.

"늦어서 죄송합니다. 비행기가 연착돼서요."

정중히 인사한 학생이 고개를 든 순간, 은진은 또다시 참지 못하겠다는 듯 새된 비명을 질렀다.

잠깐만, 방정구……. 방, 방…… BANG!

하마터면 나도 은진을 따라 비명을 지를 뻔했다.

아이돌 그룹 '더 엑스'의 리더 뱅(BANG)이었다.

그래, 뱅 본명이 방 뭐 시기였던 것 같다.

"정구는 은진이 옆으로 앉아."

"네."

이사장을 향해 깍듯이 대답한 정구의 시선이 이쪽 모둠으로 오는 순간, 나는 얼어 버렸다. 아마 얼굴도 새하얗게 질렸을 거다.

문화부에 몸담고 있던 시절, 정구가 주연을 맡았던 뮤지컬 공연 배우들 인터뷰를 한 적이 있었다. 게다가 더 엑스의 리더 뱅은 소문난 수재였다. 한 번 인터뷰한 기자 얼굴은 절대 잊는 법이 없었고, 먼저 인사를 건네는 살갑고 모범적인 성격으로 기자들이 뽑은 바람직한 아이돌 1위에 오른 적도 있었다.

나를 발견한 정구는 고개를 갸우뚱 기울이며 미간을 좁혔다. 방정구가 이쪽 모둠으로 성큼성큼 다가오자, 은진이 어쩔 줄 몰라 했다. 세상 도도했던 은진이, 그러니까 방정구 팬이었나 보다. 내 앞에 앉은 방정구가 나를 뚫어져라 바라보았다.

뭔가를 발견하기 위해 열심히 관찰하는 눈빛 같기도 하고, 그냥 무대 잡아먹을 듯이 쏘아보는 눈빛이 버릇이 되어서 저러는 것도 같고.

잠시 맥이 끊겼던 수업이 속행되었고, 정구의 시선도 다행히 나를 비껴갔다.

똑, 또르르—

정구가 바닥에 볼펜을 떨어뜨렸는지 책상 밑으로 머리를 집어넣었다.

"미안한데 펜이 그쪽으로 굴러가서, 그것 좀 주워 줄래?"

정구의 작은 목소리가 들려왔다. 나는 얼른 고개를 내려 책상 아래를 보았다.

'변 기자님?'

책상 아래서 눈이 마주친 정구가 입 모양으로 묻는다. 설마 변 기자님이냐고 물으신 거라면…….

퀴즈쇼 1대 1000처럼 '정답입니다!' 하고 박수 쳐 줄 수는 없는 노릇이었다. 나는 짐짓 못 알아먹겠다는 표정으로 미간을 찌푸리며 조용히 되물었다.

"변기? 화장실?"

최대한 멍청한 표정으로 되물었는데, 망했다. 방정구가 웃었다. 그것도 소름 끼치도록 사특하게. 소름 돋는 미소를 짓고 있는 얼굴에 확신이 들어찼다.

프락치고, 마타 하리고, 이중 스파이고, 잠입취재고. 망했다.

아니다. 망하면 정의고 뭐고 찾을 수 없다!

나는 애써 순진한 표정을 지어 내려 애썼다.

"뭐 해?"

책상 아래서 오묘한 시선이 끈적끈적하게 오고 가는 줄로만 안 한별이 조용히 끼어들었다. 나지막한 목소리에 갑자기 찬물을 확 끼얹은 것처럼 분위기가 반전됐다. 볼펜을 쥔 한별이 노트 귀퉁이로 손을 움직였다.

[좋냐?]

시답잖은 질문에 나는 대꾸 없이 교탁 옆에 선 이사장을 바라보았다. 영화배우 뺨따귀를 수백 번 올려붙이고도 남을 미모, 아나운서 못지않은 정확한 발음, 전달력 또한 분명해서 신뢰감을 담뿍 얹어 주는 중저음의 목소리.

콧잔등에 얹힌 은색 동그란 안경테는 이지적인 느낌까지 더했다.

'이사장님, 저 대학 붙으면 저랑 사귀어 주셔야 해요! 꺄륵!'

여고생의 특권은 수업 시간에 망상, 공상, 허상을 즐기는 것이다. 사악한 놈일지도 모를 이사장이라 할지라도, 그의 바람직한 비주얼만으로 수업 시간 50분 동안 연애뿐 아니라, 시집가고, 애도 낳는 시나리오까지 촘촘하게 짜고 즐길 수 있다.

머릿속으로 이사장을 남자 주인공으로 캐스팅하고 막 대학 신입생 연기를 시작하려는 순간이었다.

"질문 있습니다."

목소리의 주인공은 또 방정구다.

"꿈에 대한 영문 에세이가 수행평가라고 하셨는데요. 제가 스케줄이 빡빡해서 다음 시간에는 못 올 것 같은데요? 지금 발표해도 되나요?"

소속사에서 영어, 중국어, 일본어에 태국어까지 마스터시킨 방정구다. 게다가 다른 학생들보다 이른 사회생활을 시작해 꿈을 이루었으니 발표는 씹던 껌, 마저 씹는 수준일지도.

"정 하고 싶으면 해 봐."

이사장이 팔짱을 끼자 너른 가슴이 팽팽히 벌어졌고, 내 입술 새도 스리슬쩍 벌어졌다. 그러다 방정구가 내뱉은 말에 나는 하마터면 흘러내릴 뻔한 침을 수습하며, 미간을 찌푸렸다.

"……So I want to be the newspaperman who can dig out the truth of our society or catch the sign of the times. It is very attractive job, such as…… undercover reporter?(그래서 저는 우리 사회의 진실을 파헤치거나 한 시대의 일면을 잡아낼 수 있는 신문기자가 되고 싶습니다. 매력적인 직업이잖아요, 예컨대, 잠입취재원 같은?)"

저걸 죽여, 살려? 방정구 족치면 저 지옥 가기 전에 엑스 팬들한테 잡혀서 가루가 되겠죠?

애써 평정을 유지하기 위해 이사장의 은혜로운 얼굴에 집중했다. 나쁜 놈인지, 아닌지 모르겠지만 얼굴 하나만큼은 은혜로우니까.

"이미 가수로서 성공가도를 달리고 있는데도, 상당히 흥미로운 꿈을 가지고 있네."

잘생긴 이사장의 얼굴에 묘한 미소가 떠올랐다.

"진심은 아닌 것 같고."

이내 냉소적인 표정으로 돌아온 이사장의 얼굴을 바라보는 내 눈동자에는 하트가 동동 떠오르려고 엉덩이 모양 머리를 들이밀고 있었다. 얍삽한 방정구의 계략을 단번에 읽어 내는 저 통찰력이라니! 원래 악당은 섹시하고 영악한 법이다!

……이사장님, 이렇게 섹시하시면 곤란합니다.

4교시 수업이 끝나자, 아이들은 옆 건물에 있는 급식실로 우르르 몰려갔다. 시간표는 못 외워도 급식 식단 외우는 건 자신 있는 아이들은 식판과 수저를 들고 앞사람과 밀착해서 일렬종대로 서 있었다.

"이사장 짜증나. 얼굴만 잘생기면 뭐 하냐? 그러니까 연애도 못하고, 장가도 못 간 노총각이지."

은진은 콧바람이 숭숭 나도록 씩씩거리며 입을 삐쭉거렸다. 30대 초반인데, 노총각은 심하지 않니?

"이사장이 왜?"

"우리 정구 학교 오랜만에 오는 건데, 용기 내서 발표도 했는데 쪽팔리게. 왜, 아이돌 가수가 기자가 꿈이라는데, 그게 이상해? 우리 정구도 10대고, 꿈은 수시로 바뀔 수도 있는 거잖아. 우리 정구 머리도 좋은데!"

"누가 이렇게 오빠 이름을 예쁘게 부를까? 겁도 없이?"

언제부터 뒤에 있었는지, 어떤 연예부 기자가 '목소리로 애무하는 아이돌'이라 칭한 방정구의 감미로운 음성이 들려왔다.

"어, 어? 정구야. 안, 안녕?"

"좀 전에 교실에서 보고 또 인사야?"

친근하게 구는 정구의 질문에 은진의 얼굴이 새빨갛게 달아올랐다.

"그리고 너, 마타리?"

나는 대꾸 없이 고개만 비틀어 올렸다. 요즘 애들은 대체 뭘 먹고 이렇게 크는지, 한별이도 그렇고, 방정구도 그렇고. 시선을 한참 올려야 눈을 마주칠 수 있다.

"반갑다? 우리 어디서 본 적 있는 것 같지 않아?"

전혀 반기는 게 아닌 것 같은 느낌은 너도 알고, 나도 알고, 얘도 알고, 쟤도 알고, 우주가 알 것 같다!

"아니, 초면인 것 같은데……?"

"아, 초. 면. 에 미안. 내가 괜히 말 걸어서 불편한 눈치네?"

"유명한 아이돌이 알은척해서 시선 끄는 거, 좀 불유쾌하긴 하네."

"아! 아무리 친. 구. 라도 내가 너무 예의 없게 굴었네. 미안."

"좀 조심해 줘. 나 학교생활 조용히 하고 싶어."

뒷말은 붙이지 말 걸 그랬다.

"외국에서 계속 살지, 작년에 한국엔 왜 왔어?"

곤란한 질문이 계속 이어졌지만, 나는 짜인 시나리오대로 대답했다.

"아버지가 많이 아프셔. 그래서 돌아왔어."

고등학교 때 돌아가신 아버지 생각에 울컥한 마음이 들어서 나도 모르게 말끝이 흐려졌다.

"방정구. 적당히 해라. 오늘 처음 본 애한테 뭐 하는 짓이야, 지금?"

날 선 목소리를 나무란 이는 한별이었다. 나는 슬쩍 고개를 돌려 뒤쪽에 있는 한별을 향해 입 모양으로 고맙다는 인사를 전했다.

"미안해. 잘 모르겠지만, 우리 학교 전학생 잘 안 받는 학교거든. 근데 이례적인 전학생이어서."

나는 고개를 돌려 한별을 바라봤다. 얘도 전학생인데?

"그렇지, 진한별? 특별한 이유가 있지 않고서야…… 안 받잖아?"

정구의 눈동자가 반짝 빛났다. 마치 한별에게는 그런 특별한 이유가 있다고 말하는 듯했다.

한별의 얼굴이 미세하게 일그러지는 걸 본 정구가 환히 웃으며 덧붙였다.

"다른 애들은 나랑 일등초―일등중―일등고까지 같이 다닌 애들이라, 내가 너무 잘 알거든? 근데 너랑 나는 잘 모르잖아? 그래서 나 너랑은 친구 못하겠다. 나 사실 가수 활동하느라 학교를 1년 쉬었거든."

"그래서?"

"중학교 때 후배였던 애들이랑 같이 학교를 다니는 거긴 한데, 별로 불편한 건 없었거든. 워낙 다들 잘 알 만한 집안 애들이어서."

"……."

"넌 잘 모르겠으니까."

"그래서, 하고 싶은 말이 뭐야?"

"넌 나한테 오빠라고 불러."

기가 막힌 나머지 입이 떡 벌어졌다.

"아, 방정구 저 새끼 또 시작이네. 마타리, 신경 쓰지 마. 쟤 좀 또라이야."

진웅이 또 여과 없이 떠들어 대자 은진의 얼굴이 붉으락푸르락 달아올랐다. 하지만 은진은 이내 가라앉은 목소리로 입술을 달싹였다.

"정구가 좀 예술적인 일을 하다 보니까 애가 표현 방식이 독특해. 저건 처음 본 친구가 반갑다는 의미야."

보통의 10대 소녀라면 '우리 정구가 왜 마타리 너한테 작업 걸어?' 하고 씨근덕거릴지도 모를 일이다. 그런데 은진은 나를 설득하며 빙긋이 웃었다. 본인이 그 논리에 설득당하고 있는 걸지도 모르겠지만.

그런데, 애석하게도 아이들의 해석은 모두 틀렸다. 또라이도, 예술적 기질 다분한 아이돌도 아닌 거다. 방정구는 지금 마타리로 분한 변유정이 왜 이 학교에 와 있는지에 대해 강한 의구심을 품고 적개심을 한껏 드러내고 있을 뿐이다.

유명 아이돌 BANG의 사생활을 캐려고 잠입했다고 오해하고 있는 걸까?

정구야, 그거 아냐. 오해야. 내가 캐는 건 네가 아냐!

끊임없이 시비를 거는 정구를 무시하며 재빨리 점심 식사를 마친 나는 방송실로 향했다. 그런데 느닷없이 한별이 내 뒤를 졸졸 따랐다.

"너 왜 계속 나 따라와?"

"나도 너랑 같은 데 가니까."

"방송실?"

"어."

점심 방송은 원래 마타리가 하기로 되어 있었다. 그런데 그 자리를 누군가 당분간 대신할 거라고 했는데.

"혹시 너야?"

"점심 편성 바뀐 거?"

"응."

"어. 맞아."

한별이 싱그러운 웃음을 머금는다. 전학 온 애들 방송실에 집어넣는 게 이사장 취미인가 보다.

방송실에 도착하니, 오늘부터 마타리는 한별의 점심 방송을 모니터링하라는 지시가 떨어졌다.

안 돼! 내 방송은! 내 인터뷰는!

한별은 어느샌가 방송 부스 안으로 들어가 버렸고, 석기가 들어와서 방송에 관해 브리핑을 시작했다.

"한별이 하는 거 잘 봐. 되게 잘하니까."

"잘하는지 선배가 어떻게 알아요?"

"봐. 보면 알아. 그리고…… 타리야."

갑자기 끈적해지는 목소리에 나는 이제 선을 그어야지 싶어서 결연한 목소리를 냈다.

"선배님, 저 드릴 말씀이 있는데요."

"뭔데? 말해 봐."

"저 실은, 집이 엄청 엄해요. 아빠가 아프셔서 한국에 오기는 했는데, 예전에 몽골 초원에서 맨손으로 말 백 마리도 잡으신 분이세요. 저 이성 교제 같은 거 하는 거 알면, 선배…… 그 백 마리 말처럼 될지도 몰라요. 흑."

나는 오른손을 올려 입을 틀어막으며, 울음을 참는 시늉을 해 보였다.

"타리야, 너 혹시 집에서 학대받고 있는 건 아니지? 어쩐지 이상하다 했어! 어떻게 이 나이가 되도록 학교를 안 보내?"

석기는 내 양어깨를 움켜잡으며 정의감에 불타올라 외쳤다.

"오빠가 구해 줄게, 걱정 마."

그래, 석기야. 근데 넌 정말 구제할 방법이 없다. 너 같은 구제불능 답 정녀를 대체 어떡하면 좋을까?

"학교에 누군가 감시하는 눈이 있을지도 몰라요, 선배. 이러시면 선배 만 힘들어져요."

나는 조심스레 석기의 손을 밀어내며 애써 웃음 짓는 양 아련한 미소를 머금었다.

"학교에? 세상에! 말도 안 돼!"

석기는 괴로운 얼굴로 나지막이 읊조렸다.

"대체 어른들은 왜! 타리야, 오빠는 어른이 되는 게 싫다."

상심한 표정으로 방송실을 뛰쳐나가는 석기의 뒷모습을 바라보며 나는 한숨도 내뱉지 못하고 멍하니 서 있었다. 방송 부스 안에서 한별이 이 쪽을 바라보며 '왜?' 하고 묻는다.

아, 이걸 어떻게 설명하지?

어깨를 으쓱하고는 씩 웃어 보이자, 한별이 그제야 눈웃음을 머금었다.

아, 은혜로운 눈웃음. 힐링된다.

오프닝 시그널이 흐르고 방송이 시작됐다. 나는 말 잘 듣는 학생처럼 누군가의 지시대로 한별이 방송을 진행하는 모습을 지켜보았다. 그런데 방송실 밖으로 나갔던 석기가 이내 다시 안으로 들어왔다. 핏기 하나 없이 하얗게 질린 얼굴이 안쓰럽기까지 하다. 심지어 눈가가 촉촉이 젖어 있다.

"저기, 타리야."

이 상황이 믿어지지 않는다는 듯 석기는 고개를 절레절레 저으며 한숨을 내쉬었다. 고통 가득한 시선은 세상 비애를 다 짊어진 것처럼 보일 정도다.

"네, 선배님."

왜 부르셨어요, 하는 표정으로 올려다봤더니 석기가 울음 섞인 목소리를 냈다.

"인어공주의 마음을 이해할 수 있을 것 같아."

이건 무슨, 인어공주가 다리 만들어 달라고 문어마녀 찾아가서 봉창 두드리는 소린지 모르겠다.

"바라보면 바라볼수록, 마음이 아려."

봄 타는 열아홉 소년 감성에 장단을 맞춰 줘야겠다.

"……새드엔딩이죠? 인어공주…….."

"아니야!"

느닷없이 석기가 소리를 치는 바람에 나는 소스라치게 놀라고 말았다. 석기의 소년 감성이 봇물 터지듯 흘러넘쳤다. 엔지니어석에 앉은 아이 두 명은 눈이 곧 뒤통수로 몰릴 듯했다. 뒤를 돌아보고 싶지만 석기의 서슬 퍼런 외침에 고개가 굳어서 돌아가질 않나 보다.

"넌 사랑을 몰라. 인어공주는 완벽한 해피엔딩이야. 물거품이 된 인어공주는 자신의 숭고하고 고결한 애정을 해할 자 없는 절대적 영역에서 왕자님과 영원토록 함께하는 거라고!"

버럭 소리를 지른 석기가 또다시 방송실을 박차고 나갔다.

언젠가 먼저 결혼한 선배 기자가 이런 말을 한 적이 있다. 싸우고 나서 툭하면 집을 나가는 남편 때문에 돌아 버리겠다고, 도망가 봤자 주차장에

세워 둔 차 안에 앉아 있는 게 다라고. 꼭 찾으러 와 주길 바라는 사람처럼 나라 잃은 표정으로 운전석에 앉아 있는 남편 달래서 엘리베이터 타는 처참하도록 피곤한 여정을 아느냐고.

석기야. 네가 가 봐야, 학교 안이잖아. 너에게서 피로한 남편상의 향기가 느껴지는구나.

고개를 절레절레 내젓다가 방송부스 안에 있는 한별과 눈이 마주쳤다. 한별은 '무슨 일이야?' 하는 표정으로 이쪽을 바라봤고, 나는 '아무 일도 아냐.' 하는 얼굴로 어깨를 으쓱해 보였다. 그러자 한별의 입가에 못 참겠다는 듯 상큼한 미소가 어렸다.

그래, 한별아. 우울할 땐 레몬 사탕이 아니라, 레몬처럼 상큼한 네 미소를 봐야겠구나.

"주식시장에서는 주말 동안 터진 악재로 인해 주가가 급격히 떨어지는 월요일을 블랙 먼데이라 부른다고 합니다. 일등인의 월요일 오전은 어떠셨나요? 주말에 있었던, 혹은 아침에 겪은 스트레스로 인해 블랙 먼데이를 맞은 일등인이 있다면, 오후에는 그에 상응하는 반짝이는 보상이 주어지길 바랍니다. 지금까지 여러분의 IBS 진한별이었습니다. 오후에, 졸지 마요."

전설이 된 새벽 라디오 끝인사인 '잘자요.' 의 아성을 무너뜨릴 만한 마무리 멘트다.

'오후에, 졸지 마요.' 라니. 너 참 대견하다.

이놈 실력이 보통이 아니다. 아, 맞다! 안고은이 촬영도 하랬는데! 나는 뒤늦게 방송 부스를 정리하고 있는 한별의 모습을 촬영했다. 요단강 익스프레스는 타고 싶지 않으니 말이다.

근데 안고은은 진한별이 방송반에 들어올 걸 어떻게 알았지? 이전 학교 방송반에서 유명했나? 어디 전국 고교 방송제 같은 거 나가서 상이라도 탄 걸까?

자존심에 묘한 실금이 그어졌다. 지면 기자이기는 하지만, 현 언론인이 고교 방송반 아나운서한테 선방을 빼앗긴 셈이었다.

방송 부스를 대강 정리하고 나온 한별은 약간은 우쭐한 표정이다.

"잘하더라?"

"내가 좀 하지?"

석기와는 신파극을 찍다가 한별과는 청춘 드라마를 찍고 있으니, 눈치를 보던 1학년 엔지니어들이 슬금슬금 자리를 피해 방송실을 빠져나간다. 석기 선배는 차였고, 한별 선배랑 썸 타나, 하는 물음이 아이들 머리위에 동동 떠 있다.

"아까 석기 선배랑은 무슨 이야기 했어?"

돌려 말하는 법이 없다. 세상 즐거운 일만 상상하며 천천히 즐겨도 될나이에 가장 빠른 방법을 택하는 게 틴에이저의 특권인 양, 질문이 단도직입적이다.

"그냥 고전 문학 이야기했는데, 의견이 좀 달랐어."

"고전 문학?"

"안데르센 이해하는 방식이 지나치게 낭만적이시더라고. 나는 현실주의자라."

"낭만이라……. 인어공주?"

나는 대답 대신 고개만 끄덕거렸다.

"그럼 타리 넌, 만약에 사랑하는 사람이 죽는다면 어떨 것 같아?"

"잠깐은 슬프겠지. 힘들 거고. 하지만 시간이 지나면 슬픔은 옅어지잖아. 그 슬픔 그대로 안고 살아간다면 얼마나 힘들겠어?"

"……잊히는 거지, 그 사람은?"

"잊지는 않겠지. 생각하는 횟수가 잦아들 뿐이지."

"그게 잊히는 과정인 거잖아. 생각의 횟수가 줄고, 기억이 양이 적어지는 게."

열여덟, 아버지를 잃었을 때, 말 그대로 디디고 있던 세상이 무너진 듯했다. 날 지지하던 세상이 무너지는 것을 목도하는 것, 다시 발밑 땅을 다지고 일상으로 돌아오는 동안 슬픔이 무뎌지는 것도 괴로웠고, 좋은 기억만 더듬으려 노력하는 일조차 버거웠다. 잊기 위한 노력은 불가능한 일이라는 걸 깨달은 셈이다.

"그거 알아? 한별아, 잊기 위한 노력은 하고 싶다고 되는 게 아니다? 그럼 히트곡 중에 이별 노래도 없을걸? 시간이 지나 자연스레 기억이 미화되고 추억을 벗 삼을 수 있는 때가 오면 슬픔이 옅어지기는 하지만, 상실의 상처는 가슴속에 흔적을 남겨."

감당할 수 없는 슬픔이라도 있는 듯 한별의 얼굴에 그늘이 드리운다. 나는 손을 높이 들어 한별의 어깨를 툭툭 건드렸다.

"왜 이렇게 어깨가 처졌지, 진한별? 어울리지 않게? 어디서 약한 모습이야?"

"하지 마, 타리야. 떨려……. 네가 이러면."

나는 허공으로 손을 뻗은 채, 얼음이 되어 한별의 뒤통수를 올려다보았다.

"가자, 수업 시작하겠다."

"어."

교실로 향하는 동안 나는 한별의 뒤를 조용히 따랐다. 완벽한 듯 보이는 아이의 뜻 모를 쓸쓸함.

한별아, 너는 쓸쓸하지도, 아프지도, 힘겹지도 않은, 그런 어른이 되어 가면 좋겠다. 너처럼 맑고 바른 어른이 있으면 좋을 것 같아.

괜히 눈물이 핑 돌아서 나는 눈을 크게 한 번 깜빡거리고 교실 안으로 들어섰다.

❖

　수업이 끝날 무렵, 잠을 설친 탓인지 노곤함이 몰려왔다. 그런데 하필 집에 가기 전에 상담실에 들르라며 이사장이 불러 댔다. 나는 애먼 책가방 끈을 비비 꼬며 상담실 문을 두드렸다.

　"들어와."

　안에서 들려오는 낮게 성긴 목소리에 갑자기 심장이 두근, 울렸다.

　"부르셨어요?"

　"안녕하세요?"

　심장이 제멋대로 울렁거린 탓에 부른 목적을 묻는 질문을 먼저 꺼냈더니 꾸지람이 돌아왔다.

　"안녕하세요?"

　"그래, 점심 방송은 잘 봤고?"

　"네."

　"대본은 한별이가 직접 짤 거야. 일주일 정도 지켜보고 다음 주쯤에 방송 대본 한번 짜 봐. 기획 회의는 방송반 전체가 해서 요일마다 콘셉트와 주제를 정하니까, 거기에 맞춰서 하면 되고."

　"근데요, 이사장님."

　"어, 왜?"

　그는 또다시 느슨한 동작으로 안경을 벗어서 손수건으로 뽀드득뽀드득 소리가 나도록 닦았다. 그 모습에 나도 모르게 마른침을 꿀꺽 삼켰다. 안경 닦는 손이 세상 섹시하다.

　"너 점심 제대로 먹었어?"

"네, 먹었는데요."

"배고플 때 됐나? 왜 입맛을 다셔?"

말문이 콱 막혀 버렸다.

님이 너무 섹시해서 본능적으로 그랬습니다, 네.

"좀 긴장돼서……."

나는 고개를 15도 아래로 꺾어 내리며 수줍은 표정을 지었다.

"뭐가? 방송이?"

"네, 그것도 그렇고요. 또……."

"또?"

"아까 아침에 저희 언니 이야기 하셔서 계속 신경 쓰였단 말이에요."

"너희 언니 이야기?"

고개를 비스듬히 기울여 나를 보는 그의 눈동자가 이채롭게 반짝거렸다.

변유정, 그 손에 들고 있는 삽을 당장 내려놓아라!

"아, 뭐 저는 청춘남녀가 연애하신다는 데 반대할 생각은 추호도 없지만, 저는 모르게 하셨으면 합니다. 입장 바꿔 놓고 생각해 보면, 이사장님은 사촌 형이 이사장님 상사랑 연애하는 얘기 듣고 싶으세요?"

"내가 네 상사야?"

나는 열심히 삽질을 시작했다.

"아니, 그렇다는 게 아니고요. 그럼 생각해 보세요. 이사장님이 고등학생인데, 사촌 형이 꼰대랑 연애하는 얘기 듣고 싶으세요?"

"꼰대?"

저러다 안경알 닳겠다. 뿌득뿌득 소리를 내며 현란하게 움직이는 손가락에 내가 정신줄을 놨나 보다.

"죄송합니다. 무릎이라도 꿇을까요?"

"나라라도 팔았냐?"

"나라는 안 판 것 같은데요, 스승은 판 것 같아서요."

"하하."

재미있다는 듯 유쾌한 웃음을 터뜨리는 이사장을 따라 나도 어색하게 웃어 버렸다.

"하하, 하하하하."

그랬더니.

"넌 웃지 마."

싸늘한 어조가 이어졌다.

"네……. 근데 정말 왜 부르셨어요?"

"스승이 제자 부르는 데 이유가 있어야 하나?"

당장 달려가서 눈부신 투명도를 자랑하는 저 안경을 집어 던지고, 멱살을 휘어잡은 뒤 묻고 싶어졌다. 너 나, 변유정인 거 눈치 깠지?

눈치를 챈 것 같기도 하고, 아닌 것 같기도 하고. 사람 헷갈리게 하는 재주가 멈춘 듯 돌아가는 인셉션 팽이 빰쳤다.

"언니는 보통 몇 시에 끝나?"

"글쎄요. 사회부 기자라 집에 들어오는 게 기적일걸요."

"외국 생활 오래 했는데도, 사촌 언니랑은 친한가 봐?"

"딱히 친하지는 않고요."

"근데 언니 집에서 자?"

"이사장님."

단호한 부름에 그는 고개를 반대쪽으로 비스듬히 기울이며 '왜?' 하고 되물었다.

"학생도 프라이버시라는 게 있어요. 지켜 주세요."

"교사는 학생의 학습 지도뿐 아니라, 생활 지도에 관한 의무도 갖고 있어. 우리 학교 학생이, 그것도 전학 온 지 얼마 되지 않은 학생이, 왜 집이 아닌, 그것도 엄청나게 바빠서 건물주하고 식사 한 끼 할 시간도 없는 사회부 기자인 사촌 언니의 집에서 유숙을 했는지에 관해 알 권리 정도는 있다고 봐."

유숙, 남의 집에서 잔다는 말을 어렵게 표현했다는 것 자체가 함정이었다.

"유수글요?"

단어를 콕 집어 되묻자, 그가 묘한 미소를 지으며 대꾸했다.

"유숙, 다른 집에서 자는 것. 학생이 유숙을 하는 것에 대한 교사의 Right to know."

Right to know, 알 권리. 미국의 저명한 저널리스트 켄트 쿠퍼가 AP통신 임원으로 근무하던 시절 어떤 강연에서 처음 사용한 말이다.

굳이 저런 말을 입에 올리는 저의가 뭘까.

"아빠는 병원에 계시고, 엄마도 아빠 옆에 계시고⋯⋯. 혼자 자는 게 좀 무서워서 그랬어요."

내내 뾰족한 태도를 유지했던 그의 얼굴에 일면 연민의 기색이 어렸다. 한숨을 한 번 내쉰 그는 이내 아련한 미소를 머금었다.

"안쓰럽게 보지는 마시고요."

"가 봐."

"네."

나는 꾸벅 인사를 하고 이사장실을 빠져나와 곧장 계단을 내려갔다. 오늘 하루도 정말 피로하다.

학교 현관을 나와 운동장 옆길을 지나는데, 교복 재킷 주머니에 넣어 두었던 전화가 웅웅 울렸다. 이사장과 이야기하는 동안 메시지가 많이도 들어왔다.

변유정용 휴대전화와 마타리용 휴대전화. 두 개 중 나는 사회부 기자용을 먼저 꺼내 들었다.

어디 호구 잡혀서 괴롭힘당하지는 않느냐는 선배 정나미의 카톡. 그리고 뜬금없이 연애하자는 모르는 번호의 문자가 있었다.

나는 들어온 문자를 또박또박 읽기 시작한다.

"변유정 씨, 나랑 연애할래?"

기가 막혔다. 방금 전에 안경을 열심히 닦아 대던 남자의 얼굴이 노래방 홍보용 풍선 인형처럼 정신없이 머릿속을 휘저었다.

"집에 안 가고 여기 서서 뭐 해?"

"으억!"

갑자기 그 얼굴이 눈앞에 휙 나타나서 나는 한 걸음 물러서며 충분히 기겁해 주었다.

"왜 그렇게 놀라? 못 볼 거 봤어?"

이 남자, 본인이 방금 문자 보내 놓고서, '어떻게 하고 있나?' 반응 보러 나온 분위기다.

"벌써 퇴근하세요?"

"어, 그럼 교직원은 학교 운동장에 이순신 장군이 살아 움직여서 한산도 대첩이라도 한 편 찍을 때까지 있어야 하나?"

장난스럽게 물으면서도 그는 휴대전화를 계속 만지작거렸다.

"누구 연락 기다리세요?"

"어, 마타리 씨 언니."

빚쟁이가 원리금 상환 독촉하듯 대답이 당연하다.

"오늘 언니랑 만나기로 하셨어요?"

"연락이 안 되네. 전화나 한번 해 볼까?"

나는 손에 들고 있는 전화기의 전원 버튼을 꾹 눌러서 꺼 버렸다. 함께

걷고 있는 중에 타이밍 딱 맞게 휴대전화에서 진동하는 소리가 들려오는
건 곤란할 테니 말이다.

이사장이 진짜 변유정에게 전화를 거는 건지 휴대전화 화면을 툭툭 두
드렸다. 나란히 걷고는 있었지만, 키 차이 탓에 안타깝게도 휴대전화 화
면이 눈에 들어오질 않았다.

우웅, 우우우웅. 우우—.

교복 재킷 주머니 속에서 스산한 진동이 느껴졌다. 두 개의 휴대전화
가 부딪치며 내는 진동 소리가 요란했다.

……나 마타리 전화 껐니?

"마타리, 전화 오나 봐?"

이사장이 곁눈질로 내려다보며 물었다.

"그, 그런가?"

"안 받아?"

"아, 이사장님 계시는데 개인적인 전화 받기가 곤란해서요."

"괜찮아. 받아도 되는데?"

이사장이 채근하듯 턱짓했다.

돌아 버리겠다. 여기서 휴대전화를 꺼내지 않으면 뭔가 숨기는 것 같
은 모양새고, 그렇다고 변유정 휴대전화를 대놓고 꺼내서 받을 수도 없
고.

"어서 받아."

또다시 전화를 받으라며 닦달하는 이사장 때문에 식은땀이 흘러내리
려는 순간, 신호가 끊겼다. 그리고 그와 동시에.

"안 받네."

이사장이 귀에 대고 있던 휴대전화 화면을 내려다보며 아쉬운 미소를
머금었다.

"그래요? 언니 아마 바쁠 거예요."

"한 번만 더 해 봐야지."

겁나 집요한 이사장 놈아! 여기서 이러시면 곤란하거든요!

또다시 주머니 속에서 휴대전화가 울렸다. 왜 나는 신호가 끊겼을 때 바로 전원을 꺼 버리는 기지를 발휘하지 못했을까?

동공이 미친 듯이 흔들려서 땅이 뒤틀리는 기분이었다. 손끝이 바들바들 떨렸다.

"아이고, 미안. 내가 마타리한테 전화하고 있었네?"

이사장의 목소리가 음험했다. 야릇한 미소를 머금은 채로 내려다보는 시선에는 웃음기가 가득했다.

님아, 잘못했어요.

나 지금 무릎 꿇고 이실직고해야 하는, 그런 곤란한 상황인 걸까?

나는 눈치를 보며 이사장을 흘끗 보았다.

그래, 뻔뻔해지자! 뻔뻔해지면 되는 거다!

"그럼, 이사장님 안녕히 가세요!"

"그래. 또 보자, 마타리!"

다행히 이사장은 평범한 작별인사를 건네 왔다. 그런데 작별인사가 '내일 보자.'가 아니라 '또 보자.'다? 마치 거미줄에 얽힌 것처럼 발바닥이 끈적끈적한 기분이다. 내가 걸을 때마다 거미줄이 망가져서 흔적을 남기고 있는 더러운 느낌이랄까?

전철역으로 향하는 길, 무슨 꿍꿍인지 이사장이 계속 곁에 서서 따라왔다.

"근데 차로 안 가세요?"

"아까 정비소에서 픽업해 갔거든. 찾으러 가는 길이야."

학생기록부상의 주소가 실제 사는 곳과 달라서 정반대 방향으로 가게

생겼다. 나는 먼저 내빼야겠단 생각에 고개를 꾸벅 숙여 인사를 건네고
내달렸다.

본의 아니게 전철 여행을 하는 동안, 약 오름을 동반한 이상한 분노가
치밀과 동시에 심장이 갈팡질팡 두근거렸다. 분명 알고 간 보는 것 같은
데, 나서서 약 치는 것도 한계가 있고, 그렇다고 수수방관할 수도 없는 노
릇이고, 딱 미치고 팔짝 뛰겠는데, '아무것도 몰라요.'를 시전하려니 돌
겠다.

오피스텔 근처 전철역에 도착한 나는 비상용으로 역 보관함에 넣어 두
었던 사복으로 갈아입었다.

이제부터 변유정이다!

오늘 하루는 정말 무지막지하게 길다. 드릴 소리에 테러당해, 이사장
하고 엘리베이터 앞에서 마주쳤어, 방송실에서는 석기가 인어공주 드립
으로 게거품 물고 덤비질 않나……. 거기다가 이 남자, 나한테 연애하자
고 했어?

전철역을 빠져나온 나는 곧장 편의점으로 향했다. 알코올이 필요했다.

"이제 와요?"

편의점에서 맥주를 고르고 있는데 등 뒤에서 낮게 성긴 목소리가 들려
왔다.

"아, 씨. 깜짝이야."

"지금 욕한 거예요?"

"욕은 그 뒤에 뭐가 붙어야 욕이죠. '아 씨'가 욕인가."

"저녁은?"

나는 손에 들고 있던, 한입 맛보면, '그래, 이 맛이야!'를 외치게 될
것만 같은, 고향의 맛과 어머니의 손맛이 기가 막히게 어우러진 듯 보이
는 가성비 좋은 편의점 도시락을 들어 보이며 고개를 한 번 까딱거렸다.

"그거 먹고 일이 돼요? 밥 먹죠, 나랑."

"저기요, 윤준재 씨. 저한테 밥 먹는 시간 맡겨 놓으셨어요? 저 정말 바쁘거든요?"

"내 메시지는 봤어요?"

"메시지 보냈어요, 나한테? 내 전화번호는 어떻게 알고요?"

시치미를 뚝 떼고 물은 질문에.

"타리가 사촌 동생이라고 하던데? 우리 학교 다니잖아요. 타리가 알려 줬죠, 당연히."

뻥치시네! 라고 외치며 발끈하면 곤란하다.

"학교 이사장이라는 분이, 거짓을 일삼으시네요? 타리가 내 전화번호를 알려 줬을 리가 없는데요?"

"타리에 대해 잘 아나 봐요. 그렇게 확신하는 걸 보니까."

"내 성격이 더러운 걸 걔가 알겠죠. 함부로 연락처 알려 줬다가 뼈도 못 추릴 지경이 되어서 요단강 건너는 수가 있는데……. 걔 겁 되게 많아요."

"유정 씨는 어때요?"

편의점 맥주진열장 유리에 기다란 몸을 기대며 팔짱을 낀 모습이 꼭 맥주 광고 모델처럼 유려했다.

"겁 많으면 사회부 기자 못해요."

그는 고개를 내려 발끝을 내려다보며 피식 한 번 웃더니, 매혹적인 얼굴로 빙글거렸다.

"밥 같이 먹죠. 또 알아요? 내가 변유정 씨 원하는 기사의 정보 제공자가 될지?"

특종의 아우라를 온몸으로 느끼는 사회부 기자의 짐승과 같은 취재 본능에 콧구멍이 벌름거리고, 동공이 확장하며, 귀가 쫑긋 섰다. 이러다 살랑거리는 꼬리도 돋아나겠다.

"무슨 기사의 어떤 정보 제공자요?"

"글쎄요. 변유정 씨가 원하는 정보?"

나는 두 눈을 가늘게 뜨고 이사장을 노려보며 말했다.

"와. 이분 큰일 날 말씀하시네? 김영란법 못 들어 보셨어요? 그런 대가성 식사를 같이했다가는 나 잘려요."

"그럼, 교직원 대 마타리 보호자로 먹는 건?"

"그건 그쪽 교직원 인생에 흠이 생기지 않을까요?"

"건물주가 세입자랑 같이 밥 먹는 건?"

"조물주 위에 건물주라는 말이 있어요. 먹다 체해요."

도시락을 야무지게 끌어안은 나는 맥주 캔이 가득 진열되어 있는 냉장고의 유리문 손잡이를 움켜잡고 힘차게 끌어당겼다.

"그럼, 딱 하나 남네."

커다란 손이 유리를 밀어 닫아 버렸고, 그가 빠르게 걸음을 옮긴 탓에, 나는 벽치기라도 당한 것처럼 두꺼운 팔뚝 안에 갇히고 말았다.

엄마야, 이 남자 갑자기 박력이 흘러넘치신다. 진열장의 냉기 때문에 등허리에 소름이 오소소 돋아났다.

"딱 하나, 뭐요?"

거리가 심히 가깝다. 심장이 콩닥거렸고, 마른침이 넘어갔다. 목소리가 본의 아니게 떨리고 말았다. 시선을 마주하기가 어렵다. 얼굴 사이 거리가 가까워도 너무 가깝다.

"탄탄한 직업에, 하드웨어도 나쁘지 않고, 게다가 조물주 위에 건물주라는 남자가 자꾸 매달리며 작업 걸어서 못 이기는 척 밥 한번 먹어 주는 있어 보이는 여자는 어때요?"

나는 고개를 절레절레 저으며 한숨을 한 번 내쉬고는 낮게 속삭였다.

"하마터면 넘어갈 뻔했네요. 제법이었어요."

"그럼 그냥 못 이기는 척 넘어오든가."

나쁘지 않다 못해 훌륭하기까지 한 하드웨어를 위에서 아래로, 아래에서 위로 훑어본 나는 유리문을 짚고 있는 우람한 팔을 도시락으로 밀어냈다.

"그렇게 대놓고 탄탄한 직업에 하드웨어가 훌륭하신, 조물주보다 위대한 건물주라는 말을 입 밖으로 내뱉는 남자, 좀 그러네요?"

"어? 나 하드웨어 나쁘지 않다고 했지, 훌륭하다고는 안 했는데?"

그게 그거다, 뭐. 그런데 이 남자 뭔가 헐벗은 느낌이다 했더니, 안경을 쓰지 않았다.

"안경은 어쨌어요?"

"어? 나 안경 끼는 거 어떻게 알았지? 학교에서만 끼는데?"

"타리가 그러더라고요. 안경 낀다고."

"아, 타리가……. 타리랑 또 무슨 얘기 했어요?"

계산대 위에 도시락을 올리는데, 커다란 손이 다가와 덥석 집어 들더니 '이건 뺍니다.' 하고는 편의점 알바를 향해 다정한 웃음을 짓는 게 아닌가! 여대생으로 보이는 알바생은 이사장의 상냥한 미소에 정신이 반은 빠져 버린 듯 몽롱한 표정이다.

"아니요, 안 빼요. 계산해 주세요."

내가 다시 도시락을 잡아당기는 순간, 이사장의 얼굴에 미소가 어렸다. 분명 알바생에게 보인 미소와 비슷한데, 만화 속 악당 같은 사악한 기운이 가득했다.

"여기 입지 조건에 비해서 월세가 좀 비싸던데, 다른 집은 사실 저랑 밥 한 끼 하면서, 인생 사는 이야기도 좀 하고, 세 내렸거든요. 할 수 없죠, 뭐."

방금 조물주 위의 건물주, 우리의 갓물주님께서 뭐라고 하셨을까? 자본주의 사회에서 월급받고 사는 불쌍한 중생인 나는 월세 앞에 무너졌다.

"먹죠, 밥. 뭐 좋아하세요?"

도시락을 들고 있는 이사장의 얼굴이 '진작 그럴 것이지.'라고 말하는 듯했다.

"변유정 씨가 좋아하는 거 먹죠."

분위기 좋은 레스토랑에서 월세 이야기 하면 밥맛 떨어질 것 같고, 그렇다고 포장마차에 앉아서 우동 한 그릇 먹기에는 이 남자와 첫 식사시간이 격하게 안타까워질 것 같다.

사람 일은 모르는 거니까. 객관적으로 조건 좋은 남자인 건 맞으니까. 그러니까 나중에 또 잘될지 누가 알겠는가. 이 남자는 보이는 것처럼 그저 훌륭한 교육자일 수 있는 거다. 그럼 이게 저 남자와 내 인생에서 아주 중요한 첫 끼니가 될 수도 있다는 뜻이다.

나는 고심 끝에 입을 열었다.

"밥 먹죠. 밥."

내가 선택한 곳은 그날그날 상황에 따라 다른 국과 반찬이 나오는 백반집이었다.

"집밥 먹어 본 지 오래됐나 봐요?"

나는 어떻게 아느냐는 얼굴로 이사장을 흘끗 보고는 테이블 옆 서랍에서 수저를 꺼내 놓았다.

"혼자 산 지 오래됐어요?"

"대학 입학하고는 쭉 혼자 살았어요."

"본가가 지방이에요?"

"아뇨. 그럴 만한 사정이 좀 있었어요."

은근히 깊은 시선으로 바라보는 남자의 눈빛은 순수한 호기심을 담고 있었다.

"대답하기 곤란해요?"

"겨우 두 번 본 남자한테 집안사 털어놓을 만큼 수다스럽지는 않아서요."

"겨우 두 번 본 남자랑 지금 밥 먹으려고 하고 있잖아요."

그래서요? 하는 눈빛으로 바라보자, 이사장이 빙그레 웃음을 머금었다. 이 남자 캐릭터가 또다시 널을 뛴다. 카리스마 철철 넘치는 학교 이사장은 접어 두고, 이제 다시 웃음이 헤픈 남자 콘셉트다.

"생활의 기본 요소가 의식주죠. 근데 우린 그중에 두 가지를 함께하는 거예요. 벽을 사이에 둔 이웃, 주. 밥을 함께 먹은 사이, 식. 의식주 중에 두 개나 나눈 사이에 좀 알고 지내면 안 돼요?"

"보기보다 되게 능청스러우시네요."

"아무한테나 능청스럽진 않아요."

어린아이처럼 채근하는 이사장에게 나는 팩트만 간단히 전해야겠다는 생각이 들었다. 안 그러면 집요하고 또 집요한 이사장 성격에 대답이 나올 때까지 물고 늘어질 것 같았다.

"아버지가 고등학교 때 돌아가셔서, 어머니가 고생을 좀 하셨어요. 지금은 재혼하셔서 하남에 사시고. 하나밖에 없는 딸이 집에 들어와서 살면 좋겠다 하셨는데, 신문기자가 집에 들어갈 수나 있나요. 그리고 엄마도 신혼이나 마찬가진데, 다 큰 딸이 붙어살면 불편하실 거예요. 그래서 신문사 근처에 오피스텔 잡아 놓고 살게 됐어요. 근데 그쪽은 그 나이에 어떻게 건물주가 됐어요?"

하아. 그룹 윤의 자제분께 너무 멍청한 질문을 던졌군요.

"뭐 주식도 좀 있고, 투자해서 손해 보는 성격은 아니라."

"와, 수완 좋으시네요. 왜 학교에 있어요? 차라리 경영을 하지."

"부모님이 원하셔서요."

"수완 좋은 효자네요?"

영혼 없는 대꾸에 진지한 물음이 이어졌다.

"그럼 유정 씨는 왜 기자 됐어요?"

"사회 부조리를 파헤치려는 정의감에 불타올라서, 국민의 알 권리를 보장하기 위해서요."

대답을 들은 그의 표정에도 영혼이 없다.

"장난이에요. 있어 보여서 그랬어요. 멋지잖아요? 기자."

"아, 멋지죠. 기자……. 그럼 막 잠입취재 같은 것도 해 봤어요? 영화에서 보면 범죄 현장 안으로 들어가기도 하던데? 지금은 뭐 취재하고 있어요?"

이 남자가 이젠 대놓고 물어본다.

너님 학교요, 할 수는 없다. 아닌가? 기사 정보 제공자가 되어 주겠다고 했는데, 본격적으로 내 편이 될 수 있는지 시험해 봐야 하나?

죄인의 딜레마 뺨치는 상황이다. 눈치를 챈 건지, 채지 못한 건지 모르는 상황, '마타리가 나요.' 했다가 학교에서 쫓겨나는 상황이 올지, 아니면 밀정하는 사이가 될지는 아직 판단 불가다.

"취재 내용은 대외빈데요."

"아, 대외비구나."

그는 크게 고개를 끄덕이며 과장된 표정으로 '대단하다.'는 얼굴을 했다.

"근데 사촌 동생 학교생활은 안 궁금해요? 혹시 다 아나?"

"고등학교에 다니는 사촌 여동생의 페르소나에 대해서는 알고 싶지 않은데요? 직접 겪어 보면 아는 걸, 뭐 하러 학교생활에 대해 물어요? 내가 그럴 자격이나 있나? 그냥 바쁜 사촌 언닌데."

"아, 그러니까. 또 다른 어른 눈에 비친 사촌 여동생의 실제와는 다른 모습은 알고 싶지 않다?"

나는 고개를 끄덕이며 밥숟가락을 집어 들었다. 상 위에는 손 빠른 사장님이 집밥 한 상을 차려 놓고 가셨다.

"똑똑한 건가. 잘 피해 가는 건가, 모르겠네?"

이사장은 혼잣말을 하듯 중얼거리고는 숟가락을 집어 들었다. 입가에 흐릿한 미소가 번져 있는 게 이제는 정말 매력적으로 보였다. 저 남자 얼굴이 사람 참 곤란하게 한다. 나는 남자 볼 때 딱 하나만 보는데, 얼굴.

스승과 제자의 위치에서 각기 다른 목적을 가지고 학교에서의 일과를 마친 두 사람은 음식 냄새를 맡은 뒤 급격히 느껴지는 허기로 인해 조용히 식사에 집중했다. 먼저 식사를 끝낸 쪽은 역시나 이사장이었다.

가정교육 잘 받고 귀하게 자란 티가 그의 식사 습관에서 여실히 드러났다. 너무 조용히, 침착하게 식사를 하는 이사장의 눈치를 보느라 나는 다른 때보다 더 늦게 식사를 마쳤다.

"의식주는 아주 기본적인 거고. 인간 생활에 없어서는 안 되는 중요한 요소가 정서적 교류잖아요?"

"그렇죠."

나는 괜히 말려들기 싫어서 짧고 빠르게 대답하기로 했다. 말이 길어지면 본의 아니게 정보를 많이 풀고, 휘말릴 수도 있는 법이다. 경계를 늦추지 말아야 한다. 아직 칼자루를 쥐고 있는 쪽이 내가 아니므로 신중해야 한다.

기억하자. 대답은 짧고 빠르게.

"밥은 맛있었어요?"

"네."

"국은 건더기를 하나도 안 먹었네요? 국 안에 있는 건더기 안 좋아하나 봐요?"

"네, 안 좋아해요."

"술 한잔할래요?"

"아니요."

"바쁜가 봐요, 오늘도?"

"네."

"학원 재단 관리직도 한가한 직군은 아니거든요."

"그렇겠죠."

"난 그래서 바쁜 여자랑 연애하는 게 좋더라."

"그럴 수 있겠네요."

"자꾸 만나자고 조르면 피곤하거든요. 그래서 독립적인 성격이 좋아요."

"아."

"옆집 살면 우리 오며 가며 자주 보겠죠?"

"뭐, 가끔 부딪히겠죠."

"그럼 연애할래요?"

뭐, 질문이 이렇게 맥락 없이 사람 두근거리게 만들어? 이 남자 얼굴을 보니 장난을 치는 것 같지는 않았다.

"진심이에요?"

"밀당 같은 괜한 감정 소모로 시간 끌 만큼 한가하지 않은데, 나."

"연애에서 밀당 빼면 뭐가 있는데요?"

낮게 성긴 목소리를 내뱉는 입술이 매혹적으로 움직였다.

"해 보면 알겠지."

잠시 정신줄을 놓아 버릴 뻔했다. 생각지도 못한 순간에 훅 들어오는 기술이 사회부 기자인 나도 혀를 내두를 정도였다.

"와, 되게 뻔뻔하시네요. 무슨 고백을 이따위로 해요?"

"고백한 거 아닌데?"

차마 학교에서는 스승으로 모셔야 하는 남자에게 수작 부리면 죽여 버리겠단 협박은 못하겠다.

"그럼 뭔데요?"

빠르게 이어지던 대화에 갑자기 침묵이 흘렀다. 그는 의미심장한 눈빛으로 이쪽을 더듬어 왔다. 가늠하듯 깊은 눈빛에 심장이 콩닥거리고, 등줄기에서 땀이 흐르는 듯도 했다.

"꼬시는 거죠, 나랑 연애하자고."

이 남자 생각보다 훨씬 직설적이다.

"그게 고백이랑 뭐가 달라요?"

"남자가 이렇게 시시하게 고백하면 좋을 것 같아요?"

"좋을 리가."

나는 팔짱을 낀 채 고개를 절레절레 내저었다.

"자, 생각해 봐요. '좋네, 싫네.' 감정 정리하고, '될까, 말까.' 밀당하고, 그럴 나이는 아니잖아요, 우리 둘 다?"

"저 그쪽이 생각하는 것보다 어리거든요?"

"오피스텔 계약서 주민번호 앞자리 보니까 스물일곱이던데?"

"기억력 좋네요. 근데 몇 번 안 보고 연애하자고 덤비는 남자 중에 괜찮은 남자 못 봤는데?"

"있잖아요, 여기."

빙글거리는 얼굴이 엄지와 검지로 야무지게 꼬집어 주고 싶을 만큼 얄밉게 잘생겼다.

"변유정 씨, 매력적이에요. 그래서 한번 진지하게 만나 보고 싶고."

"그러다 생각했던 거와 다르면 저 뻥 차고, 오피스텔에서 내보내시게요?"

설마 이게 숨겨진 플랜인 건가.

"나 사람 보는 눈 그렇게 없는 편 아닌데. 기자로서 직업 정신을 발휘해서 하나하나 따져 봐요. 손해 보는 연애는 아닐 텐데?"

고개를 갸우뚱 기울이며 빙그레 웃는 모습이 매혹적이다. 나와 똑같이 팔짱을 낀 채로 긴 손가락으로 우람한 팔뚝을 톡톡 두드리는 모습에 자꾸 눈길이 갔다.

"시작부터 손해 볼지, 안 볼지 따지는 연애. 그거 문제 있다고 보지 않아요?"

"세상에 문제없이 완벽한 연애 있나?"

긴 손가락, 우람한 팔뚝……. 그저 두드리는 가벼운 동작이 미치도록 섹시했다.

"만나 보고 아니다 싶으면, 그때 깨끗이 물러서는 거고. 정말 좋아지면, 좋은 거고."

"윤준재 씨, 말 되게 쉽게 하시네요. 제가 보기보다 소심해서 그렇게 쿨한 연애는 해 본 적이 없어서요."

그가 팔짱을 풀더니 테이블 위에 깍지 낀 손을 내려놓고는 가까이 다가왔다. 잘생긴 얼굴이 코앞에 자리하자 순간 가슴이 쿵 하고 내려앉았다.

"이런 말 쉽게 할 만큼 가벼운 사람으로 보여요?"

"지금 충분히 그래 보여요."

"그만큼 본인 매력이 출중하다는 생각은 안 들고?"

말문이 턱 막혀 버렸다. 눈치 없이 입꼬리가 뺨을 타고 오르려고 해서 나는 입 안쪽 말캉한 살을 어금니로 잘끈 씹었다.

"변유정 씨가 나 좋아하게 만들 자신 있는데."

깊게 치고 들어오는 시선이 지나치게 도발적이다.

"변유정 씨한테 이러는 거 보면, 난 이미 넘어간 것 같지 않나?"

백반집에서 연애를 설득당하며 들은 말치고는 꽤 두근거렸다. 자신 있다는 말은 저쪽에서 했는데, 자존감이 은근히 세워진 건 이쪽이었다. 누군가에게 오랜만에 두근거리는 관심을 받고 있다는 사실이 헛헛했던 가슴을 충만하게 했다.

좋아하게 만들 자신이 있다……. 자신의 매력을 어필하기 위해 이 남자는 어디까지 오픈할까? 그럼 이사장실에 마타리가 아닌 기자 신분으로 드나들 수도 있는 건가?

갑자기 머릿속에 전구가 반짝 들어온 기분이었다. 그러자고 흔쾌히 우디르급 태세전환을 해야 하나, 아니지 그래도 한 번은 더 튕겨 봐야 하지 않겠니?

"Don't think twice.(두 번 생각하지 마.)"

내 평생 영어 발음이 이렇게 섹시한 남자는 처음이다. 난데없이 영어로 설득하는데 재수 없지도 않아!

"Please.(제발.)"

그가 'Please.'를 내뱉는 순간, 뇌에서 퐁퐁 비누거품이 터지는 것만 같은 희열마저 느껴졌다.

대답도 하지 않았는데, 벌써부터 이 남자와의 연애가 기대되는 건 무슨 심보인지 모르겠다.

아, 정신 차려야 한다. 저 남자가 악랄한 놈인지, 아닌지 아직 모르는 일이다.

"생각해 볼 시간은 좀 줘요."

"얼마나? 내일 저녁이면 괜찮아요?"

나는 그저 고개를 끄덕거렸다.

"길게 한 번만 생각해요, 긍정적인 방향으로만."

제3장 네 첫 키스는 나랑 해

"마타리, 세 번째 단락부터 읽어 볼래?"

"……."

"마타리!"

시선은 이사장이 나눠 준 프린트물 위에 있지만, 마음은 어제저녁 백반집 대화를 더듬고 있었다. 연애하자고 덤비던 남자가 생각할 시간을 달랬더니, 하루 시간을 준다고 해 놓고, 몇 시에 정확히 어디서 다시 만나자는 약속도 없이 들여보냈다.

뭐야? 오늘은 내가 먼저 연락하라는 거야? 근데 월세 깎아 준다는 말은 왜 안 해?

볼펜 끝을 씹어 대며 인상을 구기고 있는데, 한별이 팔꿈치로 내 옆구리를 쿡 찔렀다.

아, 얘까지 오늘 이사장 시간에 왜 이래?

고개를 들었더니, 한별이를 포함한 반 아이들 전체와 이사장의 동그란 눈이 나를 향해 있다.

왓 더 헬?

"마타리, 볼펜 맛있게 씹어 드시면서, 내가 하는 말도 씹어 잡수기로 했나 봐?"

나는 화들짝 놀라 자세를 고쳐 앉으며 기억 저편에 있는 낮고 성긴 목소리를 더듬어 보았다. 달리 기자겠는가, 음성 기억력은 타의 추종을 불허한다.

나는 자리에서 벌떡 일어나 아무 일도 없었다는 양 프린트물을 읽어 내려갔다.

"This is a kind of narrative essay of love……."

그놈의 연애 제안에 혼신의 힘을 다해 고민하고 있는데, 하필 읽으라는 글이 사랑에 관한 수필이란다.

아, 뭔 진로 탐구를 허구한 날 해? 게다가 진로 탐구 시간에 뜬금없이 사랑 타령이야?

이 남자 아무리 생각해도 일부러 그러는 것 같다. 읽고, 해석하고, 맛보고 즐기고.

자리에 앉았더니 이사장의 서늘한 목소리로 말했다.

"마타리, 수업 끝나고 따라와."

자리에 앉음과 동시에 등 뒤에서 필터 없는 소리가 들려왔다.

"마타리 좆 됐다!"

낄낄거리는 진웅의 웃음소리를 멈추게 한 건 이사장이었다.

"장진웅, 그다음."

자리에서 벌떡 일어난 진웅은 허둥지둥 대며 프린트물을 집어 들고도 읽어야 하는 부분이 어딘지 찾지 못해 헤맸다. 나는 고개를 슬쩍 돌리고 진웅에게 혀를 날름 내밀어 보인 뒤 잽싸게 앞으로 고개를 돌렸다. 그런데 메롱을 미처 끝내기도 전에 이를 주시하고 있던 이사장과 눈이 딱 마주쳐 버렸다.

빨간 혀가 민망해서 돌아가시겠다. 진웅이 더듬더듬 해석을 마치고 자리에 앉자, 이사장이 진지한 눈빛으로 아이들을 훑어보았다.

"화자가 말하는 사랑의 필수 조건은 배려다. 상대를 배려하지 않고 몰입하려 드는 건 사랑이 아니라 집착이고, 나아가 범죄일 수도 있다."

뚫린 입이라고 잘도 떠든다. 윤준재는 변유정 전혀 배려 안 하는 것 같은데?

똥 씹은 얼굴을 하고 있는데 이사장과 눈이 떡 마주쳤다. 나는 다른 데를 보고 있었던 양 칠판으로 묘하게 시선을 옮겨 갔다.

"사랑이라는 미명하에 상대를 괴롭히고, 자신의 청춘을 낭비하는 어리석은 짓은 하지 않기를 바란다."

그러니까 쓸데없는 짓거리 하지 말고 니들은 공부나 해. 이게 결론인 건가 보다.

"공부나 하라는 뜻인 건가요?"

머릿속으로 떠올리긴 했어도, 누구도 입 밖으로 내지 않은 질문을 내뱉은 용자는 한별이었다.

애가 가끔 이렇게 강단이 있다. 이사장의 시선이 한별을 향했다. 자상함을 머금은 이사장의 시선과 어딘지 모를 분노가 어려 있는 한별의 시선이 허공에서 부딪쳤다.

"그렇게 곡해하지는 말고. 서툰 감정인 만큼 조심하고 소중히 대하라는 뜻이다."

교실이 쥐 죽은 듯이 조용했다. 아이들의 눈빛에 묘한 경외심이 어려 있다. 사랑을 알아가는 나이, 타인을 배려하고 조심하며, 자신의 감정을 소중히 대하라는 스승.

철저하게 대립하던 감정이 조금 기울어지기 시작했다.

저 남자는 절대 나쁜 사람이 아닐 거라고.

"이사장님은 그러셨어요?"

적요를 깨뜨린 건 은진이었다. 은진은 얼굴이 새빨개진 채로 질문을 이어 갔다.

"이사장님은 첫사랑한테 그러셨어요?"

아이들의 이목이 은진에게 쏠렸다가, 다시 이사장에게 넘어갔다.

"소중히 대하라는 건 한시적인 의미가 아니다."

이사장이 첫사랑에 관한 이야기를 털어놓으면, 다음 쉬는 시간에는 전교생이 알게 될 것이다.

"추억을 소중히 대하는 것도 그 사람을 배려하는 일이야."

대체 저 남자의 첫사랑이 누군지 부러울 정도다. 아련한 눈빛으로 이사장을 바라보고 있는데, 눈이 마주쳤다. 심드렁히 옮겨 가는 시선이 괜히 아쉽다. 지나간 사랑을 입 밖으로 꺼내는 일에도 예의를 차리는 남자.

현재의 사랑에게는 어떻게 할지 궁금해진다.

진로 탐구 시간이 끝난 뒤, 나는 조용히 이사장 뒤를 따랐다.

"마타리."

그의 목소리가 한없이 다정했다.

"네."

"너 수업 시간에 무슨 생각해?"

너님이랑 연애할까 말까 하는 생각이요, 할 수는 없으니.

"……그냥."

사춘기 여고생의 복잡한 심정을 그대가 아느냐며 얼버무리는 수밖에.

"누구한테 고백이라도 받았어?"

삐뚜름한 질문에 방심한 가슴이 뜨끔 튀어 올랐다.

"아니요오!"

"에이, 받았나 보네? 한별이? 방정구? 손석기는 벌써 했을 거 같고, 아니면 내가 잘 아는 또 다른 누군가?"

이 남자 취향을 의심해 볼 필요가 있겠다. 손바닥 위에 올려놓고 사람 괴롭히는 솜씨가 백설 공주 계모 뺨친다.

"소중히 대하라면서요? 너무 대놓고 물어보시는 거 아녜요?"

발끈해서 던진 질문에.

"누구한테 뭘 받기는 받았나 보네?"

의미심장한 대꾸가 이어졌다. 이 남자는 교육자가 아니라 기자를 했어야 했다. 유도하는 질문에 넘어가지 않으려 나는 입을 꾹 다물었다.

"수업 시간에 집중해. 다른 데 정신 쏟지 말고. 아무리 진로 탐구가 성적에 안 들어가는 시간이라고 해도."

정수리에 커다란 손이 닿는가 싶더니 쓱쓱 쓰다듬는다. 다정한 손길이 따사롭다.

"가 봐."

고개를 푹 숙이며 묵례를 하자, 그는 빙그레 웃으며 돌아섰다. 성큼성큼 멀어지는 그의 뒷모습이 세상 듬직하다. 나도 모르게 엄지를 불끈하려는 순간, 완소 뒤태가 멈춰 섰다.

"아, 타리야."

그는 무언가 중요한 게 생각났다는 듯 심각한 표정으로 다시 다가왔다.

"네?"

"언니한테 오늘 저녁 6시까지 신문사 앞으로 간다고 좀 전해 줄래?"

6시 신문사, 이 남자가 미쳤나? 학교 끝나는 시간이 몇 신데?

"직접 연락하시면 안 돼요?"

"핸드폰을 집에 두고 왔네. 연락처를 몰라서. 너는 언니 전화번호 함부로 알려 줬다가는 뼈도 못 추릴 상태 될 거라고 그러던데? 제자를 그렇게 만들 수는 없지."

이쯤 되면, 오늘 저녁 6시, 신문사 앞에서 수줍게 '네, 우리 연애해요.' 가 아니라, '살려 주세요, 이사장님! 특종이 고팠어요!' 하고 석고대죄를 해야 할 것만 같은 분위기다.

신문사 로비에 도착하니, 5시 40분이다. 오랜만에 보는 정나미 선배가 재수 없이 말끔한 얼굴로 종이봉투를 건네주었다. 회사 책상 뒤에 두었던 여벌 옷을 로비로 갖다 달라는 말에 그는 웬일로 군말 없이 내려왔다.

"완전 고마워요, 선배."

"일단 갈아입고 나와 봐."

"왜요? 무슨 일 있어요? 저 이거 갈아입고 바로 가야 하는데?"

한 번 더 말하게 하면 한 대 칠 기세다. 나는 손으로 오케이 사인을 그려 험악한 정 선배의 얼굴을 가라앉힌 뒤 화장실로 향했고, 기자 변유정으로 완벽히 변신했다.

"교복을 여러 벌 사든지 해야지. 이거 얻다 싸 갖고 가냐?"

구시렁거리며 종이봉투를 들고나오는데, 정 선배가 홱 봉투를 빼앗아 갔다.

"이건 내가 오피스텔 근처 편의점에 맡겨 놓을게."

"완전 고마워요, 선배!"

"너."

"네?"

"혹시 편집장님한테 무슨 이야기 못 들었어?"

"무슨?"

"그 학교 전 이사장이…….."

잦아드는 정 선배의 목소리에 미간이 구겨진 순간이었다.

"유정 씨."

등 뒤에서 평소보다 한 톤 높은, 그렇지만 귀에 익은 목소리가 들려왔다. 벌써 왔나 보다. 나는 목소리가 들려온 방향으로 최대한 자연스레 돌아섰다. 나를 향해 방긋 웃어 보인 이사장이 대번에 정 기자에게 적개심 어린 시선을 날렸다.

"안녕하십니까? 윤준재입니다."

인사를 건네며 악수를 청하는 그의 목소리가 사뭇 진지했다.

"안녕하세요? 정나미입니다."

정 선배는 망설이다 손을 내밀어 악수에 응했다. 그러고는 두 남자의 시선이 나를 향해 왔다. 다정함이 가득 묻은 시선과 의구심 가득한 탐탁지 않은 시선이 동시에 내리꽂혔다.

"이쪽은 저희 회사 선배, 정나미 기자님이시고요. 이분은 제 조카 마타리가 다니는 학교 이사장님이십니다."

정 선배의 동공이 지진을 일으켰다. 저러다 눈동자가 무너져 내릴 것 같다.

"아, 우리 타리."

나는 멍한 시선으로 정 선배를 올려다보았다. 정 선배는 정신 똑바로 안 차리냐는 듯한 눈빛이다.

"저는 타리 고종사촌 오빠고요. 타리 전학 갈 때 그 학교 잠깐 갔었는데……. 그때 계시던 이사장님 아니시죠?"

"네, 부임한 지 얼마 안 됐습니다. 변유정 씨도 타리 사촌 언니라고 하던데, 그럼 두 분은?"

준재의 질문에 삐딱한 정 선배의 시선이 내 뺨을 쿡쿡 찔렀다.

"저는 이종사촌 언니고요. 그러니까 정 선배랑 저는 뭐 따지고 보면 사돈에 팔촌 정도?"

"남남이라는 뜻이죠. 그리고 제가 변 기자 회사 직속 선배이기도 하고요. 여긴 무슨 일로 오셨죠?"

정 선배의 목소리가 은근히 날이 서 있다.

"유정 씨랑 데이트하기로 했거든요, 오늘."

단언컨대, 나는 정 선배 손에 죽게 생겼다.

저 남자가, 멋대로 신문사로 찾아온다고 해 놓고! 내가 언제 그런 약속을 했다고!

상황을 정리하려는데, 준재가 한발 빨랐다.

"그럼, 변유정 씨는 이만 제가……."

이사장이 나를 에스코트하려는 행동을 취하는 순간, 정 선배가 걸음을 옮기며 제지한다.

"잠시 일 때문에, 3분만 실례하겠습니다."

공기가 얼어붙는 게 느껴진다. 오스스 소름이 돋아날 정도로 긴장감이 몰려온다. 나는 숨을 죽이고 눈치를 보았다.

"따라와."

고압적인 정 선배의 목소리에 나는 양해를 구하듯 이사장에게 눈인사를 한 번 한 뒤, 정 선배의 뒤를 따랐다.

"변유정, 너 돌았냐? 취재하라고 집어넣어 놨더니, 저 새끼랑 연애해? 어떤 놈인지도 모르는데, 미쳤어?"

"아, 그런 게 아니고요."

"아니긴 뭐가 아니야!"

갑자기 버럭 소리를 지르는 바람에 로비를 지나는 이들의 시선이 전부 두 사람에게로 쏠린다. 그중에는 의미를 알 수 없는 미소를 짓고 있는 이 사장도 포함되어 있다.

"왜 소리를 지르고 그러세요. 얘기하자면 길어요. 다음에 해요, 네?"

"눈치 없지, 변유정."

후배 갈구기 시작할 때, 정 선배는 꼭 눈치를 들먹인다.

"네, 저 눈치 없어요. 그러니까 다음에 말씀드릴게요. 여기서 이러면 더 의심받는다고요."

"들킨 거 아냐?"

"아직요."

아니라고 말할 수 있을지 모르겠습니다만. 쭈뼛거리며 서 있는데, 갑 자기 몸이 휘청 기운다.

"선배, 뭐 하시는……!"

재수 없기만 했던 선배, 정 기자가 보란 듯이 내 몸을 꽉 끌어안으며 속삭인다.

"저 새끼 보고 있지? 키스도 해 버릴까?"

이 선배가 지금 미친 걸까? 이게 지금 도와주는 거라고 생각하는 거야, 진심으로?

"뭐 하시는 겁니까? 지금."

갑자기 오늘 진로 탐구 시간에 '마타리, 좆 됐다!' 라고 낄낄대던 진웅 의 목소리가 들려오는 듯하다. 그래, 변유정 좆 된 것 같다.

나는 정 선배를 밀어내며 고개를 돌려 버렸다. 그러자 마치 영화처럼 이사장의 손이 다가와 나를 끌어당겨 자신의 뒤에 세우고는 낮게 으르렁거린다.

"선배 기자이자, 사돈 지간이시라 소개하신 분이 다른 관계도 있는 건가?"

이사장의 물음에 정 선배가 나를 향해 다른 질문을 던진다.

"변유정, 너 나랑 헤어진 지 얼마나 됐냐?"

지금 상황도 충분히 복잡한데, 정 선배는 전 남친 코스프레까지 하기로 했나 보다. 나는 침묵하며 정 선배의 기지를 지켜보기로 한다. 탱탱볼 튀듯 가늠할 수 없는 이사장을 답삭 잡을 수 있는 사람이 정 선배일지도 모른다는 기대감도 없다고는 못하겠다.

"이런 걸 스펀지 같은 관계라고 하죠."

삐뚜름한 정 선배의 말에 이사장은 대꾸 없이 날 선 눈빛만 빛낼 뿐이다.

"댁은 유정이한테 스펀지 같은 거예요. 옛사랑의 아픔을 흡수시키고, 다른 사랑으로 나아가기 위한 기폭제라고나 할까요? 근데 어쩌지, 그 스펀지 흡수력 떨어지면 다시 나한테 올 것 같은데?"

어우, 역시 정나미 이름값 하네? 완전 정나미 뚝 떨어지게 재수 없어! 나는 이사장의 등 뒤에서 혀를 내둘렀다.

"세상에서 가장 추접스러운 게 두 가지 있죠. 첫째, 남 먹을 때 쳐다보고 있는 거. 둘째, 헤어진 여자가 다른 남자한테 갈 것 같으니까 유치하게 구는 거."

나도 모르게 정 선배를 향해 '아이고!' 하고 소리 없는 안타까움을 드러냈다. 아무래도 정 선배가 질 것 같다.

"같은 남자로서 충고 하나 하자면, 자존심은 지키고 살죠? 시련을 겪고 난 후에, 내가 자존심마저 버렸다는 자괴감에 빠지면, 그거 벗어나기 엄청 힘들어요."

이게 실제 상황이었다면, 정 선배 꽤 기분 나쁘겠다. 아니, 실제 상황도 아닌데 정 선배의 얼굴은 이미 붉으락푸르락하다.

"까짓것 스펀지 하지, 뭐. 근데 그거 알아요? 스펀지는 꾹 짜면 흡수력 원상 복구되는 거. 변유정 씨, 보송보송해질 때까지 내가 다 흡수해 버릴 거니까, 이제 걱정 말고. 보송보송해진 여자 다른 놈한테 줄 생각 없으니까, 그만 신경 끄고."

할 말 다 했다 싶었는지, 이사장은 나를 에스코트해서 로비 입구로 걷기 시작한다.

"변유정! 너 오늘 일 분명히 후회한다!"

등 뒤에서 정 선배가 발악하는 소리가 들려온다. 누가 보면 결혼이라도 약속했던 사인 줄 알겠다.

사옥 현관을 나서자, 이사장이 길게 한숨을 들이쉬었다가 천천히 내쉰다.

"변유정 씨."

"네."

지금은 입이 열 개라도 할 말이 없는 상황이 되어야 하는 게 맞는 거다. 나는 변명의 여지가 없다는 듯이 고개만 숙이고 다음 반응을 기다렸다. 그런데 이 남자, 사람 초조하게 뜸을 꽤 들인다.

가만히 발끝만 내려다보고 있는데, 이런 신발! 옷은 갈아입었지만 미처 신발은 갈아 신지 못해서 마타리와 똑같은 운동화를 신고 있다.

미쳤어! 학교에서는 실내화 신으니까 운동화는 못 알아보겠지?

온 신경이 운동화로 가 있는 찰나, 눈앞에 불쑥 장미꽃 한 송이가 나타난다.

"장미?"

나는 내내 발끝만 내려다보던 시선을 들어 그를 올려다보았다. 그는 빙그레 웃으며 장미꽃 잎으로 부드럽게 내 코끝을 스쳤다. 스산한 도심의 저녁 공기를 틈타 매혹적인 향기가 비강을 자극했다.

"어때요?"

"향기 좋네요."

"기분은?"

"좋아요."

잠입취재, 로비에서 있었던 치정극, 그리고 미처 갈아 신지 못한 빌어먹을 신발에 대한 번뇌 따위, 장미꽃 향기가 불어온 바람에 연기가 사라지듯 훅 하고 자취를 감춘다. 잔뜩 좁혀졌던 미간이 스르륵 풀어지는 게 느껴진다.

미세한 표정 변화를 그도 느꼈는지, 그는 빙그레 웃으며 손에 들고 있던 장미꽃을 근처 쓰레기통으로 던져 버린다.

"뭐 하는 거예요? 그걸 왜 버려요?"

"꽃 주면 계속 저거 들고 다니면서 향기 맡고, 저기에 은근 정신 팔릴 거잖아? 저 남자가 끼어들어서 신경 쓰이게 한 것처럼."

"……."

"나한테만 집중해, 이제부터."

단호한 말투에 심장이 콩닥콩닥 울린다.

"내 목소리, 내 얼굴 표정, 내가 하는 말…… 전부. 나도 지금부터 변유정 씨한테 집중할 거니까."

포멀한 슈트, 역시나 안경을 쓰지 않은 매끈한 얼굴, 그리고 묘한 열기로 살짝 들떠 있는 표정. 마법에라도 걸린 것처럼 갑자기 온 신경이 이 남자에게로 향한다. 그런데 이 남자, 오늘 만난 이후로 계속 말이 짧다.

"저녁 먹자."

나쁘지 않다. 잠입취재만 아니었다면, 이게 무슨 복에 겨운 앙탈이냐며 넙죽 이 남자와 연애를 시작했을 것이다.

잠입취재 핵심 취재 대상이자, 27년 인생을 통틀어 가장 매혹적인 남자.

그래, 오늘 저녁은 이 남자한테 한번 집중해 보자.

저녁을 먹자던 이사장은 죽여주는 강변 야경이 내려다보이는 여의도 초고층 빌딩 안에 위치한 레스토랑으로 이끌었다. 노을 지는 하늘과 이제 막 불이 켜진 가로등, 도로를 수놓고 지나가는 헤드라이트와 백라이트, 칸칸이 불을 밝히고 있는 빌딩에서 내뿜는 불빛이 어우러진 한강변의 야경은 환상적이었다.

"여기 예약하기 힘들 텐데."

게다가 두 사람이 앉은 자리는 3개월 전부터 예약이 꽉 찬다는 프러포즈용 좌석이다.

"혹시 프러포즈하려다가 차여서, 나 데리고 온 거 아니죠?"

어이가 없다는 듯 그는 피식 웃고 만다. 처음 봤을 때부터 매력적인 얼굴이라는 생각은 했지만, 오늘 보니 이 남자 꽤 위험해 보인다.

어디에? 변유정 심장에.

함께 회사 로비를 걸어 나온 순간부터 심장이 날뛰기 시작했다. 긴장감에 손바닥은 땀으로 흥건히 젖기까지 했다. 남자랑 나란히 걸었던 게 처음도 아니고, 왜 이렇게 날뛰냐, 심장아.

은진이 정구를 좋아하는 것을 보고, 여자는 왜 나이 고하를 막론하고 나쁜 남자한테 끌리는가에 대해 혀를 찼는데. 너무 완벽해서 절대적인 악을 숨기고 있을지도 모를 의구심까지 들게 만드는 남자에게. 끌린다. 미치도록.

이 남자가 정녕 불의의 편에 서 있는 거라면 어쩐다?

좋은 사람일 거란 나의 믿음이 이 남자의 마수걸이에 걸려 착각한 감정이라면?

"주문은 내가 알아서 해 놨고. 와인 한잔할까?"

"운전하셔야 하잖아요."

"대리 운전 부르면 돼."

"그래요, 그럼."

나는 고개를 끄덕이며 창밖으로 시선을 돌렸다. 유리창에 마주 앉은 두 사람의 모습이 얼비친다. 그는 뭉근한 열기가 오른 눈빛으로 나를 응시하고 있다.

"있잖아요."

"여기 비싸."

입을 떼었을 뿐인데, 여기 비싸단다.

"밥맛 떨어지게 할 생각이 아니라면, 나중에 대답해."

거절의 뜻을 밝힐 거면 기다리라는 뜻인 거다. 나는 긍정도 부정도 하지 않은 채, 웨이터가 채워 준 와인 잔을 집어 들었다. 비강을 적시고 들어온 향기가 앞에 앉은 남자만큼이나 매혹적이다.

입안을 적시는 맛은? 아직 이 남자를 맛본 적 없어서 비교가 안 되네.

갑자기 불쑥 튀어나온 음험한 생각에 화들짝 놀라 고개를 저은 순간, 웨이터의 표정이 굳어 버렸다.

"아, 아니에요. 와인은 좋아요."

그제야 웨이터는 빙그레 미소 지으며 이사장의 앞에 놓인 잔도 마저 채워 주었다.

쪼로로록, 와인이 흘러내리는 소리가 세이렌 요정의 노랫소리처럼 유혹적이다.

"아까 그 남자하고는 얼마나 만났어?"

"글쎄요."

대답을 피하려는 게 아니라, 거짓말을 지어낼 만한 건더기가 하나도 없어서 머릿속이 텅 비어 버렸다.

"정리가 아직 안 된 건가?"

던지듯 가벼웠던 좀 전의 질문과 달리, 이번엔 이사장의 목소리가 조금 무겁다.

"아니요, 그런 건 아니고요."

"그쪽은 미련이 있어 보이던데."

"이별을 받아들이는 데 걸리는 시간이 다를 뿐이죠."

모호하고, 철학적인 대답을 던지며 나는 무언가를 곱씹듯 아련한 표정으로 와인 잔을 내려다보았다.

"변유정 씨가 찼나?"

갑자기 머릿속이 빠르게 돌아갔다. 내가 찼다고 해야 하나, 그쪽에서 찼다고 해야 하나.

"그게 꼭 알고 싶으세요?"

대답이 궁할 때는 되묻는 게 정답이다.

"남자가 차여서 매달리는 건지, 아니면 차 놓고 안 되겠다 싶어서 다시 붙잡는 건지, 궁금해서."

후자를 택해야 할 것 같았다.

"차였어요. 일에만 파묻혀 살았거든요, 제가."

"일은 열심히 했는데, 연애는 소홀히 했다?"

"연애에 대한 일종의 직무 유기죠."

"경고하는 건가, 나한테?"

눈치 빠른 남자가 던진 직설적인 물음에 나는 빙긋이 미소를 머금었다.

"그렇다고도 볼 수 있겠네요."

전채 요리가 담겨 있던 접시가 치워지고, 먹음직스러운 한우 안심 스테이크가 담긴 접시가 놓였다. 그러는 동안 잠시 침묵이 흘렀고, 그 침묵은 은근히 사람을 안달 나게 했다. 나는 가만히 이사장의 대답을 기다렸다.

"재미있네."

"뭐가요? 같이 재미있죠?"

"그럼, 변유정은 내가 매달릴 수 있는 여자라는 거잖아."

나는 설명이 더 필요하단 눈빛으로 그를 바라보았다.

"살면서 단 한 번도 내가 여자한테 매달려 본 적은 없어서. 연애하자고 조른 적도 없었고, 만나 달라고 조른 적도 없었는데."

그는 피식 웃음을 내뱉고는 덧붙였다.

"변유정이 날 그렇게 만드네."

발밑이 둥둥 떠오르는 것만 같다.

분명한 건, 이 남자는 여자의 기분을 좋게 하는 방법을, 아니 변유정을 기분 좋게 하는 방법을 정확히 알고 있는 남자란 거다. 자존심 센 사회부 기자, 변유정의 자존감을 하늘로 둥둥 띄워 주고 있다.

"그런 분이 오늘 만남은 너무 갑작스럽다는 생각, 안 하셨어요?"

일방적인 통보였다. 내가 갈 테니까, 넌 거기서 기다리라는.

"이렇게 안 하면 변유정 씨가 나 피할까 봐."

피하기는, 왜 연락이 없는지 목을 빼고 기다리고 있었다고.

"그럴 수도 있었겠네요."

마음과 다른 대답을 하며 나는 고개를 끄덕거렸다. 정리를 하자면 안달이 나고 초조해야 하는 쪽은 이사장인데, 그는 여유로운 미소로 일관했고, 오히려 나는 속이 바짝 타들어 가서 벌써 세 잔째 와인을 연거푸 마셔

댔다. 그는 와인 잔엔 입도 대지 않았다.

"술 잘하나 봐?"

"남들 하는 만큼은 해요."

"거짓말."

그가 눈을 찡긋하며 나지막이 덧붙인다.

"볼 빨개졌어."

갑자기 얼굴이 화끈 달아오르는 게 느껴졌다. 이 남자 앞에서 얼굴을 붉히고, 가슴이 둥당거리고 말았다. 여자 변유정에게 봄날이 오려는데, 기자 변유정은 어째야 한단 말인가?

나는 손등으로 양 볼을 찍어 내며 한숨을 한 번 내쉬었다. 후식으로 나온 차가운 홍시 셔벗이 혀끝에 닿자 열기가 식기는커녕, 심장이 얼마나 뜨겁게 달아올랐는지를 알려 주는 듯했다.

"내일도 출근하려면 일찍 일어나야 할 것 같은데…… 괜찮지?"

"그럼요."

하나도 괜찮지가 않다. 뭔가 아쉬워서 미쳐 버릴 것 같다.

한강공원을 산책하며 대화를 더 해 보는 것도 나쁘지 않을 것 같고, 젠틀한 운전 솜씨를 갖고 있는 남자가 운전하는 차에 올라 함께 드라이브를 하는 것도 괜찮을 것 같고. 머릿속은 아쉬움으로 절정을 이어 가고 있었지만, 몸은 그의 차 조수석에 얌전히 안착했다.

오늘따라 뻥뻥 뚫리는 도로 덕분에 두 사람이 탄 차는 꽤 이른 시각에 오피스텔 지하 주차장에 멈춰 섰다. 대답 들을 생각이 있는 건지, 없는 건지 모르겠다.

타이밍 잡아서 대답하려고 했는데, 주도권이 좀처럼 이쪽으로 넘어오질 않았다. 사실 어떻게 대답해야 할지 아직 확신이 서질 않는다.

이 남자가 불의의 편이라면, 나는 적의 수장을 끌어안고 몸을 던진 논

개가 되는 건가?

이 남자가 정의라면, 그렇다면 나는 땡 잡은 건가?

"문 열어 달라고 기다릴 줄도 아네?"

딴생각하느라 잠시 조수석에서 시간을 허비했더니, 그가 차 문을 열고 빙긋이 웃었다.

"고마워요."

어울리지 않는 숙녀 놀이를 하고 있는 기분이었다. 그런데 나쁘지 않았다. 오히려 귀한 존재로 예쁨받고 있는 것 같아서 심장이 마구 차올랐다. 우리는 한 걸음 정도 떨어져 엘리베이터까지 걸었다.

아쉬워, 아쉽다. 미치겠다, 아쉬워서.

손끝이 파르르 떨렸다. 이 남자가 내뿜는 페로몬의 효율성은 최고등급인가 보다.

엘리베이터 도착음이 들리자마자, 기분이 급작스럽게 침울해졌다.

"그럼, 들어가세요."

짧은 인사를 꺼내고 도어록에 가까이 다가선 순간, 몸이 홱 돌려세워졌다. 등 뒤에서 도어록이 삑삑거리며 아우성이다. 남자의 얼굴이 가까운 곳에 있었다. 묵직한 우드 세이지 향의 공격이 치밀했다.

"변유정."

낮게 성긴 목소리에 열기가 더해졌다. 남자의 얼굴이 점차 가까워지는가 싶더니, 코끝이 닿을락 말락 한 정도가 되었다. 달큼한 숨결이 입가에서 느껴졌다. 혀를 내밀어 맛보고 싶을 만큼 유혹이 대단하다.

"할래, 말래?"

유려하게 움직이는 그의 입술 선에 시선을 빼앗겨 버리고 말았다.

본능을 믿어 보자! 이 남자가 나쁠 리가 없어, 그럴 리가.

나는 대답 대신 두 눈을 꾹 감아 버렸다. 코끝이 부딪혔다. 왼쪽에서 오른쪽으로, 오른쪽에서 왼쪽으로 그의 날카로운 콧날이 매끈한 콧등을 스치고 지날 때마다 숨 쉬는 법을 서서히 잃어 가는 것처럼 가슴이 차올랐다. 손을 뻗어 그의 목을 끌어안고 먼저 매달리고 싶을 만큼 열기가 치솟는다 싶은 순간, 가볍게 입술이 닿았다가 떨어졌다.

찰나의 순간이어서 정말 닿았었는지 의심이 될 정도였다.

"후우."

깊게 내쉬는 한숨 소리가 들려왔다. 나는 천천히 눈을 들어 그를 올려다보았다. 그의 입가는 미소를 머금고 있지만, 눈은 혼곤한 기색이 역력했다. 피로한 눈동자는 당연히 섹시하다.

시선의 간격이 가까워서 나는 그의 오른쪽 눈동자와 왼쪽 눈동자를 번갈아 보며 깊이를 가늠했다. 이제 돌아서서 들어가겠다고 말해야 할지 고민하는 순간, 그의 손이 목덜미와 뒤통수를 가볍게 감쌌다. 뜨거운 온도와 은근히 더해지는 악력으로 무릎에 바짝 힘을 주었다. 안 그러면 바닥으로 다리가 녹아내릴 것만 같았다.

부드럽게 목덜미를 주무르는 손길에 야릇한 노곤함이 밀려왔다. 황홀한 기분에 저절로 눈이 감긴 순간, 살짝 벌어진 입술 사이를 그가 진득하게 머금었다. 숨결을 빼앗기고, 온도를 주고받고, 타액이 말라 가는 듯 목이 말라 왔다.

나는 뜻 모를 절박함에 손을 뻗어 슈트 재킷을 가볍게 움켜잡았다. 충분히 가까운 거리에 있는데도 불구하고, 더 가까이 붙었으면 하는 바람을 그가 눈치챘는지, 목덜미를 주무르던 손이 허리께로 옮겨 갔다. 허리가 당겨짐과 동시에 나는 손을 올려 그의 목덜미를 끌어안았다.

고개가 비틀렸고, 잠시 틈이 생겨났다.

"하아, 하아."

격한 숨이 터져 나오자, 그는 빙긋이 미소를 한 번 머금고는 다시 입술을 물어 왔다. 입술을 자근자근 깨무는 작은 움직임에 목울대가 저절로 울린다.

"으음."

그는 입술을 잠시 떼어 내고는 검지로 입술을 가리며 '쉬잇.' 하고 속삭였다. 이곳이 오피스텔 복도가 아니었다면 지금쯤 어떻게 되어 있을지 상상조차 되지 않았다.

변유정, 아무리 연애가 고팠어도 그렇지.

스스로를 나무라는 사이, 입술 위로 자잘한 입맞춤이 더해졌다. 이제 끝나려나 싶은 아쉬운 순간, 베이비키스는 그 성질을 달리하여 다시 깊게 파고들어 왔다. 어르고 달래던 움직임이 또다시 뜨거운 열기를 품고 덮쳐 왔다.

나는 발뒤꿈치를 들어 그의 목을 더 꽉 끌어안았다. 그러자 허리에 휘감긴 그의 팔에 힘이 들어가는가 싶더니, 떨어진 입술이 턱 끝을 배회하기 시작한다.

"흐훗."

목이 뒤로 젖혀졌고, 순식간에 귓불을 머금은 그의 입술이 목덜미를 타고 내려갔다. 갑자기 숨이 막힐 듯 가슴이 부풀어 올랐다. 입술을 자근자근 깨물었던 것처럼 목덜미를 더듬는 움직임이 짜릿했다.

나는 두 눈을 꾹 감은 채로 그의 목에 매달려 신음을 삼켰다. 그가 목 안쪽 깊숙이 얼굴을 묻은 채로 낮게 속삭였다.

"이러다 날 새겠다."

쉬어 뭉개진 목소리가 듣기 좋았다.

"그만, 들어가죠."

내 목소리도 떨리긴 마찬가지였다.

"같이 들어가자는 뜻인가?"

"아니거든요!"

이제껏 매달려 있던 게 무색하리만큼 나는 그의 가슴을 힘껏 밀어내고 씩씩 어깻숨을 내쉬었다. 그는 빙그레 웃으며 내 볼에 양 손바닥을 갖다 대었다. 분명 그의 손도 뜨겁기는 할 텐데, 볼이 발갛게 달아오른 탓인지 차갑게 느껴질 정도였다.

"귀여워."

난 정말 구제불능이다. 이 남자의 귀엽다는 한 마디에 정말 귀여워진 것 같은 기분이다.

나도 모르게 입술을 샐쭉 내밀고 눈을 가늘게 뜨고 말았다!

"입술 내밀지 마. 진짜 그 집으로는 못 들어가는 수가 있다."

장난스러운 경고가 결코 농담처럼 들리지 않았다. 아니, 농담으로 듣고 싶지 않은 걸까?

아, 변유정. 못 살겠다. 언제부터 이렇게 밝혔니, 너?

정수리에 전구를 가져다 대면 불이 반짝 들어올 것만 같다.

"들어가, 어서."

"잘 자요."

"혹시 벽 무너뜨리고 넘어올 생각은 말고."

"건물주라고 막 마스터키 같은 거 갖고 있는 건 아니죠?"

"글쎄."

어머, 이 남자 갖고 있나 봐! 라고 믿고 싶은 지경이었다. 내 안에 이런 음란이 도사리고 있었을 줄은 꿈에도 몰랐다.

도어록을 터치하는 손끝이 파르르 떨렸다. 괜한 자존심에 떨림을 숨기고 싶어서 나는 삐뚜름히 물었다.

"근데 어제 우리 월세 때문에 밥 먹은 거 아녜요? 월세 깎아 준다는 소리는 왜 쏙 들어간 거예요?"

"변유정 씨."

심상했다는 듯 부름이 까칠했다.

"왜요. 불렀으면 말을 해요."

가슴을 밀친 탓에 한 걸음 뒤에 서 있던 그가 등 뒤로 바짝 다가오는 게 느껴졌다. 그가 턱으로 정수리를 콕 찍으며 기대 왔다.

낮에 체육 했는데. 머리에서 냄새나는 거 아냐?

전혀 로맨틱하지 않은 걱정을 하고 있는데, 자본주의 사회에서 들을 수 있는 가장 로맨틱한 말이 들려왔다.

"월세 낼 생각인가? 난 받아 줄 생각 없는데."

입술 끝이 호선을 그리며 뺨을 오르려는 찰나, 나는 일말의 자존심을 내세워 대꾸했다.

"공은 공이고, 사는 사죠. 어떻게 월세를 아예 안 내요?"

어느새 익숙해진 손길이 허리를 감싸 안는가 싶더니, 정수리에 머물던 그의 숨결이 다시 목덜미로 내려왔다.

"그런 고집은 나한테 부리지 마. 혼난다. 나 직업 특성상 혼내는 거 잘 해."

그대가 혼내는 건 진정으로 달콤할 것 같구료. 갑자기 마구잡이로 반항하는 불성실의 아이콘이 되어 보고 싶소만.

떨리는 중에도 착실히 움직이는 손가락이 도어록을 해제했고, 맑고 경쾌한 해제음이 울려 퍼졌다.

"얼른 자, 내일 괜찮으면 얼굴 보여 주고."

나는 고개를 한 번 끄덕이고는 문을 열고 현관문 안으로 들어갔다.

그저 잠만 자고 빠져나가기 바빴던 오피스텔이 갑자기 사랑이 퐁퐁 샘솟는 마법의 성이 되어 버렸다.

늦게 배운 도둑질에 날 새는 줄 모른다고, 나는 현관문 앞 키스를 곱씹고, 곱씹다가 동틀 무렵이 되어서야 겨우 잠이 들었다. 혼곤하게 자고 있는데 시계 알람이 울렸고, 5분만 더 자야지 했다가 지각했다.

1교시가 끝나자마자 나는 교무실로 불려 갔다.

"마타리."

"네."

"오늘 왜 지각했어?"

오늘 아침, 전교에서 가장 늦게 교문을 통과하는 불명예를 떠안고 말았다. 앞에 앉아 출석부를 검지로 톡톡 두드리고 있는 이 남자와 똑같이 생긴 남자 때문에.

"그럴 일이 있었어요."

"뭐?"

뜻하지 않게 반항기 어린 목소리가 튀어나왔다.

나는 못 잤는데, 오늘 이사장 봤어요? 잘 잤대?

이리저리 헤엄치던 눈에 담임의 빨간 귀가 들어왔다. 이제 보니 이 남자 목덜미도 빨갛다.

"마타리, 너 반항하는 거야?"

"아닌데요."

목소리가 기어들어 갔다. 어제의 변유정은 '반항하는 불성실의 아이콘'이 되어 이사장에게 혼나고 싶었지만, 지금은 빨리 교실로 돌아가고 싶을 뿐이다.

"학생이 학교는 제때 와야지. 어제 못 잤나?"

"아닌데요."

지금 보니 담임이랑, 이사장이랑 헤어스타일과 안경테만 다를 뿐 완전 똑같이 생겼다.

"완전 잘 잤는데요. 너무 잘 자서 지각한 건데요."

"자랑이다."

그는 어이가 없다는 듯이 픽 웃었다. 웃는 것도 닮았다. 순간 담임의 입술이 눈에 들어왔다. 환장하겠다. 망할 입술도 닮았다.

소리 없는 절규를 들었는지 그가 낮은 소리로 훈계를 마쳤다.

"앞으로 늦지 말고, 가 봐."

"네."

꾸벅 인사를 하고 돌아서려는 찰나, 담임이 또 '아, 그리고.' 하면서 불러 세웠다.

"네? 선생님."

담임이 넓적한 상처 치료용 밴드를 하나 내밀었다.

"너 여기 다친 것 같다?"

그의 검지가 자신의 목덜미 안쪽을 가리키고 있었다. 나는 얼른 오른손을 올려 목덜미를 가리고는, 그가 내민 밴드를 낚아채듯 움켜잡았다.

"가, 감사합니다. 제가 알레르기가 좀 심해서요. 오해를 종종 사곤 했었어요. 그럼, 안녕히 계세요."

갑작스레 들어온 공격에 횡설수설하고 교무실을 빠져나온 나는 곧장 여자 화장실로 들어갔다. 거울을 마주한 순간, 영혼이 탈곡기에 털린 기분이었다. 멘탈도 너덜거렸다. 목덜미가 눈이 부시도록 말끔했다. 아무런 자국 없이 그저 깔끔하기만 했다. 어제 혹시 현관문 앞에서 키스마크가 생겼는데, 아침에 보지 못했나 싶어서 가슴이 철렁했는데, 역시나 아니었다.

교무실에서 지레 찔려서 허둥지둥했던 걸 생각하면 기가 막히고, 코가 막히고, 열불이 난다.

뭐야, 뭐지, 뭘까? 대체 뭐야!

하필 다음 시간이 음악이다. 나는 그가 건넨 밴드를 쓰레기통에 구겨 버리고는 대찬 걸음으로 음악실로 향했다. 마치 전투 개시를 알리는 나팔 소리처럼 수업을 알리는 종소리가 울려 퍼졌다.

"마타리, 너 담임한테 많이 혼났어?"

얼굴을 너무 굳히고 있었는지, 한별이 조심스레 물어 왔다.

"아니, 그냥."

심경을 토로하기 어려워, 꽤 혼났다는 식으로 어깨를 으쓱거렸다.

"야, 마타리. 너 조심해라. 담임 지각하는 거 되게 싫어해. 오늘 음악 시간에 분명히 깨질 거다."

등 뒤에서 진웅의 목소리가 음산하게 들려왔다. 이 자식이 경고하는 날에는 꼭 사달이 일어나고야 만다.

아니나 다를까, 수업이 시작됨과 동시에 담임에게 지목당했다.

"마타리."

"네?"

"지난 시간 우리 진도 어디까지 나갔지?"

질문이 묘하게 느껴지는 건 기분 탓인가?

"바로크 시대 음악가 중에 파헬벨까지 했습니다."

덤덤한 목소리를 냈지만, 손은 부들부들 떨렸다. 샤프펜슬을 쥐고 있는 손이 파르르 떨리자, 부드럽고 차가운 손길이 느껴졌다.

시선을 돌려보니, 한별의 손이 내 손 위에 올라 있다.

왜? 하는 눈빛으로 바라보자, 한별이 노트 귀퉁이에 메모를 했다.

[너 떠는 것 같아서. 괜찮아. 담임 더는 뭐라고 안 할 거야.]

이런 천사같이 아름다운 자식을 보았나!

나는 빙그레 웃음을 머금고는 담임을 향해 시선을 옮겨 갔다. 분명 무언가 있다.

따사로운 봄 햇살이 내리쬐는 음악실 안, 스타인웨이 그랜드 피아노에 기대선 남자의 모습에 모든 여학생이 숨을 멈추었다. 고개를 좌우로 움직일 때마다 찰랑이는 머릿결에서는 스파클링 가루라도 떨어지는 듯했다.

마치 피아노 곁에 선 요정 같은 비주얼을 한 이는 수상쩍은 면이 다분한 담임이다.

"인생은 변주곡과 같아. 누구든 한 번 태어나고 한 번 죽지만, 탄생과 죽음 사이에 존재하는 변수는 인생을 다채롭게 만든다. 파헬벨의 캐논 변주곡은……"

음악실을 공명하는 음성이 귀에 익다. 이사장 목소리랑 똑같다. 그런데 학생들은 확연히 다른 복장과 헤어스타일 때문에 전혀 의심하지 않는 듯했다.

이거 지금 내 눈에만 이상해?

마치 어젯밤 그 키스를 기억하고 있었던 것처럼 목덜미를 가리키며 사특한 웃음을 지었던 담임의 얼굴이 떠올라 머릿속이 혼란했다.

여기서 정리해 보면.

1. 변유정과 윤준재 이사장은 겉으론 너무나 평범해 보이는 연애를 시작했다.

2. 변유정의 잠입취재처럼 이사장 윤준재도 무언가를 숨기고 있다.

자, 그럼 이제 뭘 숨기고 있는지에 대해 생각해 보자.

1. 변유정이 마타리라는 걸 안다.

이걸 굳이 알은체하지 않는 이유는, 내가 적군이 될지 아군이 될지 몰라서? 그래서 나를 시험에 들게 하려고 연애하자고 덤빈 거라 예상한다. 분위기에 휩쓸린 키스는 하지 말았어야 했다.

아니지, 공과 사는 구분해야 하니까, 일과 연애는 따로 생각하자.

아, 머릿속 아무 말 대잔치는 끝을 맺을 줄 모르는구나.

다시 본론으로 돌아와서.

2. 이사장 윤준재와 담임 윤호재가 동일인일 가능성은?

목덜미 키스 마크를 언급한 건 일부러 정보를 흘린 거 아닌가? 대체 왜?

시험 시간, 문제가 많고 시간이 촉박할 땐 쉬운 문제부터 푸는 거다. 나는 재킷 주머니에 있는 휴대전화를 꺼내어 조용히 녹음 앱을 실행했다.

"지금부터 캐논 변주곡을 한번 들어 보겠다."

담임 윤호재의 목소리와 이사장 윤준재의 목소리를 녹음해서 소리공학자에게 비교 의뢰를 해 봐야겠다. 수업 시간 목소리 녹음은 식은 죽 먹기였다. 누구도 눈치채지 못하게 녹음을 마친 나는 전의에 불타올랐다.

자, 이제 이사장 윤준재의 이사장이 필요했다.

[인상 좀 펴. 걱정돼? 담임한테 걱혔을까 봐?]

한별이 노트 귀퉁이에 적은 메모를 슥 내밀었다.

[걱정 마. 나 꼰대한테 쪼는 그런 쫄탱이는 아냐.]

윤준재 목소리 따는 계획에 심취한 나머지 나도 모르게 인상을 험악하게 구기고 있었나 보다.

"마타리, 또 뭐야?"

한별에게 대꾸하는 순간, 담임이 이쪽으로 다가왔다. 순식간에 다가온 담임의 시선이 노트 귀퉁이와 나와 한별을 오갔다.

"마타리."

그리고 그의 시선이 내가 손에 꼭 쥐고 있는 휴대전화로 향했다.

"너 수업 시간에 휴대전화 들고 뭐 하는 거야, 지금?"

아니, 선생 양반. 지금 당신이 나에 대해 집중 훈계해야 할 부분은 담임 선생님을 '꼰대'라 칭한 부분입니다.

"내놔."

"네?"

"휴대전화 내놓으라고."

머릿속이 새하얘졌다. 쓸데없이 직업 정신은 투철해서, 녹음을 위해 손에 들고 있는 휴대전화는 하필 변유정 거였다.

"끌게요, 지금."

"내놓으라고. 지각한 주제에 수업 시간에 휴대전화질이야? 하루에 교칙 몇 개를 어기는 거야? 너 오늘 쌓인 벌점만 얼만지 알아?"

모든 행동의 옳고 그름을 점수화하는 고교 생활. 정말 요즘 애들은 끔찍한 학창 시절을 보내고 있다.

"얼른 내놔."

나는 어쩔 수 없이 담임에게 휴대전화를 내밀었다.

윤호재 선생님, 저는 당신의 존귀한 도덕성을 믿습니다. 학생 휴대전화를 훔쳐보는 그런 비열한 짓은 하지 않으실 거죠?

교탁 앞으로 멀어져 가는 담임의 뒷모습을 바라보며 나는 침음을 삼켰다.

[미안.]

그러자 한별이 옆에서 또다시 노트 귀퉁이를 슬그머니 내밀었다. 나는 대꾸 없이 처연한 시선을 한별에게 옮겨 갔다. 뭐라 나무랄 수도 없게 진정성 흘러넘치는 미안한 얼굴이다. 그리고 또한 찬란하다.

넌 참 얼굴로 여러 가지 하는구나. 누나가 눈이 부시도록 아름다운 네 얼굴 봐서 용서해 주마.

눈을 가늘게 뜨고 아련한 미소를 머금은 순간, 담임의 목소리가 들려온다.

"마타리, 휴대전화는 수업 끝나고 찾아가."

음악 시간이 끝난 뒤, 어떻게 하면 좀 더 빨리 휴대전화를 돌려받을 수 있을까에 관한 심각한 고찰에 들어가기 직전, 나는 더 큰 난관에 봉착하고 말았다.

확통, 무려 확률과 통계 칠판 테스트였다. 사회부 기자씩이나 되는 어른이 고등학교 수업을 다시 듣는다고 하면, 또래보다 월등한 수학(修學)능력으로 학교생활에 전혀 지장이 없을 거라 생각할 것이다. 하지만 그건 일종의 성급한 일반화의 오류다.

나는 태어날 때부터 문과, 뼛속까지 문과, 문과의 피만 흐르는 인간이었다.

"마타리, 다음 시간에 또 시킨다. 너 예습 좀 해 와. 어떻게 문제에 손도 못 대?"

이럴 때 운은 또 지지리도 없어서, 출석 번호 16번인 나는 공교롭게도 시계가 16분을 가리키고 있다는 이유로 불려 나갔고, 칠판 앞에서 서서 문제에는 손도 대지 못했다. 폭풍 같았던 확률과 통계 시간이 끝나고 난 뒤, 나를 이과로 진학하게 한 정나미 선배를 저주하고 있던 찰나였다.

"마타리."

누군가 교실 문 앞에서 내 이름을 불렀다.

"이사장님이 너 불러오래."

이사장은 하루라도 나를 불러서 갈구지 않으면 입에 가시가 돋치나

보다.

"어디로?"

혹시나 이사장실로 부르지는 않을까 하는 기대감은 저 멀리 사라졌다.

"상담실."

그럴 줄 알았다. 늦으면 또 늦는다고 갈굼당할 게 뻔하기에 나는 뒤꽁무니가 빠지도록 달려갔다. 차오른 숨을 가라앉힌 나는 단정하게 노크했다.

"들어와."

밖에 서 있는 이가 누군지 안다는 말투였다.

"안녕하세요?"

"마타리. 너 학교 그만두고 싶어?"

다짜고짜 날아오는 말이 곱지 않았다.

"아뇨!"

"그럼 학교가 우스워?"

눈썹을 꿈틀거리며 험악하게 찡그린 얼굴이 부러 지어낸 표정 같다. 나는 매의 눈으로 그의 재킷 안에 자리한 드레스셔츠가 아까 담임이 입었던 것과 같은 것임을 발견했다.

유레카! 내 동공이 커지는 게 느껴질 정도다.

"그 눈빛은 뭐야?"

나는 얼른 눈을 내리깔며 순진무구한 목소리를 냈다.

"죄송합니다. 근데요, 이사장님. 저희 담임 선생님이랑 취향이 많이 비슷하신가 봐요."

무심히 돌직구를 날려 보았다. 손에 땀이 흥건히 배어나고, 등줄기가 오싹했다. 정수리가 쭈뼛 올라서는 듯 따끔거릴 정도다.

"마타리."

부르는 음성이 뭔가 석연치 않게 다정했다.

"……네?"

나는 수줍은 듯 고개를 비틀며 대답했다. 지금부터 나는 학생에게 관심을 쏟아 주는 이사장을 짝사랑하는 여고생으로 빙의해 보기로 하자.

"너 나한테 왜 이렇게 관심이 많지?"

혹시 재단 인수하면서 태블릿 PC 같은 거 못 받았어요? 이사장이 두고 간 책상 서랍에 없던가요? 쓰레기통도 다 뒤져 봤어요?

대놓고 물을 수는 없으니.

"이사장님은 왜 유독 저한테만 그렇게 까칠하신 건데요?"

나는 입술을 샐쭉 내밀며 고개를 반대 방향으로 틀었다. 매우 자연스러웠다고 생각한다.

"내가 누구한텐 다정해?"

이사장 목소리는 뜨거운 태양이고, 지금 짝사랑 열병을 앓고 있는 여고생에 빙의한 내 심장은 아이스크림이 되었다. 목소리가 녹는다, 녹아.

"아니, 뭐 그런 건 아니지만. 다른 학생들한테는 견습생 레벨이면, 저는 무슨 소드마스터급으로 다루시잖아요."

이 정도 언어는 구사해야 10대답다.

"넌 다른 학생들하고 다르잖아."

이러다 진짜 짝사랑에 빠진 여고생이 될 것 같다. 웃음을 가득 머금은 이사장의 말투는 '넌 특별하단다!' 라고 말하고 있었다. 이 사람 교육자로서 무궁한 매력을 가진……!

"넌 내 학생 아니잖아."

녹아내렸던 심장이 그대로 얼어붙었다. 나는 수줍은 여고생 코스프레를 하며 떨어뜨렸던 고개를 들지 못하고 사고가 정지된 채 잠시 침묵을 유지했다.

아니, 말문이 턱 막혀서 뭐라 대꾸할 수가 없었다.

1초, 2초, 3초.

"이사장님 학생이 아니라뇨? 저 혹시 홈스쿨링 인정 안 돼서 전학 처리 무효된 건가요?"

나는 눈을 동그랗게 뜨고 아연실색한(실제로 아연실색했으므로) 목소리로 외쳤다. 그러자 그는 헛웃음을 한 번 터뜨리고는 안 되겠다 싶었는지, 변유정 휴대전화를 들어 올렸다.

"내가 설마 키스한 여자도 못 알아보는 둔탱이로 보이나?"

자, 이제 무릎을 꿇어야 하는 타이밍이다.

나는 잠시 사고가 정지되어 아무런 말도 하지 못하고 굳었다. 목소리도 나올 것 같지 않아서 흠흠 가다듬어도 보았다.

"언제부터 알았어요?"

한숨 섞인 물음이 툭 흘러나오고 말았다.

"글쎄."

그의 눈동자가 이채로운 빛을 띠고 있다. 심장이 쿵쿵 울렸다. 예상하지 못했던 건 아닌데, 마타리가 변유정이라는 걸 다 알고 있었으면서 연애를 하자고 덤벼 왔다는 사실에, 갑자기 욱하고 울화가 치밀었다.

하지만 이 순간, 나는 프로페셔널한 기자 정신과 저놈이 정말 악랄한 놈일지도 모른다는 약간의 두려움으로 화를 꾹 눌러 참았다.

이번에도 역시 소심함이 분노를 이기는 순간이었다.

"말해. 우리 학교에 들어온 이유."

쉬는 시간을 마치는 종소리가 울려 퍼졌다.

"저 교실로 가 봐야 할 것 같은데요?"

시간을 벌어 볼 요량으로 던진 말에.

"헛소리 집어치우고. 묻는 말에 대답이나 해."

"지금 제가 교실로 안 가면 애들이 이상하게 생각할 텐데요?"

뒤이은 질문에 이사장이 잠시 멈칫했다. 지금껏 윤준재 이사장이 보인 행동을 종합해 보면 그는 외관상 훌륭한 교육자였다. 마치 아킬레스건을 건드리기라도 한 듯 망설이는 얼굴이었다. 그러더니 이내 평정을 되찾은 그가 나지막하고 매혹적인 목소리로 입을 열었다.

"나한테 혼나고 있다고 생각하겠지."

입가에 은근한 미소가 머물렀다. 어젯밤 오피스텔 현관문 앞에서 혼내는 거 잘한다고 우쭐대던 이사장의 모습이 떠올라 심장이 물색없이 두근 댔다.

"대답해. 우리 학교에 들어온 목적."

"찾고 있는 게 있어요."

"찾는 게 있으니까 왔겠지, 당연히."

짝사랑에 빠진 여고생 코스프레를 할 때와는 분위기가 판이했다. 그렇다고 변유정이 윤준재를 대할 때와 비슷하지도 않다. 팽팽한 긴장감에 따스한 봄기운이 물러나고, 다시 매서운 한겨울 칼바람이라도 불어오는 양 오스스 소름이 돋아났다.

나는 평정을 유지하며 입을 뗐다.

"그건 말할 수 없어요."

"내 학교에 기자로 잠입을 한 걸 들킨 주제에. 뭘 찾으러 왔는지 말할 수 없어? 경찰 앞에 가서 할래?"

이 남자 갑자기 뭐 이렇게 세게 나오셔?

"내가 당신을 신뢰할 수 있게 설득해 봐요. 그럼 뭘 찾으러 왔는지 말해 줄 테니까.”

도발에 도발로 응하자, 내내 상담실 상석에 앉아 있던 그가 느른한 동작으로 몸을 일으키더니 성큼성큼 다가왔다. 그가 한 걸음씩 가까워질 때마다 심장이 쪼글쪼글 오그라드는 기분이었다.

겨우 한 걸음도 되지 않는 거리에 그가 마주 섰다. 나는 부러 어깨를 활짝 펴고 고개를 빳빳이 들어 그를 응시했다. 그의 눈동자는 반짝반짝 빛났고, 예상외로 따뜻했다.

따사로운 시선에 당황한 순간 그의 얼굴이 가까워지기 시작했다!

입술이 닿을락 말락 하는 거리까지 다가온 순간, 나는 그의 가슴을 밀어내며 소스라쳤다.

“이, 이사장님, 여기서 이러시면 곤란해요.”

“말은 왜 더듬어?”

여기서 당신 몸을 더듬을 수는 없으니까요!

어머나! 나 웬일이야? 미쳤나 봐!

이 남자의 페로몬에는 정상적인 사고 기능을 마비시키는 전지전능한 능력이 있나 보다. 이렇게 가까이 서 있으면 매번 정신이 혼미해져서는 날카로운 지성이 가득해야 할 머릿속이 음란하게 물들고 만다.

“학교에서 이러시니까 곤란해서 그렇죠.”

나는 목을 흠흠 가다듬으며 뒤로 한 발짝 물러났다. 그러자 그가 다시 한 발짝 다가오며 묻는다.

“스트라이샌드 효과(Streisand Effect)라고 들어 본 적 있나?”

“헐리웃 영화배우 스트라이샌드가 자신의 저택이 촬영된 위성사진을 사진작가에게 웹사이트에서 삭제해 달라고 요청했다가, 오히려 더 유명해진 사건 말하는 거죠?”

미국의 사진작가 케네스 아델만이 캘리포니아 해안 기록 사진을 찍다가 우연히 함께 찍힌 저택, 그 저택은 미국의 유명 여배우인 바브라 스트라이샌드 소유였다.

웹사이트에 공개된 수많은 해안 사진 중 한 장이 바로 바브라 스트라이샌드의 저택이었다. 바브라가 사생활 침해를 우려해 사진 삭제를 요구하고 난 뒤, 그 사진은 오히려 더 유명해졌다.

"숨기려고 들다가 오히려 더 큰 이슈 거리가 되는 효과잖아? 그래서 난 당신이 필요해."

나는 잠시 뜸을 들이며 생각을 정리하기 시작했다. 심각한 수준의 학교 비리가 있는 게 분명하다. 그런데 그걸 숨기려고 들다가 언론에 어설프게 퍼질 경우, 대중의 관심이 더 격렬해지는 역효과를 불러올 수도 있다.

"사건이 공개되면 학생들이 혼란스러워할 수 있어. 진정성 있는 단독 보도로 학생을 보호하는 것. 그게 내가 원하는 바야."

이 말은 저 남자는 나를 전적으로 신뢰하며 이용 가치가 있다고 판단했다는 뜻이었다. 이쪽보다 저쪽의 판단이 빠른 점에 불안감과 안도감이 동시에 일었다.

"나랑 거래를 하겠다는 거죠?"

그는 고개만 까딱 움직이는 것으로 대답을 대신했고, 그 모습은 또 기가 막히게 매혹적이었다.

"학생을 보호할 수 있도록 진정성 있는 단독 보도를 해라, 그럼 내가 학생으로 잠입해 있는 걸 묵인해 주겠다, 이거네요?"

"정확해."

나는 수긍한다는 듯 고개를 끄덕거렸지만, 의심의 여지는 거둘 수가 없었다. 이 남자가 만약 정말 불의의 편에 서서 전 이사장과 한통속이라면 나를 좋지 않은 쪽으로 이용하려 들 것이다. 일단 수긍하는 척 지켜보기로 하고, 나는 이사장의 뜻에 동조한다는 듯 그를 바라봤다.

"그리고 또 하나."

안 그래도 나지막한 목소리가 더욱 깊이 파고들었다. 따스했던 눈빛이 순간 이채롭게 반짝거리더니.

"하던 연애는 계속해야지?"

이 남자 지금 뭐랬어요? 하던 뭘 계속하재?

나는 멍청하게 서서 두 눈만 껌뻑거렸다. 이쯤 되면, '연애하자고 했던 건 사실 연막이었어.'라고 해야 하는 분위기 아닌가. 그윽한 눈길로 나를 바라보던 그는 피식 웃음을 머금었다. 사랑스러워 죽겠다는 얼굴로, 귀여워 죽겠다는 눈빛으로 말이다.

나는 마치 못 볼 걸 본 양 눈을 비비고 말았다. 그러자 이사장이 이번에는 눈부신 치아를 드러내며 환한 미소를 지었다.

"놀라기는."

"아니, 그러니까 지금 이 상황에, 흡!"

상황 정리를 하려던 내 입은 그의 매혹적인 입술에 확실히 정리당했다. 미소를 머금은 붉은 입술이 순식간에 내 입술 위에 내려앉았고, 눈을 채 감기도 전에 혀가 미끄러져 들어와 엉켰다. 나는 어정쩡하게 서서 그의 키스를 받아 냈다.

츄릅 하는 마찰음과 함께 입술이 떨어지자, 후우 하는 한숨 소리가 들려왔다.

"나머지는 교복 벗고, 집에 가서 하자."

그의 엄지손가락이 내 아랫입술을 훑고 지나갔다. 입술 끝에서 느껴지는 그의 손길에는 아쉬운 떨림이 가득했다.

"저기, 근데요."

마저 하자는 연애에 내가 동의한 적이 있던가?

"이렇게 된 마당에 연애 계속하는 거, 되게 위험한 짓 아닐까요?"

한 발짝 뒤로 물러났던 그가 다시 성큼 다가왔다. 비강을 훅 뚫고 들어오는 그의 향수 냄새와 체향에 머릿속이 아득해졌다. 위험한 페로몬 덩어리 같으니라고.

나는 코를 틀어막을 수 없으니 대신 눈을 질끈 감고, 말을 이어 가기로 했다.

"양자합의를 도출해 내기는 했지만, 나는 학생 신분으로 학교에 잠입했고요. 그쪽은 여기 최고 권력자인 이사장님인데."

"근데?"

"그러니까."

"그러니까?"

그래, 또 따지고 보면 안 될 건 없다. 업무적으로는 전략적 제휴관계가 되는 거고, 사적으로는…….

"그걸 왜 눈을 감고 말해?"

코끝에서 달콤한 숨결이 느껴졌다. 심장이 쿵쿵 울렸다. 슬그머니 눈꺼풀을 들어 올리자, 코앞에 그의 얼굴이 있었다.

"키스하고 싶게."

놀랄 틈도 없이 또다시 입술이 내려앉았다. 굳센 팔이 순식간에 허리를 당겨 안았고, 단단한 가슴팍에 몸이 파묻혔다. 그의 뺨에서 느껴지는 향기에 정신이 몽롱해졌다.

그는 입안에서 사탕을 굴리고 아이스크림을 핥아 먹듯 부드럽게 굴었다가, 사막 한가운데서 마지막 물 한 모금을 들이마시듯 허겁지겁 빨아들였다.

"흐음."

본능에 이끌린 나머지 신음까지 흘리고 말았다. 생경하게 울려 퍼지는 목소리에 놀란 나는 얼른 그의 가슴팍을 밀어냈다.

"저기, 이사장님. 여기서 자꾸 이러시면 곤란해요."

나는 벅차오른 숨을 고르며 겨우 말을 내뱉었다.

"지금 곤란하게 만드는 게 누군데?"

이 남자는 내 지능을 떨어뜨리는 재주가 있는 것 같다. 나는 또 멍청하게 서서 그를 올려다보았다.

"볼은 빨갛게 달아올라서 눈 감고 있으면, 그거 키스해 달란 뜻 아냐?"

빈정거림 없는 질문이 상당히 진중했다.

"그렇게 보일 수도 있었겠네요."

나는 심각하게 고개를 끄덕거렸다. 그러자 그가 유쾌한 웃음을 터뜨렸다. 한참을 웃던 그는 눈물을 훔쳐 내는 듯하더니 별로 심각할 것도 없다는 목소리로 물었다.

"그래서 뭘 찾고 있는데?"

이거 말로만 듣던 몸 던지는 미남계인가요? 키스로 정신 쏙 빼놓고 내가 뭘 찾는지 묻는 겁니까?

내가 골몰하는 듯 보였는지 그는 이내 표정을 달리하며 말을 이어 갔다.

"걱정 마. 적과의 동침, 그런 거 아니니까."

저기, 우리 아직 동침은 안 했잖……. 어머나! 나 지금 무슨 상상한 거야?

머릿속에서 눈앞에 있는 남자와 침대 위를 나뒹구는 살색 가득한 장면이 빵 터지고 말았다. 다분히 19금스러운 장면을 수습하는 사이, 멀어졌던 남자가 다시 다가왔다. 나는 흠칫 놀라 뒤로 한 발짝 물러섰다.

"뭘 찾고 있는지 알아야 나도 협조를 하지."

나는 사고능력을 방해하는 그의 페로몬에서 벗어나기 위해 심각한 고민에 빠진 척 창가로 걸음을 옮겨 갔다.

'전 이사장의 흔적이요. 그리고 전 이사장과 당신의 연결고리는 없는지……'

나는 대답을 머뭇거렸다. 머릿속이 엉망진창으로 얽혀들었다.

"위험할 수 있어."

뭔가를 눈치챈 듯 내내 호의적이던 남자의 목소리가 퍼렇게 날이 선다.

왜 위험해질 수 있다는 걸까. 본인도 거기에 연루되어 있어서, 미리 막으려고 겁을 주는 걸까?

"위험할 수 있다니, 무슨 뜻이에요?"

창가를 바라보고 서 있던 나는 뒤로 성큼 다가온 그를 마주하기 위해 돌아섰다.

"당신이 생각하는 것보다 훨씬 위험한 일일 수 있다는 뜻이야."

진중한 눈빛, 진심 어린 얼굴. 겁을 주려는 것이 아니라 사실을 말하는 것이라는 듯 그의 말투는 신중하고, 조심스러웠다.

"절대 혼자 움직이려고 하지 마. 알겠어? 뭘 찾든, 숨기든. 나랑 같이 해."

말을 마치고 한 발짝 더 다가온 그는 동의를 구하듯 눈썹을 추켜세우고는 내 얼굴을 세심한 눈빛으로 살폈다.

"대답해, 어서."

나는 잠시 뜸을 들였다. 그를 안달 나게 하기 위해 의도된 답보는 아니었다. 아직은 이 남자가 아군인지, 적군인지 확신이 서질 않는다.

"날 믿어요?"

확신을 갖지 못하는 순간, 어떻게 그는 나에 대한 확고한 믿음을 가지고 있는지 궁금해졌다.

"난 변유정 믿어."

"어떻게?"

"내가 선택한 여자니까."

나는 말문이 턱 막힌 나머지 아무런 대꾸도 할 수 없었다. 또 뜸을 들이자, 그는 내가 다시 입을 열 때까지 기다리겠다는 듯 눈을 깊게 한 번 깜빡거렸다.

"내가 학생이 아닌 건 언제 알았어요?"

"얼마 안 됐어."

"얼마나요?"

"방금."

"뭐라고요?"

말장난하는 줄 알았더니, 이 남자 표정이 꽤 진지하다.

"내내 의심은 하고 있었는데, 본인 입으로 말하기 전까지는 속단하면 안 되는 거니까."

나는 어느 정도 일리 있는 말이라며 고개를 끄덕거렸다.

"그러니까 날 믿어 봐. 내 입으로 믿어 달라고 하고 있잖아. 그리고."

무슨 심각한 말을 하려는지 뜸을 들인다.

"너 다치는 꼴 못 본다."

무한한 애정이 느껴지는 말투에 심장이 녹아내릴 듯했다.

"일단 알았어요."

"대답해. 뭐든 혼자 움직이지 않겠다고."

대답을 종용하는 말투에 초조한 기색이 가득했다.

"내가 그렇게 좋아요?"

머릿속에 떠올린 말이 입 밖으로 그대로 흘러나와 버렸다. 필터링 기능 없는 장진웅 조동아리를 그렇게 타박했는데, 나쁜 건 빨리 배운다고 그새 옮아 버렸나 보다.

"그래, 좋다. 미치겠다. 나도 이런 감정은 처음이라."

커다란 손이 뺨을 감싸고는 어루만졌다. 부드럽게 쓸어내렸다가 오르기를 반복하는 손길에 한쪽 볼이 불에 덴 듯했다.

"이쪽도요."

"뭐?"

"이쪽 볼도."

나의 근본 없는 앙탈에 그는 유쾌한 웃음을 터뜨리더니 양손으로 내양 볼을 그러쥐고는 어루만져 주었다.

"됐어요, 이제."

양 볼에 뭉근한 열기가 고루 오른 듯해서 나는 그의 팔을 거둬 내려 손을 들어 올렸다.

"안 됐어, 아직."

그러자 이마 위에 새털 같은 입맞춤이 내려앉았다. 이 남자, 입술을 참 바람직하게 쓸 줄 안다. 잘생긴 얼굴로 시의적절한 스킨십을 모범답안처럼 내놓는다.

"그리고요."

"음."

자상한 되물음에 저절로 미소가 피어오를 듯해서 나는 한숨을 한 번 내쉬었다.

"저 인제 교실에 가야 할 것 같은데요?"

"그래, 가 봐."

그는 아쉬운 듯 내 뺨을 붙들고는 한숨을 내쉬었다.

"끝나고 바로 집으로 가."

"네."

"집에 도착하면 전화한다."

"그래요."

나 인제 집에서 커리어우먼이자 마타리 사촌 언니 변유정 연기 안 해도 되는 거다!

어느새 수업을 마치는 종소리가 들려왔다. 뭔가 정리가 된 것 같은데, 더 복잡해진 것 같은 찝찝한 심경으로 상담실을 나서는데, 문 앞에 눈부신 아이가 서 있다.

"진한별?"

한별은 내 등 뒤로 보이는 상담실 안을 흘끗거리더니 심각한 목소리로 물었다.

"무슨 일 있었어?"

"아니, 그냥 좀 혼났어."

나는 고개를 떨어뜨리고 바닥을 내려다보았다.

"울었어?"

"아니, 울긴."

한별의 오른손이 순식간에 왼쪽 뺨에 닿았다. 엄지로 눈가를 한 번 슥 문지르더니 자상한 목소리로 읊조렸다.

"근데 왜 이렇게 빨개."

그게 울어서 빨간 게 아니란다, 얘야.

나는 대꾸 없이 가만히 한별의 손을 밀어냈다.

"가자, 교실로."

덥석 손목이 잡혔다. 손목을 움켜잡은 악력이 대단했다.

"야, 아파."

따지고 보면 이사장한테 상담실까지 불려 와서 혼이 난 건 마타리인데, 기분은 한별이 더 좋지 않은 듯 보였다.

197

"진한별, 마타리. 사이가 좋네."

등 뒤에서 나직한 음성이 들려왔다. 나무라는 목소리의 주인공은 역시나 이사장이었다.

"아이코."

한별이 갑자기 걸음을 우뚝 멈춰 서는 바람에 뒤를 따르던 나는 한별의 등에 얼굴을 찧고 말았다.

"안녕하세요?"

한별은 나를 자신의 등 뒤로 숨겨 세우며 이사장에게 인사를 건넸다.

"둘이 사이가 아주 좋아 보이네?"

"이사장님, 훈계도 좋지만 수업 시간에는 교실에 돌려보내 주셔야죠."

"야, 너 왜 그래."

내내 차분하고 모범적이던 한별이 갑자기 반항기 어린 목소리를 내는데, 나는 기겁했다. 일촉즉발의 상황, 이사장의 얼굴도 굳어 있기는 마찬가지다. 그의 시선이 한별의 얼굴 한 번, 내 얼굴 한 번 보더니 손목으로 향했다.

나는 그의 시선을 따라 내 손목으로 시선을 떨어뜨렸다가, 얼른 한별의 손을 풀어내려 손목을 비틀었다. 그러자 한별이 손목을 더 꽉 움켜잡고는 읊조렸다.

"가만히 있어."

"진한별, 친구가 싫다는데도 그런 행동을 계속하는 거, 그거 일종의 학교 폭력이야."

이사장의 목소리에 잔뜩 날이 서 있다. 꺅꺅 소리를 질러 대는 여학생들에게는 칼같이 선을 긋는다 하더라도, 이토록 권위적인 모습을 보였던 적은 없었다. 그런데 지금 한별에게 유독 까칠한 그의 모습에 나는 미안한 감정이 일 정도다.

꽉 잡혀 있던 손이 스르륵 풀어졌다.

"미안."

한별이 고개를 돌려 사과까지 했다.

"나 괜찮아, 한별아."

올려다본 한별의 얼굴은 안쓰러울 정도로 일그러져 있다. 어느새 이쪽으로 성큼성큼 다가온 이사장은 한별의 어깨를 툭툭 두드리며 한마디 했다.

"바로 교실로 가라."

그러고는 둘 사이를 스치고 지나갔다. 이사장이 두세 걸음 멀어지고 나자, 나는 안도의 한숨을 내쉬었다.

"타리야."

"음?"

"다음 확통 시간에 너 또 시킨다고 했잖아."

"맞다."

아름다운 놈이 기억력도 좋아서, 잊고 있던 지옥을 상기시켰다.

"그래서 말인데, 오늘 우리 집에 갈래? 내가 가르쳐 줄게."

"응? 너희 집?"

순간 상담실에서 나누었던 이사장과의 대화가 머릿속을 스쳤다.

바로 집으로 가라던. 집에 가서 연락하겠다던.

상담실에서 못한 건 집에 가서 마저 하자던…….

나는 고개를 떨어뜨리고는 곁눈질로 멀어져 가는 이사장의 뒷모습을 흘끗 보았다. 지금 이사장의 걸음 속도가 현저히 느리다고 느껴지는 건, 내 기분 탓일 것이다.

"진웅이랑 은진이도 온다고 했어."

이어진 한별의 말에 잔뜩 굳어 있던 이사장의 어깨가 스르륵 풀어져 내려앉는 게 눈에 들어왔다. 저 남자, 지금 뒤통수에 눈이 달려 있지 않음을 한탄하고 있을 것 같다.

"그래? 그럼 나도 갈게."

당장 확통 과외 붙일 게 아니라면 동급생의 가르침이라도 필요했다.

"마타리."

안심한 뒷모습을 보였던 이사장이 이쪽을 보고 돌아서 있다.

"네?"

쏘아보는 눈빛이 따갑다.

나 좀 살려 줘요. 아님 확통 선생님을 좀 매수해 봐요. 나 다음 확통 시간에도 걸리면 1,000 문제 숙제 내 준댔단 말이야!

한 번만 봐 달라는 간절한 눈빛을 보내 보았다.

"앞으로 주의 깊게 행동해. 수업 시간에 딴짓하지 말고."

모범적인 훈계를 꺼내 든 그는 나무라는 눈빛을 하고는 다시 돌아섰다.

잠입근무가 더 꼬일 것 같은 상쾌한 기분이 든다.

수업을 마친 뒤, 나는 진웅, 은진과 함께 한별의 뒤를 따랐다. 방정구와 짝이 되었다고 좋아했던 은진이었는데, 정구가 속한 그룹이 태국 방콕을 시작으로 동남아 투어 콘서트를 시작해서 요 며칠 상당히 우울해 보였다.

"확통 쌤 진짜 너무하지 않냐? 맨날 면박만 주고."

은진이 나에게 팔짱을 끼며 입을 샐쭉 내밀었다.

"그러게. 죽겠다."

스물일곱에 내가 고2 수학 때문에 망신을 당할 줄은 꿈에도 몰랐다.

"아, 문과 갈걸."

"이제 이과, 문과도 없어진다더라?"

진웅이 진로를 탓하자, 은진이 대꾸했다.

"이놈의 나라는 교육 정책에 일관성이 없어. 몇 년 후에 학업 성취도가 나쁘네, 어쩌네 하면서 부활하는 거 아냐?"

필터링 없이 헛소리만 하는 줄 알았더니, 진웅은 가끔 정신 있는 소리도 하기는 한다.

진웅이 내뱉은 말에 맞장구를 치려는데, 한별이 더 빨랐다.

"걱정 마. 다음 시간에 안 혼나게 해 줄 테니까."

한별은 깜깜한 수학 늪에 빠진 우리에게 별처럼 환한 미소를 지었다.

아, 천사 같은 우리 한별이. 누나가 너처럼 바람직한 학생을 위해 열과 성을 다해 이번 취재에 임하겠노라!

한별의 집은 학교에서 멀지 않은 곳에 위치한 2층짜리 단독 주택이었다. 귀티 절절 흐르는 외모만큼이나 꽤 유복한 듯했다. 대문을 들어서려는 찰나, 은진이 화들짝 놀라 휴대전화를 꺼내 들었다.

"대박! 나 어떡해!"

"왜?"

"정구가 한국 잠깐 왔다고, 나 보재! 나, 간다. 공부 니들끼리 해!"

은진은 눈 깜짝할 새, 저만치 멀어졌다.

"아, 잠깐만."

그 순간 진웅이 배를 움켜쥐며 허리를 굽혔다.

"장진웅, 너 왜 그래?"

"아, 배 아파. 나 안 되겠다. 그냥 혼나고 말래."

배를 움켜쥔 진웅도 집으로 가야겠다며 돌아섰다.

결국 둘이 남았다!

"지금 집에 아무도 안 계신데……."

고민에 빠진 한별의 반듯한 얼굴을 나는 물끄러미 올려다보았다.

"근처 카페 가서 공부할까?"

이런 바람직한 열여덟 청춘을 보았나!

"그러자, 그럼."

나는 한별을 따라 조용한 스터디 카페가 있다는 곳으로 걷기 시작했다.

"아까 왜 집에 들어가지 말자고 했는지 알아?"

"내가 불편해할까 봐?"

조심스레 건넨 대꾸에 한별이 쓴웃음을 머금으며 고개를 내젓는다. 우수에 찬 얼굴이 기가 막힐 정도로 잘생겼다.

"내가 너한테 나쁜 짓 할까 봐."

한숨과 함께 내뱉은 한별의 말에 나는 말문이 턱 막혀 버렸다.

"오늘 공부하기 되게 싫다."

한별이 코끝을 찡끗 찌푸리고는 빙그레 미소를 머금는다.

"갑자기 왜?"

"너랑 둘이 있잖아."

미친 나의 심장. 순간 설레었다. 나는 목을 흠흠 가다듬고는 걸음을 재촉했다.

"그럼 나중에 하든지. 내일 확통 안 들었을걸?"

"아, 맞다……."

한별이 잊고 있던 무언가를 깨달은 듯 얼굴을 찌푸렸다. 그런데 그게 내일 시간표는 아닌 듯하다.

"오늘 엄마 생신인데…… 깜빡했다."

"엄마 생신?"

"어. 미안한데, 엄마 생신 선물 좀 같이 골라 줄래?"

공부하자고 했다가, 생신 선물 고르자고 했다가.

"사실 나 엄마랑 둘이 살아. 울 엄마 생신 챙겨 줄 사람 나밖에 없는데……."

가슴 한쪽이 서늘해지고 말았다. 나 역시 고2 때 아빠가 돌아가신 이후, 줄곧 엄마와 둘이 살았었다. 서로가 아니면 챙겨 줄 사람이 없는, 서로에게 유일무이한 존재.

"그래, 어디로 갈 건데?"

한별은 답지 않게 머리를 긁적거리며 뜸을 들였다.

"백화점 갈까? 립스틱 정도면 될 것 같은데."

"그래, 백화점 가 보자."

"대신 내가 밥 살게."

"그러든지."

열여덟 고등학생에게 저녁 얻어먹는 게 적응 안 되기는 하지만, 어머니 생신 선물 고른다는 마음이 갸륵해서 나는 방글거리며 고개를 끄덕였다. 한별의 집에서 백화점까지는 지하철로 세 정거장 거리였다. 하교 시간과 퇴근 시간이 겹친 지하철 안은 콩나물시루 같았다.

"엄마야."

지하철 입구에서 발을 내딛자마자 밀려들어 오는 사람들에 휩쓸렸다. 책가방은 사람들 사이에 꼈고, 양옆에서 밀어 대는 통에 두 발이 허공으로 동동 떠오를 것만 같아서 나는 까치발을 유지하려 애썼다.

그때 누군가 가방을 확 잡아채 가서 고개를 돌려보니 한별이었다.

"이리 와."

가방이 쑥 빠지는가 싶더니 노약자석과 문 사이 공간으로 이끌려 갔다. 한별은 작은 공간 안에 나를 가두듯 문 옆 지하철 벽체와 스테인리스 손잡이를 움켜잡는다.

나와 진한별, 두 사람 사이의 거리는 약 30cm.

뒤에서 사람들이 열심히 밀어 대는데도 불구하고 한별은 꿈적도 하지 않았다.

"고마워."

"아냐, 내가 같이 가자고 했는데……. 택시 탈 걸 그랬다. 사람 장난 아니게 많! 엇!"

지하철이 출발하면서 손잡이를 잡지 않은 사람들의 무게가 쏠렸고, 힘을 주고 있던 한별의 핏줄 불거진 팔이 무색할 만큼 장벽이 무너져 버렸다.

나와 진한별, 두 사람 사이의 거리는 측정 불가.

얼굴이 한별의 가슴에 밀착되었다. 뺨에 닿은 보드라운 교복 면남방에서 은은한 섬유유연제 향이 느껴진다. 한별은 안간힘을 쓰며 겨우 공간을 만들어 내더니 빨개진 얼굴로 지하철 노선도가 있는 쪽으로 시선을 돌렸다. 그러고는 작은 목소리로 속삭였다.

"미안, 뒤에서 밀어서."

"어, 알아. 괜찮아."

한별 어머니 생신 선물에 사비를 털어서 보태고 싶은 심정이었다.

아주머니, 대체 어떻게 하면 이렇게 바람직한 아들을 낳을 수 있단 말입니까?

나는 바람직한 한별을 낳아 주신 아주머니의 마음에 쏙 드는 선물을 골라 보겠다며 투지를 불태웠다.

백화점에 도착하자마자 1층 화장품 매장을 돌았다.

"립스틱은 주로 어떤 색 바르시는지 알아? 핑크색 계열? 오렌지색 계열? 아니면 누드 톤?"

"누, 누드…… 톤?"

저기 아가? 네가 혈기 왕성한 나이라는 건 알겠는데, 그런 누드 아니란다.

"베이지 톤!"

"아, 그렇구나. 베이지 톤……. 잘 모르겠다."

"그럼 데일리 메이크업으로 무난하게, 얌전한 핑크색 계열이 좋을 것 같네."

호화찬란한 립스틱이 오와 열을 맞추어 줄 서 있는 매장 앞에 서자, 한별이 조심스레 입을 열었다.

"근데 이렇게 봐서는 이게 무슨 색인지 잘 모르겠어."

"당연히 발라 봐야 발색을 알 수 있지. 샘플 발라 보면 돼."

나는 능숙하게 면봉 하나를 집어 들고는 가장 무난해 보이는 핑크색 계열 립스틱을 면봉 끝에 살짝 묻혀서 손등에 펴 발랐다.

"자, 어때? 이거 괜찮은 것 같은데……."

"손등에 발라서 그런지, 감이 안 온다."

내 손등을 내려다보며 한별이 고개를 갸웃하는 사이 점원이 다가온다.

"도와 드릴까요?"

친절한 점원은 내가 립스틱을 사려는 줄 알았는지, 나를 거울 앞에 앉혀 버렸다.

"자, 이게 아까 고르신 컬러고요. 이번에 나온 신상인데, 매트하지 않고, 에센스 성분이 함유되어 있어서 따로 립밤 안 발라도 되고요. 그냥 클

렌징 폼으로도 지워지니까 따로 립 리무버 안 쓰셔도 돼요.”

직원은 요즘 고등학생은 이 정도 화장은 다 한다며 내 얼굴에 쿠션 팩트를 두드리고, 눈썹을 정리해 준 뒤, 아이라인도 얇게 그려 주고, 핑크색 립스틱을 곱게 발라 주는 정성을 들였다.

“자, 다 됐어요!”

전문가의 손길은 언제나처럼 옳다. 한별이만 없었다면 이 언니가 두드린 화장품을 모조리 결제했을 거다.

“남자 친구가 보기엔 어때요?”

거울을 들여다보던 나는 화들짝 놀라 점원을 향해 손사래를 쳤다.

“남자 친구 아녜요.”

교복을 입은 탓인지, 나보다 훨씬 어려 보이는 점원은 우리를 귀엽다는 듯이 바라보았다. 점원이 나를 향해 눈을 한 번 찡긋하고는 확인 사살하듯 다시 물었다.

“어때요, 남자 친구가 보기에?”

얼굴이 빨개진 한별은 헛기침을 한 번 하고 목소리를 흠흠 가다듬더니 거울 속 나와 눈을 마주하며 나지막이 속삭였다.

“예뻐요, 많이.”

어머, 얘도 참. 오호호호호호!

육성으로 터져 나올 것만 같은 웃음을 삼키며 나는 부끄러운 듯 고개를 숙이고 손끝을 내려다보았다.

“그 립스틱 두 개 주세요.”

한별의 단호한 목소리에 점원이 놀라 묻는다.

“두 개나요? 립스틱 하나 쓰는 데도 꽤 오래 걸려요.”

“주세요, 두 개.”

나를 뚫어져라 바라보던 한별의 시선이 슥 옮겨 가는가 싶더니 점원을 내려다본다. 단정한 한별의 시선은 누나들의 심장을 저격하고도 남을 정도였고, 점원 역시 뭐에 홀렸는지 립스틱 두 개를 과하게 포장해 준 것도 모자라 본품에 준하는 값비싼 에센스 샘플까지 왕창 챙겨 주었다.

"너 왜 이거 두 개나 샀어?"

화장품 매장을 나와 지하 푸드 코트로 향하던 길, 내가 묻는 말에 한별은 시선을 피하며 싱겁게 입을 열었다.

"그냥."

"차라리 다른 색 사지. 어머니께서 뭐라고 하시면 어떡해."

"됐어."

평소 한별답지 않게 대답이 짧고 모호했다. 푸드 코트에서 햄버거를 먹는 중에도 한별은 조용했다.

"갑자기 왜 이렇게 조용해? 무슨 고민 있어?"

프렌치프라이를 집어서 입에 가져가던 한별은 나를 가만히 바라보다가 한숨을 한 번 내쉬며 고개를 내젓는다.

"아까 바른 립스틱 지워졌다."

한별의 그윽한 시선이 내 입술 위에 머물렀다.

"그래?"

나는 냅킨을 한 장 집어서 입술 선에 남아 있는 립스틱 찌꺼기를 닦아 냈다. 마른 장작처럼 활활 타오르는 한별의 시선을 막기 위함이었다. 그런데 냅킨으로 비빈 탓에 입술이 충혈되어 더 붉게 물들었고, 한별은 넋이 나간 얼굴로 내 입술만 바라보았다.

"저기, 한별아. 갈까, 이제?"

나는 일부러 가방을 챙기는 척 고개를 돌리며 부산스럽게 움직였다.

"잠깐만."

응? 하는 얼굴로 돌아보니, 한별이 녀석 얼굴이 아까보다 훨씬 심각했다.

"너…… 혹시 석기 선배랑."

왜 또 이렇게 갑자기 심각해지는 걸까. 질풍노도 10대의 감성은 정말 감당하기 어렵다.

"타리야, 너."

미간을 찌푸린 한별의 얼굴은 가슴이 시릴 정도였다.

"나, 뭐?"

"너, 꼭…… 방송반 해야겠어?"

나는 한숨을 집어삼키며 대꾸했다.

"집에 가자, 늦었어."

한별은 고개만 끄덕일 뿐 대답이 없었다. 백화점을 나와 지하철역으로 향하는 길, 하늘은 이미 어두워져 있었다. 주위가 환기된 덕분인지 한별이 다시 입을 연다.

"아깐 미안. 내가 주제넘은 말 했다. 못 들은 걸로 해."

한별이 빙긋이 웃었다가 이내 얼굴을 굳히며 덧붙였다.

"대신 이거 받아."

아이의 눈빛이 그 어느 때보다 진지했다. 내 앞을 가로막아 선 한별은 좀 전에 구입한 립스틱을 하나 내밀었다.

"이건, 왜?"

"석기 선배랑 사귀어도 돼. 괜찮아. 근데 네 첫 키스는 나랑 해. 너 스무 살 되면 이 립스틱 바르고 나랑 하자."

이렇게 박력 넘치는 고백이라니. 립스틱에도 유통기한이 있다는 분위기 깨는 말 따위는 접어 두고, 나는 가만히 한별의 손 위에 놓은 립스틱을 바라보았다.

"네 첫사랑이 나 아니라, 석기 선배여도 상관없어. 대신 첫 키스는 나야."

이렇게 무작정 내뱉는 진하고, 순수하고, 로맨틱한 고백이라니. 지금 당장 사귀자 하면, 학생 신분에 공부나 하자는 핑계로 둘러댔을 것이다. 그런데 스무 살까지 기다리겠단다. 거절도 어렵게.

"대답해 줘."

한별의 눈빛이 간절했다. 하지만 지금 이 립스틱을 받아서 아이를 희망고문 할 필요는 없다.

"미안해, 못 받겠어. 사람 마음은 언제든 변해. 내가 이 립스틱 갖고 네 마음 헤아리며, 스무 살까지 기다렸다 쳐. 근데 그때 가서 네 마음이 변하면 어떡해? 아니면 내가 너한테 이 립스틱 받아 놓고, 석기 선배랑 더 잘 되면 어떡하지?"

간절함을 담았던 한별의 눈동자에 불길이 일었다. 불길을 잡으려고 내뱉은 말인데, 마른 심지에 석유를 들이붓고 불을 붙인 꼴이 되어 버렸다.

"그럼, 오늘 할까?"

되돌아온 질문이 당돌하다 못해 말문을 막았다. 나는 멍한 얼굴로 한별을 올려다보았다.

"아니, 지금까지 내가 한 말을 뭘로 들은…… 읍!"

순식간에 한별의 입술이 내 입술 위로 내려앉았다.

짧고 서투른 입맞춤에 화들짝 놀란 나는 뒤로 한 발짝 물러났다. 두 손으로 입을 막은 채 한별을 올려다보자, 한별은 본인이 저지른 일에 더 놀란 얼굴을 하고 있다.

"되게 부드럽다."

한별은 오른손 엄지로 제 입술을 한 번 훑더니 감탄 어린 얼굴로 나를 내려다보았다.

"진짜 키스는 스무 살 때 하자. 난 안 변해. 이건 내가 갖고 있다가 스무 살 되는 해에 줄게."

미안한데, 한별아. 나 이미 7년 전에 그 '스무 살'이 한 번 됐었다. 무작정 기다리겠다며 빠져들 수 있는 마음, 너의 그 열정이 부럽다. 나는 그런 열정 식은 지 오랜데. 재고 따지고 계산하고…….

어떤 연유로든 이사장과의 연애를 시작했음에도 끊임없이 드는 의심. 두 사람 사이에 존재하는 분명한 열정의 온도 차.

잠입취재며 모든 것을 차치하고라도 우리는 분명 달랐다. 그 간극에 나는 한숨을 내쉬며 입을 열었다.

"넌 네가 가질 수 있으면, 얻어지는 게 사람 마음이니? 네가 하고 싶으면 무조건 부딪혀 오는 게 키스야? 그건 어디서 나온 자신감이야? 너 나한테 지금 실수했어. 사과해."

한별이 아차 싶은 얼굴이다.

"미안."

"여기서 그만 헤어지자. 잘 가."

나는 말문이 막힌 한별을 그대로 두고 먼저 돌아섰다. 그런데 돌아선 순간, 나는 말문이 막히다 못해 심장이 멎어 버렸다.

"두 사람 이 시간에 여기서 뭐 해?"

미간을 잔뜩 찌푸린 채로 못마땅한 얼굴을 하고 있는 이는 이사장이었다.

"오빠, 왜? 오빠네 학교 학생들이야? 귀엽다."

이사장 등 뒤에서 웬 여자가 고개를 빠끔히 내밀었다. 허리까지 오는 굴곡진 웨이브 머리, 머리칼만큼이나 격하게 굴곡진 몸매에 피트 된 블랙 미니 원피스를 입은 여자는 연예인 저리 가라 할 정도로 예쁜 얼굴이었다.

생글생글 웃음을 머금은 여자가 급기야 이사장의 팔에 팔짱을 끼었다!

"오빠, 나 배고픈데."

그러는 댁은 여기서 저 여자랑 뭐 하십니까?

서늘한 바람이 교복 치맛자락을 스치고 지나갔다. 나는 버릇처럼 가방 끈을 그러쥐며 이사장을 바라보았다. 이사장이 나와 한별이에게 그랬던 것처럼.

이사장 얼굴 한 번, 여자 얼굴 한 번, 그리고 팔짱 낀 손을 한 번.

검은색 고급 슈트를 입은 이사장과 새틴 소재의 블랙 미니 드레스를 입은 여자는 그림처럼 잘 어울렸다.

"이거 안 풀어?"

시선이 옮겨 가는 것을 느낀 건지, 이사장이 정색하며 여자를 나무랐다.

"치, 오빠 성격은 여전히 까칠하네."

노여움 타는 기색도 없이 여자는 방글방글 잘도 웃으며 팔짱을 풀었다. 여자의 웃는 얼굴이 무색하리만큼 이사장의 얼굴은 무표정했다.

"두 사람, 늦었는데 여기서 뭐 해?"

"이제 가려고요. 가자, 타리야. 데려다줄게."

한별이 등 뒤에서 성큼 다가오는 게 느껴졌다. 그와 동시에 이사장의 미간도 아주 미세하게 구겨졌다.

"너희 지금 몇 살이지?"

난데없이 이사장이 나이를 물어 왔다.

이거 지금 나 돌려 까기 하는 거야? 그 나이에 고등학생이랑 어울리냐고 도발하는 거야?

"열여덟이요."

나도 모르게 비딱한 목소리로 대꾸했다.

"남녀칠세부동석."

슈트 재킷을 단추를 풀고는 밑단이 펄럭이도록 털어 낸 이사장이 주머니에 손을 찔러 넣으며 위압적인 목소리로 읊조렸다.

"열여덟이면 더 조심해야 할 나이 아닌가? 학업에 매진하고, 미래를 꿈꾸기에도 시간이 부족할 나이인데 오밤중에 길거리에서 뭐 하는 거야?"

순간 아차 싶었다. 한별이네 가서 같은 반 학우들과 수학 문제를 풀자며 아주 바람직한 청춘 드라마의 한 장면을 연출했던 게 몇 시간 전 복도였었다.

"진한별은 집에 가고. 마타리는 나 따라와."

"타리는 왜요? 제가 데려다줄 건데요."

"못 들었어? 남녀칠세부동석? 그리고 이렇게 늦은 시각에 학생 지도의 의무가 있는 사람이 이런 상황을 모른 척한다는 게 말이 된다고 생각해?"

한별이 아랫입술을 꾹 깨물었다가 놓고는 짙은 당부가 깃든 눈빛으로 나를 내려다보며 말했다.

"조심해서 가. 들어가면 꼭 전화하고. 알았지?"

"어."

한별은 매서운 눈으로 이사장을 쏘아보며 지나갔다.

"허튼짓하지 마세요."

소란한 도로 소음에 섞인 한별의 목소리에 나는 내 두 귀를 의심했다. 다분히 예의 없는 말을 했음에도 불구하고, 한별의 도발에 이사장은 아무런 대꾸도 하지 않았다.

"너도 가."

몇 번이고 뒤를 돌아보던 한별의 모습이 멀어지자, 이사장이 여자를 향해 차갑게 쏘아붙였다.

"난 또 왜? 저 여학생은 그냥 택시 태워 보내면 되잖아."

"시간이 몇 신데 택시를 태워 보내."

"누가 들으면 자정이라도 넘을 줄 알겠네. 이제 일곱 시 반이다. 저 여학생은 데려다주고, 나는? 나는 안 위험해?"

"너는 네 차 운전해서 가면 되잖아. 어서 가."

이사장 목소리는 마치 겨울 낙엽 같았다. 건조하고, 차가웠다. 여자는 그게 또 대수롭지 않다는 듯 대꾸했다.

"알았어. 가면 될 거 아냐. 오랜만에 만났는데, 어쩜 이렇게 똑같냐. 오빠 나중에 분명히 후회한다."

"쓸데없는 소리 하지 말고."

이사장이 미간을 미세하게 찌푸리며 여자를 나무라자, 여자가 알겠다는 듯 두 손을 활짝 펴 보였다. 그러고는 나를 향해 방글방글 웃으며 작별 인사를 했다.

"학생, 나중에 학교에서 봐."

"안녕히 가세요."

나는 비교적 예의 바르게 인사를 건네려 노력했다. 하지만 머릿속에서 둥둥 떠다니던 팔짱을 낀 두 사람의 모습이 마음을 뾰족하게 만들었고, 목소리는 10대 반항아의 그것처럼 딱딱했다. 나는 인사를 끝으로 입을 꾹 다물어 버렸다.

여자의 모습이 백화점 안으로 사라지고 난 뒤에도 이사장은 한참 동안 꿈쩍도 하지 않고 나만 바라보고 서 있었다. 아니, 노려보고 있다는 게 맞는 말일 것이다.

"왜, 왜요?"

"죽을래?"

나는 어안이 벙벙해서 멍한 시선으로 점점 가까이 다가오는 이사장을 주시했다. 평소답지 않은 과격한 언어에 잠시 할 말을 잃었던 나는 재빨리 고개를 휘저으며 미간을 찌푸리고는 되물었다.

"뭐라고요?"

"교복 입고 길거리에서."

어금니를 꾹 문 채로 읊조리는 그의 말에 분노가 담겨 있다.

"아니, 그게요."

"따라와."

"네."

교복 입고 길거리에서 어른에게 대드는 하극상을 보일 수는 없으니 나는 잠자코 이사장의 뒤를 따랐다. 백화점 VIP 전용 주차장으로 향한 이사장은 여전히 잔뜩 화가 난 목소리를 냈다.

"타."

운전석에 오른 이사장이 한심하단 눈빛으로 나를 쏘아보았다.

"아, 왜 그러는데요."

본인은 여자랑 팔짱 끼고 등장했으면서, 같은 반 친구랑 같이 있었다고 사람을 이런 식으로 대합니까? 신경질을 팍 냈더니 대뜸 얼굴이 다가온다.

엄마야!

향긋한 세이지 향이 훅 끼치는가 싶더니, 얼굴이 코앞까지 왔다. 갑자기 심장이 콩닥콩닥거린다.

"내 학교 교복을 입고, 길에서 입을 맞춰?"

나는 화들짝 놀란 나머지 두 손으로 입을 가리고 말았다. 이 남자는 대체 언제부터 거기 서 있었던 걸까?

"아니, 내가 하자고 한 게 아니라."

"누가 했든! 한별이 집에 가서 공부한다며? 여기가 한별이 집이야?"

나는 조가비처럼 입을 꾹 다물었다.

"안 되겠다, 변유정."

이사장이 고개를 절레절레 내젓는다.

설마 잠입취재 그만하라고? 학교에서 이제 나가라고?

……연애도 무르자고?

이사장은 입을 꾹 다문 채 침묵을 유지했고, 나는 서슬 퍼런 이사장의 기세에 속으로만 구시렁거렸다.

그 여자는 누군데? 왜 나한테 학교에서 보자고 하는 건데? 나중에 후회할 거라며? 무슨 애인 사이처럼 말해?

생각하면 생각할수록 울화가 치밀어서 내내 차창을 바라보고 있던 시선을 돌려 이사장을 쏘아보았다.

"그렇게 쏘아보면 어쩔 건데?"

"그 여자는 누군데요?"

"아는 동생."

"와, 이사장님은 아는 동생이면 다 팔짱 끼고 다니는구나. 그것도 그렇게 야심하다는 밤에? 백화점에는 왜 왔어요? 나는 한별이 어머님 생신 선물 골라 주려고 왔어요. 한별이 집에 진웅이랑, 은진이랑 같이 갔는데 애들이 사정상 먼저 가서 둘이 남았거든요? 근데 그게 불편해 보인다고, 우리 바람직한 한별이가 밖에 나가서 공부하자고 하더라고요. 되게 착하지 않아요, 한별이?"

"그렇게 착해서 키스도 해 주셨어?"

"키스 아니거든요!"

느닷없이 유치한 대거리가 시작되었다. 내가 씩씩거리자 이사장은 헛웃음을 터뜨린다.

"그래도 잘했다고 떠드네?"

"잘했다고 떠드는 건 아닌데요? 변론할 기회는 줘야죠?"

"그 변론, 집에 가서 마저 해. 내려."

어느새 이사장 차는 오피스텔 지하 주차장에 도착해 있었다.

"일단 옷 갈아입고 우리 집으로 와. 학생하고 싸우는 것 같은 기분 드니까."

"알았어요. 딱 기다려요."

나는 현관문을 박차고 들어가 씩씩거리며 트레이닝복으로 갈아입었다.

"마주친 상황을 보면 지금 도긴개긴이거든요?"

아, 길거리에서 입 맞춘 내가 좀 잘못이 더 큰가. 갑자기 소심함이 불쑥 고개를 든다.

"아니지. 다른 여자랑 팔짱까지 꼈으면서."

아, 팔짱이랑 뽀뽀랑 경중을 따지자면……. 아니야, 여기서 포인트는 다른 여자랑 있었다는 거다!

이번에는 제발 분노로 소심함을 이겨 보자며, 결의를 다지고는 현관문을 열었다.

"왜 이렇게 늦게 나와?"

"안 들어가고 기다리고 있었어요?"

아까 그 모습 그대로 눈앞에 이사장이 서 있었다.

"밥 먹자, 우선."

"전 먹었는데요."

"내가 안 먹었으니까 먹자고."

"이 시간까지 밥 안 먹고 뭐 했어요?"

비딱한 물음은 왜 밥을 먹지 않았느냐는 뜻이 아니었다.

다시 묻자면.

"그 여자랑 뭐 했어요?"

단도직입적인 질문에 이사장이 당황했는지 자기 집 현관문 도어록을 향해 돌아선다.

"일 얘기."

"일 얘기? 아, 맞다. 나보고 학교에서 보자고 하던데?"

머뭇거리는 이사장의 모습이 석연치 않게 느껴졌다.

"내일부터 학교로 출근할 거야."

"선생님이에요, 설마?"

"안전 교육 담당 교사야."

나는 한숨을 한 번 내쉬고는 눈을 가늘게 뜨며 이사장을 노려보았다.

"들어와."

때마침 현관문이 열렸고, 집 안 가득한 이사장의 향기가 코끝을 스쳤다.

사고에 방해되는 음흉한 향기. 심장이 속절없이 두근거리고 말았다.

"밥 먹자며 왜 집으로 와요?"

"치맥?"

"좋죠."

어떤 상황에서건 치맥은 옳다.

"반반 무 많이요."

나는 깨알같이 주문 옵션을 말하는 것도 잊지 않았다. 그가 주문 전화를 하는 사이, 주머니 속 휴대전화가 울렸다. 한별이에게서 걸려 온 전화였다.

아, 집에 도착하면 전화하라고 했었는데.

"여보세요?"

— 집에 들어갔어?

"어, 방금 들어왔어. 너는?"

되묻는 사이 머리 위로 그늘이 졌다. 고개를 들어 이사장의 얼굴을 확인하자 또 무시무시한 표정으로 나를 쏘아보고 있다.

— 나도 좀 전에 도착했어.

귓가에서는 한별의 다정한 목소리가 울려 퍼졌다. 사위가 조용해서 이사장이 듣고도 남을 만한 크기였다.

— 아깐 미안.

이 얘기는 지금 안 했으면 한다만?

"어, 한별아. 나 엄마가 부르신다. 내일 학교에서 봐."

나는 서둘러 통화를 마치고, 괜히 목이 말라서 헛기침을 한 번 했다.

"내가 당신 엄마야?"

"그럼 이사장님하고 치맥할 거니까 끊으라고 해요?"

이 남자 오늘따라 모든 게 다 고깝나 보다. 주눅 들지 않으려 당당히 올려다보자 그가 진득하게 내려다보며 슈트 재킷을 벗어서는 소파 반대편으로 던져 버렸다.

갑자기 인 바람결에 거부할 수 없는 향기가 실려 와서 나는 눈을 한 번 질끈 감았다가 떴다.

"변유정."

사회부 기자 체면이 말이 아니다. 그저 이름 한 번 불리었을 뿐인데 흠칫 놀라고 말았다.

그가 무릎을 굽히는가 싶더니 내 양어깨를 잡고는 소파 등받이로 밀어 버렸다. 또다시 그의 얼굴이 코앞까지 다가왔다. 등줄기를 타고 식은땀이 흘러내렸다. 아까부터 시작된 갈증이 해소되지 않아 목이 탔다.

"내가 그렇게 자비로운 놈으로 보여?"

그의 숨소리가 거칠었다. 나는 떨리는 눈으로 그를 응시했다.

"내 여자가 길바닥에서 딴 놈이랑 입 맞춘 걸 용인할 만큼?"

나는 마른침을 한 번 꿀꺽 삼켰다. 그러자 그의 눈동자가 더욱 이채롭게 변해 갔다. 내내 눈을 마주하고 있던 그의 시선이 그윽함을 머금고 내 입술 근처로 내려갔다.

"나 혼내는 거 잘한다고 이야기했던 것 같은데?"

숨이 턱 막힐 만큼 유혹적인 음성이었다. 나는 마치 영화 속 한 장면을 보고 있기라도 한 양 숨을 죽이고 그의 다음 행동에 주시했다.

"얼마나 혼나야 정신을 차리려나?"

입술을 향해 있던 시선이 다시 올라왔고, 눈이 마주쳤다.

"말해 봐."

"뭘요?"

흘러나온 목소리가 다행히도 제법 안정적이었다.

"얼마나 혼날래?"

나는 학창 시절 이런 종류의 질문이 제일 싫었다. 몇 대 맞을래? 이런 거.

적게 말하면 더 혼날 것 같고, 그렇다고 많게 말하면 정말 그렇게 할까 봐 무섭고.

"어떻게 혼낼 건데요?"

나는 당황하지 않은 척 눈을 동그랗게 뜨고 되물었다.

"이렇게."

"……!"

다짜고짜 입술이 다가왔다. 예상을 못했다고 할 수는 없지만, 그보다 더 갑작스레 전개된 키스에 눈도 감지 못했다. 가늘게 눈을 뜨고 나를 응시하고 있는 그의 농염한 눈빛과 눈이 마주친 순간, 황홀감에 저절로 눈꺼풀이 내려앉았다.

뜨거운 기운이 왈칵 입안으로 넘어오자 목이 타들어 가는 듯했다. 극심한 갈증이 더해져서 나도 모르게 그의 목덜미를 강하게 끌어안고는 고개를 비틀었다. 그러자 그의 커다란 손이 뒤통수를 감싸며 내리눌렀다. 입 안쪽 가장 여리고 예민한 살점에까지 그의 혀끝이 닿았다.

여린 살점을 부드럽게 어르고 달래는 듯하면서도 강하게 빨려 들어가는 느낌에 머릿속이 아득해지고, 아랫배에는 뭉근하게 열기가 치솟았다. 손가락 사이사이로 파고드는 그의 머릿결이 주는 감촉에도 기분이 좋아졌다. 뜨겁게 젖은 입안이 거침없이 뒤엉켰다.

더 이상 깊게 맞닿을 수도 없을 것만 같은 접촉이 잠시 떨어졌다.

"하아."

차오른 숨이 가까스로 터져 나왔다. 그리고 다시 숨을 들이마실 틈도 없이 그가 다가왔다. 깊게 빨아들였다가 서서히 물러났다가, 다시 숨통을 조일 듯 다가오는 그의 완급에서 가슴 떨리는 지배욕과 소유욕이 느껴졌다. 그의 머리칼을 쥐고 있는 손끝이 파르르 떨렸다.

그 떨림을 그 역시 감지했는지, 끈적한 소리와 함께 입술이 떨어졌다.

"벌써부터 겁을 먹으면 어떡하지? 이제 시작인데."

얄미울 정도로 안정된 음색과 숨소리에 나도 모르게 눈을 흘기고 말았다.

"어디서 눈을 흘겨? 뭘 잘했다고?"

만고불변의 진리가 있다. 지렁이도 밟으면 꿈틀한다. 하다못해 정의감에 불타오르는 사회부 기자 체면에 계속 도발만 당하고 있으니 아랫배가 뭉근한 상황에서도 억울했다. 변유정, 참 여러 가지 한다.

"그러는 그쪽은 나한테 추궁당할 준비됐어요?"

역공을 당한 이사장의 얼굴이 비뚜름해졌다.

"나 기자라 캐는 거 되게 잘하는데? 오빠, 오빠 하면서 부르는 여자가 이사장님 팔에 팔짱도 자연스럽게 끼던데? 그 시간에 왜 거기 있었어요? 나도 제대로 된 대답 못 들었는데?"

그가 입을 열려는 찰나, 초인종이 울렸다. 치킨이 도착했다. 타이밍 한 번 죽인다.

"만 칠천 원이요. 맛있게 드세요."

현관에서부터 치킨 냄새가 솔솔 몰려왔다. 배 속에서 갑자기 꼬르륵 소리가 나며 허기가 졌다.

"일단 먹고 얘기하자."

교묘하게 대답을 회피하고 있는 것 같은데, 치킨을 마주하자 복잡한 상념 따위 사라졌다. 나는 발군의 치킨 발골 실력을 발휘하며 양념과 후라이드를 고루 탐식했다.

"잘 먹네."

흐뭇한 얼굴에 예뻐 죽겠단 표정을 한 그는 너무도 우아하게 치킨을 먹고 있었다. 언제 싸웠냐 싶을 만큼 분위기가 부드러워져 버렸다. 그는 맥주 캔 하나를 따서 내 앞에 놓아 주며 자상하게 읊조렸다.

"입 대고 마시지 마. 컵 줄게."

"그냥 마셔도 되는데요?"

"아까워."

"뭐가요? 내가 막 캔 맥주 벌컥벌컥 마실까 봐?"

그는 고개를 절레절레 내젓더니 휘황한 빛을 발하는 크리스털 고블렛 잔에 맥주를 따라 주었다.

"어디서 굴러먹었는지 모를 맥주 캔에 네 입술 닿는 거, 기분 나빠."

나는 하마터면 손에 들고 있던 닭 다리를 놓칠 뻔했다. 비실비실 웃음이 새어 나올 것만 같아서 다시 닭 다리를 뜯는데 괜히 예쁘게 먹고 싶어졌다. 조신하게 다리 살을 뜯는데, 웃음 섞인 목소리가 들려왔다.

"그냥 먹던 대로 먹지?"

참고 있던 웃음이 터지고 말았다. 나는 활짝 웃는 얼굴로 물었다.

"이사장님, 아까 그 여자는 누구?"

곤란한 질문일수록 분위기 좋을 때 자연스레 꺼내야 답을 얻을 확률이 높다.

"아는 동생이라니까."

"언제부터 알았는데요?"

"글쎄. 걔 태어날 때부터."

갑자기 입맛이 뚝 떨어져 버렸다. 내 남자의 과거를 알고 있는 여자 사람 지인은 신경 쓰이기 마련이니까.

"근데."

그는 맥주를 한 모금 머금으며 뜸을 들였다. 나한테는 크리스털 잔을 줘 놓고 본인은 캔 맥주 그대로 벌컥벌컥 들이켜고 있다. 그가 맥주를 삼킬 때마다 목 넘김이 눈에 보였다. 남자다운 목울대가 움직일 때마다 갈증이 일어서 나는 크리스털 잔을 집어 들었다.

"언제까지 이사장님이라고 부를 건데?"

내가 연애라는 걸 시작하기는 했구나, 싶은 순간이었다.

"그럼, 이사장님을 이사장님이라고 부르지."

나는 무드 없이 떠드는 입을 꿰매 버리고 싶었다.

"그전엔 내 이름 불렀었잖아."

진중한 시선이 부드러웠다. 생각해 보니 '변유정=마타리' 공식이 성립되기 전에는 그의 이름을 불렀던 것 같다.

"준재 씨?"

호부호형 못하는 홍길동도 아니고, 이름 부르는 게 어려운 일도 아니기에 나는 그의 이름을 불러 보았다.

"간지럽네."

그러자 수줍은 듯 목덜미까지 붉어진 남자가 멋쩍게 맥주를 홀짝이며 웃었다. 간지럽다는 말 한 마디에 가슴이 콩닥콩닥거리기 시작했다.

"부르지 말까요, 이름?"

"아니. 계속 불러. 애틋하고, 간절한 마음을 가득 담아서 다정하게 불러 줘."

심장이 눅진하게 녹아들었다. 그저 이름을 불러 달라는 청인데, 영혼을 달라는 말처럼 들릴 정도로 애틋하고 간절했다.

"그럼, 준재 씨는 나 뭐라고 부를 건데요?"

"뭐라고 불러 줄까?"

머릿속에 온갖 간지러운 애칭들이 떠다녔다. 애기야, 베이비, 달링, 자기야, 여보야, 귀요미야……

"그냥 이름 불러 줘요."

닭살 돋는 애칭은 안 되겠다 싶어서 내뱉은 말에 그는 실망한 기색이 역력했다. 미간을 찌푸렸던 그가 무언가 대단한 결심을 한 듯 맥주를 단번에 털어 넣고는 손등으로 입을 슥 닦아 냈다. 그 모습이 또 무척이나 바람직하게 섹시해서 나는 넋을 놓고 바라보았다.

그가 천천히 입을 열었고, 단호하고 낮은 음성이 울려 퍼졌다.

"키티."

나는 하마터면 입에 물고 있던 맥주를 뿜을 뻔했다. 그런데 마주한 남자의 얼굴은 세상 진지했다.

"뭐라고요?"

"도둑고양이처럼 내 학교에 숨어들었으니까."

웃음기를 머금은 눈동자가 반짝반짝 빛났다.

"내 마음에도 그렇게 숨어들었고."

이 남자 술 먹이면 안 되겠다. 겨우 맥주 한 캔에 사람이 로열 젤리를 입에 물었다. 단내가 폴폴 나는 말을 아무렇지 않은 얼굴로 마구 쏟아 낸다.

"근데 나한테 보도를 맡길 거면 굳이 날 학교에 두지 않아도 되지 않아요? 나도 당신이 협조해 준다고만 하면, 학교에 남아 있을 이유가……."

나는 키티라는 애칭을 도저히 받아들일 수 없어서 화제를 돌려 버렸다. 그는 흐음 하고 한숨을 내쉬며 고심하는 듯하더니 나지막한 목소리로 대꾸했다.

"나도 찾고 있어."

심각한 목소리에 나도 덩달아 심각해져서 물었다.

"뭘 찾고 있는데요?"

"키티가 찾고 있는 거."

저기 이렇게 진지한 상황에는 그 고양이 좀 넣어 둘래요? 나는 민망해서 빠르게 질문을 이어 갔다.

"내가 뭘 찾는 줄 알고요?"

"태블릿 PC."

나는 어떻게 알았냐는 얼굴로 그를 바라보았다.

"학교 어딘가에 있는 건 알겠는데, 어디 있는지를 모르겠어. 학생 중 누군가가 갖고 있을 가능성도 있고."

"그래서 학생들 사이에서 흘러 다니는 정보를 알려 달라는 거죠?"

"맞아."

"이런 부탁을 학생한테 할 수는 없었을 거고, 잠입취재한 기자가 마침 학생 신분으로 위장해 있고. 그게 나고?"

그는 고개를 끄덕이며 진지한 얼굴로 대꾸했다.

"운명이라고 할 수 있지."

아까부터 눈 하나 깜짝 안 하고 낯간지러운 말투를 잘도 내뱉는 그였다. 그리고 그는 이런 순간에도 미치도록 섹시했다. 그의 섹시함에 온 정신을 빼앗겨 영혼까지 내어 줄 수 있는 지경이었지만, 그래도 일단 정신 차리고 물을 건 물어야 했다.

"그 안에 정확히 뭐가 있는 거예요?"

"전 이사장의 만행 컬렉션?"

"만행 컬렉션?"

그는 목이 타는지 냉장고에서 새 맥주를 꺼내며 대꾸했다.

"재단 비리와 관련한 확증이 전부 거기에 있을 거야. 옴짝달싹 못할 증거들이."

"그게 학생 손에 있을 수도 있다는 거예요?"

그는 심각한 얼굴로 고개를 끄덕거렸다.

"빨리 찾아야겠네요. 누가 갖고 있는지는 모르겠지만."

"너무 성급하게 찾을 생각은 말고. 전 이사장 사람을 걸러 내기는 했는데, 아직까지 내통하는 교직원이 있을지 모르니까."

"걱정 마요."

나는 믿음직한 미소를 그려 냈다.

"이래 봬도 나 기잔데?"

"걱정돼."

진지한 그의 눈빛은 가슴이 저릿할 정도였다.

"키티가 생각하는 것보다 훨씬 악한 인간이야. 조심해야 해."

아, 제발 저 키티 좀 누가……. 민망해서 고개를 돌리다 마주한 시계는 벌써 밤 10시를 가리키고 있다.

"이제 가서 자야겠어요. 내일 학교 가려면."

그는 더 할 말이 남아 있는 눈치였다.

"할 말 있으면 해요. 그렇게 어려운 얼굴 하지 말고."

"신문사에는 어디까지 보고하고 있어?"

나는 식탁 의자에서 일어나려다 도로 자리를 잡고 앉았다. 사실 사수인 정나미 선배에게는 시시콜콜한 내용까지 전부 보고했었다. 그중 데스크로 올라갈 만한 것이 있는지 없는지에 대한 판단은 정 선배가 내렸었다.

나는 돌아가지 않는 정공법을 택했다.

"그때 내 사수 봤죠? 정나미 기자."

순간 그의 얼굴에 분한 기색이 감돌았다.

"로비에서 부둥켜안았던 놈?"

한쪽 눈썹을 치켜올리고 묻는 질문이 거칠었다. 나는 고개를 살짝 끄덕이고는 말을 이어 가려고 했다.

그런데.

"그놈이랑 진짜 얼마나 만났어?"

나도 모르게 헛웃음이 터지고 말았다. 그의 얼굴은 태블릿 PC를 논할 때보다 훨씬 더 진지했다.

"글쎄요. 한 2년 넘게 만났나?"

어금니를 으득 가는 소리가 들려왔다. 내내 다정하고 애틋하던 눈에서 불길이 일고 있었다.

"나한테 되게 잘해 줬는데, 내가 좀 많이 무심했죠."

나는 안타깝게 헤어졌다는 뉘앙스로 고개를 내저었다. 그러자 우지끈

하는 소리와 함께 그의 손에 있던 맥주 캔이 구겨졌다.

"와, 지난번에는 본인이 매달릴 수 있는 여자라고 막 립서비스하더니, 이제 와서 안면 바꾸기예요?"

"변유정."

나직한 부름에 오스스 소름이 돋아난다.

"키티는 어디 가고?"

빙글거리며 크리스털 잔을 집어 들려는 순간, 그가 자리에서 벌떡 일어나 다가오더니 나를 단숨에 일으켜 세웠다. 왜 그러냐고 물을 새도 없이 입술이 겹쳐졌다.

정신없는 흡입력에 오금이 풀려 버렸고, 휘청하는 나의 몸을 굳센 팔뚝이 꽉 끌어안았다. 나는 그의 단단한 가슴에 손을 얹은 채로 움직일 수조차 없었다. 옴짝달싹할 틈을 주지 않고 그가 빈틈없이 조여 왔다.

"하아, 하아."

입술이 떨어지자, 나는 밭은 숨을 내쉬며 그를 올려다보았다. 가늘게 뜬 눈 사이로 보이는 남자의 얼굴은 위험해 보였다. 장난이라고 말하기도 민망할 만큼.

장난이라고 했다가는 죽일 것 같다. 나는 아무 말도 없이 그를 응시하기만 했다.

"변유정."

키티라고 부를 때는 정수리가 쭈뼛 설 정도로 간지러운데, '변유정.' 하고 이름을 부를 때는 심장이 들끓어 오를 만큼 뜨겁다.

"네."

엄청난 위압감에 대답이 고분고분 흘러나왔다.

"사람 갖고 놀면 혼난다."

이렇게 혼내는 건 두 팔 벌려 환영합니다! 깊고 깊은 내면에 자리한 음란마귀가 웰컴보드를 흔들어 댔다.

"눈치챘어요?"

이 남자, 생각했던 것보다 훨씬 촉이 좋은 것 같다.

"거짓말할 땐 말끝을 미세하게 흐리는 버릇이 있어. 마타리일 때 꼭 그랬어."

등을 감싸 안고 있던 커다란 손이 올라와 입술 끝을 매만졌다.

"조심해. 알겠어?"

"네."

또 대답이 고분고분 나왔다. 내가 이렇게 순한 양 같은 인간이었나 싶다.

이제껏 쌈닭 같은 사회부 악바리 기자로 살아왔는데, 이 남자는 나를 단숨에 말랑거리게 만들어 버렸다. 재주도 좋다.

"나 이제 가도 돼요?"

허락을 구하듯 묻자, 진지한 대꾸가 이어졌다.

"그럼 자고 갈래?"

"아니, 그건 너무 빠르죠."

진심이 툭 하고 튀어나와 버렸다. 그제야 굳어 있던 그의 얼굴에 스르륵 미소가 번졌다.

"가서 자기 전에 전화해."

"뭘 또 전화씩이나."

나는 손사래를 치며 멋쩍게 웃었다.

"해, 꼭."

"알았어요."

소유욕에, 질투에, 집요하기까지. 가지가지 하십니다. 연애 초기는 뭐

다들 그러기는 한다지만.

나는 현관 앞까지 배웅 나온 그에게 산뜻하게 인사를 건네고는 오피스텔 안으로 들어섰다. 두 뺨에 손을 갖다 대니 홧홧 열이 올라 있다.

집에 들어오기가 무섭게, 휴대전화가 윙윙 울렸다. 발신인은 나를 키티라 부르는 집사다.

"네, 집사님."

휴대전화 너머에서 유쾌한 웃음소리가 들려왔다.

— 집사가 뭐야.

"나보고 고양이라면서요. 고양이 주인이 집사던데?"

— 아니지.

"그럼 뭔데요?"

— 집사의 주인이 고양이지.

갑작스런 애칭이 마음에 들었는지 목소리에 웃음기가 가득했다. 통화를 하며 신발을 벗고 안으로 들어섰는데, 서늘한 기운이 느껴졌다. 내가 창문을 열어 놓고 나갔었나?

— 왜 대꾸가 없어?

"창문 닫느라고요."

— 아침부터 열어 놓고 나간 거야? 문단속 잘 해야지.

"내일부턴 문단속 잘 할게요. 그만 쉬어요. 그새를 못 참고 전화야."

나는 투정 부리는 아이를 달래듯 그를 어르며 통화를 마쳤다. 뭔지 모르게 뒷덜미에 소름이 끼쳐서 집 안을 둘러보았지만, 창문이 열려 있었던 걸 빼고는 별다른 변화가 없었다. 환기하려고 열어 놨던 걸 깜빡했던 거라고 생각했었다.

술기운에 촉은 무뎌져 있었고, 그가 바로 옆에 있다는 안도감에 걱정은 짧았다.

그저 창문이 열려 있었다는 사실 하나로 뒷덜미에 소름이 끼쳤던 감각을 간과하지 말았어야 했다고, 아주 나중이 되어서야 후회하게 되었다.

제4장 Lost Star

이튿날, 학교로 향하는데 괜히 마음이 싱숭생숭했다. 어제 한별이와
있었던 일을 떠올리자 가슴이 갑갑했다.

"어? 타리야! 어제 한별이네서 공부 잘 했어? 마침 둘이 같이 오네."

교실 문을 나서던 은진이 방긋 웃으며 물었다. 뒤를 돌아보니 은진의
말마따나 한별이 서 있었다.

"어이, 둘이 확통 문제 잘 풀었냐?"

저 멀리서 진웅이 다가오며 건들거렸다. 그러자 은진이 화들짝 놀란
얼굴로 나를 바라보았다.

"둘이?"

"아, 내가 어제 똥 마려워서 먼저 갔거든."

언젠가 저 주둥이에 미세먼지도 걸러 주는 헤파 필터를 달아 줘야겠
다.

"더러워. 아침부터 똥 타령이야!"

은진이 진웅을 타박하는 사이, 나와 한별은 조용히 교실로 들어섰다. 자리에 앉을 때까지 어색한 분위기는 이어졌다.

"야, 너네 무슨 일 있었지, 어? 있었지, 그치?"

언제 들어왔는지 진웅이 한별과 내 사이를 비집고 들어와 야단법석을 떨어 댔다.

"……없었어."

한별아, 그렇게 새빨간 얼굴로 뜸을 들이며 대꾸하면 어떡하니.

"있긴 뭐가 있어. 너 얼른 가. 정신없어."

내가 신경질을 부리자, 진웅은 키득거리며 유치하게 '얼레리 꼴레리.' 노래를 불러 댔다. 잠입취재고 나발이고, 저거 먼저 조질까 싶다. 분을 삭이며 한숨을 몰아쉬는데, 주머니 속 휴대전화가 윙윙 울렸다.

[마타리, 너 어제 한별이 집에 갔었어?]

잠시 잊혔던 존재, 진한별 팬클럽 회장 안고은 양이었다. 발 없는 말이 이번에도 기가 LTE급이다.

이걸 답을 어떻게 해야 할까? 심각하게 고민하고 있는데, 교실 문이 열리고 담임이 들어왔다. 그리고 그 뒤로 낯익은 여자가 보였다.

아는 동생이라는 그 여자였다.

"오늘부터 일주일에 한 번, 0교시에 안전 수업을 해 주실 금주아 선생님이시다."

긴 웨이브 머리에 청초한 얼굴, 쭉쭉 뻗은 글래머러스한 몸매. 남학생들이 수군거리기 시작했다.

"만나서 반가워요. 금주아라고 해요. 어? 낯익은 얼굴이 있네?"

금 선생은 반갑다는 눈빛으로 나와 한별을 쳐다보았지만, 우리 둘 다 서로 다른 이유로 시선을 회피했다. 한별은 어제 입맞춤을 떠올리며 낯을 붉혔고, 나는 저 여자가 태어날 때부터 '아는 동생'이었다고 말했던 이사장의 얼굴이 떠올라 한숨을 삼켰다.

담임이 교실에서 나가고 난 뒤, 금 선생은 안전 수업을 시작했고 아이들은 수업보다 교사의 외모에 더 관심이 많은 듯 보였다. 그래서 그런지 아이들은 엄청난 집중력을 발휘했고, 0교시 안전 수업 반응은 폭발적이었다.

0교시 수업이 끝나고, 금 선생이 교실에서 나가자마자 준스엔젤 열성 회원인 여학생이 울분을 토했다.

"말도 안 돼!"

목소리는 거의 울음을 터뜨리기 직전이었다. 준스엔젤 단체 톡방에 올라온 정보라며 떠드는 소리가 내 귀에 쏙 들어왔다.

"금 선생, 그룹 골든라인 차녀래. 우리 준스랑 결혼할 사이래."

급기야 울음을 터뜨렸다. 아는 동생이 약혼자가 되어 버렸다.

나는 순간 멍해져서 하마터면 정신줄을 잃고 이사장실로 쫓아갈 뻔했다.

나는 엔조이야? 나 갖고 노니, 지금?

"타리야."

"어?"

속으로 부들부들 떨던 나는 한별의 부름에 화들짝 놀라 소리를 지르고 말았다.

"왜 그렇게 놀라? 무슨 일 있어?"

"아, 아무것도 아냐."

이내 한별의 얼굴이 걱정과 우려로 물들어서 괜히 미안해졌다.

"어젠 미안했어. 내가 너무 경솔했지?"

언젠가 이사장이 마타리에게 해 주었던 말이 머릿속을 스치고 지나갔다.

「재고 따지는 건 어른이 돼서 해도 늦지 않아. 뭐든 해 보고, 부딪쳐 보고, 실패한다 치더라도, 그 일들이 나중에 너를 더 큰 어른으로 만들어 줄 거야.」

한별은 쑥스러운 듯 머리를 긁적이며 조용히 말을 이어 나갔다.

"후회 많이 했어. 사실 나도 이런 기분 드는 건 처음이라."

한별은 어리숙한 제 나이에 충실할 뿐인 거다.

"다른 애들은 항상 그 자리에 있을 것 같은데 넌 어디론가 또 가 버릴 것 같은 생각이 들기도 하고. 같이 교실에 앉아 있기는 하는데, 뭔가 붕 떠 있는 느낌이라…… 거기에 석기 선배도 그렇고……. 내가 좀 조급해졌었나 봐, 미안해."

진중한 사과를 전해 오며, 어른이 되어 가는 한별의 모습은 기특하다 못해 듬직하고 멋있었다.

"내 사과 받아 줄 거지? 어제 일은 없었던 걸로……."

나는 가만히 고개를 끄덕거렸다. 내 응답에 빙긋이 웃음을 머금은 한별이 다시 조심스레 물어 왔다.

"다른 애들보다 조금 더 특별한 친구로 지냈으면 좋겠는데, 어때?"

"좋아."

한별은 하하 하고 유쾌하게 웃더니, 장난스러운 표정을 지었다.

"나 아까 완전 쫄았었잖아. 네가 무서운 얼굴 해서."

웃을 때마다 콧잔등에 찡긋 돋아나는 주름이 귀엽다. 아무 색도 섞이지 않은 순수한 하양, 한별에게서 느껴지는 분위기는 그러했다.

바람직하고 제대로 된 어른이 될 것 같은 아이. 어제보다 더 바람직한 모습으로 성장해 가는 모습.

한별아, 나는 네가 지금의 올곧은 모습 그대로 자랄 수 있도록 지켜 줄 수 있는 어른이고 싶다.

특별한 친구. 그 어느 때보다 친구라는 말의 무게가 무겁게 느껴졌다.

"이제 괜찮은 거 맞지?"

한별이 걱정스러운 얼굴로 재차 물었다.

"괜찮아, 걱정 마."

나는 애써 미소 지으며 한별을 안심시켰다.

한별아, 어제 일 때문에 그러는 거 아니야. 어제 일은 정말 아무 일도 아닐 만큼 누나가 지금 엄청난 소리를 들었거든.

끓어오른 화를 삭이며 이사장에게 문자 메시지를 하나 보냈다.

[우리 얘기 좀 하죠.]

[아침부터 데이트 신청이야? 이따 수업 끝나고 보자. 오피스텔로 바로 가지 말고, 그때 그 파스타집으로 와.]

심장이 깊게 가라앉았다. 기가 막혀서 말도 나오질 않았다. 나는 오전 수업, 점심시간, 점심 방송 시간 그리고 오후 수업 시간 동안 열심히 땅굴을 파 보았다.

결혼할 사이인 여자가 있는데 나한테 연애하자고 접근한 건…….

재단 비리와 관련해서 학교 이미지 세탁을 위해 나는 너무 이용해 먹기 좋은 위치에 있었구나. 그래서 그런 거구나. 어쩐지 재계 서열 1위를 오락가락하는 그룹 윤의 재자(才子)가 나한테 그렇게 접근할 리가.

결국 나 혼자 휘모리장단으로 북 치고, 장구 치고, 상모까지 돌리며 결론에 도달하고야 말았다. 마음 한구석, 로맨틱으로 무장한 자아는 그래도 그 사람 말을 먼저 들어 보라고 아우성을 쳐 댔지만, 현실은 가혹한 법이니까.

가진 자와 없는 자의 삶이 얼마나 다른지, 나는 그 현실을 너무 잘 아는 사회부 기자였다. 수업이 끝나고 나는 터덜터덜 발걸음을 옮겼다. 복잡한 상념을 지워 내려 일부러 딴생각을 하느라 엉뚱한 골목으로 들어선 것도 깨닫지 못했다.

"야."

어디선가 시건방진 부름이 들려온다. 아, 오늘 기분도 꿀꿀한데 건드리지 말아 줄래?

고개를 들어 보니 몹시도 불량스러운 청소년 셋이 나에게 손짓하고 있다.

이건 흡사 삥 뜯는 분위기? 얘들아, 누나가 많이 바빠. 이러지 마.

"어웅. 우리 이쁜이 무슨 일 있어? 얼굴이 왜 그렇게 심각해? 오빠가 기분 좋게 해 줄까?"

상황은 삥 뜯기는 것보다 훨씬 심각하게 느껴졌다. 내가 미처 입을 열기도 전에 세 명의 무리 중 머리를 분홍색으로 물들인 남자애가 어깨를 끌어안았다.

"왜? 싫어? 안 싫지? 오빠가 잘해 줄게. 응?"

귓가에 읊조리는 목소리는 10대라 믿기 힘들 정도로 농염해서 오스스 소름이 돋아날 정도였다.

"야."

그때, 등 뒤에서 이 아이들보다 백만 배는 더 불량스러워 보이는 남자아이의 목소리가 들려왔다.

"뭐야? 조진환이네?"

분홍 머리 남자애가 고개를 비뚜름하게 돌리더니 빈정거렸다.

"어우, 맞다. 조진환 일등고였지?"

"알면 꺼져."

"아, 미안. 너 고3이라 공부한다고 늦게 나올 줄 알고 내가 설쳤네. 일등고 학기 시작부터 야자 시작하지 않았나? 조진환은 왜 특별대우야? 왜 야자 안 하고 나와?"

진환이라 불린 아이는 대꾸 없이 매서운 눈으로 분홍 머리를 쏘아보았다.

"맞다. 아직도 꼰대 병원비 대느라 호빠 뛰냐?"

야비하게 웃으며 빈정거리는데도 진환은 눈 하나 꿈쩍 안 했다.

"넌 가."

진환은 날 향해 턱짓을 한 번 하고는 다시 분홍 머리를 쏘아보았다.

"안 돼. 어딜 가. 오빠랑 놀아야지."

분홍 머리가 내 어깨를 다시금 끌어당겨 안았다.

아, 이 새끼가 진짜.

분홍 머리의 팔을 풀어내려는데, 진환이 다가왔다.

"아직도 그러고 다니는 거 한심하단 생각 안 들어? 정신 차리고 학교 다녀. 나이 먹고 후회하지 말고. 나중에 네 자식한테 고등학교 졸업장도 없는 아버지 만들어 주고 싶어?"

"아, 그래서 우리 진환이 아버지가 그 지경이구나? 못 배우고, 없이 살아서 노가다 뛰다가 뒤질 뻔했지?"

잘 알지 못하는 내가 들어도 충분히 분개할 상황인데, 진환은 들은 척도 하지 않았다. 그런 진환의 태도가 무리를 더 자극했는지, 분홍 머리에게서 입에 담기도 힘든 욕설이 튀어나왔다.

"거기 뭐야?"

"야, 씨. 튀어!"

등 뒤에서 들려온 목소리는 이사장의 것이었다.

"조진환, 뭐 하고 있었어?"

진환을 바라보는 이사장의 시선이 매섭다. 진환은 아무것도 잘못한 게 없는데 고개를 푹 숙이며 손을 앞으로 모으고는 죄인처럼 굴었다. 불량스러운 아이들 앞에서는 위풍당당했던 아이였는데, 이사장 앞에서 바로 주눅이 드는 모습은 가슴이 저릿할 정도였다.

익숙한 자세, 항상 고개를 숙였을 아이. 문제아로 낙인 찍혀 겨우 학교생활을 유지하고 있는 모습. 말하지 않아도 눈에 훤히 보였다. 나는 여전히 얼굴을 잔뜩 굳히고 있는 이사장에게 진환을 두둔했다.

"제가 곤경에 처했는데, 선배님이 구해 주셨어요."

상황을 제대로 알지도 못하면서 아이가 주눅 들게 무섭도록 얼굴을 구기다니, 이 순간만큼은 이사장이 나쁜 어른처럼 보였다.

"진환이가?"

되묻는 이사장이 의외라는 듯 눈썹을 치떴다.

"네, 다른 학교 학생들이랑 얽힐 뻔했는데, 진환 선배가 도와주셨어요. 안 그럼 저 큰일 날 뻔했어요."

진환이 흘끗 나를 보았다. 대체 왜 자신을 두둔하느냐는 의아한 눈빛이었다.

"진환인 가 보고, 타리는 나 따라와."

나는 진환에게 일부러 '선배님, 도와주셔서 감사합니다.' 하고 고개 숙여 인사하고는 이사장의 뒤를 따랐다. 그는 그 무리와 또 마주칠 수도 있다며 나를 차에 태웠다.

"정말 진환이가 도와줬어?"

"네."

이사장의 목소리에는 의뭉스러운 기색이 역력했다. 나는 못 믿겠다는 듯이 고개를 갸웃거리는 그를 다그치기 시작했다.

"아까는 정말 내가 위험했던 상황이었고, 진환이가 나 도와준 거 맞아요. 진환이 없었으면 정말 큰일 날 뻔했거든요?"

"진환이가 도와줬다……."

그리 말하는 이사장의 목소리가 딱딱했다.

"진환이가 예전에 사고 많이 친 것으로 보이기는 하는데, 지금은 또 정신 차린 것 같던데……. 애 좀 그렇게 보지 마요."

"내가 뭘 어떻게 봤는데?"

"여전히 문제 있는 애처럼 쳐다봤잖아요. 진환이, 이사장님 등장하자마자 자기가 잘못한 것도 없는데 주눅 드는 거 봤어요? 내가 편들어 주니까, 왜 자기편 들어 주냐는 듯이 겁먹은 얼굴이었어요. 혹시 자기 때문에 나도 혼날까 봐 경계하는 얼굴이었다고요."

안쓰러웠던 진환의 얼굴을 떠올리자 피 끓는 심장이 또 왈칵거렸다.

"아까 얘기하자고 했던 건 뭐야?"

이 남자, 자기가 불리하다 싶으니까 말을 돌려 버린다. 나는 이 남자랑 하려고 했던 이야기를 가만히 떠올려 보았다.

금 선생이랑 결혼해요? 나랑은 그냥 노는 겁니까?

차마 입이 떨어지질 않았다. 학생들 단체 채팅방에서 들었다며, 따져 묻는 것도 참 구차하게 느껴졌다. 마치 이건 SNS를 통해 돌아다니는 가짜 뉴스만을 믿고, 특종을 잡아낸 것처럼 기사를 쏟아 내는 것과 비슷해 보였다.

다분히 짜증나는 소문이기는 했지만, 어제 눈으로 본 바가 있지만, 일단은 '아는 동생'이라 했던 그의 말을 믿는 게 먼저 아닐까 싶기도 했다.

"몰라요. 열 받아서 잊어버렸어요."

나는 금 선생과 관련된 이야기는 집어치우고, 과장된 몸짓으로 씩씩거리며 인상을 찌푸렸다.

"근데 말이야."

그는 마음에 들지 않는 부분이 있다는 듯이 삐딱한 목소리를 냈다. 나는 가만히 그의 옆얼굴을 바라보았다.

"왜 이렇게 우리 학교 요주의 인물이랑 얽히지? 그것도 남학생들이랑만? 손석기, 진한별 거기에 애들이 무서워서 설설 기는 조진환까지?"

그는 석연치 않다며 나를 흘끗 보았다.

"뭐예요, 그 말? 내가 설마 애들한테 꼬리라도 치고 다닌다는 거예요?"

"그런 말 한 적 없는데, 찔려서 이실직고하는 건가?"

나는 한숨을 몰아쉬었다.

"지금 이사장님 학교 학생들을 질투하는 거예요?"

"이사장님?"

그의 목소리가 낮게 울렸다. 어제 분명히 '준재 씨'라고 불렀다가, '집사'라는 낯간지러운 애칭까지 불러 줘 놓고서는, 왜 갑자기 이사장님이 되었는지 되묻는 눈치였다. 그런데 곧 죽어도 이런 분위기에서는 그런 애칭을 내뱉을 깜냥이 되지 않았다.

"그새 잊어버렸나 보네. 나 혼내는 거 잘한다고 한 것 같은데?"

도로 앞을 바라보던 그의 시선이 또다시 이쪽을 흘끔거렸다. 아주 잠깐 마주친 그의 시선에서 정염이 느껴진 건 착각이었을까?

순간 나도 모르게 마른침을 꿀꺽 삼켰다. 느닷없이 야릇한 망상이 머릿속을 지배해서 목덜미까지 열이 훅훅 차올랐다. 어제 혼내 주겠다고 하면서 진득하게 키스를 퍼부었던 그의 모습이 눈앞에 아른거렸다.

"밥은 집에 가서 먹자."

"집이요?"

나쁜 짓을 하다가 들킨 아이처럼 나는 당황한 목소리로 되물었다.

"어. 생각해 봤는데……."

또다시 마른침이 꿀꺽 넘어갔다. 뜸을 들이는 그의 말에 긴장감이 고조되었고, 나는 목구멍이 타들어 가는 듯한 갈증을 느꼈다. 그가 미간을 찡그리며 살짝 고개를 내젓더니 한숨을 내뱉고는 음험한 음성으로 읊조렸다.

"내가 너무 봐준 것 같네."

음……?

나는 멍하니 그의 잘생긴 옆얼굴을 바라보았다. 우뚝 솟은 날카로운 콧날 아래 그의 입술이 묘한 미소를 머금고 있다. 단지 콧날과 입술일 뿐인데, 머릿속이 야한 생각으로 물들어 가고 있는 건 내가 인생을 잘못 살아온 탓일까?

"말로 해서는 안 될 것 같네?"

운동화 속 발가락이 비비 꼬이는 듯했다. 양쪽 도가니가 녹아내리는 듯도 했다. 차창에 비친 내 양쪽 뺨 위로 홍조가 번지고 있었다. 귓불도 빨갛게 물들기는 마찬가지였다.

"무슨 생각하는데 대꾸가 없어?"

그가 내 머릿속을 들여다보고 있는 것도 아닌데, 나는 마치 시뻘건 상상을 들키기라도 한 양 얼어붙었다.

"아무 생각도 안 했어요."

좋았어, 제법 자연스러웠어. 그래도 사회부 기자 체면이 있지, 이 정도에 당황하면 아니 된다!

그런데 이어진 그의 말에 나는 심장마저 멈추는 듯했다.

"무슨 생각 하라고 한 말이었는데…… 아쉽네."

나는 이내 벌어진 입술을 꾹 다물고는 숨도 내뱉지 못하고 굳어 버렸다.

무슨 생각? 어떤 생각? 막 쪽 하고 춥 하고 자빠뜨리고 막막 그런 생각?

또다시 가슴 한편에 엎드려 누워 있던 음란 마귀가 부스스한 머리카락을 쓸어 넘기며 고개를 들었다.

나를 찾고 있나, 그대?

아니야, 들어가.

나는 폭발하려는 음란 자아를 꾹꾹 눌러 담으며 겨우 입을 뗐다.

"저녁은 뭐부터 먹을까요?"

"뭐……부터?"

구석에 처박아 놓은 줄 알았던 나의 음란 자아가 낄낄 웃었다.

나란 여자, 본능에 잠식당한 여자.

"아니, 뭐 먹을까요?"

"글쎄. 뭐부터 먹을지 생각 좀 해 봐야겠네?"

환장하겠네, 진짜.

언제였더라? 세계적으로 유명한 요기(yogi, 요가 수행자)를 인터뷰했던 적이 있었다. 그가 그랬었다. 아무 생각도 하지 말라는 말이 세상에서 가장 실천하기 어려운 말이라고.

그렇다. 음란한 생각을 집어치우자고 마음먹었더니, 노골적인 장면들이 제멋대로 머릿속에서 펑펑 터졌다.

모르겠다. 그냥 생각해 버리고 말지, 뭐.

운전대를 잡은 남자와 이렇게, 요렇게, 저렇게 해서 결국 그렇게 되었다는 결말을 맺어 갈 무렵, 차는 오피스텔 지하 주차장에 도착했다.

"옷 갈아입고 우리 집으로 와."

대뇌 피질 깊숙한 곳까지 붉은 기운이 끼친 탓인지, 늘 집에서는 트레이닝복만 고수했던 나는 대체 무슨 옷을 입고 가야 하는가에 대한 심각한 고민에 빠지고 말았다.

샤워를 하고 가야 하나? 속옷은…… 아래, 위를 맞춰야 하고?

정신 차리자, 변유정.

유명한 축구 감독 인터뷰를 했을 때, 그가 그런 말을 했었다.

설레발은 필패다!

나는 끝없이 폭발하는 설레발을 설렘으로 승화시키고자 마음을 가다듬었다.

어릴 적부터 나는 엄마 말을 잘 듣는 아이였었다. 엄마가 학교 갔다 오면 반드시 씻어야 한다고 했다. 나는 그저 착한 딸인 양 샤워했다.

또 공교롭게도 트레이닝복이 전부 세탁기 안에 있어서 면으로 된 롱 원피스를 입고 그 위에 카디건을 하나 걸쳤다. 민낯은 매일 보는 거니까 그대로 두기로 하고, 젖은 머리카락은 그가 오래 기다릴지도 모르니까 촉촉함을 유지하는 정도로만 말렸다.

어떠한가, 몹시 신경 쓰지 않은 듯 자연스러운 룩이 되지 않았나?

나는 흡족한 얼굴로 거울 앞에 서서 촉촉한 머리카락을 한 번 쓸어넘겼다. 양 볼에는 은근한 홍조가 번져 있었고, 입술은 붉게 반짝거렸다.

현관문을 열고 나가 그의 오피스텔 문을 조심스레 두드렸다. 그러자 기다렸다는 듯이 문이 열렸다.

"왜 이렇게 오래 걸렸……어? 기다렸잖아."

그는 커다란 손으로 목덜미를 쓸며 시선을 피하더니 나지막이 읊조렸다. 그 역시 머리카락이 촉촉이 젖은 채로 흐트러진 모습이 막 샤워를 마친 듯했다.

"들어와."

당황한 듯 보였다. 왜지, 왜 당황했을까?

나는 면 치맛자락을 펄럭이며 사뿐사뿐 집 안으로 들어섰다. 집 안으로 들어서자 김치볶음 냄새가 진동했다. 갑자기 급격한 허기가 몰려왔다.

"손 씻고 와. 밥 먹게."

여전히 시선을 마주치지 않는 그에게, '나 씻고 온 거 안 보여요?' 하고 장난을 걸까 하다가 나는 이내 욕실로 향했다.

설레발은 필패라고 했던 그 축구 감독이 그랬다.

초반 러시도 필패다!

손을 씻으러 욕실에 들어갔는데, 샤워의 흔적이 남아 있는 샤워 부스가 촉촉이 젖어 있다. 그리고 그가 쓰는 샤워용품의 상큼하고도 그윽한 향이 욕실을 가득 채우고 있었다. 심장이 뜨끔뜨끔 차오른다.

"후우, 변유정. 침착해라."

욕실에서 나오니 김치볶음밥은 작은 부엌의 2인용 식탁이 아닌 TV 앞 좌탁 위에 놓여 있었다.

"영화 한 편 볼까?"

"좋아요."

좌탁이 보기보다 좁은 건지, 이 남자 다리가 생각보다 긴 건지. TV를 앞에 놓고 바닥에 나란히 앉았더니 내 무릎과 그의 허벅지가 아슬아슬하게 닿았다. 그리고 영화가 시작되었다.

VOD 목록에서 우리가 고른 영화는 극장 동시 상영을 하고 있는 2차 세계 대전을 배경으로 한 부부 스파이 영화였다. 총질이 오고 가는가 싶더니, 부부행세를 하던 두 남녀가 눈이 맞아서는 차 안에서…….

이거 본격 19금 영화였어?

『으음. 하아.』

5.1채널 홈시어터 시스템에서는 기묘한 신음소리까지 울려 퍼지기 시작했다. 역사적 서사성과 함께 선정성을 두루 갖춘 영화에 정수리가 쭈뼛

선다. 최대한 교육적인 영화를 고른 거였는데…….

아니지! 19금 못 보는 미성년자는 아니지 않습니까, 우리?

왜 2D 화면에 긴장을 해, 변유정!

"왜?"

"네?"

"맛없어?"

"아뇨, 맛있어요."

"근데 왜 안 먹고 숟가락 놓고 있어?"

살색 향연이 가득한 화면에 사고가 정지해 버렸다는 말은 차마 못하겠다.

"제가요?"

"어."

"아니에요, 먹고 있었어요."

"근데 볼이 왜 이렇게 빨개?"

"제가요?"

"어."

"제가 안면홍조가 있어서 볼이 원래 좀 빨개요."

상큼한 향기를 머금은 커다란 손이 다가와 부드러운 동작으로 뺨을 쓸어내렸다.

"안면홍조는 너무 고급스러운 표현 아냐? 촌년병 같은데?"

"아니거든요!"

버럭 소리를 지른 순간, 빙그레 미소를 머금고 있던 입술이 뺨으로 다가오니 쪽 하는 소리가 나도록 입을 맞췄다.

"괜찮아, 예뻐."

나이가 많건 적건, 경험이 많건 적건. 연애 초기는 설렌다고 하지만 이러다 심장이 터져서 죽거나, 너무 긴장해서 기절해 버릴지도 모른다고 생각했다.

간신히 정신줄을 붙들고 숟가락을 다시 들려는데, 나지막한 목소리가 격정적인 사운드를 뚫고 들려왔다.

"남기지 말고, 다 먹어. 힘쓰려면."

힘을 써? 어디다? 나는 끊어지기 직전의 간당간당한 정신줄을 붙들고 숟가락을 움직였다. 입안 가득 김치볶음밥을 욱여넣는 일에만 집중하다 보니, 어느새 그릇이 말끔히 비워졌다.

끈적끈적한 장면을 바라보며 경련이 일 것만 같은 심장을 다스리고 있는데, 뺨 근처에서 따뜻한 바람이 느껴졌다. 바람이 아니었다. 숨결이었다. 간지러워서 고개를 슬며시 돌린 순간 내 코끝과 그의 코끝이 부딪혔다.

"김치볶음밥 잘 먹었습니다……."

생략된 문장은 '이대로 키스는 안 됩니다!'. 달짝지근하고 짭쪼롬하게 볶아진 김치볶음밥의 맛은 황송할 지경이었지만, 이대로 키스하면 환장할 것 같았다.

"잘 먹었어?"

"네."

"배도 부르고?"

"네."

"이제 혼날 준비 해야지?"

낮게 깔린 목소리에서 결연한 의지가 느껴졌다.

"욕실에 구강세정제 있어. 다녀와."

이건 왜 씻고 나오라는 말만큼이나 야하게 들린다.

"어서."

"네."

마치 가르치는 듯하는 말투에 나는 어느새 욕실에서 파란색 구강세정제를 입안 가득 물고 오물거리고 있었다.

입안을 말끔히 헹구기는 했는데, 욕실 밖으로 나가는 게 몹시도 부끄럽다. 이제 소파에 앉아 있는 남자에게 다가가 입술을 내밀면 되는 건가? 근데 입은 왜 나만 헹궈? 그쪽도 하셔야죠! 서, 설마. 뭘 시키려는 건…….

또다시 가슴속에서 엎드려 있던 음란 자아가 고개를 들고 음흉하게 웃었다. 욕실에서 지체한 시간이 생각보다 길었는지, 욕실 문을 열고 나갔더니 실내가 컴컴했다. 오직 불을 밝히고 있는 것은 TV 화면뿐이었다.

좌탁 위에 놓여 있던 그릇은 맥주 두 캔으로 바뀌어 있었다. 소파에 앉아 있는 그는 영화에 몰입한 눈치였다. 살그머니 다가가 앉았더니, 상쾌한 민트 향이 느껴진다.

괜히 흐뭇해지려는 순간, 갑자기 분위기가 오묘해진다. 가슴께에서 팔짱을 끼고 있던 그가, 팔짱을 풀고는 굳센 팔로 내 어깨를 감싸 안았다.

어우. 연애를 너무 쉬다 하니까 부작용이 장난 아니다. 갑자기 심장이 터질 듯이 두근거렸다. 시선은 정면을 향하고 있었지만, 옆으로 돌아보고 싶어서 안달이 났다. 나는 저절로 돌아가려는 눈동자를 부여잡으려 안간힘을 썼다.

왜 싸우는지 모르겠는 두 남자의 액션 장면은 처절했다.

언제 키스하려나, 기다리는 순간도 처절하기는 마찬가지였다.

잠시 영화에 몰입해 방심한 순간, 그의 입술이 뺨에 닿았다. 아이스크림을 핥듯 움직이는 말랑말랑한 촉감에 발끝이 오므라들었다. 어깨를 잡고 있는 손에 힘이 들어갔고, 그의 다른 손은 입술이 닿지 않은 반대쪽 **뺨**을 어루만졌다.

부드러운 손길에 소름이 돋아날 정도다. 뺨을 더듬거리던 입술이 마침내 입술로 올라왔다. 아랫입술과 윗입술을 차례대로 달콤하게 머금은 그는 오른손 검지와 엄지로 작은 턱을 가볍게 움켜잡았다.

부드러운 악력에 입술 사이가 벌어졌고, 따뜻했던 입맞춤이 뜨거워졌다. 얽히고설키는 움직임에 머릿속이 아득해지려는 순간 상체가 뒤로 젖혀졌다. 등 뒤에 푹신한 소파가 닿았다. 심장이 터질 것만 같았다. 나는 떨리는 손으로 굳센 팔뚝을 움켜잡았다.

뺨을 쓰다듬던 손이 어깨를 타고 내려가 허리를 더듬는다. 나는 팔뚝을 움켜잡고 있던 손을 옮겨 그의 단단한 어깨를 슬쩍 밀어냈다.

"하아."

입술이 잠시 떨어진 순간 받은 숨이 터져 나왔다.

"그거 알아?"

대답할 수 없는 질문이었다. 뭘 묻는지 알아야 대답을 하지.

"진도는 한 번에 확실하게 **빼야** 학습 효과가 좋은 거."

"헉!"

너무 놀란 나머지 숨소리가 헉 하고 터져 나왔다. 그 진도가 이 진도는 아니지 않습니까?

따질 새도 없이 다시 입술이 덮쳤다. 생각해 보니 연애 시작을 외친 순간부터 진하게 입술을 부딪쳐 온 남자였다.

그래, 우리 다 성인이잖아? 바쁜 세상 빨리 가는 것도 좋기는 하지.

그런데 뜨거운 손길이 말랑말랑한 배를 더듬는 순간, 덜컥 겁이 나기 시작했다. 분위기는 뜨거워서 미칠 것 같은데, 당장은 안 되겠다. 기막힌 분위기로 진도를 단번에 빼려고 하는 남자의 어깨를 밀어내는 순간, 카디

건 주머니에 넣어 두었던 휴대전화가 울리기 시작했다.

"왜?"

"학습자가 감당할 수 있을 만큼만 진도를 빼는 게 가장 효율적이지 않아요?"

내 물음에 그가 몸을 일으키고는 한숨을 내뱉었다. 아쉬움이 가득한 얼굴에 괜히 미안해지지만, 뭔가 너무 성급해서 두렵기도 하니까. 나는 참 이런 긴박한 순간에도 소심함을 발동시키는구나. 가슴속 음란 자아도 내 소심함이 가볍게 눌러 버렸다.

"미안."

그는 빙그레 미소 지으며 나를 일으켜 앉혔다.

위잉, 위이잉—

끊긴 듯했던 전화가 다시 울린다.

"받아 봐, 무슨 전화지."

그의 목소리에서 아주 가벼운 짜증이 묻어났다. 이 순간 짜증내는 목소리조차 섹시한 남자다. 밀어낸 사람마저 괜히 아쉽게 말이다.

"여보, 흐음, 세요?"

— 목소리가 왜 그래? 뭐 하고 있었어?

정신줄을 놓친 순간, 발신인조차 확인하지 못하고 받았더니 휴대전화 너머에서 들려오는 목소리는 한별이었다. 나는 검지로 수화음을 끝까지 내리며 낮게 속삭였다.

"어, 영화 보고 있었어."

— 영화? 너 되게 한가하다? 내일 확통 들었어. 공부 안 해?

그는 시끄러운 영화 소리가 통화에 방해되지 않도록, 아주 친절하게 영화 재생을 멈추고 통화하는 나를 바라보았다.

"어, 이따가 하려고. 그거 확인하려고 전화한 거야?"

— 그건 아니고.

"그럼?"

— 꼭 무슨 용건이 있어야 전화하나, 친구 사이에?

통화가 길어질 것만 같은 불길한 예감이 들었다. 별거 아닌 대화로 옥신각신하며 밤새 통화하는 그런 거 말이다.

뚜뚜—

— 이게 무슨 소리야?

"어, 다른 데서 전화 들어온다. 엄마 같아. 나중에 통화하자."

나는 한별과의 아슬아슬한 전화 통화를 마치고, 또 다른 통화를 시작했다.

"여보세요?"

옆에 가만히 앉아 있는 남자에게 미안한 눈짓을 보내자, 그는 어깨를 으쓱해 보일 뿐이었다.

— 야, 변유정! 너 왜 전화를 안 받아?

"받았잖아요, 지금."

— 네 원래 전화! 내가 꼭 마타리 전화로 전화를 해야겠어? 너 지금 잠입해 있다고 완전 착각하나 본데, 마타리 아니다! 변유정이다, 너!

갑자기 발끈 열이 올랐다. 정나미 뚝 떨어지는 정나미 기자는 다짜고짜 전화 안 받았다고 소리부터 질러 댔다.

"왜 전화하셨어요?"

— 뭐 좀 알아낸 거 있어? 사학재단 비린지, 뭔지?

"아직 별다른 건 없어요."

— 별다른 게 있도록 만들어야지! 너 지금 10대 회귀물 드라마라도 찍고 있는 줄 알아?

수화기 너머에서 정 선배가 소리를 버럭 지른 순간, 나는 본능적으로 휴대전화를 귀에서 뗐다.

— 일단 나와. 오피스텔 근처에 다 왔으니까. 얼굴 보고 이야기하게.

"네에?"

— 나오라고, 일단.

일방적으로 전화가 끊겼다. 통화를 마친 나는 한숨 섞인 목소리로 읊조렸다.

"일 때문에 가 봐야겠어요."

"지금? 늦었는데. 데려다줄게."

"아, 아뇨! 괜찮아요. 이 앞에 정 선배 와 있대요."

정 선배라는 호칭이 튀어나오자, 그의 얼굴에 그늘이 졌다.

"일하러 가는 거예요."

"알아."

그는 심상한 목소리로 대꾸하더니 미간을 찌푸렸다.

"그럼 차까지 내가 데려다줄게."

"미쳤어요? 신문사에 다 보고하지 않았으면 좋겠다면서요. 난 정 선배한테 당신이랑 만나는 이유가 정보를 캐내기 위해서라고 할 거예요. 그런데 여기서 따라 나와 봐요. 그런 대책 없는 짓을 왜 해요?"

그는 대꾸 없이 심각한 얼굴을 했다.

"원하는 대로 일을 해결하고 싶으면, 일에서는 감정 섞지 마요. 내가 학교에서 하는 것처럼."

나는 힘주어 덧붙였다.

"당신 학교, 내가 지켜 줄 테니까."

순간 그의 눈동자가 크게 흔들렸다. 그러더니 그가 이내 미소를 머금고는 성큼 다가왔다.

"변유정 믿어."

"나도 윤준재 씨 믿도록 노력해 볼게요."

진득한 시선이 끈끈하게 얽혔다. 아쉬운 표정 가득한 그의 얼굴을 마주하자 가슴 한구석이 헛헛했다.

"오늘 하던 건 나중에…… 마저……."

"오늘 진도 뺄 만큼 뺐는데?"

분위기를 깨고 나가는 마당에 미안해서 건넨 말이었다. 그런데 음흉한 미소가 떠오른 얼굴을 마주하자 갑자기 스스로가 한심해지고 말았다.

"진도 확실히 뺀다고 했지, 누가 한 번에 뺀다고 했나? 뭘 기대한 거야? 우리 키티는?"

비스듬히 고개를 기울이며 묻는 집사의 얼굴은, 당장 끌어당겨 입술을 머금고 싶을 만큼 섹시했다.

이 남자. 아무래도. 너무. 위험한 것 같다.

내 정상적인 사고에.

"전화해."

"그럴게요."

빠끔히 열린 현관문 사이로 고개를 내민 그에게 손을 흔들며 엘리베이터에 오른 나는 문이 닫히고 난 뒤, 나도 모르게 얼굴을 구기고 말았다.

아, 사회부 기자 체면이 있지. 너무 휩쓸렸잖아.

앞으로 정신 똑바로 차리고, 윤준재와의 연애에 임해야겠다고 다짐하며 오피스텔을 나서는데, 공동현관 바로 앞에 정차해 있는 정 기자의 차가 눈에 들어왔다.

"타!"

"넵!"

조수석에 올라타자마자 와다다다 잔소리가 쏟아졌다.

"넌 인마! 기자가 전화를 안 받아? 이게 교복 입고 학교 좀 왔다 갔다 하더니 빠져 갖고! 뭐 하다 나온 거야?"

"그냥 있었어요."

"그냥 있었어요오?"

"저도 사생활이라는 게 있거든요!"

"터진 입이라고 잘도 떠드네? 상황 파악이 안 되지, 지금?"

오늘따라 정 선배는 대패로 확 밀어 버리고 싶을 만큼 까칠했다.

"너! 그, 그러니까, 그."

정 선배답지 않게 말까지 더듬었다.

"시원하게 말씀하세요. 저 뭐요?"

더듬거리는 정 선배를 쏘아보자 욕설이 날아왔다.

"이런 씹! 눈 안 깔아?"

나는 눈꺼풀을 아래로 내리며 입술을 비틀었다.

"그 이사장이랑 아직 만나?"

"네."

"미쳤어?"

"안 미쳤어요! 자, 생각해 보세요. 이사장이랑 제가 친해지면, 득될 게 많겠어요, 해될 게 많겠어요?"

내내 어두웠던 정 선배의 얼굴에 갑자기 서광이 비친다.

"그런 거였어?"

"네."

"일종의 미인계인가?"

나는 분명히 들은 내 귀를 의심했다.

"에?"

어리바리한 되물음에 정 선배가 양 볼을 붉히며 덧붙였다.

"그래, 우리 유정이가 인물이 빠지지는 않지."

갑자기 정 선배의 귓불이 새빨개진다. 자세히 보니 목덜미도 붉다. 환장하겠다.

"이거 확인하러 오셨어요?"

일단 일 얘기로 돌리고 봐야지 싶었다.

"뭐, 그렇기도 하고."

급기야 얼굴까지 붉어졌다.

"나."

저기 여기서 갑자기 고백하고 그러실 건 아니죠?

"이번 주말에 선봐."

"……그래서요?"

너무 황당해서 어떻게 반응을 해야 할지 감이 서질 않았다.

"선봐?"

그럼, 보지 말라고 말려 드리오리까?

나는 정 선배의 서든 어택에 두 눈만 말똥말똥 뜬 채로 그를 바라보았다.

"집에서 결혼할 때 됐다고 서두르셔. 근데 알잖아. 우리 직업, 평범한 사람은 이해 못하는 거……. 그래서 기자 커플들도 많고……."

이 선배가 지금 여기서 뭐라고 지껄이는 건지 모르겠다.

"변유정."

"네……?"

나는 의뭉스러운 목소리로 조심스럽게 대꾸했다.

제발, 하지 마! 아무 말도 하지 마!

"너 그 이사장 놈이랑 연애하는 척만 하는 거다."

뭐라 대꾸를 해야 할지 모르게 자꾸 말문을 턱턱 막는 말만 골라서 하는 정 선배였다.

"나도 선만 보고 올 거야. 애프터도 안 할 거고. 내 전화번호도 알려 주지 않을 생각이야."

"그럼 뭐 하러 나가세요? 그건 선보는 상대에 대한 예의가 아니죠."

"네가 그 이사장 놈이랑 만나니까!"

나는 팔짱을 끼며 어이없다는 얼굴로 정 선배를 바라보았다.

"선배."

"어."

선배, 나 좋아해요?

물을 수가 없었다. 정말 그렇다고 하면 어떡해야 하나 아직 대책이 서질 않는다. 회사 선후배 사이에 이러는 거, 정말 껄끄럽다. 그리고 이런 상황에 정면 승부 해 봐야 후배가 손해다.

똑똑똑—

잘 들어가라는 인사로 갈무리하려는데, 누군가 조수석 차창을 두드리는 소리가 들려왔다.

조수석 차창 쪽으로 고개를 돌려보니 웬 중년 여성이 혼이 나간 얼굴로 서 있었다. 흰머리가 성성한 단발머리는 깔끔했고, 무릎까지 오는 트위드 재킷을 입은 모습은 단정했다. 차 안에서 아무런 대꾸가 없자, 아주머니께서는 다시 조심스레 차창을 한 번 더 두드렸다.

동작은 조심스러웠지만, 얼굴에는 초조한 기색이 역력했다. 나는 운전석에 앉은 정 선배 쪽으로 시선을 돌렸다. 허공에서 시선이 절묘하게 부딪혔다. 심상치 않은 분위기를 지닌 이라는 것을 둘 다 감지한 것이다.

나는 고개를 한 번 가볍게 끄덕거렸고, 그제야 정 선배는 조수석 차창을 아주 조금 내렸다.

"무슨 일이세요?"

내 물음에 아주머니께서 안도의 한숨과 함께 미소를 머금었다.

"미안해요. 내가 잘못 봤네. 우리 딸이 오밤중에 웬 남자 차에 타는 줄 알고. 미안해요."

아주머니는 차창 너머로 보이는 나에게 사과를 건네고는 황급히 사라졌다. 찰나의 순간 마주친 그녀의 눈동자는 텅 비어 있지만 그 눈빛만큼은 형형했다. 나는 괜히 소름이 끼쳐서 목덜미를 문질렀다. 께름칙한 기분이 떨쳐지질 않는다.

"왜?"

"아녜요."

뭔가 섬뜩했지만 크게 개의할 상황은 아니었다.

"내가 지금 딱 그래."

"뭐가요?"

"저 아주머니 같은 심정이라고."

아주머니 덕분에 분위기가 환기되었다고 생각했건만, 정 선배는 또다시 괴상한 분위기를 잡으며 미간을 찌푸렸다.

"선배."

"음?"

"효심 깊은 후배가 되도록 노력할 테니, 걱정 마시고 가세요. 저 숙제 있어서 들어가요. 조심해서 가세요."

나는 정 선배가 뭐라 더 헛소리를 지껄이기 전에 차에서 내려 오피스텔 공동현관으로 달려 들어갔다. 오늘 하루 역시 고단했다.

이사장 약혼자가 등장하질 않나, 분홍 머리 10대가 놀아 달라고 덤비질 않나, 그 와중에 손 턴 일진이 와서 구해 주질 않나, 이사장이랑 진도도 빼야 하고, 정 선배 장단도 맞춰 줘야 하고…….

그렇게 스펙터클했던 하루가 겨우 저물어 갔다.

❖

이튿날 아침. 발 없는 말은 또다시 급속도로 번져 갔고, 나는 옆 학교 분홍 머리 일진에게 찍힌 아이가 되어 있었다.

"마타리, 너 이제 어쩌냐. 걔들 장난 아니래."

"갖고 놀다가 싫증 나면 막 엄한 데 팔아 버린대. 쥐도 새도 모르게 팔려 가서 동남아까지 간 애도 있대."

출처를 알 수 없는 괴담이 급속도로 번져 갔다. 이러쿵저러쿵 떠들어 대던 아이들이 갑자기 좀 전과는 다른 분위기로 술렁이기 시작했다. 교실 앞 문가에 비딱한 자세로 서 있는 아이는 어제 그 조진환이었다.

"마타리 어디 있어?"

변성기에서 이제 막 벗어난 완전한 저음이 교실을 음산하게 울렸다.

"마타리 어디 있냐고, 두 번 물었다."

칠판을 지우고 있던 은진이 얼굴을 구기며 입 모양으로 '어떡해.' 하는 모습이 눈에 들어왔다.

"전데요?"

나는 비교적 또랑또랑한 목소리로 대꾸했다.

"네가 어제 걔야?"

"네."

교실을 채운 분위기로 보아하니, 반 아이들 전부 진환을 두려워하는 듯했다.

"감사합니다."

공치사하러 온 것 같으니 감사 인사를 먼저 전해야 할 것 같아서 나는 자리에서 일어나 고개를 꾸벅 숙였다.

"그런 거한 인사받으려고 온 건 아니고. 핸드폰 좀 줘 봐."

고압적인 분위기에 나는 아무 말 없이 휴대전화를 내밀었다. 반 아이들은 감히 수군거리지도 못하고 우리를 지켜보기만 했다. 진환은 내 휴대전화로 어딘가에 전화를 거는가 싶더니 주머니에서 자신의 휴대전화를 꺼내 들었다.

"연락할 테니까, 씹지 말고. 이따 수업 끝나고 보자."

교실은 찬물을 끼얹은 듯 썰렁했고, 진환은 유유히 교실을 빠져나갔다.

"어떡해! 타리야, 어떡해!"

칠판 앞에 서 있던 은진이 쪼르르 달려와서 호들갑을 떨어 댔다.

"저 선배 1년 꿇어서 스무 살이거든. 그래서 막 술, 담배는 기본이고, 중학교 때는 경찰서에서 거의 살다시피 했대."

"사람을…… 죽였다는 소문도 있어."

아이고, 아가들아. 스무 살이라며? 정말 사람을 죽였으면, 쟤가 학교에 다닐 수 있겠냐.

나는 심드렁히 입을 뗐다.

"그래서?"

"아, 얘가 또 얼빵하게 말귀 못 알아먹네. 너 지금 우리 학교 일진한테 찍힌 거라고. 교실까지 찾아와서 네 번호 따갔잖아."

"너 어제 그 분홍 머리 만났을 때, 무슨 일 있었어? 혹시 그 분홍 머리, 저 선배가 시켜서 우리 학교 오는 거래? 저 선배가 중학교 때, 강남 평정했었대."

정신없이 쏟아지는 아이들의 말에 나는 고개를 내저었다.

"저 선배가 어제 나 구해 줬는데."

편을 들고 나섰더니.

"대박! 야, 저 선배한테 너 완전히 찍혔나 보다. 걔네 분홍 머리도 그러니까 찍소리 못하고 갔겠지."

"와, 나! 완전 소름 돋았어! 타리야. 어떡하냐, 이제?"

한번 자리 잡은 편견은 쉽게 변하지 않는 법이다. 어제 겪은 일을 유추해 보면, 아이들이 일진이라 부르는 진환은 분명 정의의 편에 서 있었는데, 아이들은 그 선배가 나를 구해 주었다는 사실에는 전혀 신경 쓰지 않았다.

"왜 이렇게 시끄러워, 자리에 앉아."

시끄럽게 떠드느라 수업종이 치는 줄도 몰랐다.

"오늘 한별이 결석인가?"

그리고 오늘 한별은 무슨 일인지 학교에 오지 않았다.

수업을 마치고, 나는 담임이 있는 음악실을 찾았다.

"부르지도 않았는데, 제 발로 찾아오고. 웬일이야?"

"한별이, 무슨 일 있나요?"

담임의 얼굴이 미세하게 굳었다. 불편한 심기를 그대로 드러내는 성격인가 보다. 이사장과 닮은 얼굴은 감정을 담지 않아 차갑기만 했다.

"한별이가 결석한 이유에 대해서는 담임으로서 알려 줄 수가 없네. 궁금하면 나중에 직접 물어보도록 해. 단 성급하게는 말고, 시일을 좀 두고."

나는 가만히 고개를 끄덕거렸다.

"신기한 녀석."

"왜요?"

"수긍이 빨라. 이렇게까지 찾아오는 경우엔 원하는 답이 나올 때까지 버티다가 한 소리 듣고 가는 게 보통 아닌가?"

"버텨도 말씀 안 해 주실 걸 아니까요."

"10대의 특성을 아직 파악 못한 건 아니고?"

담임의 얼굴이 묘하게 일그러지며 미소를 지어 냈다. 인상을 쓰며 웃고 있다. 잘생겼는데 기괴스럽다. 이런 면에서는 확실히 이사장과 다르다.

그리고 10대의 특성을 아직 파악 못한 건 아니냐고?

"가 봐. 한별이 결석 이유는 직접 물어보고."

얼른 가라고 채근하는 담임의 말에 나는 꾸벅 인사를 하고 음악실을 나섰다.

담임 윤호재, 이사장 윤준재……. 같은 듯 다른 두 사람의 존재가 머릿속을 어지럽혔다. 고개를 내저으며 교문을 막 나설 때였다.

"야."

귀에 익은 저음, 분홍 머리에게서 나를 구해 준 진환이었다.

"안녕하세요, 선배님."

"밥이나 사라."

"네?"

"어제 일도 있고, 밥이나 사라고."

무뚝뚝한 얼굴로 서 있는 진환의 목덜미가 새빨갛다.

"가자, 밥 먹게."

학교 앞에서 10여 분을 걸어간 곳에 있는 허름한 순대국밥집이 있었다.

"너 이런 거 먹냐?"

순대국밥이었던 글자가 수대ㄱ밥이 되어 있는 간판 앞에 서서 진환은 또다시 무뚝뚝하게 물어왔다.

"그럼요. 순대국밥이 얼마나 맛있는데요."

"들어가자."

저벅저벅 안으로 들어가는 진환의 뒤를 나는 조용히 따랐다. 테이블에 앉자마자 진환이 미리 주문이라도 해 놓은 건지, 국밥 두 그릇과 찹쌀 순대 그리고 돼지 머릿고기 한 접시가 테이블 위에 차려졌다.

"맛있게 먹어."

"네!"

나는 진환의 얼굴을 흘끗 한 번 보고는 젓가락을 집어 들었다. 단순히 식사만을 하기 위해 이곳에 데려온 것은 아닌 것 같았다.

"와, 여기 순대 환상이네요?"

나는 일부러 밝은 목소리를 내 보았다.

"그치? 소금 찍지 말고 초고추장 찍어서 먹어 봐. 그럼 더 맛있어."

나는 일단 진환이 시키는 대로 고분고분 먹는 데 열중했다. 그런 나를 바라보는 진환은 묘하게 들뜬 얼굴이었다.

눈썹 언저리 이마가 불뚝 튀어나오고, 쌍꺼풀이 없는 눈이 옆으로 긴 생김새가 강한 인상을 주는 듯했다. 오른쪽 볼에 깊게 팬, 일명 칼빵이라고 불리는 상처가 진환의 험악한 이미지를 거들었다.

진환이 먼저 입을 열 것 같지는 않아서, 나는 어제 있었던 일을 먼저 꺼내 들었다.

"어제는 정말 감사했어요."

"그치? 다시는 우리 학교 알짱거리지 말라고 했는데, 내가 그놈들 올 때마다 쫓아내느라 얼마나 고생하는지 몰라. 아마 그 자식들 다시는 우리 학교에 못 올걸?"

좁은 식당 안이 쩌렁쩌렁 울리도록 진환은 큰 소리로 대꾸했다. 마치 누가 들으라는 듯이 목소리에 힘이 들어가 있다. 그리고 얼굴에는 뿌듯한 미소가 흘러넘쳤다.

"정말 감사합니다. 선배님, 좋은 분 같아요."

"좋은 분은 무슨······. 너 작년 겨울에 전학 왔다며?"

그러니 나에 대해 잘 모르지 않느냐는 물음인 듯했다.

"네, 그래서 모르는 거 되게 많아요. 선배님이 잘 알려 주세요."

진환은 부끄러운 듯 욕설을 한 번 내뱉더니 딴청을 부리며 입을 뗐다.

"나 진짜 좋은 놈 같아?"

"네, 나쁜 놈한테서 저 구해 주셨으니까, 좋은 분이죠."

진환이 빙그레 미소를 한 번 짓더니 순댓국을 마구 퍼먹었다. 어색한 정적이 감돌았다. 순댓국을 퍼먹는 진환의 모습이 어딘지 모르게 안쓰러워 보였다.

"근데 애들은 나 그렇게 안 보지?"

침묵 끝에 자리한 진환의 목소리에 힘이 하나도 없었다. 회한 어린 말투에서 고민의 깊이가 느껴졌다.

"그땐······ 정말······."

말을 멈춘 진환이 한숨을 후우 내쉬었다.

"한번 찍힌 낙인은 벗어나기 힘들어. 계속 시비 걸면서 자극하기도 하고. 넌 아직 잘 모르겠지만······."

긴말하지 않았지만, 진환이 하려는 말이 무슨 뜻인지 알 것 같았다. 작년 말 전학 온 마타리는 조진환에 대한 사전 정보가 많지 않을 테니, 편견 없이 자신을 볼 수 있지 않을까 하는 기대감.

진환은 그런 기대를 안고서 자신이 도와준 마타리를 찾았을 것이다. 마타리한테 만큼은 좋은 사람으로 인식되고 싶어서.

"선배, 좋은 사람 같아요."

"야, 너는 계집애가 말끝마다 선배가 뭐냐? 딱딱하게."

"그럼, 뭐라고 불러요?"

"그, 뭐냐. 오빠. 뭐 이런 거."

나는 유쾌한 웃음을 지으며 딱 하나 남은 순대를 집어서 입에 넣었다.

"오빠, 여기 순대 진짜 맛있네요!"

능청스러운 웃음에 진환도 희미하게나마 웃음을 머금었다.

"그럼, 여기 계산은 제가 할게요."

식사를 마치고 계산대 앞에 섰는데 아주머니의 얼굴에 난감한 기색이 어렸다.

"됐어. 여기 우리 집이야."

시큰둥한 말을 내뱉은 진환이 식당 밖으로 나가 버렸고, 이제 보니 진환과 많이 닮은 주인아주머니의 난감한 얼굴이 문 쪽을 향해 있었다.

"잘 먹었습니다! 다음에 친구들이랑 같이 올게요."

아주머니께 꾸벅 인사를 하고 가게를 나서려던 나는 이내 걸음을 멈춰 섰다.

"아, 어제 제가 학교 앞에서 나쁜 사람을 만났는데, 진환 선배가 도와줬어요. 그래서 제가 밥 사려고 한 건데…… 잘 먹었습니다."

마주한 아주머니의 눈가에 물기가 어렸다. 아들 때문에 마음고생 심했을 듯 보이는 아주머니는 얼른 계산대를 돌아 나오더니 내 손을 꼭 잡으셨다.

"학생, 또 와요. 알았지? 배고프면 언제든지 와."

물기 어린 목소리를 내는 아주머니의 손은 진환이 겪어 왔을 고된 풍파만큼이나 거칠었다.

나는 집까지 바래다주겠다는 진환을 한사코 거절하고 홀로 집으로 향했다.

한별이 하양이라면, 진환은 명도가 옅어지고 있는 검정이다. 맑은 물을 더하면 더더욱 옅어질, 불순물이 섞이지 않은 검정.

겉으론 무척이나 험악하고 강해 보이는 아이였지만, 삭막한 세상의 시선에 맞서 고군분투하는 모습이 안쓰럽게 느껴졌다. 지켜 주고 싶은 마음이 들 만큼.

하얀 아이건, 까만 아이건.

세상에는 어른이 지켜야 할 아이들이 많다.

[아, 너 진한별이랑 짝이라고?]

샤워를 마치고 칫솔을 문 채로 집 안을 정리하고 있는데, 진환에게서 카톡이 왔다.

[네, 오빠 한별이 아세요?]

[그럼, 알지. 친군데.]

나는 입에 물고 있던 칫솔을 뺀 뒤 황급히 욕실로 향했다. 거품을 뱉어 내고 대충 입안을 헹구고는 얼른 다시 휴대전화를 집어 들었다.

[한별이가 오빠 친구라고요?]

나는 초조하게 답을 기다렸다. 이미 메시지에서 1이 사라진 지 오랜데 답이 없다. 어딘지 모르게 어른스러웠던 한별이, 그리고 전학 오자마자 한별이를 잘 안다는 듯이 방송반에 집어넣은 윤준재 이사장. 그리고 묘하게 이사장을 경계하는 한별이……

[못 들은 걸로 해라. 한별이가 밝히고 싶지 않아서 말 안 한 것 같은데.]

아이들은 진환이 학교를 유급당해서 지금 스무 살이라고 했었다. 그럼 한별이도 지금 스무 살이라는 뜻이다.

[알은체하지 말고, 다른 애들한테도 말하지 마. 내가 괜한 말한 것 같네. 잘 자라.]

[네, 안녕히 주무세요.]

더 이상 대꾸하지 않겠다는 듯 메시지 옆에 1은 끝내 사라지지 않았다.

궁금한 게 있으면 한별에게 직접 물으라던 담임, 한별이 자신의 친구라는 진환, 그리고 자신에 대해서는 아무런 말도 하지 않았던 한별……

일단은 모른 척하는 게 맞는 것 같은데, 이사장을 묘하게 경계하는 한별의 태도가 계속 신경 쓰였다. 그리고 오늘따라 방과 후에 아무런 연락이 없는 이사장도 신경 쓰이기는 마찬가지였다.

"근데 오늘은 왜 이렇게 잠잠하실까, 우리 집사님이?"

쓸데없는 밀당 따위는 집어치우자며, 연애부터 시작하자던 사람이었다. 뭔가 사정이 있겠지 싶어서 나는 일찍 잠자리에 들었다.

새벽녘 침대 머리맡에 둔 휴대전화가 요란하게 울렸다. 피곤한 탓에 꿈인지 생신지 구분이 되지 않았다.

"여보세요?"

— 잤나 봐.

휴대전화 너머에서 들려오는 목소리는 한별이었다.

"어, 지금 몇 시야?"

— 2시쯤.

"2신데 너는 안 자고 뭐 해?"

— 그냥, 잠이 안 와서.

실없는 대답이 어딘지 모르게 초조하게 느껴졌다. 나는 몸을 일으켜 앉으며 휴대전화 너머에서 들려오는 한숨 소리에 귀를 기울였다.

— 안 받을 줄 알았는데, 받네.

"안 받을 줄 알았으면, 전화는 왜 했어?"

나직한 한별의 웃음소리에 쓸쓸함이 묻어났다.

— 하늘이 되게 까맣다. 아무것도 안 보여.

아무것도 안 보인다 말하는 한별의 목소리가 어딘지 모르게 불안하게 느껴졌다.

"어디야, 지금? 밖이야?"

덩달아 나도 불안해졌다.

스무 살, 그땐 내가 어른인 줄 알았었다. 고등학교를 졸업하고 대학교에 들어가면서 얻은 자유, 그 자유에는 당연히 책임이 뒤따랐다. 또 자유는 방종과는 엄연히 달랐다.

자유와 방종을 올바르게 이해할 수 있는 어른이 된 건 얼마 되지 않았다. 남들보다 2년 늦은 고교 생활, 10대보다 더 깊은 방황을 겪고 있는 듯 보이는 한별을 돕고 싶은 마음이 간절해졌다. 내가 잘나서 도와준다는 자만심이 아니다. 먼저 걸어온 길에 대한 안내 정도랄까.

— 어, 밖이야.

"새벽에 미세먼지도 심하고 안개도 낀다고 그랬었어, 일기예보에서. 그래서 하늘이 뿌연가 보다."

— 그러게. 별이 하나도 안 보여.

서울 하늘에 별 안 보인 지 오래됐을 거라는 분위기 깨는 말은 꺼낼 수가 없었다.

— 타리야.

"응."

— 우린 특별한 친구하기로 했으니까.

"어."

한별의 목소리가 맥없이 흔들렸다. 감정이 북받쳐 오르는지 숨을 고르는 소리가 위태롭다.

― 그러니까 그냥 이유는 묻지 말고.

어려운 부탁을 하려는지 한별이 머뭇거렸다.

"듣고 있어."

어딘지 당장에라도 달려가 대체 무슨 일이냐고 묻고 싶은 마음이 굴뚝 같았지만, 나는 잠자코 기다렸다.

― 아무것도 묻지 말고 말해 줄래?

"뭘?"

뭘 말해 달라는 건지 짐작이 되지 않아서 심장이 두근거렸다.

― 넌 잘못한 거 없어.

한별의 목소리에서 깊이를 알 수 없는 간절함이 느껴졌다. 짙은 무게감이 휴대전화 너머에서 이쪽으로 전이된 듯했다. 나는 답답함에 터져 나오려는 한숨을 집어삼키며 다정한 목소리를 내기 위해 노력했다.

"한별아, 넌 잘못한 거 없어."

무너져 내리고 싶은 순간, 단 한 사람이라도 무조건적인 믿음을 보여 준다면 견딜 수 있다.

무조건적인 믿음.

인생을 먼저 살아온 선배가 뒤따르는 이에게 베풀 수 있는 최고의 선물일 것이다.

휴대전화 너머에서 제법 풀어진 웃음소리가 들려왔다.

― 마타리.

"어."

― 고맙다.

가슴이 찌르르 아파 왔다. 한별은 그저 따스한 말 한마디가 간절했나 보다.

"내일은 학교 오지?

— ……가야지. 나 없어서 심심했어?

차마 진환이와 있었던 소동은 말할 수 없었다. 진환이 한별을 친구라 했고, 알은체하지 말라고 했으니까. 어차피 내일 학교에 가면 한별이도 알게 될 테지만, 구태여 내 입으로 먼저 알려서 불안하게 만들고 싶지는 않았다. 지금도 한별이는 충분히 위태로워 보였다.

내일 한별이 진환과 있었던 일을 듣게 된다면 얼굴 보고 아무 일도 아니었다고 설명하는 게 더 낫겠지 싶다.

— 잘 자.

"그래, 너도 잘 자. 집에 조심해서 들어가고."

— 응.

짧은 대답을 마지막으로 전화가 끊겼다. 더 이상 한별의 목소리를 들을 수 없게 되자 갑자기 초조함이 몰려왔다. 내가 지금 잘하고 있는 건지. 괜한 짓으로 아이들에게 상처를 주는 건 아닌지.

당신 학교는 내가 지키겠다고 큰소리쳤는데…….

새벽의 감성이 폭발하는 시각, 나는 한별이 그랬던 것처럼 간절함을 담아 그에게 전화를 걸었다. 다분히 충동적이었다.

— 음.

신호가 몇 번 가지 않았는데, 그의 음성이 들려왔다. 잠에 취한 그의 목소리는 낮게 잠겨 있었다.

"잤어요?

— 어, 무슨 일 있어?

"아뇨…… 그냥."

한별이와 같은 용기가 나질 않았다. 내가 잘하고 있는 건지 모르겠다는 고백이 어려웠다.

— 잠이 안 와?

"……네."

휴대전화 너머에서 다정한 웃음소리가 들려왔다. 톤이 낮은 웃음소리를 듣는 것만으로 불안하고 초조했던 감정이 눈 녹듯 사라졌다. 어쩌면 한별이도 내가 전화를 받은 순간부터 안도했을지도 모른다. 늦은 밤, 자신의 부름에 응답할 누군가가 있다는 사실 하나에 마음이 놓였을지도 모를 일이다.

— 잠 오게 해 줘?

"어떻게요?"

— 문 열어.

순간 심장이 왈칵 치솟아 올랐다. 마치 목구멍에 심장이 걸린 듯 크게 두근거려서 나는 얼른 마른침을 삼켰다.

— 어서.

채근하는 목소리에 경황없이 침대에서 일어섰다. 잠옷 위에 카디건을 꿰입고 현관문을 열었더니, 흰색 반팔 면 티, 검은색 트레이닝팬츠를 입은 그가 서 있었다. 막 잠에서 깬 탓에 부드러운 머리카락이 제멋대로 헝클어져 있다.

"들어간다."

낮게 쉰 목소리가 조용히 울림과 동시에 그가 현관문 안으로 들어섰다.

"아니, 그게."

저지할 틈도 없이 그가 침실로 향했다. 투룸 오피스텔은 그의 오피스텔과 방향만 반대일 뿐, 구조는 같았기에 그는 지체 없이 침실로 향한 것이다.

"저기, 준재 씨."

그는 어느새 침대 헤드보드에 등을 기댄 채 눈을 감고 있었다.

"누워. 재워 줄게."

심장이 갈피를 잡지 못하고 동당동당 울렸다.

그러니까 여자가 잠이 안 온다고 새벽에 전화를 했어. 그랬더니 남자가 단숨에 달려왔지. 근데 다짜고짜 침대에 누워서 재워 주겠대……?

잠들어 있던 음란 자아가 조심스레 고개를 들며 웃었다.

음란 자아가 음험하게 웃으며 머릿속에 새빨간 봇물을 터뜨리는 순간!

"얼른 누워."

그가 손을 뻗어 내 손목을 잡아당겼고, 내 몸은 침대 위로 풀썩 자빠졌다.

"자, 눈 감고."

그런데 거칠게 손목을 잡아당겼던 그는 팔짱을 낀 채로 눈을 지그시 감고 조용히 입만 움직였다.

"심호흡을 시작해 봐. 숫자를 세는 건 수면 유도에 전혀 도움이 되지 않는다니까 양 같은 거 셀 생각하지 말고."

나는 그가 시키는 대로 유리관에 갇힌 백설공주 같은 자세로 반듯이 누워서 배 위에 두 손을 모았다.

"자, 들이마시고, 내쉬고."

흡사 요가 강사? 나도 모르게 미간을 찌푸린 순간, 이마에 그의 부드러운 손길이 닿았다.

"인상 쓰지 말고, 숨소리에 귀를 기울이면서 기분 좋은 상상을 해 봐."

자상한 그의 목소리에 머릿속에서 음란 자아가 날뛰기 시작했다.

기분 좋은 상상이라……. 아, 나는 요즘 키스할 때가 그렇게 기분이 좋더라. 막 힘줄 불끈 돋아난 굳센 팔뚝으로 내 등허리를 딱 감싸 안으면서! 막! 어? 막!

"무슨 생각하는데 그렇게 웃어?"

듣기 좋은 목소리가 귓가에서 울려 퍼졌다. 머릿속에 가득 차 있는 음란한 장면을 곧이곧대로 설명할 수는 없으니 나는 제법 그럴싸한 필터링을 거쳐 대답했다.

"휴양지에서 쉬는 생각이요."

그러니까 휴양지에서 막! 아무도 없는 노을 지는 해변에서 막! 수영복 입고 막! 물에 젖었는데 막!

"여행 가고 싶어?"

나는 고개를 끄덕이며 미소를 머금었다.

"일 마무리되면 같이 갈까?"

나는 하마터면 벌떡 몸을 일으킬 뻔했다. 하지만 나는 교양 있는 인간이니까.

"어디로요?"

아주 잔잔하게 물었다.

"우리 키티 가고 싶은 데로."

"그럼, 하와이."

"그래, 가자. 하와이."

대답이 참 쉽다. 뭐든 들어주겠다는 듯 남자의 목소리가 다감했다. 나는 어느새 스르륵 잠이 들었고, 꿈속에서 하와이 해변을 하염없이 거닐었다.

나를 꿈꾸게 하는 남자.

심장이 차오른다.

❖

서충원 이사장에서 윤준재 이사장으로 바뀌고 난 뒤, 학교에는 또 하나의 변화의 바람이 불었다.

[한국사 교육 강화]

왜곡된 역사를 기술해 놓은 애먼 교과서 들고 와서 수업할 생각이거든 데스패치 1면에 대문짝만 하게 실어서 망신을 줄 생각이었다. 그런데 올바른 역사 인식을 위한 토론 수업을 지향한다는 학습 목표와 함께, 학년별로 한국사 선생님이 새로 배치되었다.

무슨 조화인지 2학년 담당 교사가 3월 초에 교통사고를 당했고, 4월이 가까워 오는 지금 한국사 첫 수업이 진행될 예정이었다.

"아, 맨날 한국사 안 들어와서 자기 딱 좋았는데."

뒤에서 진웅이 구시렁거렸다. 나도 울상을 짓기는 마찬가지였다. 한국사 안 들어와서 그 시간에 숙제하기 딱 좋았는데.

수업 종이 울리고 얼마 지나지 않아 새로 부임한 2학년 한국사 교사가 교실에 들어왔다.

"안녕하세요?"

빙그레 미소 짓는 얼굴이 배우 뺨을 휘갈길 정도였다. 그런데 심히 눈에 익다. 나는 의심이 가는 만큼 훤칠하게 잘생겼으며 또한 낯이 익은 한국사 교사를 물끄러미 바라보았다.

"우리에게 가장 큰 비극은 역사에서 아무것도 얻지 못하는 것이다."

수업 시작부터 잘난 체를 시작하는 걸 보니 그놈이 맞는 것 같다.

"혹시 누가 한 말인지 아나? 16번, 마타리?"

당신은 역사 교육 석사까지 하셨잖아요. 근데 치사하게 고등학생한테 이런 질문을 합니까?

갑자기 확 골탕을 먹이고 싶어졌다. 이건 신이 주신 설욕의 기회일지도 모른다.

"영국의 사학자 토인비가 한 말입니다."

대학 시절, 사회학을 복수전공해서 교원자격증도 가지고 있기에 아널드 토인비에 대해서는 나도 알 만큼은 알았다. 그리고 잘생긴 저 선생놈도 아는 게 문제다. 개아들놈.

나에게 첫사랑이라고 울부짖었으면서, 군대 가서 군화 거꾸로 신은 바로 그놈. DVD방에서 첨밀밀 OST를 배경으로 내 첫 키스를 앗아 간 그놈이었다.

김진철, 나쁜 새끼. 원수는 외나무다리에서 만난다더니, 이렇게도 만나지는구나.

또랑또랑한 목소리로 대답하자, 나를 바라보는 진철의 눈동자가 사정없이 흔들렸다.

"역사는 반복된다는 원형 회귀적 시간관하에, 순환하는 역사의 패턴 속에서 현재의 답을 찾아야 한다는 의미입니다. 그래서 역사를 배워야 하는 거고요."

진철의 가늘어진 눈이 나를 가늠하듯 보았다. 이미 혼이 반쯤 나간 진철의 얼굴은 안쓰러울 정도였다. 수업하시죠, 선생 양반?

내가 순진무구한 얼굴로 바라보자, 이내 진철의 시선이 비껴갔다. 진철은 내가 앉아 있는 모둠에는 눈길 한 번 주지 않고 수업을 겨우 마쳤다. 그리고 교실을 나서려던 진철이 멈춰 섰다.

"마타리."

"네?"

"교무실로 따라와."

아, 왜 또!

수업 시간에 이렇게, 저렇게, 그렇게 말썽을 피운 아이들이 교무실에 올망졸망 모여 있었다. 그 귀여운 아그들 가운데 마타리의 이름을 빌린 변유정도 끼어 있다는 게 문제라면 문제였다.

아니, 내가 뭘 잘못했다고?

"마타리."

"네."

갑자기 삐딱하게 굴고 싶어졌다. 군대 간 남자 친구 걱정할까 봐 하루가 멀다고 편지 써서 보냈지. 선임들한테 예쁨받으라고 OPP 봉투에 벨기에 초콜릿이랑 곰돌이 젤리 포장해서 '우리 진철이 예뻐해 주세요!' 하고 갖다 바쳤지.

동기들 끌어다 선임들 소개팅도 해 줬고, 때마다 면회 가서 치킨도 사 줬는데!

감히 군대 안에서 간호장교랑 눈이 맞아서 군화를 거꾸로 신어?

두 연놈 고생하게 해 달라고, 제발 이놈이 군대에 있는 동안 북에서 쳐들어오게 해 달라고 어처구니없는 기도를 했던 적도 있었다. 남북한 전면전이 펼쳐진 일은 없었으니, 하여 마타리가 된 지금 나는 한없이 삐뚤어지고 싶다.

"부르셨으면 말씀을 하세요."

교무실 책장 앞에 앉아서 빤히 올려다보고만 있는 진철에게 나는 거침없는 반항기를 내비쳤다. 진철의 동공이 규모 7.0 이상의 강진을 일으켰다.

왜, 닮아도 너무 닮았냐? 내가 그 변유정이다, 이 자식아!

그게 벌써 몇 년 전 일인데, 결코 미련이 남아서 이러는 거 아니다. 미련은 새끼발톱만큼도 없다. 다른 여자랑 바람나서 차 버리고 간 놈을 아름다웠다고 기억할 수는 없지 않은가?

"어? 어. 그래. 토인비를 다 알고. 역사에 관심이 많은가 봐. 어떻게 공부했니?"

"책으로요."

"아, 책. 어떤?"

"에드워드 헬릿 카의 저서 '역사란 무엇인가' 부터 시작한 것 같네요."

그게 우리 첫 팀플 주제였지, 아마?

나는 또다시 순진무구하지만 반항기 어린 시선으로 진철을 내려다보았다. 남북 전쟁 발발에 대한 기도는 차마 못 들어줬던 신이 이 순간을 위해 나를 잠입시킨 게 아닐까 하는 대단한 착각이 들 정도다.

"마타리, 너 한국사 시간에 뭐 잘못했어?"

등 뒤에서 내리꽂히는 목소리에 갑자기 심장이 쿵 울렸다. 어젯밤 정말 아무것도 안 하고 잠만 재워 준 너무도 고마운 이사장님 되시겠다.

"아니요오!"

나는 절대 아니라며 고개를 절레절레 내저었다.

"근데 왜 교무실에 와 있어?"

무슨 일이냐는 듯 이사장이 진철에게 시선을 돌렸다.

"혼내려고 부른 거 아닙니다. 제가 알려 주기 전에 토인비를 맞힌 유일한 학생이라 불렀습니다."

이사장이 제법 흐뭇한 얼굴로 고개를 끄덕거리며 나를 두둔해 주었다.

"타리가 부모님이랑 외국 생활을 오래 했거든요. 그동안 독서량이 상당했다고 들었습니다."

그는 모른다. 이것이 진정 변유정의 구 남친과 현 남친의 조우인 것을.

나는 속으로 혀를 끌끌 찼다.

김진철, 내가 입만 뻥긋하면 너는 이사장의 지독하고도 무시무시한 시기와 질투의 늪에 빠지게 될지어다! 현 남친이 구 남친보다 직장 내 지위가 높다는 사실에 괜히 뿌듯해졌다. 그리고 진철을 엿 먹이고 싶은 마음이 간절한 나머지.

"저희 사촌 언니가 한몫 크게 했죠. 저한테 좋은 책 많이 권해 줘서요. 기자거든요."

나는 학문에 대한 순수한 열의를 가진 여고생에 빙의해서는 이사장과 진철을 번갈아 보았다. 그리고는 아주 낮은 목소리로 이사장에게 속삭였다.

"이사장님, 유정 언니가 메시지 확인 좀 하시라고 그러던데요."

이사장이 이게 미쳤나 하는 얼굴로 나를 내려다보았다.

님아, 한 번만 봐줘요. 나 정말 이러면 10년 묵은 체증이 쑤욱 내려갈 것 같아!

진철은 렉 걸린 동영상처럼 입을 뻐끔거리기만 했다. 묻고 싶은 말이 많은데 말문이 막힌 눈치였다. 어떻게, 뚫어뻥으로 시원하게 뚫어 줄까?

"저, 다음 수업 준비해야 하는데요, 선생님. 하실 말씀 더 없으시면 이제 그만 교실로 돌아가도 될까요?"

나는 예의 바른 말투로 공손히 물었다. 이사장이 없을 때는 세상 불량한 일진 흉내를 냈었는데, 옆에 그가 서 있으니 괜히 참해지고 싶다.

"어, 그래. 다음 시간에 보자."

"네, 선생님!"

두 사람에게 차례로 묵례를 한 나는 새침한 여고생처럼 돌아섰다. 그리고 잠시 후, 순진무구하고 발랄한 얼굴로 다시 그들을 향해 돌아선 나는 방긋 웃으며 경쾌한 목소리를 냈다.

"저 정말 한국에 오길 잘한 것 같아요. 이렇게 훌륭한 선생님들께서 계신 학교에서 공부하게 되어 영광입니다!"

잠시 뜸을 들이고. 발사!

"사랑해요!"

나는 총알을 뿅 날리는 시늉을 하며 윙크를 곁들였다. 넋을 잃은 두 남자의 표정이 볼만했다. 진철은 과거 변유정을 떠올리며 혼이 나간 듯 보였고, 이사장은 갑작스러운 고백에 정신이 나간 듯했다.

"앗, 차! 한국에서는 사랑한다는 말 이렇게 쉽게 안 한다고 들은 것 같은데, 존경의 의미였어요. 아시죠? 제가 아직 한국 생활이 익숙지가 않아서요."

옆으로 흘러내린 머리카락을 귀 뒤로 넘기며, 나는 쑥스러운 척 돌아섰다.

진철아, 알지? 나 속 되게 좁아. 나 소심한 A형이야. 앞으로 기대해. 내가 너 차근차근 괴롭혀 줄게. 사특한 아우라를 풍기며 교무실을 나서는데, 누군가 내 어깨를 붙잡았다.

"마타리."

"네?"

고개를 돌렸더니 새빨개진 얼굴이 내려다보고 있었다.

"너."

"네."

"그러니까 너."

"네, 이사장님?"

갑자기 이사장도 사연 있는 눈빛을 하더니, 나에게만 들릴 정도의 작은 목소리로 읊조렸다.

"학교에서 사촌 언니 이야기 꺼내지 마."

"죄송해요. 이사장님. 다시는 안 꺼낼게요."

"그리고 언니한테 메시지 확인하겠다고 전하고."

"네."

"가 봐."

나는 꾸벅 인사를 한 뒤 돌아섰다. 주머니 속 휴대전화가 윙윙 울렸다.

[심장 떨어져 나가는 줄 알았네. 한 번만 더 이렇게 놀리면 혼난다.]

이사장이었다. 이런 걸 보고 1타 2피, 도랑 치고 가재 잡고, 임도 보고 뽕도 딴다고 하는 건가 보다. 구 남친에게는 엿을! 현 남친에게는 심쿵을! 변유정, 넌 천재다!

우쭐해서 하늘 높은 줄 모르고 솟아오른 어깨를 뽐내며 교실로 들어서는데, 분위기가 심상치 않았다.

"마타리, 너 확통 숙제 했어? 아, 씨. 한국사 시간에 하려고 했는데, 안 들어오던 선생이 들어와서."

얼이 빠진 나를 보며 진웅이 구시렁거렸다.

어떡해. 나도 안 했어!

고등학교 시절 아주 모범생은 아니었어도, 숙제 안 해 왔다고 대차게 까여 본 적은 없었다. 그런데 여자 인생에서 가장 아름다운 나이라는 스물일곱에 숙제 안 해 왔다고 복도에서 벌을 서고 있다. 진짜 환장하겠다.

근데 이 아름다운 녀석은 왜 나와 같이 벌을 서고 있는 걸까? 분명 숙제를 해 왔을 텐데, 한별이 자신도 하지 않았다며 나를 따라 복도로 나왔다.

"진한별, 너 숙제 진짜 안 했어?"

"설마."

"그 어려운 숙제를 해 놓고, 안 했다고 할 거면 그냥 차라리 날 주지."

한숨 섞인 푸념에 한별이 키득거렸다.

"이 긴 복도에 너랑 단둘이 서 있을 수 있잖아."

나는 멍한 얼굴로 입을 쩍 벌리며 한별을 올려다보았다. 한별이 귀엽다는 표정을 지으며 내 볼을 한 번 꼬집었다. 저기, 이렇게 귀여워하는 건 누나가 해야 해, 한별아.

살다 살다 아홉 살, 아니 일곱 살이나 어린놈이 볼을 꼬집는데, 기분이 나쁘지가 않다.

나는 한숨을 폭 내쉬며 한별을 다그쳤다.

"앞으로 그러지 마. 너희 어머니 걱정하신다."

"내가 숙제 한 번 안 해 갔다고 하면, 아 완벽주의자 우리 아들한테도 그런 인간적인 면이 있구나! 하고 좋아하실걸?"

"아니, 여자애 따라서 복도에 나와 있었다고 하면, 얼마나 속상하시겠어?"

"아니지. 아, 우리 아들이 이렇게 로맨틱하구나 하시겠지."

와, 진한별. 너 참 물건이다.

"고마웠어, 새벽엔……."

일부러 알은체하지 않고 있던 일을 한별이 꺼내 들었다. 보는 눈이 많은 학교다. 교실에서 이야기를 꺼내기가 어려워 복도로 따라 나온 거였나 보다.

"내가 뭘 했다고……."

"나 종종 징징거릴 거다?"

"그러든지."

빙긋이 미소 지으며 한별을 올려다보는데, 교실 앞문이 열리는 소리가 들려왔다.

"이것들이 반성하고 있으라니까, 복도에서 속닥거려?"

숙제도 안 해 온 주제에 복도에서 속닥거린 죄로 확통 100 문제 풀어 오기로 숙제가 불어났다. 요즘 고등학생들 정말 힘들게 산다.

우여곡절 끝에 확통 수업이 끝난 뒤 체육시간이 되었다. 얼마 후에 있을 체육대회 연습을 한단다. 회사에 보약값이라도 따로 청구해야겠다. 펄펄 나는 열여덟 청춘들을 따라가려니 죽겠다, 정말.

"자, 마타리 나와."

지금은 발야구 연습이 한창이다.

"야구랑 비슷해. 공 차고 1루로 뛰면 돼."

친절한 은진이 내 뒤에서 설명을 덧붙였다. 공을 앞에 놓고 마운드에 선 나는 나름 비장했다. 심호흡을 한 번 하고, 뻥 찼는데…… 어라? 하늘이 보인다?

공을 찼어야 했는데 각도를 맞추지 못한 탓에 공을 밟고 말았고, 힘이 가해진 공이 구르며 중심을 잃은 나는 뒤로 고꾸라지고 말았다.

"헉! 마타리!"

"쟤 왜 저래?"

"확통 때 벌서서 쓰러진 거 아냐?"

여기저기서 웅성거리는 소리가 들려왔다. 차라리 쓰러진 거면 좋겠다만, 공 밟고 나자빠진 우스운 꼬락서니에 정신은 너무도 멀쩡했다. 아니지, 그냥 확 쓰러진 척할까?

새파란 하늘 아래 검은 머리가 동그랗게 모여든다. 이 나라의 미래를 짊어지고 갈 아름다운 청소년들이 걱정 가득한 눈빛으로 내려다보고 있다.

"마타리, 괜찮아?"

걱정스러운 체육 선생의 목소리가 아이들 머리통 사이에서 들려왔다.

"아, 좀 어지러워서요."

하나도 안 어지럽다. 멋지게 찰 수 있다는 자신감으로 똘똘 뭉쳐서 온 우주가 나를 도울 것이라 생각했었다.

"누가 마타리 보건실 좀 데려가라."

은진의 부축을 받으며 일어난 나는 미간을 찌푸리며 연약한 소녀 흉내를 냈다.

"보건실 갈 정도는 아녜요. 제가 철 결핍성 빈혈이 좀 있어서요. 잠깐 앉아 있어도 될까요? 아야……."

운동장 바닥에 발을 디뎠는데, 왼쪽 발목에서 악 하고 비명이 나올 정도의 통증이 느껴졌다.

"발목 아파?"

눈치 빠르게 부상 부위를 알아챈 체육 선생이 심각한 얼굴을 했다.

"네, 조금요."

"누가 타리 데리고 보건실 좀 가야겠다."

"제가 갈게요!"

한별이 얼른 대답하며 다가왔다. 부축하려는 시늉을 하기에 도저히 혼자 걸을 수는 없을 것 같아서 오른쪽 옆구리를 내준 순간, 몸이 붕 허공으로 떠올랐다.

"오오!"

열여덟 아이들이 짐승 소리를 내며 으르렁거렸다. 지난번 고은의 배구공 어택에 이어 두 번째. 또다시 나는 동화책에서나 보던 공주 안기의 주인공이 되어 버렸다.

등허리와 무릎 뒤를 가볍게 받쳐 안은 한별이 걷기 시작했다.

"야, 진한별. 내려, 안 내려?"

"너 못 걸어."

"걸을 수 있어."

"걷다가 잘못돼서 성장판이라도 다치면, 다리 짝짝이 된다."

한별아, 누나 성장은 진작 멈췄어.

"이러고 가, 보건실까지."

보건실 문 앞에 다다른 순간, 노크할 새도 없이 문이 열렸고, 안에서 나온 이는 공교롭게도 이사장이었다.

"뭐야?"

이사장의 시선이 한별이 품에 폭 안겨 있는 나에게 내리꽂혔다. 눈빛이 이글이글 타오르고 있다 느껴지는 건 나의 착각이었으면 좋겠다.

"타리가 체육시간에 발야구 하다가 넘어졌어요. 발목을 삔 것 같아요."

잔뜩 굳어 있던 이사장의 눈빛이 걱정과 우려가 가득한 시선으로 순식간에 돌변했다.

"이리 줘."

이사장이 팔을 벌리며 다급히 말했다. 한별은 멀뚱한 시선으로 이사장의 팔을 내려다보았다.

"타리 이리 달라고."

답답했는지 이사장이 나를 낚아채듯 안았다.

"넌 남은 수업 마저 받으러 가. 타리 병원은 내가 데리고 갈 테니까."

한별을 뒤로한 이사장이 복도를 달리기 시작했다. 어디서 이런 어마어마한 힘이 나오는 건지, 그가 아무리 젊고 기운 좋은 남자라 할지라도 성인 여자를 안고 쏜살같이 달리는 건 어려운 일이었다.

"많이 아파?"

거친 호흡 사이로 걱정스러운 목소리가 들려왔다.

"그냥 좀 뻐근해요."

"조금만 참아. 바로 병원으로 갈 테니까."

머리를 기댄 그의 왼쪽 가슴이 터질 듯 두근거렸다. 덩달아 그의 품에 안긴 내 가슴도 터질 듯했다.

제5장 수상한 내 남자

"어쩌다가 그런 거야?"

나를 조수석에 밀어 넣은 그는 운전석에 앉자마자 거칠게 차를 몰았다.

"발야구 하는데요. 공을 차야 하는데, 밟았어요."

심장이 두근거린 탓인지 몹시도 해맑은 목소리로 대꾸하고 말았다. 운전대를 잡은 그는 어이가 없다는 얼굴로 나를 한 번 보더니 못 참겠다는 듯 웃음을 터뜨렸다.

"아, 뭐. 축구할 때 보니까 축구 선수도 공 밟고 넘어지고, 잔디에 걸려서 자빠지고 그러던데요. 스물일곱에 열여덟이랑 같이 뛰는 저는 오죽하겠어요?"

말하다 보니 괜히 분하고 억울해서 목소리가 뾰로통해지고 말았다.

"자랑이다."

그가 놀리는 듯한 말투로 조용히 읊조렸다.

"근데 이제 다른 놈 품에 안기는 짓은 좀 그만하지?"

불편한 심기를 드러낸 그의 운전이 갑자기 거칠어졌다. 나는 손을 뻗어 기어 로브에 오른 그의 손을 살포시 잡았다. 그러자 그가 움찔하며 조수석을 흘끗 보았다.

"왜 그렇게 놀라요? 손 좀 잡으면 안 돼요?"

"변유정."

"네?"

"너 아까 교무실에서는 왜 그랬어?"

지금 움찔한 거는 아까 교무실에서 식겁한 거에 비하면 놀란 축에도 못 낀다는 듯 그가 물었다.

"아니, 그냥. 마음에서 우러나오는 존경심에."

"김 선생이랑 변유정, 같은 대학교 출신이던데?"

이 남자, 그새 뒷조사를 했나 보다.

"둘이 혹시 아는 사이였어?"

"아뇨. 알기는."

나는 시치미를 뚝 떼며 조수석 차창 밖으로 시선을 돌렸다. 그런데 그의 손을 잡은 내 손에서 땀이 흥건히 배어나는 게 느껴졌다. 운전석을 마주한 내 왼쪽 뺨이 화끈해서 시선을 슥 옮겨 보니 잔뜩 굳은 얼굴을 한 남자가 노려보고 있다.

"다른 사람은 몰라도, 변유정 거짓말하는 거 나는 단번에 알아차린다고 이야기했을 텐데?"

내가 내 무덤을 또 팠나 보다. 직업이 기자인 나는 펜질보다 삽질을 더 잘하는 듯하다.

"무슨 사이였어?"

옛말에 그런 말이 있다. 절대 현 남친에게 구 남친에 관한 정보를 흘리지 말아라.

"그냥 팀플 몇 번 같이 했어요."

"변유정."

"네?"

"네 입으로 불래, 아님 내가 캘까?"

나는 너무 놀란 나머지 조수석에서 얼어붙고 말았다. 이 남자, 사람 풀어서 내가 어느 목욕탕에서 어떤 세신사에게 때를 미는지도 알아낼 것 같은 분위기다.

"잠깐 만났었어요."

"……."

채근하던 남자가 갑자기 고요해져서 나는 불안해지기 시작했다.

"아주 잠깐 만났었어요."

그가 잡고 있던 손을 뿌리치더니 운전대를 움켜쥐며 한숨을 내쉬었다.

"……많이 좋아했어?"

한때 그놈은 나의 과거이자, 현재이자, 미래였다. 하지만 지금은 그저 과거일 뿐이다.

나는 씁쓸히 웃었다.

"혹시……."

그의 목소리가 낮게 가라앉았다.

"……아직도 못 잊고 있어?"

"못 잊었죠."

끼익, 하는 요란한 소리와 함께 차가 가장 끝 차선에 비상 정지했다.

"아, 깜짝이야."

그는 무섭다기보다 안쓰러운 얼굴로 나를 바라보고 있었다.

"그런 식으로 날 차고 간 놈을 내가 잊을 리가 없죠. 사람 말은 좀 끝까지 들어요!"

"그럼, 본론부터 빨리 말하면 되지. 왜 사람 환장할 도치법을 구사하는 건데?"

그는 안도의 한숨을 내쉬며 다시 차를 출발시켰다.

"어떻게 헤어졌는데?"

나는 할 수만 있다면 발을 동동 구르고 싶었다.

"왜 자꾸 꼬치꼬치 물어요?"

"모르면 모르고 지나갔을 텐데, 알게 됐으니까."

"쪼잔하게, 정말."

"쪼잔? 하! 쪼오잔? 하! 쪼자안?"

"쪼잔한 거 맞지, 뭐! 본인은 집안에서 정해 놓은 정혼자가 학교로 출근하고 있으면서! 내가 언제 그 여자랑 이러쿵저러쿵 물어봤어요?"

"물어봐, 궁금하면. 아니, 물어봐 줘."

나는 당황스러워서 입을 뻐끔거리며 잠시 머뭇거렸다. 이 남자, 지금 보니 정혼자라는 말에 반박도 하지 않았다.

하, 나 참. 나는 팔짱을 끼며 심상한 목소리로 대꾸했다.

"그거 물어봐야 기분만 언짢을 텐데, 뭐 하러 물어요? 내가 모르는 내 남자 과거를 알고 있는 여자, 그것도 집안에서 정해 놓은 정혼자. 그냥 떠올리기도 싫은데요?"

"내…… 남자?"

내내 뾰족했던 남자의 목소리가 둥그스름해졌다. 포인트는 그게 아닌데, 이미 그는 '내 남자'라는 세 음절에 꽂혀 버렸다.

"그래서 안 물어본 거야?"

"그렇다고요."

"난 또 나한테 관심 없나 했지."

나는 또다시 꿀 먹은 벙어리처럼 아무 말도 할 수가 없었다. 그러니까 이 남자, 내 관심을 받고 싶다는 거잖아?

"나한테 하도 관심이 없어서 난 취재원으로 이용당하고 있는 건가, 땅 굴 파고 있었지 뭐야."

시크한 얼굴, 차가운 눈매, 우뚝 솟은 콧날, 붓으로 그린 듯 붉은 입술. 그림같이 생긴 남자가 내뱉는 말은 현실성이 하나도 없었다.

"그럼 나한테 관심이 많아서 내 뒷조사도 하고, 구 남친이랑 어땠는지 꼬치꼬치 캐묻고 그러는 거예요?"

"변유정이 자꾸 불안하게 하니까. 나 질투 많아."

그건 모르던 바가 아니다.

"그리고 내 여자한테 관심받고 예쁨받고 싶어서 부단히 노력하고 있다고, 나."

조수석 의자 위에서 흐물흐물 녹아 버릴 것만 같다. 이토록 잘난 남자가 나한테 관심받고, 예쁨받기 위해 노력 중이시란다. 기특한지고.

나는 잘난 내 남자의 차진 궁둥이를 토닥토닥 두드려 주고 싶은 충동이 이는 것을 참아 내느라 혼이 났다.

"다 왔네. 기다려, 내려 줄게."

그의 차가 멈춰 선 곳은 그룹 윤이 운영하는 종합병원 앞이었다. 그는 여기서도 VIP 전용 주차장에 발레 파킹을 맡긴 뒤, 병원 관계자의 호위를 받으며 나를 업고 진료실로 향했다. 보통은 응급실로 가야 하는 거 아닌가?

그는 의료진이 모여 있는 VIP 전용 의료라운지로 나를 데리고 갔다. 흡사 호텔 로비를 떠올리게 하는 구조였다. 그런 곳에 그룹 윤의 자재가 학생을 업고 들어서니 다들 어안이 벙벙한 눈치였다.

"체육시간에 다리를 삐끗했다고 하네요."

그는 차오른 숨을 몰아쉬며 의료진을 향해 간략히 설명했다. 손 빠른 의료진 중 한 명이 황급히 휠체어를 끌고 와 나를 앉혀 주었다.

"마타리, 어디 있어?"

의료진의 진료 안내를 받기 직전, VIP 전용 라운지가 소란스러워졌다. 헝클어진 머리카락을 휘날리며 달려 들어온 이는 정 선배였다.

"여기 어떻게 알고 왔어요?"

"학교에서 보호자가 나로 되어 있는 거 잊었어?"

"아, 그렇죠. 오빠."

나는 어색한 호칭을 갖다 붙였다. 그러자 이사장의 눈에서 불길이 일기 시작했다.

"그 학교는 체육을 어떻게 하기에 애를 이 지경으로 만듭니까?"

정 선배의 목소리에 잔뜩 날이 서 있다.

"죄송합니다. 체육대회 연습 중에 다쳤습니다. 앞으로 이런 일 없도록 하겠습니다."

정 선배가 대꾸 없이 목소리를 흠흠 가다듬었다. 이사장의 사과는 군더더기 없이 깔끔했다. 하지만 허공에서 부딪히는 두 남자의 시선은 스파크가 일지 않는 게 신기할 정도로 강렬했다.

아, 내가 언제부터 이렇게 수컷들이 들끓는 삶을 살아왔던가?

나의 현 남친이지만 이사장인 척해야 하는 남자와, 회사 선배이지만 구 남친인 척 연기함과 동시에 마타리의 사촌 오빠 노릇도 해야 하는 남자. 다 알고도 모른 척 벌이는 두 남자의 신경전은 로비를 전장으로 만들어 버릴 기세였다.

"저, 말씀 중에 실례합니다."

차마 나도 끼어들기 어려운 분위기를 누군가 깨고 들어왔다.

"윤 이사장님. 회장님께서 간단한 정기 검진 때문에 와 계십니다. 잠시 만나 뵙길 원하십니다."

회장이라 함은 윤준재의 형 윤경재를 말하는 건가? 나는 휠체어에 앉아 그를 올려다보았다. 내내 활기 넘치던 표정이 갑자기 딱딱하게 굳어 가는 게 눈에 보였다.

"곧 가겠다고 전해 주십시오."

그리 말하는 목소리도 차갑기는 마찬가지였다.

"치료받고 있어. 나 없어도 괜찮겠어?"

"그럼, 괜찮죠. 여기 사촌 오빠가 있는데."

내가 대꾸하기 전에 정 선배가 눈치 없이 끼어들었다. 이사장은 긴장한 기색이 역력한 얼굴로 정 선배를 향해 다분히 형식적인 묵례를 한 번하더니 돌아섰다. 어쩐지 돌아서는 뒷모습에 가슴 한편이 짠했다.

가족을 만나러 가는 길인데, 그는 전혀 유쾌해 보이지가 않았다.

"야, 너는 네 나이를 생각해야지. 열여덟이랑 같이 뛰란다고 뛰다가 다쳐서 병원엘 오냐?"

아련한 감정을 깨뜨린 건 역시나 정 선배였다.

"아, 선배. 다친 것도 억울한데, 그만하시죠?"

"학교 보건실에서 연락받고 얼마나 놀랐는지 알아?"

한숨을 내쉬는 정 선배의 안쓰러운 얼굴이 그제야 눈에 들어왔다. 어마어마한 사건이 터져도 생전 얼굴색 변하는 일 없는 냉혈한이었는데, 하얗게 질린 얼굴에 핏기 하나 없는 입술은 안타까울 정도였다.

"많이 다친 줄 알고 걱정했잖아, 인마."

정수리를 헝클어뜨리는 동작에는 당황스럽게도 애정이 담뿍 묻어났다. 검사를 해 보니 인대가 늘어났단다. 2주 정도 반깁스를 해야 한다는데, 눈앞이 캄캄했다.

"그만둘래?"

"뭘요? 일을요?"

"어, 내가 너 하나 못 먹여 살리겠어?"

나는 기가 막힌다는 얼굴로 정 선배를 빤히 보았다.

"아직 뭐 수상한 소식 들은 거 없지?"

"네."

정 선배가 한숨을 내쉬며 뜸을 들였고, 이상한 낌새를 감지한 나는 목소리를 낮춰 물었다.

"선배 무슨 얘기 들었구나, 그쵸?"

갑작스러운 질문에 당황한 듯 정 선배가 마른세수를 여러 번 했다.

"뭔데요? 빨리 말해 봐요. 답답하니까!"

"서충원이 갑자기 독일에서 사라진 게."

나는 마른침을 꿀꺽 삼켰다.

"도피처가 발각돼서 숨은 게 아니라, 피살당한 거라는 소문이 있어."

"그게 무슨 소리예요? 피살이라니, 용의자는요?"

질문을 던짐과 동시에 온몸에 소름이 끼쳤다.

"지금 서충원 전 이사장을 가장 못마땅해하는 사람이 누굴 것 같아?"

숨이 턱 막힐 듯했다. 서충원 전 이사장의 비리를 함께 쫓고 있는 사람, 아마도 윤준재 현 이사장일 것이다.

"진료는 끝났어?"

등 뒤에서 들려오는 나직한 음성에 나는 뒷덜미가 얼어붙었다.

"네, 이사장님. 2주 반깁스해야 한대요."

그래도 나는 프로의식을 발휘해 해맑은 미소를 머금으며 답했다.

"인대가 늘어났답니다."

정 선배는 여전히 딱딱한 목소리로 쏘아붙였다.

"잠깐 담당 의사 좀 만나고 올 테니까, 기다려. 학교로 가야지? 교복도

갈아입어야 하고."

체육 시간에 달려온 탓에 나는 체육복 차림이었다.

"그래야죠. 가방도 챙겨야 하고."

"오래 안 걸리니까 조금만 기다려."

"학교엔 제가 데리고 가도 되는데요?"

정 선배가 삐딱한 목소리로 끼어들었다.

"회사에 다시 들어가 보셔야 하지 않겠습니까? 저는 어차피 학교로 들어가는 길이고요. 담당 의사 만나고 난 뒤에 제가 데리고 들어가겠습니다, 그럼."

이사장은 더는 가타부타 이야기를 들을 생각 없다는 듯 깔끔하게 돌아섰다. 이사장이 멀어진 것을 확인한 나는 정 선배를 향해 목소리를 낮췄다.

"선배."

"말해."

"캐 줘요."

"뭘?"

"전 이사장 피살 건, 캐 주세요. 어디서, 어떻게 피살당했는지. 확실히 피살당한 게 맞는지. 캘 수 있는 한 다 캐 주세요."

그 어느 때보다 진중한 내 얼굴을 바라보는 정 선배의 눈빛이 흔들렸다.

"변유정."

나는 대꾸 없이 정 선배를 물끄러미 바라보았다.

"그럼 넌 나한테 뭐 해 줄래?"

정 선배의 얼굴도 세상 진지하기는 마찬가지였다. 하지만 아무리 진지한 얼굴이래도 아닌 건 아닌 거였다. 나는 대수롭지 않게 대꾸했다.

"특종 양보할게요. 그거 캐내면 선배 특종 되는 거죠, 뭐."

정 선배는 말이 안 통한다는 듯 고개를 절레절레 내저었다. 그리고 잠시 후 담당 의사와의 면담을 마친 이사장이 나타났다.

"이제 갈까?"

"오빠, 조심해서 가요. 난 이사장님이랑 학교로 갈게요."

"그래, 몸조심하고 연락해라."

정 선배가 또다시 걱정을 내비쳤다. 나는 혹시 모르니 학교까지 차로 몰래 뒤따르겠다는 정 선배를 뒤로하고 이사장의 차에 올랐다. 목발을 짚은 나를, 그는 아주 극진하게 부축해 주었다.

"다행히 금방 회복될 거라더라."

다정한 말을 내뱉고 있지만, 그의 얼굴은 어딘지 모르게 혼이 나가 보였다.

"준재 씨."

"어."

형을 만나고 온 뒤, 뭔지 모를 수상한 낌새가 느껴졌다.

"무슨 일 있었어요?"

무슨 일 있느냐는 질문에 그의 턱이 굳어 가는 게 눈에 들어왔다. 대답에 신중을 기하는 듯 말을 고르는 눈치다.

"그냥 집안일."

병원으로 올 때와는 분위기가 판이했다. 그는 더 이상은 묻지 말라는 듯 입을 꾹 다물어 버렸다.

전 이사장의 피살 소식을 듣고 오는 길일까, 아니면 그룹 윤이 피살과 직접적인 연관이 있는 걸까?

그것도 아니면…… 혹시 이 남자가…….

"왜 그렇게 뚫어져라 봐?"

분위기를 바꾸려는 듯 그가 은근히 들뜬 목소리를 냈다. 명백한 증거가 없는 상황, 기자의 직업적 특성상 이상하다 싶은 게 있으면 의심하고 다시 들여다보며 그 이면을 보려 노력해야 한다.

이 남자를 그렇게 의심해야 할까?

나는 가만히 그의 잘생긴 옆얼굴을 바라보았다. 대답이 없자 그가 재차 물었다.

"왜 그렇게 보냐고."

일단 사건에서는 조심스레 한 발짝 물러나 주시해 보기로 한다. 지레짐작으로 뛰어들었다가는 나 자신이 사건의 본질을 흐리는 미꾸라지가 되어 버릴 수도 있는 법이다. 그는 눈가를 가늘게 찌푸리고는 나무라듯 말했다.

"대답 안 하네."

투정을 부리는 듯한 말투가 좀 전에 병원으로 올 때와 다를 바 없었다. 사건에서는 한 발짝 물러났지만, 마음은 한 발짝 더 다가가고 있었다. 속절없이 끌리는 마음이 야속하게 느껴질 정도다.

"너무 잘생겨서요."

나는 분위기 반전을 꾀하는 그의 뜻을 따르겠단 의미로 해맑게 대꾸했다.

"실컷 봐, 그럼."

집안일이라며 일갈할 때는 잔뜩 굳은 얼굴이었는데, 지금은 은근한 미소를 머금은 얼굴이 근사했다.

"실컷 보지 뭐."

나는 대놓고 옆으로 돌아앉아서 그의 잘생긴 옆얼굴을 빤히 바라보았다.

"그렇게 보기만 할 거야?"

"그럼 어떻게 봐요? 물구나무라도 서서 봐요?"

그는 운전대를 쥐고 있던 오른손으로 제 뺨을 가리키며 웃었다. 제법 눈치가 빠른 편인 나는 뭘 하라는 건지 알아들었음에도 불구하고 시치미를 뚝 떼며 물었다.

"뺨은 왜요?"

저 새빨간 입술로 직접 말하는 모습을 보고 싶어서.

"진짜 몰라서 묻는 거야?"

때마침 신호 대기에 차가 멈춰 섰고, 그가 조수석 쪽으로 고개를 돌리며 물었다. 나는 얼른 상체를 길게 빼며 그의 입술에 쪽 소리가 나도록 입을 맞췄다.

"이런 거?"

나는 눈을 동그랗게 치뜨며 되물었다. 본인이 하라고 멍석 깔아 줬으면서 뺨이 아닌 입술에 공격당한 탓인지 당황한 눈치다.

"이런 거 아닌가?"

나는 고개를 비틀어 내리며 입술을 오므리고는 미안한 척했다. 신호가 바뀌었는지 차가 출발했고, 낮은 웃음소리가 들려왔다.

"맞아, 그런 거."

작게 속삭이는 목소리에 웃음이 묻어났다. 웃음이 묻어나는 그의 목소리는 언제나처럼 듣기 좋았다.

학교에 돌아온 나는 아이들보다 늦은 귀가를 했고, 그 역시 이사장의 조수석을 이용했다. 이사장은 나를 오피스텔 현관까지 데려다주고는 난감한 얼굴을 했다.

"내일부터 등교는 어떻게 할 거야?"

"택시 타고 가야죠, 뭐."

신경 쓰이는 게 있는지 이사장의 얼굴이 다시 어두워졌다.

"오늘은 저녁 같이 못 먹겠다. 본가에 들어가 봐야 해서."

갑자기 맥박이 튀어 오르는 게 느껴졌다. 그는 어르고 달래는 목소리로 자상하게 말했지만, 표정은 잔뜩 굳어 있었다.

"진짜 무슨 일 있는 거 아니죠?"

다시 안 물을 생각이었지만 뭔가 심상치 않은 일이 벌어지고 있다는 생각에 또다시 질문이 튀어나왔다.

"그냥 집안일이야. 신경 쓰지 마."

걱정스러운 내 물음에 그는 이내 밝은 얼굴을 하고는 삐딱하게 기울였던 고개를 바로 세우고 웃었다. 자상한 말투, 밝은 얼굴, 환한 미소는 근사했지만 방어적이었다. 더 이상 이 선을 넘지 말아 달라는 무언의 부탁처럼 느껴졌다.

"그래요. 잘 다녀와요."

"저녁은 어떡해? 내가 뭐 좀 사다 주고 갈까?"

"집에 일 있다면서요. 신경 쓰지 말고 어서 가요."

곧 등을 보일 것처럼 굴던 사람이 갑자기 돌연 다리를 넓게 버티고 서서 나를 내려다보았다.

"그런 말 다시는 하지 마."

이 남자, 정말 하지 말라는 것도 많다.

"무슨 말이요?"

"신경 쓰지 말라는 말. 내가 어떻게 너한테 신경을 안 써?"

나는 눈꺼풀도 깜빡거리지 못하고 그를 빤히 올려다보았다. 나도 모르게 입술을 벌리고 바보같이 헤벌쭉 웃음 짓고 말았다. 나는 그의 오른손을 두 손으로 부드럽게 움켜잡았다. 소중한 보물을 대하듯이.

"집에 무슨 일이 생긴 건지 모르겠지만, 이미 많이 신경 쓰고 있는 것 같아서요."

기둥처럼 서 있던 그가 바짝 다가왔다.

"지금 나한테 제일 중요한 게 뭔지 알아?"

은밀한 말투가 은근히 유혹적이었다.

"글쎄요. 학교?"

그를 떠보려는 대답이 아니었다. 지금껏 지켜본 그의 모습으로 유추하건대, 그에게 가장 중요한 것은 학교다. 그저 자리만 지키고 앉아 있어도 되는 이사장이 직접 나서서 학생들을 챙기는 모습에서는 늘 애정과 온기가 넘쳤다.

"날 아직 잘 모르네."

그의 얼굴이 서서히 내려오는가 싶더니 입술이 겹쳐졌다. 혹시나 다른 집에서 문을 열고 나오지는 않을까 하는 걱정도 되었지만, 나는 두 손을 올려 그의 목을 꼭 끌어안았다.

지금 이 순간만큼은 널따란 복도에 두 사람만이 존재했다. 짧은 입맞춤, 아쉬움을 머금은 입술이 멀어졌다. 키스의 여운에 한 발로 위태롭게 중심을 잡고 있던 나는 그만 휘청거리고 말았다. 하지만 그의 굳센 팔이 등허리를 꽉 끌어안고 있기에 흔들림은 금세 잦아들었다.

"걱정돼서 발이 안 떨어지네."

"얼른 가 봐요. 내 걱정은 아주 조금만 하고."

그는 빙긋이 웃으며 내 앞머리를 걷어 내고는 동그란 이마에 쪽 소리가 나도록 입을 맞췄다.

"열난다. 들어가서 밥 먹고, 약 잘 먹고, 푹 자."

오늘 밤, 그는 다시 연락을 할 수 없는 상황인 듯 굴었다.

"알았어요. 잘 다녀와요."

아쉬운 작별인사만 여러 번 반복되었다. 누가 보면 지금 당장 생이별하는 연인인 줄 알겠다.

"얼른 들어가. 들어가는 거 보고 갈 테니까."

나는 고개를 끄덕이고는 떨리는 손으로 도어록을 해제했다. 현관문이 닫히는 순간까지 그는 빠끔히 열린 틈으로 눈을 맞추며 미소를 보여 주었다. 현관문이 완전히 닫히고 나자 공허함이 몰려왔다.

느닷없이 달려가 붙잡고 싶은 충동마저 일어서 주먹을 꽉 움켜쥐고 침실로 향했다. 그의 학교를 지켜 주겠다고 다짐했었는데…….

지금은 그를 지켜 주고 싶은 마음이 더 간절하다.

"헉! 지각이다!"

독한 약을 먹고 잠이 든 탓이었을까, 자도 너무 푹 자고 말았다. 자고 일어났더니 발목이 낫기는커녕 통증이 더 심해졌다. 하루 째고 싶은 마음이 간절했지만, 겨우 하룻밤 보지 못한 남자의 얼굴이 자꾸만 눈에 아른거렸다.

씻는 둥 마는 둥 하고 오피스텔에서 나와 택시를 잡아탔다. 잠깐 걷는 것도 무지하게 괴롭다. 차라리 부러져서 병원에 입원을 할 것이지, 고작 인대가 늘어나서.

하긴 부러져서 입원했으면 변유정 면회객과 마타리 면회객이 뒤엉켜서 병실이 아수라장이 됐을 것이다. 상상만으로도 뒷골이 당겼다. 나는 끔찍한 상상에 몸을 부르르 떨며 두 눈을 꾹 감았다.

"학생, 일어나요. 다 왔어."

잠깐 눈을 감았다 뜬 것 같은데, 이미 택시는 교문 앞에 서 있었다.

"감사합니다."

"학생, 그 다리로 걸을 수 있겠어?

"네, 뭐. 괜찮아요."

택시에서 내렸는데, 괜찮지가 않았다. 등하교 시간에 활짝 열려 있던 교문이 꽉 잠겨 있었다. 경비실 쪽에 도움을 요청하려고 보니 텅 비어 있다. 학생들이 등교를 마친 후에 순찰을 가셨나 보다.

나는 성치 않은 다리를 한 번 내려다보고 내 키보다 아주 조금 높아 보이는 담을 한 번 올려다보았다. 소싯적에 내가 담 좀 탔지.

고등학교 시절 야자 땡땡이치고 학교를 빠져나와 오락실 가서 철권도 하고, 동전 노래방도 가고, PC방 가서 데스도 찍고, 야자 담당 선생님이 인원수 체크할 즈음 몰래 다시 교실로 기어들어 갔던 날들.

왼쪽 발목 인대가 늘어나기는 했으나 오른쪽 발목은 아직 쓸 만했다. 일단 담 너머로 책가방을 던졌다. 그런데 땅에 가방이 떨어지는 소리가 나질 않았다.

곰곰이 생각해 보니 담 너머가 화단이었던 것 같다. 미안해, 꽃들아. 언니가 최대한 노오력해서 아름다운 너희들을 짓밟지 않고 넘어가도록 해 볼게.

플라스틱 우유 박스 두 개가 마치 나를 기다렸다는 듯 포개어 있는 곳을 밟고 올라섰다. 팔로 담장을 잡아 지탱한 뒤, 하체부터 천천히 넘어갔다. 천천히 뒤돌아선 채로 내려가면 가볍게 반대편 땅에 발이 닿을 것이다.

다친 발을 먼저 넘기고, 오른쪽 발을 넘겼다. 이제 팔에 힘을 주고 천천히 벽을 따라 내려가면 되는데.

"마타리?"

너무 놀란 나머지 담장을 잡고 있던 손에 힘이 풀려 버렸다.

"엄마얏!"

땅에 곤두박질칠 거라 생각했는데, 아래에 서 있던 목소리의 주인공이 나를 가볍게 받아 안았다.

"선배님!"

"오빠라고 부르기로 하지 않았나?"

순댓국집 아들 조진환이었다. 어제는 한별이와 이사장이 공주 안기를
시전하더니, 이번에는 진환이다.

"내려 주세요."

"안 그래도 내리고 있었다. 여자애가 치마 입고 겁도 없이 담을 넘어?"

"교문이 잠겨서요. 선배는 이 시간에 왜 여기 있어요?"

"나도 방금 여기 넘어서 들어왔거든."

두 사람의 시선이 담에 머물렀다가 다시 허공에서 부딪혔다.

"아직 1교시 시작 전인데, 얼른 들어가자."

"혹시 오빠가 저 경비실 옆 벽에 플라스틱 상자 숨겨 두신 거예요?"

"어."

"지각 자주 하시나 봐요."

"어."

"왜요?"

"궁금한 게 참 많네, 마타리."

진환이 쑥스러운 듯 말을 돌렸다.

"말하기 싫으면 말고요."

"어머니께서 새벽에 고기 손질하셔. 그거 잠깐 돕다가 와서 그래."

나는 눈썹을 치켜올리며 진환을 올려다보았다. 그 모습이 의심 어린
표정으로 보였는지, 진환이 변명하듯 덧붙였다.

"새벽에 손질하고, 방에서 다시 자다가…… 알람 소리 못 듣는 날만 늦
어."

"듣고도 5분만, 하면서 더 자다가 늦는 거 아녜요? 괜히 새벽에 어머니

도와 드린 핑계는."

목덜미까지 새빨개져서 부끄러워하는 진환이 귀여워 놀려 봤다.

"아니거든! 나 진짜 어머니 열심히 돕고 있거든!"

운동장을 가로지르는데 2학년 3반 교실 창문에서 누가 크게 소리를 쳐
댄다.

"마. 타. 리! 선. 생. 님. 이. 천. 천. 히. 오. 래!"

아이고, 방송실 가서 마이크 잡고 말하지 그러냐?

휴대전화는 대체 뭣 하는지, 바로 앞에 앉아서도 카톡으로 이야
기하는 애들이 이럴 때는 왜 저렇게 목청껏 소리치는지 알다가도 모르겠
다.

"업어 줄까?"

"아뇨. 치마 입고 어떻게 업혀요?"

"너 그러다 교실까지 가는 데 하루 종일 걸릴 것 같은데?"

"좋죠, 뭐. 그럼 땡땡이도 치고."

결국 1교시가 시작되고 15분이 지나서야 나는 교실에 겨우 도착했다.
진환은 내 가방을 교실 앞까지 들어다 주는 친절함까지 보여 주었다. 저
러다 반에 가서 혼나는 거 아닌가 하는 생각이 들었지만, 남 걱정할 때가
아니었다.

지금 나는 내 코가 석 자이므로. 1교시 수업이 끝난 뒤, 나는 곧바로 이
사장실로 불려 갔다.

어젯밤에 못 봤다고 부르는 건가? 집안일은 잘 해결됐나? 이 사람이
공과 사는 구분하자니까 시도 때도 없이 불러 대셔?

나는 온갖 핑크빛 망상을 부풀리며 이사장실로 향했다.

단정한 노크 소리에 안에서 나직한 목소리가 들려왔다.

"들어와."

밖에 누가 서 있는지 알고 있는 말투였다.

"왔다 갔다 하기 힘든데, 왜 부르셨어요?"

투정 어린 질문이 툭 튀어나온 순간, 날카로운 시선이 날아왔다. 그는 성큼성큼 다가와 빠끔히 열린 이사장실 문을 신경질적으로 닫아 버렸다.

"변유정."

그는 기가 차다는 얼굴로 나를 내려다보았다.

"왜요? 왜 아침부터 불러서 화를 내요?"

그는 오늘도 신경이 잔뜩 곤두선 것처럼 보였다. 그리고 어제의 연장선에 있는 일과 더불어 뭔가 내가 크게 잘못한 느낌도 들었다. 다리 불편한 사람 오라 가라는 데 화를 낼 생각이었지만, 역시 이번에도 소심함이 분노를 이겼다.

"제가 뭐 잘못했나요?"

"내가 딴 놈 품에 안기지 말라고 했지. 그리고 치마 입고 담을 넘어? 그거 본 놈들이 한둘인 줄 알아?"

난 또 뭐라고.

"아니, 교문이 닫혀 있어서."

"나한테 전화했으면 됐잖아. 교문 열어 달라고."

나는 한숨을 한 번 내쉬며 이사장실 천장을 한 번 올려다보았다.

반지의 제왕에 나오는 사우론 같은 남자. 반지를 품에 숨기고 도망 다니는 호빗을 눈에 불을 켜고 쫓는 존재.

나는 마치 호빗이 된 기분이었다. 이 남자를 몰래 지켜보고 취재하려고 숨어든 학교에서 나는 역으로 감시당하는 입장이 되어 버렸다.

"아니, 일개 학생이 어떻게 교문 열어 달라고 이사장님한테 전화를 합니까? 어제 이사장님이 저 안고 병원으로 뛴 것만 해도 저 충분히 준스엔젤한테 시달려야 하거든요?"

"준스엔젤?"

"몰라요? 본인 팬클럽 이름?"

그는 고개를 갸우뚱 기울이며 멍한 눈빛을 했다. 정말 모르는 눈치였다.

"이사장님이 나 이렇게 불러 젖히고, 복도에서 알은체하고 이럴 때마다 내가 얼마나 시달리는지 알아요? 안 그래도 나이 먹고 10대들한테 시달리는 것도 서러운 마당에 나 좀 그만 갈궈요!"

서러운 마음에 버럭 소리를 지르고 말았다.

"그리고 그때도 말했죠! 금 선생님에, 준스엔젤에! 나도 따질 것 많거든요! 자꾸 이렇게 사람 쫄 거예요?"

"불안해서 그래."

나는 순간 말문이 탁 막혀 버려서 입을 벌린 채로 굳어 버렸다. 뒷목덜미를 여러 번 쓸어 낸 그는 한숨 쉬듯 읊조렸다.

"자꾸 변덕 부려서 미안하다."

잠시 시선을 피했던 그가 똑바로 눈을 맞춰 왔다. 그의 말이 다 끝나지 않은 것 같아서 나는 물끄러미 그를 바라보며 기다렸다.

"제어가 안 돼. 이상하게."

한숨을 내쉬며 빙긋이 웃는 모습에 잔뜩 오그라들었던 심장이 녹아내려 버렸다.

첫사랑. 그래, 첫사랑.

마치 이 남자는 첫사랑에 빠진 소년처럼 보였다. 처음 소유해 보는 감정에 어찌할 바를 모르고 갈팡질팡하는 모습이었다.

심장이 두근두근 울렸다. 말도 안 되는 질문일지 모르겠지만, 내가 혹시 당신 첫사랑이냐 묻고 싶은 충동마저 일었다.

"그만 교실로 가 봐. 발목은 괜찮아?"

"괜찮아요."

나는 빙긋이 웃으며 그를 안심시켰다. 그는 여전히 초조해 보였고, 그 초조함의 방증으로 나에게 집착하는 듯 느껴졌다.

"걱정 마요. 앞으로 무슨 일 생기면 이사장님한테 바로 연락할게요."

그제야 그의 얼굴에 안도의 미소가 떠올랐다.

"가 봐, 어서."

나는 꾸벅 묵례를 하고는 이사장실을 나섰다.

2교시 체육시간. 반 아이들은 모두 운동장으로 향했고, 나는 홀로 교실에 남았다.

약 기운 때문인지 정신을 못 차리겠다. 눈 좀 붙이려고 책상 위에 엎드렸는데 잠도 오지 않는다. 옛날에는 책상에 머리만 대면 잤는데, 이제는 늙었다고 몸이 누울 자리 가리나 보다.

고단한데 잠은 오지 않고, 엎드린 채로 멍 때리고 있는데 교실 문이 드르륵 열리는 소리가 들려왔다.

"체육인가 보네."

교실로 들어선 이는 목소리로 애무하는 아이돌느님, 신은진 양의 절대자, 방정구였다.

"마타리, 주번이냐?"

"아니."

나는 고개도 들지 않은 채 대꾸했다. 그러자 옆으로 스쳐 지나가는 기색이 느껴졌다.

"발목 다쳤냐?"

"어."

"하긴 여자는 스물다섯부터 노화가 시작된다고 하니까."

뭐 이 씹! 발끈해서 고개를 쳐들고 말았다. 눈앞에서 정구가 빙글거리는 얼굴로 내려다보고 있다.

"왜?"

"뭐?"

"여자는 스물다섯부터 노화가 시작된다고 하니까, 열여덟부터 조심하라고."

얄밉게 나불거리는 저 새빨간 주둥이를 비틀어 잡아 뽑으면, 나 방정구 팬한테 맞아 죽겠지? 이사장 팬클럽 준스엔젤, 진한별 팬클럽 밀키웨이로도 충분하다. 적을 늘리지 말자며 나는 고개를 내저었다.

"넌 아이돌이 학교를 왜 이렇게 자주 와?"

"학생이 학교 오는 거 당연한 거 아냐?"

"모범생 나셨네, 아주."

빈정거리는 말을 들었는지, 못 들었는지 대꾸가 없었다.

"와, 신은진 대박. 자리 정리해 놓은 거 봐. 완전 깔끔해."

"야, 너."

은진이 정구를 대할 때마다 어떤 얼굴을 하는지 알기에 나는 노파심에 입을 열었다.

"왜?"

"너 은진이한테 잘해라. 걔 엄청 착한 애다. 괜히 상처 주지 말고."

"마타리, 너 웃긴다?"

"내가 뭘?"

"네가 나한테 그런 충고할 입장인가?

"못할 건 또 뭐야?"

정구가 맞은편 자리에 앉으며 눈을 희번덕거렸다.

"마타리."

"뭐?"

"그쪽 나랑 거래하실래요?"

심장이 쿵쿵 울렸다. 어린놈이 거래 트는 법을 제대로 안다.

"내가 그쪽이랑 거래를 왜 합니까?"

일단 빠져나가고 보자. 사특한 10대 청소년한테 책잡혀 봐야 좋을 게 하나도 없다.

"학생의 학습에는 목표가 있듯이……."

당신이 이곳에 온 목적은 무엇입니까, 라고 묻는 듯한 얼굴이었다. 나는 저리 꺼지라며 오른손을 허공에 한 번 휙 내젓고는 책상 위에 도로 엎드려 버렸다.

거래……. 거래라, 거래…….

무슨 거래?

이따 정 선배한테 방정구 뒷조사 좀 해 달라고 부탁해야겠다.

"신은진, 여기 타."

점심시간, 학교 뒷문에 세워져 있는 검은색 밴 문이 열리는가 싶더니 정구가 조용히 속삭였다.

"오빠, 학교에 어떻게 왔어? 오늘 스케줄 있는 거 아니었어?"

"잠깐 들렀어."

사정이 있어 학교를 1년 쉰 정구는 어릴 적부터 은진 그리고 자신과 동갑인 은진의 언니와 함께 자랐다.

"오빠 손이 왜 그래? 다쳤어?"

"어, 안무 연습하다. 백 덤블링 해야 하는데, 접질렸어."

"많이 아파? 병원은 다녀왔어?"

"다녀왔어. 점심은 먹었어?"

"어, 먹었어. 오빠는?"

"나도 대충 먹었어."

정구가 앉아 있는 의자 옆으로 편의점 봉투가 놓여 있었다. 은진이 안타까운 시선으로 편의점 봉투를 한 번, 정구의 얼굴을 한 번 살폈다.

"오빠. 끼니는 잘 챙겨 먹어야지."

"잘 먹고 있어. 걱정 마. 학교생활은 어때?"

"좋아. 나 타리랑 되게 많이 친해졌다. 걘 좀 다른 애들하고 달라."

정구는 조용히 한숨을 집어삼켰다.

"점심시간인데 혼자 어디 가냐고 안 물어봐, 타리가?"

"오빠가 불러서 잠깐 나갔다 온다고 했지."

한결같다. 뒷말을 삼킨 정구가 물끄러미 은진을 바라보았다. 기억이 나지 않는 어린 시절부터 은진과 정구는 한동네에 살았다. 가수가 되고 싶다는 꿈 하나만 바라보며 고된 연습생 시절을 견디는 동안에도 은진은 한결같이 정구의 곁에 있었다.

그리고 지금은 볼 수 없는 그 아이도.

죽도록 힘들었던 순간에도, 은진은 정구의 곁을 지켰다. 하지만 정구는 은진의 곁을 지키지 못했다.

가장 필요했던 그 순간에. 그 아이가 세상을 떠났던 그날에.

처음엔 그저 미안하고 신경이 쓰여서 그러는 줄 알았는데, 언젠가부터 볼을 발그레하게 붉히는 모습이 예뻐 보였다.

"얼른 들어가 봐. 오늘 끝나고 뭐 해?"

"그냥 집에 가서 공부해야지."

"우리 집 가서 할래?"

정구의 물음에 은진의 볼이 갑자기 확 붉어졌다.

"오빠네 집?"

"왜? 어릴 때 자주 왔으면서."

"팬들 밖에 서 있을 텐데?"

"……그러네."

아쉬운 목소리에서 쓸쓸함이 배어났다. 또래 친구들과 보내는 시간이 많지 않았다. 요즘에는 그마저도 거의 은진과 함께 시간을 보내고 있었다. 하지만 은진은 그걸 전혀 눈치채지 못하고 있는 것 같았다.

"피곤해 보여."

"조금 피곤해."

"그럼 그냥 쉬지, 학교는 왜 나왔어?"

너 보려고. 너 이제 괜찮은지 확인하려고.

정구는 빙그레 웃음만 머금을 뿐이었다. 한 번도 팀 이탈을 해 본 적 없었고, 스케줄을 거역하는 일도 없었다. 꾀병도 부려 본 적 없다. 투어 콘서트도 성공적으로 마쳤고, 후속곡 준비도 순리대로 진행되고 있는데.

갑자기 길을 잃은 것처럼 공허하고 불안해서 가슴을 채워 줄 따뜻한 미소가 그리웠다.

"은진아."

"응?"

반짝거리는 검은 눈동자가 따사로이 바라봐 주는 것만으로도 기운이 났다.

"손."

정구는 은진이 앉아 있는 의자 쪽으로 손바닥을 펼쳐 내밀었다.

"응?"

은진이 멀뚱한 시선으로 활짝 펼친 정구의 손을 내려다보았다.

"잡아 달라고."

"정말?"

토끼처럼 눈을 동그랗게 뜨고 화들짝 놀라 묻는 얼굴이 더 놀라도록, 쪽 입을 맞춰 버리고 싶은 충동마저 일었다.

"싫으면 됐다."

손을 거두려는데, 은진이 덥석 정구의 손을 잡아서 끌어당겼다.

"아파, 살살 잡아."

"어, 미안."

어릴 땐 맞잡은 손 크기도, 모양도 비슷했는데, 언제 이렇게 보드랍고 가녀린 여자 손이 되었을까. 부드럽고 작은 손이 안절부절못하고 꼼지락거리자, 정구는 작게 웃었다.

"신은진."

"어?"

"너 계속 내 팬 할 거지?"

"그럼, 당연하지."

"배신하고 딴 놈 팬 한다고 가면 안 된다."

은진의 소박한 웃음소리에 심장이 간질거렸다. 언젠가부터 방정구 스트레스엔 신은진 백신이 직방이었다.

"나 이제 가 봐야겠다. 주번이라 가 봐야 해."

"그래. 들어가 봐."

해맑게 웃으며 손을 흔들고 나가는 은진을 바라보며 정구는 쓰게 웃었다. 그리고는 휴대전화를 집어 들었다. 친한 기자를 통해서 알아보니 변유정 기자의 평판이 나쁘지 않았다.

우리를 도울 수 있는 사람, 그녀일지도 모른다.

[아까 내가 하자고 했던 거래, 할 생각 없어요, 정말?]

정구는 메시지를 입력한 휴대전화 화면을 희원 가득한 눈빛으로 물끄러미 내려다보았다.

오늘부터 점심 방송은 마타리 차지였다. 나는 불편한 발을 이끌어 점심도 먹는 둥 마는 둥 하고 방송실로 향했다. 한사코 괜찮다고 하는데도 한별은 본인도 점심을 대충 때우고는 방송실로 따라왔다.

"첫 방송인데 하나도 안 떠네?"

누나가 이런 거에 떨 군번은 아니다, 한별아.

"타리야."

"음?"

"도움 필요하면 부스 안에서 손을 요렇게 해. 그럼 내가 들어갈게."

한별이 손가락 하트를 만들어 내며 능청스럽게 웃었다. 올바른 비주얼을 곱게 쓰는 자태에 내 심장은 지조 없이 두근거렸다. 요즘 변유정 심장이 호황이다.

칙칙했던 지난 삶과 비교해 보면 생산 효율 200% 초과 달성이다. 여기서 두근, 저기서 콩닥.

나는 눈을 가늘게 뜨고 한별에게 가까이 오라며 고갯짓을 했다.

"왜?"

"수작 부리지 마."

조용한 읊조림에 한별이 웃음을 터뜨렸다. 이 자식은 구박을 해도 좋대?

나는 한별에게 경계의 시선을 한 번 보내고는 방송 부스로 들어갔다.

오늘 방정구가 학교에 나타난 탓인지, 학교 대나무밭에 올라온 신청곡이 전부 정구가 속한 그룹 엑스 노래였다. 무슨 조화인지 신청이 가장 많이 들어온 곡의 제목이 '거래'다.

아까 교실에서 정구가 했던 말이 계속 머릿속을 맴돌았다. 이 자식이 대체 무슨 꿍꿍일까. 나는 복잡한 머릿속을 훌훌 털어 내고 이내 방송에 집중했다.

"봄날 예쁘게 핀 꽃을 시샘하는 추위를 꽃샘추위라고 부른다죠. 곱게 피어나는 청춘을 시샘하는 것처럼 야간자율학습이 시작되었네요. 꽃샘추위가 물러가면 봄이 더 따사로이 느껴지는 것처럼, 힘든 시기를 버티고 나면 우리의 청춘도 더 아름다워질 겁니다. 마지막 곡으로 18cm가 부른 〈봄이 좋더냐?〉 들려 드리면서 저는 이만 물러가겠습니다. IBS 마타리입니다."

마무리 멘트를 날린 순간, 부스 밖에서 한별과 1학년 엔지니어들이 쌍엄지를 치켜든다. 그리고 한별의 등 뒤로 아련한 표정을 하고 있는 석기가 눈에 들어왔다. 손석기 오랜만이다.

부스에서 나서자 다들 잘했다며 엄지를 흔들어 댔다.

"마타리, 제법이네."

석기가 은근한 시선으로 나를 칭찬했다.

"감사합니다, 선배님."

나는 선을 확 긋는 깍듯한 인사를 건네고는 힘차게 발을 내디뎠다.

"아야!"

방송에 정신이 팔린 나머지 내 발목이 온전치 못하다는 사실을 잠시 잊고 말았다.

"조심해야지, 괜찮아?"

한별이 한걸음에 다가와 나를 부축했다.

"선배님, 여기 핸드폰이요."

방송하는 동안 휴대전화는 밖에 두도록 되어 있었기에, 내 휴대전화를 가지고 있던 1학년 엔지니어가 다가왔다.

"어, 고마워. 한별아, 너도 고마워."

내가 양쪽에 서 있는 아이들에게 고맙다는 인사를 건넬 때였다.

"발목은 어쩌다가 그런 거야? 업혀. 교실까지 데려다줄게."

갑자기 내 앞에 석기가 무릎을 꿇으며 등을 보였다.

"아니에요, 선배님. 저 진짜 괜찮아요."

나는 어서 석기를 말리라며 한별에게 눈짓했다. 그러자 한별이 어쩔 수 없다는 얼굴로 석기를 향해 낮게 읊조렸다.

"석기 선배, 방송 때문에 상의할 게 있는데, 잠깐 저 좀 보시죠."

한별의 나직한 목소리에 석기가 단숨에 몸을 일으켜 세웠다.

와, 얘가 이런 카리스마가 있었어? 따지고 보면 한별이 한 살 위지, 아마?

한별이 석기를 상대하는 사이, 나는 살그머니 방송실을 빠져나왔다. 교실로 향하는 길, 손에 쥔 휴대전화가 웅웅 울렸다.

[아까 내가 하자고 했던 거래, 할 생각 없어요, 정말?]

처음 보는 번호였지만, 발신인이 누구인지 짐작이 갔다. 나는 시치미를 뚝 떼고 이 녀석이 어떻게 나오는지 지켜보기로 했다.

[누구세요?]

누구냐 묻는 질문에 대한 답은 빨랐다.

[방정구요.]

의외로 깔끔하고 솔직한 대답에 괜한 호기심이 인다.

얘는 대체 기자인 나와 무슨 거래를 하고 싶은 걸까? 자기 학교생활에 대한 기사를 쓰지 않는 대신에 특종을 주겠다고? 아니면 학교생활을 모범죄으로 하고 있다는 기사를 써 달라고?

[내 번호는 어떻게 알았어?]

[학급 비상연락망 봤어요.]

정구는 나를 변유정 기자로 확신한다는 듯 말을 높였다.

[아, 그러셨어요? 근데 저랑 무슨 거래를 하시려고 그러실까요?]

나도 일부러 친구 사이에 하는 장난질처럼 말을 높였다.

[수업 끝나고 잠깐 보시죠. 긴히 드릴 말씀이 있는데…….]

나는 한숨을 몰아쉬며 이마를 한번 쓸어 넘겼다. 계속 시치미를 떼야 할까?

아니면…….

문자 메시지로 흔적을 남기는 것은 어리석은 짓이었다. 나중에 정구와 주고받은 대화가 세간에 공개되면, 곤란한 상황이 닥칠 수도 있다. 일단 정구의 뜻대로 만나서 이야기하는 게 좋을 듯싶었다.

[어디서 볼까요?]

[야자 끝나고, 학교 앞에서 기다릴게요. 업무용 벤 말고 개인 차로 올 테니, 그렇게 아시고요. 차종과 번호는 이따 다시 문자로 알려 드리겠습니다.]

보기보다 철두철미한 자식이다. 시계를 보니 아직 점심시간이 끝나기까지 5분여의 시간이 남아 있었다. 나는 인적이 드문 학교 뒷마당으로 향하며 정 선배에게 전화를 걸었다.

— 어, 무슨 일이야?

"선배, 아이돌 그룹 엑스 BANG 조사 좀 해 줘요. 이따 밤 9시까지 제 이메일로 좀 부탁해요."

— 같은 반이라는 그 방정구? 무슨 일인데, 그래?

"말하기 좀 복잡해요. 바로 수업 가 봐야 해서, 끊을게요."

나는 수업 핑계를 대며 황급히 통화를 마쳤다.

오후 수업은 더디게 흘러갔다. 야간자율학습 시간도 지루하긴 마찬가지였다.

10시가 가까워 올 무렵, 이사장이 문자 메시지를 한 통 보내왔다.

[오늘도 본가로 가 봐야 할 것 같아. 집에 조심해서 들어가고, 들어가면 메시지 보내 줘.]

나는 어떻게 답을 해야 할지 적당한 말이 떠오르지 않아서 잠시 망설였다. 생각해 보니 오늘 아침 나를 닦달하던 그는 어딘가 모르게 불안해 보였다. 비단 내가 교복 치마를 입고 겁도 없이 학교 담장을 넘었다는 사실에만 화가 난 게 아닌 것처럼 느껴질 만큼 그는 지나치게 감정적이었다.

"누가 보낸 메시지인데 그렇게 고민해?"

한별이 나직한 목소리로 물어왔다.

"아냐, 아무것도."

나는 휴대전화를 재킷 주머니 속에 집어넣었다. 집에 도착해서 메시지를 보내는 편이 나을 것 같았다.

하굣길, 썰물처럼 빠져나가는 아이들 틈에 낀 나는 정 선배가 보내온 파일을 확인했다. 사생활 깨끗하기로 유명한 아이돌이었다. 털어도 먼지 하나 나오지 않을 만큼 모범적인 생활을 해서, 그를 따라다니는 연예부 기자들은 종종 열패감을 느끼곤 했었다.

그래서 그런지 께름칙한 부분을 찾기가 어려웠다고 정 선배는 말했다. 그런데 정 선배가 보내온 이메일에서 눈에 띄는 부분이 있었다.

[1년 전 학교를 그만뒀으나, 돌연 다시 복학을 결정함. 정확한 이유는 아직 파악된 것이 없음.]

나는 휴대전화를 손에 꼭 쥔 채로 걸음을 재촉했다. 교문 앞에 다다르자 정구가 문자로 알려 준 승용차가 바로 보였다. 그리고 문 앞에는 경호원처럼 보이는 남자가 서 있었다.

"마타리 학생, 맞으시죠?"

"네, 맞습니다."

그는 깍듯이 예를 갖춰 내 가짜 신분을 확인하고는 뒷좌석 문을 열어 주었다. 당연히 차 안에 방정구가 타고 있을 거라고 생각했는데, 뜻밖에도 차 안은 텅텅 비어 있었다.

"약속 장소로 이동하겠습니다."

문을 열어 줬던 남자가 운전석에 올라탔다. 나는 내가 올라탄 차의 정보와 남자의 생김새를 정 선배에게 카톡으로 알렸다. 대체 혼자 무슨 짓을 꾸미고 있는 거냐며 노발대발할 정 선배의 얼굴이 불 보듯 뻔했으나, 안전을 위해 그럴 수밖에 없었다.

차는 사생팬들이 가득한 골목을 지나 정구의 고급 맨션 주차장 안으로 들어섰다. 주차장 문이 닫히고 나자, 남자가 낮게 속삭였다.

"1층에서 기다리고 계십니다. 앞에 엘리베이터를 이용하시면 됩니다."

나는 감사하다며 형식적인 인사를 하고는 험상궂게 생긴 남자가 가리킨 엘리베이터로 향했다. 심장이 콩닥콩닥 울렸다. 결코 나쁜 쪽으로 촉이 오는 것 같지는 않았다. 취재원을 만나러 가기 전에 판단한 예측치는 거의 맞아떨어졌었다. 이번에도 나의 감을 믿기로 했다.

엘리베이터가 1층에 도착했고, 문이 열리자마자 방정구의 심란한 얼굴이 보였다.

"오셨어요?"

"계속 존대야, 불편하게."

나는 시치미를 뚝 떼고 물었다.

"아무리 교복을 입고 있다 해도, 저보다 어른한테 말을 놓을 수야 없죠."

학교에서와 달리 말투나 목소리에서 빈정거리는 기색이 전혀 느껴지지 않았다. 나는 더 이상 발뺌하는 것은 시간 낭비라는 생각에 곧장 본론으로 들어갔다.

"나도 친구인 척하고 말 놓을 때 하고는 다르게 불편하네요. 이 늦은 시각에 날 보자고 한 이유가 뭐죠?"

"저녁은 드셨겠고. 차라도 한 잔 드릴까요?"

엘리베이터에서 내려서 긴 복도를 지나자 커다란 전실이 나타났다.

"차는 됐어요. 시간도 늦었으니 본론으로 들어가죠, 바로."

내 제안에 정구는 한숨을 한 번 몰아쉬고는 소파를 가리켰다.

"일단 앉으시겠어요?"

소파를 가리키는 정구의 손끝이 파르르 떨렸다. 여러 번 반복해서 고개를 내젓는 모습은, 자신의 결정을 절대 후회하지 않겠다고 스스로를 설득하는 모습처럼 보였다.

내가 소파에 앉자마자, 정구도 맞은편 소파에 앉으며 또다시 한숨을 내쉬었다. 지그시 눈을 감고 손끝으로 관자놀이를 누르는 모습이 스트레스가 대단해 보였다.

"신경이 많이 쓰이는 상황인가 보네요."

나는 정황 파악을 위해 평범한 질문으로 시작했다.

"역시 변 기자님, 눈치 빠르시네요."

눈꺼풀이 파르르 떨리는가 싶더니 정구의 시선이 이쪽을 향해 왔다. 눈가가 그렁그렁한 모습이, 눈물이 맺힌 듯했다. 나는 모른 척 시선을 돌리며 입을 열었다.

"아무래도 차 한잔해야겠네요. 목이 너무 타네."

지금 마음을 진정시킬 차가 필요한 사람은 내가 아니라 정구 같아 보여서, 나는 긴장을 풀어 주기 위해 차를 부탁했다.

"잠시만요. 제가 가져올게요."

가사 일을 도와주는 사람도 보이지 않았고, 가족들도 집에 없는 듯했다. 전실 밖으로 사라졌던 정구는 약 10분 후 따뜻한 카모마일 차 두 잔을 들고 나타났다.

"마셔요."

마치 내가 주인이 된 양 나는 자연스레 차를 권했다.

"네."

정구는 여전히 떨리는 손으로 머그잔을 움켜쥐고는 겨우 한 모금 들이켰다. 그제야 핏기 가셨던 얼굴에 아주 조금 생기가 돌았다.

"나랑 무슨 거래를 하고 싶어서 여기까지 데려왔어요?"

"변 기자님."

정구의 목소리에서 미세한 떨림이 느껴졌지만 말투는 정중했다.

"말해 봐요. 여기까지 왔는데 지체할 이유가 더는 없어 보이는데?"

정구는 잠시 뜸을 들이고는 힘겹게 입을 열었다.

"어른의 역할이 뭐라고 생각하세요?"

"어려운 질문이네."

"저는 지금 기자님이 아니라 제가 믿을 수 있는 어른에게 도움을 요청하고 있는 거예요."

"내가 믿을 수 있는 어른이라는 판단은 어떻게 했는데요?"

내 물음에 정구는 쓴웃음을 머금었다.

"제가 변 기자님 약점을 잡고 있으니까요. 학교에 잠입하신 걸 제가 알고 있는 거죠. 그게 지금 변 기자님한테는 약점인 거죠."

"믿을 수 있는 어른이라기보다, 여차하면 약점 쥐고 흔들 수 있는 사람이라는 거네요?"

건방진 기색이 전혀 느껴지지 않는 정중한 태도에 거부감조차 들지 않았다.

"그렇다고 볼 수 있고요. 그동안 써 오신 기사를 보면 사회 부조리를 파헤치는 정의의 편에 서 계셨잖아요."

10대 아이돌 그룹 멤버가 건넨 칭찬에 나는 괜히 낯이 간지러워서 어색하게 웃었다.

"그래서 도움 요청할 수 있겠다 싶었어요. 도와주세요."

"그래요. 말해 봐요."

정구는 아랫입술을 한 번 깨물었다 놓으며 한숨 쉬듯 조용한 목소리로 읊조렸다.

"은진이, 지켜 주세요."

나는 내가 잘못 들었나 싶어서 고개를 갸우뚱 기울이며 눈을 가늘게 떴다.

"누구? 신은진?"

"네."

"이유를 들어 볼 수 있을까?"

아이돌 그룹 멤버가 연애 사실을 숨기기 위해, 기자를 불러서 미리 공사를 친다? 그건 아닌 듯 보였다.

"어릴 때부터 지켜봐 온 동생이에요. 상처가 많아요. 그리고……."

"그리고?"

정구는 말을 아꼈다. 더 이상은 말 못하겠다는 듯 고개를 내저으며 손바닥을 멍하니 내려다보았다. 이야기를 꺼내기가 괴로운 듯 보였다.

"은진이를 많이 아끼니까, 은진이를 지켜 달라. 이거네요?"

정구는 대꾸 없이 고개를 세차게 끄덕거렸다.

"이유는 말하기 곤란한 것 같고, 그렇다고 아이돌 열애설 이런 건 아닌 것 같고."

내가 분위기를 풀어 보려 빙긋이 웃으며 건넨 말에 정구도 희미한 미소를 머금으며 고개를 끄덕였다.

"어른이 도와야 하는 상황이라는 거죠?"

"여자 어른이요."

"여자 어른?"

정구가 또다시 간절한 눈빛을 띤 채 고개만 끄덕거렸다.

"알았어요. 무슨 일인지 모르겠지만, 학교에서 내가 잘 지켜볼게요. 뭐 특이점 있으면 말해 줘요?"

"네, 그래 주시면 정말 감사하고요."

"근데 내가 왜 학교에 와 있는지는 안 궁금한가 봐요? 그건 안 묻네?"

"기자님도 저한테 왜 이러는지 안 물어보셨잖아요. 저도 안 물을게요. 하지만 기자님과 제가 이러는 이유는 같을 거예요, 아마."

순간 이사장이 했던 말이 머릿속을 스쳤다. 태블릿 PC가 학생의 손에 있을지도 모른다 했던 말 말이다.

혹시 정구가? 그 안에 어떤 정보들이 들어 있는지 알고 있나? 근데 왜 은진이를 콕 집어서 지켜 달라는 거지?

정구의 집에서 나오는 길은 들어갈 때와 별반 다르지 않았다. 나는 그곳으로 데려다주었던 험상궂은 얼굴을 한 남자가 운전하는 차를 타고 오피스텔로 왔다.

어른 여자가 지켜 줘야 하는 일이라…….

생각은 셀 수 없이 많은 갈래로 끝도 없이 퍼져 나갔다. 오피스텔 엘리베이터에서 내리는데, 현관문 앞에 익숙하고도 반가운 뒷모습이 서 있는 게 보였다.

"어? 안 들어가고 여기서 뭐 해요?"

"어딜 갔다 이제 와? 메시지는 왜 안 보냈어? 전화도 안 받고."

또다시 폭풍 잔소리가 쏟아졌다.

"미안해요. 잠깐 사무실 들르느라 정신이 없었어요."

나는 빙긋이 미소를 머금으며 인상을 잔뜩 찌푸리고 있는 남자를 올려다보았다. 걱정이 가득했던 그의 눈빛이 스르륵 풀어지는가 싶더니 이내 미소를 지어 보였다.

"걱정했잖아."

붓으로 그려 놓은 듯 붉은 입술이 수려하게 움직이며 듣기 좋은 목소리를 내뱉고는 내 이마 위로 내려앉았다.

"얼른 들어가서 쉬어."

그는 나를 꼭 한 번 안아 주고는 아쉬운 생각이 들 만큼 금세 팔을 풀어 버렸다. 손목시계를 확인하는 모습에는 또다시 초조한 기색이 어렸다.

"다시 가 봐야 해요?"

"어."

"무슨 심각한 일 있어요?"

"아냐. 신경 쓰지 마."

그는 이내 초조한 기색을 감추며 웃었다.

"나 연락 안 돼서 일부러 시간 내서 온 거예요?"

짧은 시간 그를 지켜보았지만, 그가 요즘처럼 허둥대고 감정적으로 구는 모습은 본 적이 없었다. 말 못할 사연이 있음이 분명해 보이는데, 이 와중에 내가 걱정을 끼쳤다는 사실에 괜히 미안해졌다.

"미안해요. 신경 쓰이게 해서."

"또 그런 소리 한다. 서운하게."

그는 커다란 손으로 내 뺨을 어루만지며 부드럽게 덧붙였다.

"보고 싶어서 온 거야."

나는 손을 올려 내 뺨을 감싸고 있는 그의 손을 꼭 잡았다.

"못 보면 미칠 것 같아서."

황홀함에 눈이 저절로 감겼다. 입술 위로 가벼운 입맞춤도 더해졌다.

"며칠 자리 비울 거야."

낮은 목소리에서 떨림이 느껴졌다.

"얼마나요?"

"한 이틀 정도."

"수고해요."

"발목도 아픈데, 몸 좀 사리고."

나는 고개를 끄덕이며 빙그레 웃었다.

그리고 그날 이후, 그는 일주일이 넘도록 메시지 한 통 없었다.

요 며칠 미세먼지로 뿌옜던 대기가 맑게 개었다. 어제 내내 비가 내린 덕분인지 하늘도 무척이나 맑았다. 일기예보에서는 오랜만에 바깥활동을 하기에 좋은 날씨라며, 화사한 옷을 입은 기상캐스터가 방긋방긋 웃었다. 나는 그저 본분에 충실할 뿐, 아무 죄 없는 기상캐스터의 밝은 목소리가 듣기 싫어서 TV를 꺼 버렸다.

밤새도록 TV가 혼자 떠들고 있었나 보다. 벌써 며칠째 나는 TV를 켜 놓고 멍하니 바라보다 겨우 잠이 들었다. 태어나서 이렇게 외로웠던 적이 있었나 싶을 만큼 우울했고 비참했다. 지나치게 감수성이 예민해진 탓인지 금방이라도 울음을 터뜨릴 것만 같은 기분이 계속되었다.

그렇게 사람 마음을 뒤흔들어 놓고선. 며칠 자리를 비울 거라고 했던 그는 열흘이 넘도록 감감무소식이었다. 전화 통화도 되지 않았고, 보내는 메시지는 모두 씹혔다.

애틋하고, 절실하고, 소중하게 대해 줄 때는 언제고. 지금은 내 인생에 그 사람이 존재했는지조차도 의심스러울 지경이다.

나는 침대에서 겨우 몸을 일으켜 욕실로 향했다.

「요즘 이사장님 계속 안 보이시네.」

이사장에 관해서라면 나도 미처 파악 못한 그의 신발사이즈까지 알고 있는 준스엔젤조차도 그의 소재를 파악하지 못하는 듯했다.

「설마 학교 행사에 빠지겠어? 내일은 오시겠지.」

그들 중 한 명이 말했던 내일이 공교롭게도 오늘이 되었다.

"아, 가기 싫어 죽겠네."

보고 싶은 건지, 보고 싶지 않은 건지. 가슴이 끊임없이 두방망이질 쳤다. 볼 수 있다는 생각에 설레서. 어떤 얼굴로 봐야 할지 감이 안 와서.

우스꽝스러운 문구가 들어간 반 티를 입고, 체육복 바지를 입은 나는 한심한 눈빛으로 거울 속에 서 있는 여자를 쏘아보았다.

"나 차이는 중인 건가?"

개새끼라고 생각했던 김진철이 차라리 좋은 놈처럼 느껴질 정도였다.

적어도 그놈은 왜 헤어지고 싶은지, 왜 우리가 더 이상 연인일 수 없는지에 대해 잔인할 만큼 분명하고 확실하게 알려 주었으니까.

「나 다른 여자 생겼어.」

진철은 너무도 깔끔하게 나를 과거 여자로 정의 내려 주었었다. 그런데 윤준재…… 이 남자는…….

첫째 날, 전화가 없어서 그런가 보다 했다.

둘째 날, 메시지에 답조차 없어서 일이 있겠지 싶었다.

셋째 날, 대체 무슨 일이 생겼는지 궁금해졌다.

넷째 날, 정 선배에게 그룹 윤의 동향을 살펴 달라 물었다.

다섯째 날, 화딱지가 나서 애꿎은 휴대전화를 집어 던졌다가 서비스 센터를 찾아가야 했다.

여섯째 날, 너도 당해 보라며 울리지도 않는 휴대전화를 꺼 버렸다.

그리고 천지창조를 한 신도 휴식을 취했다는 일곱 번째 날.

보시기에 모든 게 좋았다는 그날, 나는 불명확한 분위기에 압도당해서 자포자기해 버렸다.

"그래, 그룹 윤의 아들이 나한테 접근한 것 자체가 이상했던 거야. 기자가 잠입했다는데, 죽일 수도 없고. 살려 두려니 신경 쓰이고."

잠입의 특수성 때문인 것인지, 아니면 마음을 온통 빼앗겨 버린 탓인지, 정상적인 사고가 되지 않는 기분이었다.

"사람 피를 말리려고 작정을 했나."

그렇게 다정하게 굴지나 말지.

「난 당신이 필요해.」

내가 없으면 절대 안 될 세상일 것처럼 절실하게 굴지나 말지.

나는 아랫입술을 꾹 한 번 깨물었다.

「당신 학교, 내가 지켜 줄 테니까.」

그는 아련한 미소를 머금은 황홀한 눈빛으로 나를 어루만졌었다. 온기 어린 손길이 떠오른 순간, 속절없이 눈물이 뺨을 타고 흘러내렸다. 한숨을 폭 내쉬는 순간, 휴대전화가 울렸다.

갑자기 심장이 바닥으로 곤두박질쳤다가 단숨에 튀어 오르는 듯했다.

"아……."

발신인은 진한별이었다.

"여보세요?"

— 잘 잤어? 새벽에 비 와서 취소될 줄 알았는데, 날씨 되게 좋다.

녀석의 목소리는 오늘도 역시 맑고 환했다.

"그러게. 근데 아침부터 웬일이야?"

— 너 어제 꼭, '내일 학교 째고 도망가야지.' 하는 얼굴이었거든. 체육 시간에 툭하면 쓰러지고 다치는 것도 그렇고.

한별이 무슨 말을 하려는지 뜸을 들인다.

"뭔데? 말해."

— 너 진짜 운동에는 소질 없는 것 같아. 설마 장래희망이 운동 선수였던 건 아니지? 그래서 좌절하고 요즘 혼자 땅굴 파고 있었던 거야?

나는 헛웃음을 내뱉으며 기막혀했다.

"그래. 내가 꿈이 올림픽 금메달리스트였어. 금메달 따면 연금 나오거든. 노후 보장받고 싶어서."

한별이 키득키득 웃는 소리가 들렸다. 유쾌한 웃음소리에 나는 언제 우울했냐는 듯이 웃고 있었다.

— 학교에서 봐.

이 자식은 내가 요즘 뇌에 굴착기 가동하고 땅굴 파고 있는 걸 어떻게 알았지?

"너."

— 어, 말해.

"눈치 되게 빠르다."

또다시 웃음소리가 이어졌다.

— 나 눈치 안 빨라.

"근데 내가 기분 안 좋은 건 어떻게 알았어?"

— 요즘 마타리 기분 별로인 거 전교생이 다 알걸? 맨날 죽을상을 하고 다니잖아.

"내가? 설마."

연애하는 남자가 열흘 넘게 죽었는지 살았는지 연락이 두절됐기로서니.

— 장난이야.

한별의 목소리가 갑자기 진지했다.

— 하루 종일 너만 보고 있는데, 네 기분 안 좋은 걸 내가 왜 몰라.

나는 숨을 내쉬기도 곤란할 만큼 당황했다. 애 지금 스무 살이라고? 나보다 일곱 살 어린 거지?

갑자기 끔찍한 외로움에 빠진 탓인지 대놓고 친밀감을 들이대는 한별에게 심장이 요동쳤다. 나에게 관심을 보이는 이에게 속절없이 빠져드는 것, 이별 부작용이었다. 나는 절레절레 고개를 내저으며 덤덤하게 대꾸했다.

"학교에서 보자."

— 마타리.

"응."

― 기운 차리고 와.

끊어야 할 타이밍도 기가 막히게 아는 녀석이었다. 통화를 마친 나는 결의에 찬 얼굴로 다시 거울 앞에 섰다. 체육대회. 일등고 전교생과 전 교직원이 모이는 자리다.

일에 집중하자! 일만 생각하자!

나는 굳은 표정으로 '우리 학교 꽃미녀'라 쓰인 반 티를 진지하게 노려보았다.

웃긴 상황도 전혀 웃기지 않은 것. 일에만 집중하려고 안간힘을 쓰는 것.

빌어먹게도 전부 일종의 이별 부작용이었다.

학교는 그야말로 흥분의 도가니탕이었다. 유치찬란한 현수막이 여기저기 붙어 있었고, 알록달록한 응원 풍선과 응원 도구를 든 아이들은 함박웃음을 머금고 있었다. 즐겁게 뛰노는 아이들 속에 완전히 속한 것도 아니고, 즐겁게 뛰놀 마음도 없는 나는 그저 씁쓸하기만 했다.

차라리 사무실에 앉아 있었으면 좀 나았을까? 아, 잠입만 아니었으면 윤준재 이사장이랑 엮일 일도 없었겠지? 옆집 살면서 인사나 가끔 했으려나?

나는 멍한 얼굴로 허공만 바라보았다. 체육대회가 시작되고 난 이후에도 이사장은 나타나지 않았다.

"오늘도 안 오나 봐."

한탄하는 준스엔젤 곁에서 나는 티도 못 내고 벙어리 냉가슴만 앓았다.

"우리 반 축구 결승 갔대!"

여자 발야구는 시시하게 끝이 났는데, 같은 시각에 치른 남자 축구는 결승전에 진출했단다.

"대박. 한별이가 헤트트릭 했대!"

대체 저놈은 못하는 게 뭐야? 한 경기에 세 골이나 넣었어? 나한테 장래 희망이 운동선수냐고 하더니, 본인은 일등고의 즐라탄이 되고 싶은 건가?

나는 남자애들에게 둘러싸여서 환한 웃음을 짓고 있는 한별을 바라보았다. 그때 등 뒤에서 오스스 소름 끼치는 목소리가 들려왔다.

"마타리, 요즘 보고 안 하네? 내 연락도 씹었지, 아마?"

이사장한테 정신 팔려서 잊고 지낸 안고은 양이었다.

"안녕하세요, 선배님."

"어, 안녕은 해. 인생이 즐겁지가 않아서 그렇지. 마타리는 요즘 즐거워 보이더라? 진한별이랑 많이 친해졌나 봐?"

고은아, 언니 지금 많이 우울해. 건드리지 말아 줄래?

"만회할 수 있는 기회를 줄게."

퍽이나 고맙다.

"저기 한별이 머리에 한 헤어밴드. 저거 나한테 바쳐."

한별은 달리는 동안 앞머리가 흩날리는 게 귀찮았는지 검은색 헤어밴드를 머리에 하고 있었다.

"어떻게요?"

"그건 진한별하고 친한 마타리 네가 알아서 해야 하지 않겠니?"

고은은 살 떨리는 미소를 생긋 지어 보이고는 유유히 사라졌다. 저걸 대체 무슨 수로 받아 내야 할까, 뚫어져라 바라보는 시선을 느꼈는지 한별이 단숨에 내가 서 있는 곳까지 달려왔다.

"마타리."

"응?"

"오늘은 공 밟고 안 넘어졌어?"

유쾌하게 키득키득 웃는 얼굴에 나도 모르게 따라 웃고 말았다.

"잠깐 이것 좀 갖고 있어. 나 땀이 너무 나서 세수 좀 하고 올게."

한별이 헤어밴드를 풀어서 나에게 건넸다. 이게 저절로 내 손 안에 굴러들어 왔어!

나는 한별이 건넨 헤어밴드를 물끄러미 내려다보았다.

"너 재주 좋다?"

어느새 유유히 사라졌던 고은이 지척까지 다가와 있었다. 고은은 당연하다는 듯이 오른손을 내밀며 방긋 웃었다.

"내놔."

나는 뭔가에 홀린 듯 한별의 머리띠를 고은에게 건네주었다.

"그런데요, 선배님. 이거 없으면 한별이 앞머리 흘러내려서 다음 경기 뛸 때 불편할 텐데요."

고은은 고개를 절레절레 내저으며 웃었다.

"넌 내가 한별이 괴롭히려고 이거 달라고 한 것 같아?"

그러더니 한별이 했던 것과 똑같은 새 헤어밴드를 내 손에 쥐여 주었다.

"이거 한별이 줘. 그럼 난 우리 반 발야구 결승에 출전해야 해서."

고은은 또다시 유유히 사라졌다. 그리고 기가 막힌 타이밍에 한별이 젖은 머리카락을 털어 내며 다가왔다. 한별은 반 티 아랫자락을 들어 올리며 젖은 얼굴을 닦아 냈다.

티셔츠 아래로 탄탄한 복근이 드러났다. 괜스레 민망해진 나는 얼른 허공으로 시선을 돌렸다.

"해 줘."

"뭐?"

한별이 상체를 기울이며 얼굴을 들이댔다.

"헤어밴드."

"네가 해."

나는 헤어밴드를 내밀며 퉁명스레 대꾸했다.

"누구 맘대로 내 헤어밴드를 넘기래? 그게 나한테 엄청나게 소중한 물건이었으면 어쩌려고?"

한별이 미간을 찌푸리며 나무랐다.

"그러니까 그거 네가 해 줘. 그럼 그것도 나한테 소중한 물건 될 테니까."

얜 이렇게 밑도 끝도 없는 기적의 논리를 잘도 펼친다.

"해 줄 때까지 이러고 있을 거다."

정말 헤어밴드를 해 줄 때까지 그러고 있을 기세다.

"그럼 앞머리 좀 네가 정리해 봐."

나는 한별의 헝클어진 머리를 가리켰다.

"그것도 네가 해야지."

한별이 뒷짐을 지며 빙그레 웃었다. 나는 한숨을 내쉬며 손을 뻗어 한별의 이마에 드리운 머리카락을 뒤로 넘기고는 헤어밴드를 해 주었다.

"너네 인제 대놓고 연애질이냐?"

진웅이 못마땅하다는 듯 얼굴을 찌푸리며 옆으로 지나갔다.

"고마워. 아이템 달리기 잘하고. 응원할게."

한별은 환하게 웃으며 응원석으로 향했고, 나는 아이템 달리기가 진행될 트랙을 향해 걸었다.

발목 깁스를 푼 지 이제 3일. 체육부장은 경기에서 전부 빠질 수는 없다며 나를 아이템 달리기에 집어넣었다.

10m를 달려가서 테이블 위에 놓인 쪽지를 집은 뒤, 그곳에 메모된 아

이템을 장착하고 달리면 된단다. 아이템에 따라 등수가 결정되므로 스피드는 전혀 필요하지 않다는 게 명균의 설명이었다.

「뛰지 말고, 10m는 그냥 걸어. 그래도 충분히 이길 수 있는 경기야.」

나는 어쩔 수 없이 아이템 달리기에 참가했고, 명균의 말처럼 10m는 내가 할 수 있는 한 최대한 빠르게 걸었다. 결국 함께 출발한 열 명 중 가장 늦게 테이블 앞에 다다라, 마지막 남은 쪽지를 집어 들었는데.

쪽지 내용이 가관이다.

[이사장 타고 달리기.]

뭘 타고 달려?

"마타리! 얼른 움직여!"

반 아이들이 괴성을 질러 댔다.

이사장이 있어야 타든지, 매달리든지 할 거 아닌가.

나는 교장과 교감이 앉아 있는 단상 쪽으로 시선을 돌렸다. 열흘 넘게 코빼기도 보이지 않던 인간이 이쪽을 바라보며 서 있다.

심장이 왈칵 반응했다. 나는 오기에 찬 얼굴로 단상을 향해 걸었다. 반가운 듯 어리둥절한 표정을 하고 있는 남자에게 쪽지를 내밀었다. 쪽지를 확인한 남자가 어이가 없다는 듯 웃더니 나를 공주 안기로 안아 들었다.

심장이 또 왈칵거린다. 그리고는 달리기 시작했다.

그가 나직이 속삭였다.

"나 안 보고 싶었어?"

나를 안고 뛰는 남자의 가슴이 터질 듯이 두근거렸다. 물론 그 품에 안긴 내 가슴도 터질 듯 두방망이질 쳤다.

「나 안 보고 싶었어?」

　나는 그의 말에 아무런 대꾸도 할 수 없었다. 내가 이사장 품에 안겨 달리는 모습을 보고 2학년 3반은 포효했다. 그리고 마치 짠 것처럼 우리는 1등으로 결승선을 통과했다.
　그는 나를 트랙 바닥에 조심스레 내려놓으며 물었다.
　"발목은 괜찮아?"
　나는 대꾸 없이 고개만 끄덕거렸다. 정말 천하의 나쁜 놈이다. 열흘 넘게 사람 피를 바짝 말려 놓고 안 보고 싶었냐고 묻고, 아픈 데는 괜찮으냐며 마치 아무 일도 없었던 것처럼 굴고 있다.
　내가 우습니? 나는 고까운 눈으로 그를 올려다보았다.
　"남은 시간 즐겁게 보내라."
　그는 빙긋이 웃고는 돌아섰다. 그리고는 단상을 향해 아주 천천히 걸어갔다. 오랜만에 마주한 그의 얼굴은 부쩍 수척해져 있었다. 늘 확신에 차서 아름답게 빛나던 눈동자에는 서글픈 기색이 어려 있었다.
　나는 미련 맞게 열흘 동안 나를 개무시했던 놈에게 연민을 느꼈다. 그리고 돌아서서 걷고 있는 그의 뒷모습에 나는 기가 막혔다.
　너무 멋있어서.
　젠장.
　혼란에 빠진 나와 달리 2학년 3반 응원석은 축제 분위기였다. 내가 절대 1등은 거머쥐지 못할 거라 예상했었나 보다.
　"대박! 마타리 정말 대박! 너 완전! 와!"
　진웅이 말을 잇지 못하고 고개를 이쪽에서 저쪽으로, 다시 저쪽에서 이쪽으로 흔들어 댔다.

정신 사나운 놈. 그리고 그 정신 사나운 놈 옆으로 한별이 딱딱하게 굳은 얼굴로 서 있었다.

"아이템 지령이 뭐였어?"

그리 묻는 목소리에 분한 기색이 역력했다. 나는 체육 선생이 '1등'이라 도장 찍어 준 종이를 내밀었다.

[이사장 타고 달리기.]

한별은 종이가 뚫어질 듯 노려보는 사이, 체육부장 명균이 헤죽거리며 다가왔다.

"야, 이거 실은 체육부장들 기획회의 때 내가 써낸 거다? 이사장님 안 하실 것 같아서 꼴등할 게 뻔하니까, 누구든 엿 먹으라고 한 건데. 마타리가 1등 먹었네!"

명균은 나를 기특하다는 듯 치켜세워 주었다. 이러나저러나 명균의 뜻대로 누군가 엿 먹기는 했다. 그게 복잡다단한 상황 속의 나라서 문제인 거다.

"축구 결승전 가자!"

같은 반 남자아이가 외치는 소리에 한별이 쓰게 웃으며 종이를 도로 나에게 건넸다. 그러고는 아주 시크하게 먼 하늘을 바라보며 읊조렸다.

"너, 나 골 넣으면 나랑 영화 보는 거다."

대답은 들을 생각이 없다는 듯이 한별은 곧장 뒤돌아서서 달려 나갔다.

한별아, 누나 너 아니어도 심란해.

한숨을 내쉬며 고개를 절레절레 내젓고 있는데, 어둑어둑한 기운이 느껴진다.

지척에 준스엔젤이 다가와 있다. 이것 봐요, 이사장님. 아무리 아이템 지령이 그랬어도, 나를 그렇게 안고 달리면 어쩌신 답니까?

이겨도 문제, 져도 문제. 그래 봐야 곤란한 건 언제나 나였다.

"마타리."

준스엔젤 중 가장 입김이 센 여자애가 나를 불렀다.

"왜?"

나는 거리낄 게 없다는 식으로 당당히 대꾸했다. 아이템 지령대로 했고! 나를 안아 든 건 저 곤란한 이사장이고!

"뭐?"

내가 세게 나오는 게 이상했던지 아이들이 주춤했다. 그랬더니 얌전해서 있는지 없는지 구분이 되지 않았던 한 여자애가 나에게 달려들었다. 나는 순간 헉 해서 얼른 몸을 피했다.

"뭐야, 너네?"

그러자 순식간에 열댓 명 되는 아이들이 나를 끌어안기 위해 치고받았다.

"내가 먼저 안을 거야!"

"야, 우리 준스 향수 냄새, 마타리한테서 나?"

"마타리, 그 반 티 나한테 팔아라."

"한 번 안았으면 비켜!"

이것들이 진짜…….

"야!"

나는 빽 하고 소리를 질렀다. 그러자 이사장 품에 안겼던 나를 끌어안기 위해 혈안이 되어 있던 아이들이 일순간 멈춰 섰다.

너네 나랑 키스도 할래? 어? 이사장이 나한테 막! 어? 막! 이것들, 내가 이사장이랑 키스한 줄 알면 입술까지 비비고 뭉갤 기세다.

나는 한숨을 한 번 내뱉고는 타이르듯 말했다.

"한 명씩 해."

그러고는 두 팔을 활짝 벌리며 방긋 웃어 주었다. 나도 살고 봐야 하지 않겠나. 나의 화해와 같은 자비심에 감동한 아이들은 발그레한 얼굴을 하고 일렬종대로 서서 프리허그를 은혜로이 받아들였다.

살다 살다 내가 참, 잠입한 고등학교 체육대회에서 프리허그를 하고 앉았다. 성황리에 프리허그 행사를 마친 나는 은진의 부름으로 축구장 응원석으로 향했다. 일등고는 최신식 잔디 구장을 갖추고 있었고, 유명한 축구 선수도 여럿 배출해 낸 이력이 있는 곳이었다.

"너 근데 거기 서서 왜 애들 한 명씩 안아 줬어?"

은진이 의아한 눈으로 물어왔다. 나는 한숨을 몰아쉬며 대꾸했다.

"이사장님 때문에."

내가 고개를 절레절레 내젓자 은진이 심각하게 고개를 끄덕거렸다.

"그 심정 나도 이해해."

역시 은진이는 착하다. 아이들한테 시달린 나를 무조건적으로 이해한다는 말투였다.

"나는 우리 정구가 버린 물병도 막 소중하거든."

아니었다. 은진은 덕심으로 대동단결하여 준스엔젤의 마음을 헤아리고 있었다. 나는 더는 말해 봐야 입만 아플 것 같아서 그냥 수긍한다는 듯이 고개를 끄덕거렸다. 이윽고 축구 경기가 시작되었다.

상대는 하필 석기가 속해 있는 3학년 반이었다. 킥오프를 앞두고 각 팀 주장인 석기와 한별이 공 앞에 섰다. 둘이 뭐라고 짧게 대화를 나누는가 싶더니, 두 시선이 동시에 나를 향해 왔다.

신이시여, 저에게 왜 이런 시련을 주시는 겁니까. 또라이 총량의 법칙이라고 들어 봤는가?

나는 성질 더러운 정 선배를 겪으며 내 인생에서 겪을 또라이의 총량을 만났다고 생각했었다. 그런데 그건 경기도 오산이었다. 이 학교에서 안고은과 준스엔젤과 저기 서 있는 저 아이, 석기를 만났으니까.

석기가 축구장에 있는 전부가 들을 만큼 큰 소리로 외쳐 댔다.

"마타리, 내가 골 넣으면 진한별이랑 영화 보지 마라!"

나는 주먹을 불끈 움켜쥐었다. 당장에 달려가서 도움닫기 하이킥으로 석기의 아가리를 날려 버리고 싶은 충동이 일었다. 응원석에 모인 아이들이 '워어!' 하고 소리를 질러 댔다.

경기는 그야말로 흥미진진했다.

4—4—2 포메이션을 쓴 우리 반에서 한별은 명균과 함께 투 톱으로 공격에 임했고, 4—2—3—1 포메이션을 쓴 석기네 반의 톱 공격수는 당연하게도 석기였다.

선제골은 한별이가 따냈다.

"영화 봐라, 마타리!"

우리 반 응원단장이라는 진웅이 주옥같은 응원구호를 쏟아 내자, 반 아이들 전부가 따라 했다. 나는 어금니를 사리문 채로 허공만 바라보았다. 이윽고 석기가 만회 골을 집어넣었다.

"영화 안 돼, 마타리!"

석기네 반 응원단장도 약을 빨았나 보다.

신이시여! 저 그냥 여기서 땅으로 꺼지게 해 주소서!

한숨을 폭 내쉬는 사이 전반전이 끝이 났다. 15분간의 휴식시간, 한별이 숨을 헉헉 몰아쉬며 응원석 쪽으로 다가왔다.

"타리야, 한별이 손 한 번만 잡아 줘! 우리 한별이, 그럼 열 골도 넣겠다!"

진웅이가 또다시 깐족거린다.

너 내가 성희롱으로 집어넣는 수가 있다?

나는 진웅을 매섭게 노려보았다. 그래 봤자 진웅은 그 매서운 시선에 꼼짝도 하지 않았지만.

"영화 뭐 볼래?"

한별은 마치 애들이 들으란 듯이 물었다.

"로맨틱 코미디?"

덧붙여 묻는 물음에 반 아이들은 광분했다.

"야, 로맨틱이래! 진한별! 야한 거 봐라!"

진웅은 키득키득 웃으며 한별을 자극했다. 그 순간 한별이 커다란 손으로 내 귀를 감쌌다.

"다른 애들이 하는 말 듣지 마. 내 말만 들어. 나 꼭 이기고 올 거다."

비장함에 눈물이 날 지경이다. 누가 보면 월드컵 결승전에서 연장 전후반까지 동점이어서 페널티킥까지 갔는데 4:4 상황이 와서, 마지막 키커로 나서는 선수가 한별인 줄 알겠다.

"야, 키스라도 하고 나가게?"

진웅의 깐족거림에 나는 어른 된 도리로, '학생이 못하는 소리가 없네!' 하고 소리를 확 지르려다가 간신히 참아 냈다.

"그, 그래. 수고해라."

내가 간신히 내뱉은 말에 한별은 벙싯 웃어 보이고는 다시 경기장으로 뛰어나갔다.

독자 여러분, 안녕하십니까? 여기는 일등고 체육대회 현장, 드디어 후반전 경기가 시작되었습니다!

나는 정신을 차리지 못하고 멍한 시선으로 경기장을 바라보았다. 킥오프 후 경기장은 금세 아수라장이 되었다. 두 놈이 정말 목숨 걸고 뛰고 있다. 그리고 필드 위에서 특별한 이벤트가 일어난 것도 아닌데, 아이들이 술렁이기 시작했다.

"어, 이사장님이다!"

축구 결승전은 일등고 체육대회의 백미였다. 어떻게 이런 명경기를 놓치겠느냐며 친히 왕림하셨단다. 나는 프리허그 이벤트 때문에 늦게 도착한 탓에 응원석 가장자리에 앉아 있었는데, 하필 이사장이 이쪽으로 걸어왔다.

아, 왜! 그리고 옆에는 체육대회임에도 불구하고 분위기 파악 못하며 8등신 몸매를 뽐내고 있는 금 선생이 함께였다.

"야, 둘이 결혼한다더니 진짜 잘 어울리지 않냐?"

진웅이 감탄하며 읊조린 말에 애써 필드로 돌렸던 내 눈동자는 속절없이 두 사람을 좇았다. 그리고 운명처럼 이사장과 눈이 마주쳤다. 익숙한 드라마 OST라도 들려올 기세다.

"어느 반이 이기고 있어?"

"동점이에요."

나는 그가 묻는 말에 심드렁히 대답해 주었다. 아직도, 여전히, 변함없이 괘씸하니까. 그는 너무도 자연스럽게 내 옆에 자리를 잡고 앉았다. 그리고 그 순간 한별이 절묘한 로빙슛으로 득점했다.

"영화 봐라, 마타리! 로맨스다, 진한별!"

응원구호에 헛웃음이 나오려는 순간.

"한별이 골 넣어서 이기면 타리랑 같이 영화 보기로 했나 봐? 어머, 웬일이니! 귀여워!"

금 선생이 간드러지는 목소리로 호호 웃으며 말했다. 나는 그저 어색하게 웃기만 할 뿐 아무런 대꾸도 할 수 없었다.

"오빠, 우리도 영화 볼까?"

나는 어금니를 사리물며 평정을 유지하려 애썼다.

이보세요, 선생 양반. 지금 학생들 앞이야. 정신 차리지?

"엊그제 병원에서 우리 아빠 만났을 때, VIP 시사회권 주신다고 했었는데. 우리 아빠, 영화 특히 좋아하셔서 투자 많이 하셨었……."

나는 금 선생이 떠드는 소리를 더는 듣지 못하고 자리를 박차고 일어났다. 내 전화는 받지도 않고, 나한테는 연락도 안 했으면서. 병원에서 저 여자 아버님이랑 만나셨어요?

나도 모르게 있는 힘껏 소리치고 말았다.

"진한별! 제대로 안 뛰어!"

아이들의 우레와 같은 함성이 쏟아졌고, 나는 자리에 털썩 주저앉았다. 그리고 씩씩거리며 숨을 골랐다. 금 선생은 '요즘 애들 정말 대단하다!' 하고 유쾌하게 웃어 댔다. 그리고 여전히 이사장은 아무런 반응도 보이지 않고 있다.

나쁜 놈. 나쁜 새끼.

본인이 연애하자고, 궁금하다고, 알고 싶다고 덤벼 놓고 이렇게 매너 없게 굴다니. 죄악 같은 놈.

나는 속으로 실컷 욕을 퍼부었다. 그 와중에 한별은 내 응원에 힘입어 두 골이나 연속으로 넣었고, 경기가 끝이 났다. 우리 반이 이겼다.

속이 다 후련했다. 그런데 어쩐 일인지 눈물이 핑 돌고 말았다. 가지가지 한다, 변유정.

아, 10대 코스프레 했더니 질풍노도의 시기가 되돌아온 것인가?

"야, 마타리 울어! 웬일이야! 우리 타리 감격해서 운다, 한별아!"

진웅이 고래고래 소리를 질러 댔고, 한별은 그라운드에 서서 한동안 멍한 얼굴로 나를 바라보았다. 그리고 기척이 느껴져서 아래를 보니 이사장이 손수건을 내밀고 있다.

매우 기가 막히는 상황이었지만, 나는 일단 손수건을 받아 들었다.

일단은, 일단. 이 손수건을 써야 할까, 말아야 할까.

"······눈물 닦아."

자상한 기운은 쏙 뺀 무덤덤하고 건조한 목소리에 나오던 눈물이 쏙
들어가 버렸다.

"됐어요. 비싸 보여서 안 쓸래요."

나는 이사장 팔뚝에 손수건을 걸쳐 놓고는 반 티 소맷자락을 끌어다
눈물을 슥 닦아 냈다. 저쪽에서 한별이 걸어왔다. 점점 가까워 오는 한별
은 비장하다 못해 처절해 보였다.

"와, 한별이 멋지다."

금 선생이 까르륵 웃으며 다가오는 한별을 향해 소리쳤다. 응원석에
들어선 한별은 금 선생과 이사장에게는 인사조차 건네지 않고 다짜고짜
물었다.

"마타리, 너 내가 울린 거야?"

"······."

"묻잖아! 너 지금 나 때문에 우는 거 맞아? 그게 아니면······ 내가 너 울
린 새끼 죽여 버릴 거야."

스산한 바람이 횡 하고 운동장을 스치자 응원석 뒤쪽으로 만발한 벚꽃
이 흩날렸다. 대기는 샤랄라 한데, 상황은 전혀 샤랄라 하지 못했다. 한별
은 나에게 시선을 고정한 채 꿈쩍도 하지 않았다.

"눈에 뭐가 들어가서 그런 거야!"

너무 뻔한 수습에 목덜미에 소름이 끼쳤다. 한별이 응원석을 비집고
올라와 내 앞에 섰다. 아이들은 마치 영화 속 프러포즈 장면이라도 보고
있는 양 고요했고, SNS에 온갖 것을 다 공유하는 아이들은 진작부터 휴
대전화로 촬영을 하고 있었다.

얘들아, 알렉스 퍼거슨 경이 그랬어. SNS는 인생 낭비다!

나는 긴장한 탓에 속으로 아무 생각이나 떠올리며 한별이 어떻게 하는

지를 지켜보았다. 지금 섣불리 나서서 한별을 자극했다가는 상황이 더 그악해질 것 같아서였다.

내 앞에선 한별이 나를 뚫어져라 바라보던 시선을 이사장에게로 옮겨 갔다. 그런데 지레 찔린 금 선생이 손사래를 쳐 댔다.

"어머! 한별아! 나 그냥 둘이 보기 좋아서 아주 조금 놀렸어. 그거 말고는 우리 정말 아무 짓도 안 했다."

오호호호, 하고 애교스러운 웃음까지 덧붙이는 금 선생의 행동에 기가 막혔다. 있는 집에서 오냐오냐 자란 티가 팍팍 나는 여자였다. 그러니 이렇게 분위기 파악 못하고 떠들고도 본인이 잘났다고 웃어 젖히고 있는 거다. 그리고 고막에 거슬리는 두 음절이 있었다.

우리……. 나도 모르게 침울한 표정을 짓고 말았고, 한별의 눈이 돌아가는 게 눈에 들어왔다.

"애들은 뭘 모르고 그랬다 치죠. 선생님, 그거 일종의 성희롱이에요."

"어머머! 얘 말하는 것 좀 봐. 내가 언제 성희롱을! 뭐 애들이 너희 둘이 영화 본다, 어쩐다 해서! 그치? 오빠. 말 좀 해 봐."

금 선생이 이사장을 채근했다.

"두 분이 어떤 사이인지 저는 관심 없는데요, 학교에서 선생님이 이사장님한테 오빠라고 하는 거, 문제 있단 생각 안 드시나 봐요?"

한별의 입에서 사이다가 폭발했다.

"야, 진한별. 너 선생님한테 그게 무슨 말버릇이야?"

"선생님이 먼저 여기 앉아 있는 학생한테 잘못하신 것 같은데요."

한별의 일갈에 이사장이 미간을 미세하게 구기며 입을 열었다.

"금 선생, 마타리한테 사과해."

금 선생은 입을 삐죽거리더니 이내 울음을 터뜨렸다.

"흑, 나는 그냥. 애들이, 먼저. 흑."

급기야 얼굴을 가리고 자리를 박차고 일어나더니 비련의 여주인공이라도 된 양 학교 건물 쪽으로 달려갔다. 다시 말하자면 본인이 잘못한 거 인정하기 싫어서 어른답지 못하게 도망치는 꼴이었다. 아이들 전부가 고개를 절레절레 저었다. 그러자 한별이 앞에 앉은 이사장과 나만 들릴 정도의 목소리로 작게 읊조렸다.

"두 분이 결혼하실 사이라고, 벌써 학교에 소문 다 난 거 아시죠? 이사장님 평판에도 그리 좋을 것 같지는 않은데, 결혼할 여자를 학교에 들이는 거, 이거 임용 특혜 아닙니까?"

이쯤 되면 내가 나서야 할 것 같다.

"야, 진한별. 너 왜 그래."

나는 한별의 손목을 잡으며 자리에서 일어났다.

"죄송해요, 이사장님. 한별이가 경기에서 많이 힘들었나 보네요. 얘 물좀 먹이고 정신 차리게 할게요."

나는 한별의 손을 잡은 채로 그 자리에서 성큼성큼 벗어났다. 그러면서 뭔지 모를 희열감에 가슴이 뿌듯하게 차올랐다.

"거기 서."

등 뒤에서 이사장의 목소리가 들려왔다. 축구 결승전이 마지막 경기였기에 아이들은 하나둘씩 폐회식이 있을 실내 체육관으로 이동하고 있었다. 한별과 나는 동시에 멈춰 섰다.

바람이 불어왔고, 꽃비가 흩날렸다. 눈앞에 펼쳐진 교정은 그림처럼 아름다웠다. 성큼성큼 다가온 이사장이 나와 한별의 앞에 마주 섰다.

"언제 기회가 되면 말하려고 했는데, 나와 금 선생은 아무런 사이도 아니야. 그리고 학교 안에서 남녀 학생이 손잡고 다니는 걸 허용한 적 없는 걸로 아는데?"

나는 한별의 손목을 잡고 있던 손을 풀어 내렸다. 내가 별점 받는 거야별 상관없지만, 한별이가 별점을 받아서 생활기록부에 흠이 생기면 안 되니 말이다.

"이사장님, 저희한테 해명하셔야 할 포인트가 틀렸다는 생각 안 드세요?"

한별이 빙그레 미소를 머금으며 입을 열었다.

"금 선생님하고 이사장님 사생활은 관심 없고요. 그 사생활을 학교에 끌고 들어와서 학생들에게 혼란을 준 것과 그리고 선생 자질이 의심되는 사람을 그 자리에 앉혀 놓은 것. 그걸 해명하셔야죠."

한별의 질문은 마치 국정감사를 보는 것처럼 날카로웠다. 자, 이사장님, 반론 기회 드리겠습니다. 나는 한별을 바라보던 시선을 이사장에게로 옮겨 갔다.

"말해 두지만, 금 선생 채용 과정에는 내가 관여한 적 없어. 하지만 문제 제기가 있으니, 채용 과정을 다시 검토하도록 하지. 금 선생의 태도에 대해서도 여러 번 경고했지만, 다시 주의하라고 할 거고. 더 할 말 있나?"

"교사 채용 과정에 이사장님이 전혀 관여하지 않았다면, 저는 이제 이사장님 자질이 의심되는데요? 혹시 어디서 시키는 대로 사람 들이십니까?"

꽃잎이 흩날리는 완연한 봄날인데 주변이 꽁꽁 얼어붙어 버렸다. 그러자 이사장이 한별의 곁으로 한 발짝 성큼 다가서서는 낮은 목소리로 경고하듯 읊조렸다.

"진한별, 까부는 것도 정도껏 해. 너 이러는 꼴 보려고 학교에서 다시 받아 준 줄 알아?"

"저도 학교가 이렇게 돌아가는 꼴 보려고 다시 온 건 아니거든요."

내내 침착하게 쏘아붙이던 한별이 분노에 찬 목소리로 대꾸하자, 이사장은 이내 미소를 머금으며 한 발짝 물러섰다.

"폐회식 가야지? 대대로 축구 경기 우승에 이바지한 학생이 체육대회 MVP 되지 않았었나?"

한별은 어금니를 꾹 깨문 채로 바들바들 떨며 이사장을 노려보았다.

"타리도 가야지."

이사장은 나에게 확고하게 한 번 눈을 맞추고는 돌아서서 유유히 걸어 갔다. 이제야 좀 숨통이 트이는 기분이었다.

"한별아. 나 진짜 심장 떨려 죽는 줄 알았어. 너 이사장님한테 왜 그래?"

한별은 사정상 학교를 떠났었다고 했다. 그런데 다시 학교로 돌아온 목적이 학업에만 있는 것은 아닌 듯 보였다. 혹시, 네가 가지고 있니…… 그 태블릿 PC?

나는 한별을 의뭉스러운 눈빛으로 올려다보았다.

"할 말은 하고 살아야지. 근데 너 진짜 왜 울었어?"

갑자기 불똥이 이쪽으로 튀었다. 갑자기 모든 게 서러워졌고, 봄이라도 타는지 순간 울컥했다고 할 수는 없으니까.

"허어? 우리 늦겠다. 너 MVP 되면 한턱내!"

나는 발랄하게 웃으며 한별의 팔뚝을 한 번 툭 치고는 앞서 달렸다. 실내 체육관에 도착하니 이미 폐회식이 진행되고 있었다. 체육대회 최종 우승은 3학년 1반이 차지했다. 그리고 대망의 MVP!

"오늘의 MVP는 2학년 3반 진한별. 앞으로."

이사장 말마따나 축구 결승전에서 혁혁한 공을 세운 한별이 MVP를 거머쥐었다.

"야, 마타리. 너희 왜 늦게 왔어? 영화 뭐 보기로 했어? 한별이가 영화 뭐 보여 준대?"

진웅이 속닥속닥거리며 키득댔다.

나는 입으로 '스읍.' 하는 소리를 내고는 눈을 부릅뜨며 조용히 하라고 진웅을 타박했다. 하필 오늘의 MVP 시상은 이사장이 맡았고, 단상 위에 선 한별의 표정은 비장했다. 아이들의 축하를 받는 한별의 모습을 바라보고 있는데, 휴대전화가 윙윙 울렸다.

단상 위를 살피니 자리로 돌아간 이사장이 휴대전화를 들고 있었다. 나는 콩닥거리는 심장을 느끼며 휴대전화를 내려다보았다. 이제야 연락을 하나 싶었다.

그런데 뜻밖에도 메시지는 정 선배에게서 온 것이었다.

[야, 변유정. 오늘 회식한다, 우리. 꼭 와라.]

잠입취재 중인 기자는 열외시켜 주면 안 된답니까?

[저 오늘 체육대회해서…….]

[그래서 못 오시겠다고요?]

정나미 뚝 떨어지는 목소리가 음성지원 되는 듯했다.

[아…… 반에서 체육대회 뒤풀이가 있을 수도 있고요.]

[너 꼭 와야 해. 상희 선배도 오신단다. 나 혼자 감당 못해.]

[상희 선배요? 신혼여행 안 갔어요?]

지난 주말에 결혼한 사회부 선배 이름이 난데없이 튀어나왔다.

[궁금하지? 와서 들어.]

와, 이 님 회식 안 올까 봐 후배한테 떡밥 던지는 스킬 보소!

내가 정 선배의 스킬에 낚여서 파닥거릴 즈음, 한별이 단상에서 내려와 내 옆에 섰다.

"오늘 애들 파파스터치 갔다가 노래방 간다는데, 갈 거지?"

아이들 뒤풀이는 햄버거 가게에서 시작되나 보다.

"미안. 나 오늘 집에 좀 일이 있어서……."

"그래? 어쩔 수 없지, 뭐."

한별은 아쉬운 표정을 했지만, 완고한 나의 대구에 더는 조르지 않았다.

체육대회를 마치고 나는 곧장 신문사로 향했다. 회사에서 사복으로 갈아입고 조금 늦게 도착한 회식 장소는 아직 해가 지지 않았는데도 난장이었다.

"야, 씨. 그 새끼가 나한테 뭐랬는지 알아?"

육두문자를 쏟아 내고 있는 이는 술이 거나한 상희 선배였다.

"안녕하세요, 늦어서 죄송합니다."

"야, 변유정! 너는 절대 시집가지 마. 시집 근처도 가지 마. 그냥 인생 즐기면서 살아!"

상희 선배는 소맥을 한 잔 건네며 소리를 질러 댔다.

"완샷!"

이미 혀가 꼬인 걸로 봐서 상희 선배 혼자 달렸나 보다.

"선배, 무슨 일이래요?"

나는 술잔을 입에 가져다 대며 옆에 앉은 정 선배에게 조용히 읊조렸다.

"야! 너! 뒷담화하지 마! 궁금하면 나한테 물어봐!"

상희 선배의 면박에 나는 민망해서 어깨를 좁히며 고개를 숙였다.

"네, 선배님. 무슨 일 있으셨어요?"

"그날 날씨가 참 좋았다. 햇살이 우리 사이를 질투하는 것 같았지. 헤어숍에서 나와서 스냅사진 기사 데리고 리무진에 오르는데, 그 남자가 나한테 그랬어."

상희 선배는 꿈꾸는 듯한 얼굴로 덧붙였다.

"내가 천사랑 결혼하나 봐."

이윽고 얼굴색이 굳어 가는가 싶더니.

"육시랄 놈."

나는 상희 선배의 재촉에 소맥을 다섯 잔이나 연거푸 마시고서야 제대로 된 사연을 들을 수 있었다.

"내가 맞선 봐서 결혼했잖아? 근데 이 새끼가 그 전부터 만나던 년이 있었네? 근데 딱 한 번 내가 그년이랑 같이 있는 걸 본 적이 있어. 그 새끼 회사 근처에서. 근데 나한테 뭐랬는지 알아?"

상희 선배는 정색을 하고는 그 남자를 흉내 냈다.

"아는 동생이야."

나는 한숨을 내쉬며 여섯 잔째 소맥을 들이켰다. 이거 어디서 많이 듣던 변명인데? 한별이와 함께 백화점 앞에서 금 선생과 함께 있는 그를 처음 맞닥뜨렸던 날, 그는 금 선생을 아는 동생이라 했었다. 나는 노가리 쪼가리를 씹으며 얼굴을 구겼다.

"야! 니네 웃어! 안 웃어? 지금 나보다 인생 우울한 것들 있어, 여기?"

상희 선배는 웃으라며 후배들을 협박했고, 나는 배알 없이 하하하 웃고 말았다.

"결혼할 여자 두고 딴 년 만나는 건, 대체 무슨 심보냐? 야, 정나미. 네가 남자 대표로 말해 봐."

"아, 선배. 그런 걸 왜 저한테 물어보세요. 저같이 착한 남자가 그런 나쁜 놈 심보를 어떻게 안다고."

그는 아까 분명히 금 선생과는 아무런 사이도 아니라고 부정했다. 나는 한숨을 집어삼켰다. 그게 나한테 한 변명이었을까, 아니면 학생들의 소문을 잠재우기 위한 형식적인 입장 정리였을까? 아무 사이도 아니라고 했던 남녀가 결혼까지 가는 확률에 대해 고민해 봐야 할까?

그리고 열흘이 넘도록 나와는 연락조차 되지 않았던 인간이, 아무 사이도 아니라는 여자와는 어제 병원에서 그 여자 아버지와 만났단다.

"나쁜 놈."

나도 모르게 혼잣말을 내뱉고 말았다.

"그래. 그놈 나쁜 놈이지? 나쁜 놈 맞지? 근데 나 왜 이렇게 미련 맞냐? 아니 그리고, 결혼 앞둔 남자 만나는 년 심보는 대체 뭐야?"

급기야 상희 선배는 울음을 터뜨렸고, 나는 이미 난장판이었지만 더 난장판이 된 자리에서 조용히 일어났다.

"야, 씨. 결혼 앞두고 그러는 건 완전 불륜이지!"

누군가 등 뒤에서 외치는 소리가 들려왔다. 마치 나를 향해 쏘아붙이는 것 같아서 미간을 구겼다. 나는 정 선배에게 내일 또 술 냄새 풍기며 학교 가기는 싫다는 말을 남기고 자리를 벗어났다.

집으로 향하는 길, 머릿속이 엉망진창이었다. 오피스텔 건물 앞에 도착한 나는 괜히 들어가기 싫어서 건물 주변을 뱅글뱅글 돌았다.

"이게 다 무슨 소용이야. 나한테 제대로 된 변명도 안 하는 놈인데."

차라리 아까 변명 한마디라도 했더라면, 기분이 이렇게 엿 같지는 않았을 것 같다. 비련의 여주인공이 되어 질질 짜겠다는 게 아니다. 내내 간이고 쓸개고 다 내줄 것처럼, 입안의 혀처럼 굴던 인간이 연락 뚝 끊고 무시하다가, 안면몰수하고 뻔뻔하게 나타나서 분한 거다.

나는 술기운에 갑자기 분해져서 엘리베이터로 향했다.

현관문을 두드려 볼까? 얘기 좀 하자고? ……내일 술 깨면 후회할 일 만들지 말자, 변유정.

나는 고개를 푹 숙인 채로 비틀거리며 엘리베이터에서 내렸다.

"왜 이제 와?"

환청처럼 들려온 목소리에 나는 눈을 치뜨며 고개를 옆으로 돌렸다.

그간 있었던 일과 오늘 겪은 일을 종합해 보자면—

　나쁜 놈 부류에 속하는, 나와 연애질이란 걸 하고 있는 이사장이 체육대회 복장 그대로 서 있었다.

제6장 나 좀 안아 줘

나는 무심한 눈빛으로 그를 가만히 바라보았다. 이죽거리지도 않았고, 눈알을 부라리지도 않았으며, 슬퍼하지도 않았고, 그저 바라보기만 했다. 그러자 벽에 기대어 있던 이사장이 이쪽으로 성큼 다가왔다.

나는 손바닥을 활짝 펼쳐 보이며 이사장을 저지했다. 그만 다가와요, 나에게.

일종의 경고였는데 이사장은 아랑곳하지 않고 바짝 붙어 섰다.

"하아."

나는 한숨을 한 번 몰아쉬고는 도어록 키패드를 누르기 시작했다. 그가 당장 사라질 게 아니라면 내가 먼저 꺼져 줄 요량이었다.

"술 마셨어?"

보면 모릅니까? 걱정 가득한 물음에 괜히 기분이 더 고까워져 버렸다.

대답할 가치도 느껴지지 않아서, 나는 그저 입을 꾹 다문 채로 묵묵히 키패드를 눌렀다. 하지만 애써 그를 무시하는 것도 쉬운 일이 아니었다.

옆에서 계속 걱정스러운 눈으로 바라보고 있는 남자한테 속에 있는 말을 다 쏟아붓고 한 방 먹이고 싶은 마음도 있었다.

반면 '너도 나한테 그렇게 신경 쓸 만한 가치가 있는 사람은 아냐.' 하고 과시하고도 싶었다. 이에는 이, 눈에는 눈. 똑같이 갚아 주고 싶은 마음에 얼른 현관 안으로 들어가고 싶은데, 술에 취한 탓인지 도어록 키패드가 잘 눌리질 않았다.

삑 삑 삑 삑 삑—

시끄러운 경고음을 들으며 나는 미간을 찌푸렸다.

"잠깐 이야기 좀 할까?"

나는 대꾸 없이 고개를 절레절레 내저었다. 체육대회 끝난 지가 언젠데, 내가 언제 올 줄 알고 옷도 안 갈아입고 밖에서 기다렸을까. 괜한 생각에 무겁게 가라앉았던 가슴이 욱신거렸다.

"유정아."

내 이름, 함부로 부르지 마. 이 나쁜 새끼야!

공교롭게도, 처음으로 그가 성을 빼고 너무도 다정히 내 이름을 불러 준 순간이었다. 촌철살인의 독설이라도 한마디 퍼붓고 싶었지만, 입 밖으로 아무런 말도 나오질 않았다.

삐리릭—

경쾌한 알림음과 함께 현관문이 열렸다. 나는 얼른 현관문을 열어젖히고 안으로 들어섰다. 잽싸게 문을 닫으려는데 운동화를 신은 그의 발이 현관 사이에 꼈다.

"아야, 아프다."

능청스럽게 웃는 얼굴에 욕을 해 주고 싶었다.

나는 콧방귀를 뀌며 그를 노려보았다. 이제 더 이상 치민 화를 참을 수가 없었다.

"왜요?"

"잠깐 이야기 좀 해."

"할 말 없어요."

"내가 있어. 들어 주면 안 돼?"

"나 피곤해요."

"술은 누구랑 마셨어?"

이 와중에 저런 질문이 나올까? 대단한 집 자식이면 사람 감정을 이렇게 갖고 놀아도 되나?

"정 선배랑 마셨어요."

나는 빙글거리며 고개를 갸우뚱 기울였다. 순간 그의 얼굴이 무섭도록 굳어 버렸다. 그 시선을 마주하자 심장이 바짝 긴장해서 오그라드는 듯했다. 나는 굳은 시선을 피하며 덧붙였다.

"내일 술 깨면 이야기하죠. 나 술 먹고 흑역사 만들기 싫어요."

뜻하지 않게 빈정거리는 말투가 튀어나왔다. 내 혀가 꼬인 것도 느껴질 정도였다. 짧은 시간에 연거푸 마신 술, 그가 눈앞에 서 있다는 비겁한 안도감, 그리고 집 안 냄새가 주는 익숙한 위안. 몸이 한순간에 노곤해져 버렸다.

나는 무거운 몸과 어지러운 머리를 가누기가 힘들어서 신발장에 몸을 기대어 섰다.

"피곤하다고요. 발 빼라고요. 나 좀 자게."

이 순간, 발은 내가 빼고 싶었다. 빌어먹을 잠입취재, 취재원이랑 연애를 한 내가 병신이었다.

"제발요."

나는 애원하듯 덧붙였고, 그는 여전히 발을 빼지 않고 버텼다.

"가라고요, 제발."

울먹이는 목소리가 튀어나왔다. 그리고 술김에 해서는 안 되는 말이 내 입에서 먼저 튀어나왔다.

"할 말 있다고 했죠? 생각해 보니까, 나도 있었네요."

어지러운 시야에 그의 잘생긴 얼굴이 잡혔지만, 초점은 계속 흔들렸다.

"우리 연애는 없었던 걸로 하죠."

이성적으로 정리해서 이야기해 보려고 했었다. 그런데 술기운에 입 밖으로 튀어나온 말은 다분히 즉흥적이고 도발적이었다.

"뭐라고?"

그의 얼굴이 단번에 구겨졌다. 아까 학교에서 아무런 사이도 아니라고 부정했던 것은 형식적인 부인이었다는 쪽으로 판단이 완전히 기울어 버렸다. 연애하는 여자는 내팽개치고, 정혼자라고 소문 난 여자와 그 여자의 아버지를 만나고 있었다? 결론은 너무도 쉽게 내려졌다.

결혼할 여자 있는 남자랑 만나는 건 불륜이나 다름없다는 상희 선배의 말이 귓전을 맴돌았다. 나는 한숨을 한 번 몰아쉬었다. 그런 비도덕적인 만남은 이제 이쪽에서 사양해야겠다. 갑자기 기분이 몹시 더러워졌다.

"그만하자고요, 우리. 기사 작성에 관한 협조는 할 테니까 걱정 말아요. 나 진짜 너무 피곤해서 못해 먹겠어요."

"변유정."

이름 석 자를 부르는 나지막한 목소리에 심장이 떨려 왔다.

처음엔 그저 잘생긴 외모가 눈에 들어왔다. 악인의 편에 서 있을지도 모른다는 생각에 경계도 했었다. 그런데 아주 짧은 시간 그를 지켜보면서 나도 모르게 매료되고 말았다.

학생을 대하는 진중한 모습에. 수억 년 비가 내리지 않은 사막 같았던 나의 가슴에 단비를 내려 줄 것 같은 다정함에. 질투심에 화르르 타올라

역정 내는 모습에. 애틋하게 자신의 이름을 불러 달라는 간절함에.

갑자기 목구멍이 콱 막힌 듯 뜨거운 무언가가 차올랐다. 짧은 시간에 이렇게 빠질 수 있는 게 사랑이고, 연애 감정이라는 사실을 나는 너무 오랫동안 잊고 살았나 보다.

"이유를 말해 봐."

"무슨 이유요? 내가 뭘 더 말해요?"

나는 비뚜름한 시선을 들어 올려 그를 노려보았다.

"결혼할 여자 있는 남자랑은 만나기 싫은데?"

덧붙인 말에 깊은 한숨 소리가 들려왔다.

"열흘 넘게 사람 무시하더니, 그 여자랑은 잘도 만났데? 내가 여기서 무슨 이유를 더 댈까요?"

나는 짙은 한숨을 내뱉고 난 뒤에 신발장에 등을 기댄 채로 스르륵 주저앉았다. 현관문이 닫히는 소리가 들려왔다. 이제 정말 끝이 나려나 보다.

시끄러운 휴대전화 알람 소리에 눈을 떠 보니 침대 위였다. 다행히 어제 술은 많이 마셨어도 필름은 끊기지 않았나 보다. 현관에서 그를 만났고, 나는 집에 와서 잠이 들었고. 그게 전부였다.

현관에서 잠이 들었던 것 같은데, 깨어 보니 침대 위였다. 본능적으로 침실 안으로 기어들어 왔겠거니 생각하며 방문을 열어젖힌 순간, 나는 너무 놀란 나머지 하마터면 바닥에 주저앉을 뻔했다.

"여, 여기서 뭐 해요?"

잠을 한숨도 자지 못한 듯 퀭한 얼굴을 한 이사장이 앉아 있었다.

"깼어? 속은 좀 어때?"

좋을 리가 있나.

"왜 여기 있어요?"

"걱정돼서 못 갔어."

나는 절망감에 눈을 질끈 감았다. 어제 현관문이 닫힌 후로 그가 돌아갔다고 생각했는데, 아니었나 보다. 그럼 침대로 옮긴 것도 혹시 저 남자 짓일까?

"집에 무사히 들어왔는데, 무슨 걱정이요?"

그렇게 걱정이 되는 양반이 열흘 넘는 시간 동안은 뭐 했냐고 되묻고도 싶었다. 삐뚜름한 물음에 그는 그저 잠자코 있었다.

"가요, 이제. 나 멀쩡히 일어났으니까."

"잠깐 이야기 좀 하자."

나는 고개를 들고 천장을 한 번 올려다보았다. 한숨이 절로 새어 나왔다.

"식전 댓바람부터 무슨 얘기요? 아는 동생 얘기? 아니면 드라마에서나 나오는 재벌가 혼담 이야기? 그것도 아니면 뭐요, 대체?"

나는 말 그대로 격분하고 말았다. 얼굴이 화끈 달아오르는 게 느껴졌다. 심장이 쿵쿵 울렸다. 아주 작은 자극에도 나는 곧 폭발해 버릴 것 같았다. 생각해 보니 그와 금 선생을 처음 마주쳤던 그 백화점은 그룹 윤 소유였다. 새로 지은 100층짜리 건물에는 백화점, 면세점, 호텔을 비롯해 그룹 윤의 핵심인 기획 전략실과 함께 회장 집무실도 있었다.

그곳에서 그 여자와 함께 있었던 이유. 그리고 그 여자가 나중에 후회할 거라며 부렸던 여유, 모든 것에 짜증이 났다. 그 여자가 태어날 때부터 알던 사이였다고 했다. 내가 감히 끼어들 수 없는 사이처럼 보였다.

그리고 돌아가지 않던 머리가 이제야 제대로 돌아가는 듯했다. 비리에 연루되어 도피 중인 서충원 전 이사장과 이 남자의 소속이 같다는 것.

내가 볼썽사납게 폭발하지 않도록, 제발 저 남자가 아무 말 없이 사라졌으면 하는 바람. 이해할 수 없는 상황에 놓여 있는 나를 끝까지 설득해 주었으면 하는 바람.

엄청난 간극이 존재하는 양가감정 사이에서, 나는 혼란스러웠다.

그는 간절하고 애틋한 눈빛을 하고 있었다. 깊이를 가늠할 수 없을 만큼 짙고 검은 눈동자에는 상념이 가득했다. 그리고 진득한 시선에서는 흔들림 없는 견고함마저 느껴졌다. 충실하고, 애틋하고, 간절한 눈빛.

어쩌면 좋을까. 그 짧은 시간에…… 우리는…….

나는 그제야 깨달았다. 사랑이라는 감정을 물리적으로 재고 따지려 하는 게 세상 가장 어리석은 일이라는 것을.

사랑 앞에선 짧은 시간도, 적절치 않아 보이는 상황도, 이성적인 논리도 무색해졌다. 내 감정이 분명해졌다 느낀 순간, 눈가가 따끔거렸다. 눈앞이 순식간에 흐려졌다.

나는 물기 어린 시선을 얼른 딴 데로 돌려 버렸다. 그만하자는 말을 먼저 꺼내 놓고, 그를 거부하는 상황에서 눈물을 보이는 꼬락서니가 얼마나 비겁해 보일지 가늠이 되질 않았다. 눈 안에 차오른 물기가 더 이상 감당이 되지 않겠다 싶은 순간, 눈두덩 너머로 또르르 눈물방울이 흘러내렸다.

"다행이다."

그런데 그는 눈물의 의미를 다르게 받아들였다.

"그만하자고 해 놓고 우는 건, 나한테 미련이 조금이라도 남아 있다는 증거니까."

나는 아무런 대꾸도 하지 못하고 가만히 듣기만 했다. 내 미세한 감정 변화를 긍정적으로 받아들인 것인지, 그가 그간 숨겨 놓았던 이야기를 털어놓겠다는 투로 입을 열었다.

"병원에 계시던 어머니께서 돌아가셨어."

내내 다른 곳을 향해 있던 시선이 그를 찾았다.

"어머니요?"

그룹 윤의 명예 회장 부인이 타계했다는 소식은 듣지 못했다.

"무슨 소릴 하는 거예요, 지금? 살다 살다, 지금 멀쩡하게 살아 계신 어머니 돌아가셨다는 핑계를 대는 거예요? 무슨 그런 말도 안 되는⋯⋯."

나는 말을 잇다 말았다. 마주한 그의 얼굴이 안쓰러울 정도였다. 눈 밑에 깊게 드리운 검은 그림자, 해쓱한 두 뺨, 총기가 사라진 눈동자. 하루이틀 못 자서 저렇게 된 얼굴이 아니었다.

"⋯⋯더 해 봐요."

그는 눈을 치뜨며 무슨 뜻이냐는 얼굴을 했다.

"하려던 말 계속해 보라고요."

"내가 했던 말 그대로야. 병원에 계시던 어머니께서 돌아가셨어⋯⋯. 날 낳아 주신 어머니."

그는 울지도 못하는 죄스러운 얼굴이 되어 한숨을 깊게 내쉬었다.

"연락할 수 있는 상황이 아니었어. 계속 병실 지켜야 했고, 그러다 갑자기 돌아가셔서 장례 치러야 했고."

덤덤하게 하는 말에 나는 또다시 눈시울을 붉히고 말았다. 고등학교 2학년, 나는 그때 아버지를 잃었다. 부모 잃은 슬픔은 쉬이 가시지 않는다는 것을 나는 잘 알고 있다.

게다가 낳아 주신 어머니?

나는 그에게 성큼 다가가 앉았다. 지금 보니 그는 눈을 뜨고 있는 게 힘겨울 만큼 피곤해 보였다. 연락하지 그랬느냐는, 그래도 문자 한 통이라도 하지 그랬느냐는 나무라는 소리를 할 수 없었다. 그가 어떤 무게의 슬픔을 혼자 견뎌 냈는지 가늠조차 되지 않았다.

"잠은 좀 잤어요? 밥은 먹었어요?"

"너는 잠은 좀 잤어? 밥은 잘 먹고 다녔고?"

걱정스러운 목소리에 눈 안 가득 차올랐던 눈물이 또르르 방울져 내렸다.

"부탁이 있는데, 들어줄래?"

조심스러운 말투에 심장이 죄어 왔다.

"나 좀 안아 줘."

심장이 뭉클거렸다. 나는 가만히 손을 뻗어 그를 품에 안았다. 그의 얼굴이 내 가슴에 폭 파묻혔다. 내가 얼마나 걱정을 많이 했는데. 얼마나 속상했었는데…….

그런데 걱정과 분노와 우려가 눈 녹듯 사라졌다. 지금 당장은 이 남자를 품에 안고 있다는 사실이 더 중요했다. 나는 그의 머리카락을 다정하게 쓰다듬고, 어깨를 토닥이고, 등을 쓸어내려 주었다.

"……고마워."

깊게 잠긴 목소리가 침울했다. 나는 가만히 그의 머리카락을 쓸어내렸다. 굳센 팔이 내 등허리를 휘감아 안는 게 느껴지자 저절로 두 눈이 감겼다.

"……미안해."

이어진 그의 물기 어린 목소리에 눈물이 속절없이 주르륵 흘러내렸다. 내 품 안이 떨리는 게 느껴졌는지 그가 팔을 풀어내며 거리를 벌렸다.

"고마워."

자꾸 고맙다는 남자에게 나는 고개를 절레절레 내저었다.

"나 때문에 울어 줘서, 고마워."

그리 말하는 그의 얼굴에는 희미한 미소가 드리워져 있었지만, 눈가에는 미처 뺨으로 흘러내리지 못한 눈물이 가득했다.

차올랐다, 말라 가고. 그런 시간을 얼마나 오래 견뎌 왔을까. 내가 미처 몰랐던 그의 삶을 헤아리자 가슴이 아렸다. 소리 내어 울고 싶어도 눈물이 흐르지 않는 시간이 얼마나 고된지 잘 알았다.

나는 손을 뻗어 그의 목을 와락 끌어안았다. 열흘이 넘는 시간 동안 그를 원망했던 게 미안해서 가슴이 타들어 가는 듯했다.

"내 욕 많이 했지?"

거짓말을 할 수는 없어서 나는 고개를 끄덕거렸다. 그러고는 그의 이마에 드리운 머리카락을 쓸어 부드럽게 넘겨 주었다.

"그럴 줄 알았다."

그는 허탈하게 한 번 웃고는 속삭였다.

"변유정이 내 욕 많이 할 것 같아서. 나 원망 많이 할 것 같아서. 그거 해명하려고 버텼다."

다시금 굳센 팔이 나를 끌어안았다.

"나, 너 때문에 버텼어. 네 덕분에, 버텼다고."

그는 나를 품에 안고 젖은 목소리로 속삭였다. 그 목소리가 너무도 애틋해서 내 미간이 저절로 구겨졌다.

"지금도 너무 고마워. 아무 말 없이 내 말에 다 수긍해 줘서. 다 이해한다고 고개 끄덕여 줘서."

나는 또다시 고개를 끄덕거렸다.

"세심하게 헤아리고 기다리는 마음이 참 예뻐."

그는 내 이마에 애틋하게 입을 맞추었다. 없는 동안 속으로 내가 욕을 얼마나 많이 했는데, 알지도 못하면서……. 나는 가만히 눈을 감고 그의 따뜻한 숨결이 내 피부에 닿았다가 떨어지는 것을 느꼈다. 이윽고 숨결이 콧잔등으로 이어졌다.

콧잔등과 뺨 언저리에 가볍게 입을 맞춘 그의 입술이 부드럽게 입술로 내려왔다. 입술만 가볍게 닿았다가 떨어지는 버드키스가 여러 번 계속되었다. 기분 좋은 촉감에 입가엔 저절로 미소가 드리웠다.

따스한 미소를 머금고 있는 건 그도 마찬가지였다. 나는 슬며시 감았던 눈을 뜨고 그를 바라보았다. 한순간에 사라질지도 모른다는 어리석은 생각을 했었다. 혼자 이별을 준비하며 앞서 나갔었다.

가까워진 그의 달콤한 숨결을 음미하듯 깊게 숨을 들이마셨다. 그러자 온몸에 온기가 퍼져 나가는 게 느껴졌다. 그와 연락이 닿지 않았던 열흘이 넘는 시간 동안, 나는 사막을 홀로 걷는 것처럼 외로웠었다. 그가 다시 나타난 지금, 세상 전부가 꽃길처럼 느껴졌다.

내가 이 남자를 정말 많이 사랑하게 되었구나.

심장이 두근두근 울렸다. 눈물 가득했던 그의 눈가는 이제 은밀한 빛을 내며 타오르고 있었다. 그 열기에 타는 듯한 갈증이 일었다. 가슴까지 타들어 가는 열망에 가쁜 숨을 내뱉자 다시 입술이 겹쳐졌다.

가벼웠던 입맞춤과 달리, 깊고 농밀하게 채워지는 느낌에 손가락이 저릿했다. 나는 그의 어깨를 꼭 끌어안았다. 그 역시 나의 등허리를 꽉 끌어안았다. 거리가 좁았다. 나는 엉겁결에 책상다리를 하고 있는 그의 허벅지 위에 올라앉아 있었다.

무겁지는 않을까 하는 걱정도 잠시, 입술이 떨어졌다.

"어제 누구랑 술 마셨다고?"

이 와중에 추궁은 해야겠나 보다.

"신문사 회식이 있었어요."

순간 어제 있었던 일이 떠올라서 씁쓸해지고 말았다.

"그래서 회식 가서 술 마신 거야?"

나는 가만히 고개를 끄덕거렸다.

"난 또."

그는 안도의 한숨을 내쉬며 빙긋이 웃었다.

"마타리는 진한별이랑 영화 봐야 하나?"

너무 진지하게 물어서 나는 그만 웃음을 터뜨리고 말았다.

"어? 웃어? 나 지금 심각한데? 그 녀석이 어두컴컴한 영화관에서 무슨 짓을 할 줄 알고?"

"장난 그만해요."

"나 장난 아니야, 진지해."

그는 심각하다는 듯 눈을 부릅떴다.

"너랑 진한별이랑 영화 볼 거라고 전교에 소문 다 났던데."

그는 한숨을 내쉬며 기가 막힌다는 얼굴로 나를 바라보았다. 나 역시도 한숨이 흘러나왔다.

"엄청 지루하고, 재미없는 걸로 봐. 알겠어?"

탄식 어린 진지한 물음에 나는 웃음이 터지고 말았다.

"또 웃네? 난 지금 심각하다니까."

나는 애정 어린 시선으로 그를 바라보았다.

"그리고 한별이랑 영화 보는 대신."

"대신?"

"오늘 나랑 학교 째자."

이 남자가 지금 뭐랬을까요? 학교 이사장이라는 양반이, 지금 학교에 학생으로 잠입취재한 기자한테 뭐라고 한 걸까요?

"학교를 째자고요?"

나는 확인하듯 되물었다. 그는 무슨 뜻인지 모르겠느냐는 듯 덧붙였다.

"땡땡이."

"미쳤나 봐."

"미칠 건 또 뭐야? 안 될 건 뭐고? 마타리는 처음 참가해 보는 체육대회에서 병 난 거고, 나는 뭐 내가 출근 안 한다고 뭐라고 할 사람도 없고."

이 사람 세상 편하게 사시네. 그런데 습자지처럼 얇아진 귀가 마구 팔랑거렸다. 듣고 보니 은근히 설득력이 있는 것도 같았다.

"그렇죠. 직장인은 월차도 있고, 연차도 있는데. 저 솔직히 잠입 시작하면서 제대로 못 쉬었거든요?"

입에 침도 안 바르고 거짓말이 술술 잘도 흘러나왔다. 잠입 전에는 잠도 제대로 못 자고 뛰어다녀야만 했거늘.

"그렇지? 너도 쉬어야겠지?"

이사장이 능청스럽게 반색하며 호들갑을 떨었다.

"그런 거 안 어울리니까, 적당히 해요. 까짓거 하루 땡땡이치죠, 뭐. 저 담임한테 전화 좀 할게요."

"내가 연락할게."

"우리 담임한테?"

"안 될 건 뭐야?"

"그건 안 되죠! 준재 씨야 사촌한테 연락하는 거니까 자연스러운 거지만, 이사장이 마타리 사생활을 알고 있는 건 이상하지 않아요?"

"안 이상해."

그는 아랑곳하지 않고 어디론가 메시지를 보냈다. 또 나만 이상해? 이 상황, 나만 이상한 거야? 나는 눈을 부릅뜨고 그를 노려보았다.

"딱 불어요."

"뭘?"

"윤준재 씨……."

뜸을 들이자 그가 바짝 긴장하는 모습이 눈에 들어왔다.

"윤호재 씨랑 동일인이죠?"

그의 눈동자가 흔들리는가 싶더니 이윽고 멍한 얼굴이 되었다.

"딱 걸렸어!"

내가 손가락까지 튕기며 '드디어 잡았다!' 하는 표정을 짓자마자 그가 웃음을 터뜨렸다.

"변유정, 너 진짜 미치겠다!"

그는 배를 쥐고 웃다 말고 나를 와락 끌어안았다.

"뭐야, 대답을 해요! 윤호재가 본인 맞죠? 그쵸? 스킨십으로 넘어갈 생각 하지 마요!"

나는 단단한 가슴을 밀어내며 발악했다.

"지난주에 호재 교실에 안 들어갔어?"

"담임도 며칠은 무슨 음악 교사 세미나라고 못 왔었는데, 그 후엔……들어왔었네요."

말이 늘어질수록 목소리는 점점 기어들었다.

"근데 그게 나야?"

생각해 보니 완벽한 헛다리였다. 나는 멍청한 표정으로 너무도 빨리 수긍해 버렸다. 민망하니까 재빨리 말을 돌려 버려야겠다.

"땡땡이 계획은 있어요?"

"자고 싶어."

"그럼, 가서 좀 쉬어요."

나는 아쉽지만 어쩔 수 없다는 듯이 그의 오피스텔로 보내 줄 생각이었다.

"근데 변유정이랑 같이 있고 싶어."

나는 입술을 샐쭉 내밀며 고민에 빠진 척 굴었다.

"어떡하지? 졸린데, 변유정 옆에는 있고 싶은데?"

그는 나보고 결정하라는 듯 불쌍한 목소리로 물었다.

"그럼 자는 윤준재 씨 옆에 내가 있으면 되는 건가?"

소심하게 되묻는 목소리가 파르르 떨리고 말았다. 그냥 같이 있어 달라고 할 때까지 입을 열지 말걸.

"손만 잡고 잘게."

그는 혼곤한 얼굴로 이야기했다. 그 모습이 너무도 섹시해서 하마터면 진지하게 대꾸할 뻔했다.

진짜 손만 잡고 자면 나 화내요! 나 화나면 되게 무서워!

하지만 나는 다행히도 입방정을 떨지 않고 조신하게 물었다.

"어디서 잘 건데요?"

"일단 씻고 올게."

"여기서 자게요? 준재 씨 집으로 가는 거 아니고?"

"안 돼?"

"뭐 딱히 안 될 건 없는데⋯⋯."

"그럼 나갈까? 어디 호텔이라도 잡을까?"

"아니, 호텔 가면⋯⋯."

거기서 손만 잡고 자면⋯⋯ 그땐 당신의 성기능 장애를 의심하게 될지도 모르겠는데, 괜찮겠어요? 나는 차마 묻지 못하고 그저 입만 뻐끔거렸다.

"그러니까 씻고 올게. 기다려."

그는 단단한 허벅지 위에 앉아 있던 나를 내려놓고는 현관문 가로 걸어 나갔다.

"얌전히 기다려."

나는 얼른 고개를 끄덕거렸다. 그가 현관문 밖으로 사라지자 그제야 숨이 쉬어졌다.

"아이고."

세상에 이렇게 빡센 취재는 처음이었다. 말로 먹고사는 기자를 꿀 먹은 벙어리로 만들지 않나, 정의감으로 불타올라야 하는 사회부 기자 심장을 애정으로 들끓게 만들다니!

나는 멍하니 거실 바닥에 앉아 있다가 얼른 정신을 차리고 일어났다.

"이렇게 분위기 파악 못하고 앉아 있을 때가 아니잖아?"

그가 씻고 온다고 했으니, 나도 씻고 기다려야 하지 않을까?

일단 아침에 일어나서 샤워를 하는 건 당연한 일이니까, 나는 샤워 먼저 하기로 했다. 그런데 샤워를 마치고 옷을 채 입기도 전에 현관문을 두드리는 소리가 들려왔다.

"잠깐만 기다려요."

나는 수건으로 머리를 둘둘 말고 원피스를 꿰입은 채로 현관문을 열어젖혔다.

"어?"

그런데 현관문 밖에 서 있는 이는 그가 아니었다.

"누구신지⋯⋯."

어딘지 모르게 불안해 보이고, 당황한 기색이 역력한 40대 중후반쯤 되어 보이는 여자가 입을 빠끔거리며 목소리를 내지 못했다.

"누구세요?"

나는 재차 물었다. 왠지 낯이 익은데, 대체 어디서 봤는지 기억이 나질 않았다.

"저기, 나는⋯⋯."

여자가 입을 연 순간 옆집 문이 열렸다. 그는 현관문 앞에 서 있는 나와 여자를 번갈아 보더니 의뭉스러운 얼굴을 했다.

"아, 미안해요. 딸네 집 온다는 게, 층을 잘못 찾았네. 그럼."

여자는 황급히 비상계단 쪽으로 사라졌다.

"호수를 잘못 찾으셨나?"

내가 고개를 갸우뚱 기울이자 여자가 사라진 쪽으로 시선을 고정하고 있던 이사장이 나직이 물었다.

"누구야?"

"아니, 문 두드리는 소리가 나서 준재 씨인 줄 알고 열었는데, 저 아주머니께서 서 계시더라고요."

"집을 잘못 찾았대?"

"네, 그렇다네요."

나는 대수롭지 않은 일이라는 듯 대꾸하며 빙긋이 웃었다.

"그런데 변유정."

"음?"

그의 목소리 톤이 아주 미세하게 변했다는 걸 눈치챈 순간, 심장이 벌렁거렸다.

"씻었어?"

씻었느냐는 물음이 격하게 들려오는 건 내 음란 자아가 또다시 고개를 치켜들었기 때문일 것이다.

"일어났으니까 씻어야죠."

"근데 밖에서 문 두드린 사람이 나인 줄 알고 문을 열었다며……."

그의 시선이 내 머리끝부터 발아래까지 훑어 내려갔다.

"뭘 그렇게 봐…… 어머나!"

뭐가 그리 급했는지 나는 흰색 면 원피스를 입은 채로 현관문을 열었고, 머리에서 떨어진 물기로 가슴께가 젖어 있었다. 그 바람에 농도가 다른 피부색이 은근히 비쳤다. 나는 얼른 양팔을 크로스하며 가슴께를 가렸다.

"잠깐만 기다려요, 옷 갈아입게."

"벌써 다 본 걸, 뭐."

그는 현관문을 닫으려는 나를 끌어당겨 품에 안고는 당당히 안으로 들어섰다. 그에게서 짙은 우드 세이지 향이 났다.

나는 사고 불능을 야기하는 그의 페로몬에 잠식당한 채, 그의 품에 안겨 집 안으로 들어섰다. 그는 고개를 비틀어 내리며 내 입술을 머금었다. 짧은 입맞춤에서는 민트 맛이 물씬 났다. 나는 끝을 모르고 치솟는 열기에 어쩔 줄 모르고 가쁜 숨을 내쉬었다.

"일단 머리부터 말리자. 드라이기 어디 있어?"

"바, 방에."

쉴 새 없이 파닥거리는 가슴 때문에 말까지 더듬고 말았다. 그런 나를, 그는 귀엽다는 듯이 내려다보았다.

그는 침실 화장대 의자 앞에 나를 앉히고는 세심한 손길로 내 머리를 말려 주었다. 긴 손가락이 머리를 빗질해서 내리고, 두피를 스칠 때마다 심장은 열심히도 두근거렸다. 그러는 동안 나는 속옷을 입지 않은 가슴께가 비치는 게 민망해서 내내 양팔을 비장하게 크로스 하고 있었다.

"변유정."

드라이기 전원을 끄자 사위가 쥐 죽은 듯이 조용해졌다. 귀에 윙윙거리던 소음이 사라진 탓인지 심장 울리는 소리가 들리듯 한 착각까지 일었다.

"에?"

맹한 대꾸에 그가 생긋 웃음을 머금었다.

"숨 쉬어. 너 지금 얼굴 터질 것 같다."

내가 숨도 제대로 쉬지 못하고 있었다는 걸 어떻게 알았을까?

"이제 자자."

다리에 맥이 쫙 풀린 나는 의자에서 쉬이 일어나지 못했다.

"뭐야, 안아서 옮겨 줘?"

"아니, 그게 아니라!"

제대로 된 대답을 내뱉기도 전에 그가 나를 공주 안기로 안아 들고는 침대로 돌아섰다.

"뭐야? 변유정 침대 왜 이렇게 커?"

"이거 예전 주인이 옵션으로 넣어 놓은 건데요."

"작은 침대에서 꼭 끌어안고 자려고 했더니, 실망인데?"

그는 정말 실망했다는 얼굴로 미간을 구겼다.

"큰 침대여도 꼭 끌어안고 잘 수 있는데."

나는 개미도 듣지 못할 만큼 작은 목소리로 읊조렸다. 그는 들었는지, 못 들었는지 나를 침대 위에 살포시 내려 주었다.

"변유정."

오늘 변유정 이름 닳아 없어지겠다.

"어른의 조건이 뭘까?"

너무도 심오한 대답을 요구하는 듯한 질문에 나는 그저 미간을 찌푸렸다.

"자신이 한 말에 책임을 져야지. 변유정 어른 맞지?"

"그럼 내가 애예요?"

나는 새초롬하게 되물었다.

"그럼 본인이 한 말에 책임을 져야지."

그는 침대 위로 올라오며 나를 벽 쪽으로 밀어붙였다.

"큰 침대여도 꼭 끌어안고 잘 수 있다는 말, 책임져야지."

나는 빙그레 웃으며 그의 머리를 꼭 끌어안았다. 그러자 얇은 면 자락을 파고든 그의 뜨거운 숨결이 봉긋 솟아오른 살갗에서 느껴졌다. 심장이 두근두근거렸다.

"근데 이 자세는 안 되겠다."

품 안에서 노곤한 그의 목소리가 들려왔다.

"왜요?"

"만지고 싶어서."

나는 눈을 휘둥그렇게 뜨고 품 안에 있는 남자를 바라보았다.

"그러니까. 이렇게 하고 자자."

그는 몸을 뒤채며 위로 올라오더니, 내 목덜미 아래로 팔을 쑥 집어넣었다.

한쪽 팔은 팔베개를 하고 있고, 남자의 다른 팔은 뭘 할까? 만지고 싶다는 데가 대체 어딜까?

가슴속에서 음란 자아가 응원봉을 들고 설쳐 댔다. 팔베개를 하지 않은 손이 내 손을 부드럽게 움켜잡았다. 다정하게 어루만지는 손길에 심장이 녹아들었다.

"나도 어른이니까, 내가 한 말에 책임은 져야지. 손만 잡고 잔다."

그가 내뱉은 말에 가슴속 음란 자아가 응원봉을 내던지고 엄지를 땅으로 떨어뜨렸다. 나는 그가 잡고 있는 손가락 끝이 저릿저릿해서 숨을 자잘하게 내뱉었다.

"나 그냥 어른 하지 말까?"

뒤이은 그의 말에 나는 숨이 턱 막혀 버렸다.

"얼른 자요, 피곤할 텐데."

떨리는 목소리로 대꾸했더니, 그가 혼곤한 목소리로 덧붙였다.

"그래, 피곤하긴 하다. 며칠 밤을 새운 건지 모르겠네. 안 그랬으면 우리 유정이 앞에서 어른 안 하는 건데……."

잠에 취해 적당히 쉰 그의 목소리는 미치도록 섹시했다.

"……유정아."

나직한 부름에 나는 숨을 죽이고 그의 음성에 귀를 기울였다.

"날 믿어. 나는 변유정 믿으니까."

설렌다는 표현은 너무 가볍고, 가슴 아프다는 말은 너무 슬프다. 심장 언저리에서 느껴지는 저릿한 통증을 설명할 길이 없었다.

"대답 좀 해 봐."

어깨를 끌어안고 있는 그의 손에 힘이 들어갔다. 애틋한 손길에 저절로 눈이 감겼다. 내가 대답이 없자, 그가 한숨을 내쉬며 말을 이었다.

"내가 품에 안고 싶은 여자도, 안고 있는 여자도 너 하나야. 네가 생각하는 그런 일 절대 없을 거야."

금 선생과의 일을 말하는 것 같았다. 나는 조용히 읊조리듯 대꾸했다.

"얼른 자요."

"그리고 변유정……."

나는 짧은 대답조차 하지 못하고 잠시 뜸을 들였다. 이름을 부르는 목소리가 주는 다정한 여운을 잠시 느끼고 싶었다.

"나 말고 다른 놈 앞에서 울지 마."

나는 또 눈물이 핑 돌 것만 같아서 입술을 꾹 깨물었다. 열여덟, 아버지가 돌아가시던 날, 나 역시 엄마 앞에서 눈물을 보이는 게 미안해서 울지 못했다. 가슴에 묵직한 통곡은 터지지 못하고 맺혀서 갑갑했었다.

그날 이후, 눈물을 참는 것은 습관이 되었고, 습관은 생활이 되었다. 메마른 눈물이 터지는 날은 없었다. 그런데 이 남자는 시도 때도 없이 날 울렸다.

"다 해도 돼. 울어도 되고, 투정 부려도 되고, 토라져도 되고, 화내도 돼."

그가 숨을 고르고는 말을 이었다.

"그만하자는 말은 하지 마. 아무 사이도 아닌 걸로 돌아가자는 말."

가만히 말을 내뱉는 그의 목소리에 취해 나는 그의 품 안을 더욱 파고들었다. 그러자 그가 더욱 단단하게 나를 끌어안으며 말했다.

"아직 온전하게 믿을 수 없는 게 많은 상황이라는 거 알아. 근데 너만 불안한 거 아니야. 나도 불안하고, 나도 조바심 나. 설마 나한테서 정보나 얻어 가려고, 연애하는 척하는 거야?"

"아뇨!"

이번에는 대꾸해야겠다 싶어서 얼른 목소리를 냈다.

"나 사실 되게 불안했다. 변유정이 나한테 화도 안 내고, 아무렇지 않게 대하면 어쩌나 하고 겁도 났어."

그의 목소리가 미세하게 떨렸다.

"어제 단상 위에서 원망 가득한 얼굴 보는데, 내가 얼마나 안심했는지…… 아마 모를걸. 너한테 이렇게 말해야지, 화내면 이렇게 달래 줘야지. 그런 생각으로 버텼어, 나."

그는 많이 피곤했는지, 사그라지는 목소리로 진심을 쏟아 냈다.

"그러니까 무슨 일이 있어도…… 내가 너 믿고 버틴 것처럼, 너도 나 믿어 줘."

나는 그의 품 안에서 고개만 끄덕거렸다.

"그러니까 손만 잡고 잘 거다."

그가 웃음기 섞인 목소리로 말을 하고는 잠이 들었다.

아, 마지막 말은 하지 말지.

그의 진심 어린 고백으로 잠시 잠잠해졌던 나의 음란 자아가 불쑥 고개를 쳐들었다. 얘는 참 시도 때도 없다.

나는 정신을 못 차리고 열기에 허덕이며 그의 잠든 얼굴만 하염없이 바라보았다. 짙은 눈썹은 한 올 한 올 빛났고, 꾹 감긴 눈 아래로 긴 속눈썹이 아련한 그림자를 드리웠다.

잘생겼다. 어루만지면 깰 것 같고.

나는 쭉 뻗은 매끈한 콧날을 입술 끝으로 조심스레 더듬어 보았다.

"흐음."

그가 잠결에 한숨을 한 번 내쉬었다. 그가 내뱉은 숨결마저 달콤했다.

내가 정말 미쳤구나. 근데 이 남자 보기보다 상당히 고지식하고 고집도 센 듯하다.

진짜 손만 잡고 자냐? 내가 확! 먼저 덮쳐?

그래, 덮친다 치자. 키스를 하고…… 그다음엔…… 음…… 어쩌지?

나의 경험 부족을 탓하며 빤히 그의 얼굴을 바라보고 있는데, 꾹 감겨 있던 눈꺼풀이 스르륵 올라갔다. 짙은 먹색 눈동자와 눈이 마주치자 심장이 또 동당거리기 시작했다. 팔베개를 하고 있는 그의 팔이 내 어깨에 휘감기는가 싶더니 커다란 손이 내 턱을 움켜잡았다.

턱 끝을 어루만지는 손끝이 뜨거웠다. 덩달아 내 뺨도 달아오르는 게 느껴졌다. 이미 딱 붙어 누워 있음에도 불구하고, 조금이라도 더 가까이 다가가고 싶어서 안달이 났다. 그렇지만 그는 한참 동안 내 턱을 어루만지며 내 눈을 깊게 들여다볼 뿐이었다.

분위기는 참 눅진눅진하고 좋다만……. 에이씨, 진짜! 내가 덮쳐?

순간 나의 눈빛이 호전적으로 변한 걸 느낀 걸까?

그가 빙긋이 웃음을 머금은 채로 물었다.

"무슨 생각해?"

'너님 덮칠까 말까.' 하는 생각이요.

'어떻게 하면 효율적이고 효과적으로 덮칠 수 있을까.' 하는 생각도요.

곧이곧대로 대답할 수는 없으니 나는 얼굴을 붉히며 수줍게 웃었다.

"무슨 생각했냐고, 나 보면서."

그는 곧 죽어도 대답을 들을 생각인지 내 눈을 똑바로 바라보며 물었다. 나를 바라보는 그의 눈에는 애정이 흘러넘쳤다. 턱을 어루만지는 손길은 여전히 부드러웠다. 나는 코끝에 닿는 그의 숨결에 취한 듯 읊조렸다.

"그냥 너무 잘생겼다, 그런 생각?"

나는 이렇게 말하고는 무의식적으로 아랫입술을 한 번 핥았다.

"대찬 줄로만 알았더니."

그의 웃음소리가 낮게 울렸다.

"여우 짓도 하네, 우리 유정이."

발가락이 간질간질하고, 손가락이 저릿했다. 빙긋이 웃음을 머금은 그는 내 이마에 짧게 입을 맞추었다. 보드라운 입술이 닿았다가 떨어지는 감촉이 은밀했다.

"나는 지금 무슨 생각 하고 있을 것 같아?"

그는 낮게 쉰 목소리로 느릿하게 읊조렸다. 그의 우뚝 선 콧날이 내 코끝을 스쳤다. 입술 끝에서 그의 따뜻한 숨결이 느껴졌다.

"무슨 생각하고 있는데요?"

나는 대답 대신 조심스레 되물었다. 이번만큼은 그의 대답이 간절히 듣고 싶었다.

"갖고 싶다는 생각."

누가 심장을 꽉 움켜쥔 것처럼 가슴이 죄였다. 아니, 심장이 너무 크게 부풀어서 가슴이 터질 것 같았다. 나는 숨을 내뱉지도, 그렇다고 삼키지도 못하고 굳어 버렸다.

"뭘 갖고 싶은지 안 궁금한가 봐?"

덮치고 싶다는 생각까지 했으면서, 갖고 싶다는 그의 말에 나는 꿀 먹은 벙어리가 되어 버렸다.

"뭘 갖고 싶은데요?"

머릿속은 음란하고, 음험한 붉은빛으로 물들어 갔다. 그래도 진도가 너무 빠른 거 아냐?

다소 앞뒤가 맞지 않는 고민이었다. 피곤하다는 남자를 침실에 들여놓은 것부터가 음험했으니까.

"흐음."

한숨을 한 번 내쉰 그의 얼굴이 점점 다가오는가 싶더니 내 어깨로 파묻혔다. 키스하는 줄 알았잖아!

나는 다가오는 그의 움직임 때문에 숨을 깊게 들이마신 채로, 또다시 굳었다. 이제는 가슴이 두근거리다 못해 통증이 느껴질 정도였다.

"변유정."

"네?"

대답을 내뱉은 순간 깨달았다. 그가 나를 부른 게 아니라, 좀 전의 질문에 대한 대답을 했다는 것을. 그는 내 어깨에 얼굴을 묻은 채로 기분이 좋은 듯 웃었다.

"생일 선물로 받고 싶어."

나는 뜨거운 열기에 정신이 혼미해진 나머지 분위기 파악 못하고 물었다.

"뭘요?"

"알면서 묻는 거야, 눈치가 없는 거야?"

그는 나를 더 꽉 끌어안으며 덧붙였다.

"나 잔다. 오늘 내 생일 아니니까."

"생일이 언젠데요?"

어깨에 얼굴을 묻었던 그가 고개를 들더니 내 귓가에 나직한 목소리로 달콤하게 속삭였다.

"자고 일어나서 말해 줄게."

귓가에 닿은 그의 입술이 미소를 머금고 있는 게 느껴졌다. 이윽고 그의 고른 숨소리가 들려왔다. 듣기 좋은 숨소리, 가슴을 통해 느껴지는 그의 심장 고동.

다정한 그의 품 안은 안락하고 따뜻했다. 밤잠을 설친 것도 아닌데, 졸음이 쏟아졌다. 나는 일어나면 제일 먼저 그의 생일부터 알아내야겠단 생각을 하며, 안온한 그의 품에 안겨 스르륵 눈을 감았다.

눈을 떠 보니 벌써 어스름한 저녁이었다. 어제 체육대회를 마치고 회식까지 하느라 피곤했던 건지, 나는 꽤 오랜 시간 잠들어 있었다. 그런데 당연히 옆에 잠들어 있을 거라 생각했던 남자의 모습이 보이질 않았다.

나는 침대에서 몸을 일으켜 화장대로 다가가 휴대전화를 집어 들었다. 내가 일어나면 제일 먼저 휴대전화를 찾을 거라는 걸 알았는지, 화면에 그가 남긴 메모가 붙어 있었다.

[일이 생겨서 가. 곤히 자는 것 같아서 깨우기가 미안하네.]

차라리 깨워서 얼굴 보여 주고 가지. 나는 아쉬운 마음에 한숨을 한 번 몰아쉬었다. 낳아 주신 어머니께서 돌아가셨다더니, 아직 해결해야 할 일들이 남아 있나 보다.

나는 메모가 붙어 있는 변유정 휴대전화를 내려놓고, 이번에는 마타리 휴대전화를 집어 들었다.

[부재중 전화 36통]

누가 보면 내가 진한별 빚 떼먹고 도망간 줄 알겠다. 부재중 전화 36통은 전부 한별로부터 온 것이었다. 갑자기 결석했다고 걱정돼서 전화를 했나 보다. 시계를 보니 이제 야간자율학습을 10분 앞둔 시각이었다.

나는 고민 끝에 한별에게 전화를 걸었다.

— 마타리, 많이 아파?

통화 연결음이 끊기자마자 다짜고짜 아프냐 묻는 한별의 걱정스러운 목소리가 쏟아졌다.

"어제 너무 무리했나 봐. 첫 체육대회였잖아."

나는 이사장이 만들어 준 '마타리 인생 첫 체육대회'라는 핑계를 끌어 왔다.

— 지금은 어때? 내일은 올 수 있고?

"당연하지. 근데 너는 전화를 왜 그렇게 많이 했어?"

— 너 아버지는 병원에 계시고, 어머니도 아버지 간병 때문에 병원에 계시다며……. 혼자 있는데 무슨 일 생길까 봐 걱정돼서 그랬지. 잤어, 계속?

"어."

한별은 안타깝다는 듯 한숨을 몰아쉬었다.

"괜찮아. 내일은 갈 거야, 학교."

이사장과 부둥켜안고 있었던 시간이 미안하게 느껴질 만큼 한별은 진정성 어린 걱정을 쏟아 냈다.

— 뭐 좀 먹었어? 내가 사 갖고 갈까?

"아냐! 나 밥 잘 챙겨 먹었어! 한별아, 엄마 오시나 보다. 끊을게."

전화를 끊는데, 배 속에서 꼬르륵거리는 소리가 들려왔다. 생각해 보니 종일 아무것도 먹지 않았다. 그 사람은 뭐 좀 먹었으려나?

나는 휴대전화를 집어 들고 잠시 고민하다 문자 메시지를 하나 찍어 보냈다.

[나 지금 일어났어요. 밥은 먹었어요?]

문자를 보내고 한동안 화장대 의자에 앉아 기다렸지만, 역시나 답은 오지 않았다. 속이 헛헛했다. 허우룩한 마음 때문인지 갑자기 허기가 몰려왔다. 배달음식을 시켜 먹을까 하다가, 바람이라도 쐴 요량으로 옷을 갈아입고 편의점으로 향했다.

맥주 두 캔과 감자칩 그리고 편의점 도시락을 사 갖고 들어오는 길, 이미 해가 넘어가서 어둑어둑했다. 하필 오피스텔 바로 앞에 있는 가로등 불 하나가 고장이 났는지 깜빡거렸다. 담력 하나는 타고났다고 생각했는데, 곁을 지켜 주던 안온한 품이 그리운 탓인지 등줄기가 서늘했다.

"저기요."

그 순간 가로등 아래 숨어 있던 인영이 갑자기 말을 걸어 와서 나는 소스라치게 놀라고 말았다.

"누구세요?"

나는 손에 든 편의점 비닐 봉투를 말아 쥐었다. 여차하면 비닐 봉투를 무기로 사용할 생각이었다.

"일등고 학생 맞죠?"

힘없이 묻는 목소리의 주인은 오늘 아침 오피스텔 현관문을 두드렸던 여자였다. 그리고 불현듯 정 선배가 이곳에 왔던 날이 떠올랐다. 그때 조수석 창문을 두드리며 딸인 줄 알았다고 횡설수설하던 여자.

그 여자였다.

"저한테 하실 말씀 있으세요?"

깜빡거리는 가로등 아래 서 있는 여자의 얼굴엔 걱정스러운 기색이 역력했다.

"그, 그게…… 이렇게 불쑥 찾아와서 미안해요."

초조하고 불안해 보이지만 결코 위험한 사람처럼 느껴지지는 않았다. 오히려 내 도움이 필요한 사람처럼, 그녀는 공허한 동시에 절박해 보였다.

"말씀하세요. 듣고 있어요."

"그러니까 학생한테……."

"늦었는데 여기서 뭐 해?"

등 뒤에서 나직하고 익숙한 목소리가 들려왔다. 나는 고개를 돌려 뒤에서 다가오는 그에게 알은체를 하고 싶은 마음을 누르며 어둠 속에 서 있는 여자를 응시했다.

"제가 잘못 봤네요. 미안해요."

여자는 또다시 황급히 자리를 피해 버렸다.

"늦었는데 여기 서서 뭐 하냐고."

"아, 그게……."

심장이 두방망이질 쳤다. 처음부터 저 여자는 나에게 무언가 의도를 갖고 접근한 듯했다. 그게 내가 일등고 학생이라는 것과 밀접한 관련이 있는 것처럼 보였다. 그리고 정 선배의 차에 있을 때는 제법 목소리를 냈던 그녀였는데, 윤준재 이사장이 나타날 때면 도망치듯 사라졌다.

처음엔 당황해서 그럴 수 있다 치더라도, 두 번이나 이사장을 피하는 것처럼 보였다.

일등고 학생을 찾아온, 일등고 이사장을 피하는 여자.

그녀는 나에게 무슨 말을 하고 싶은 걸까?

"표정이 왜 이렇게 심각해?"

"아무것도 아녜요. 저녁 먹었어요?"

"어."

"와! 치사하다! 나는 하루 종일 아무것도 못 먹었는데."

나는 그가 더 뭐라 묻기 전에 저녁 식사로 화제를 돌렸다. 그는 내 어깨를 다정하게 감싸며 말했다.

"들어가자. 김치볶음밥 해 줄게."

"정말요? 나 그럼 이 도시락 안 먹어도 돼요?"

나는 까르륵 웃으면 손뼉을 쳤고, 그는 귀엽다는 듯 내 볼을 한 번 꼬집었다. 웃고 있지만, 가슴이 죄었다.

제발, 그 여자가 나에게 털어놓을 말이 윤준재라는 남자와 관련 없는 것이길 바랄 뿐이었다.

"마타리, 일어나서 읽어."

오늘따라 안전 담당 금 선생의 심기가 상당히 불편해 보였다.

"제대로 안 읽어? 목소리가 왜 그래?"

특히 금 선생은 그 불편한 심기를 나한테만 드러내고 있었다.

"어우. 듣기 싫어. 앉아."

나는 한 단락을 채 읽지도 못하고 자리에 앉았다. 그녀는 수업 시간 내내 신경질적이었고, 반 분위기는 묘하게 가라앉았다. 안전 수업이 끝난 뒤, 준스엔젤 중 한 명이 욕설을 내뱉으며 울부짖었다.

"아, 씨! 우리 준스한테 고백했다가 차이고도 계속 매달리다가 안 되겠어서, 집안 동원해서 학교까지 온 거래. 열라 짱나!"

"자존심도 없나? 싫다는데 왜 계속 매달려? 오늘 또 차여서 저렇게 히스테리 부리는 거 아냐?"

또 다른 준스엔젤이 맞장구를 쳐 댔다.

"너넨 그런 소문은 대체 어디서 듣냐?"

진웅이 신기하다는 듯 물었다. 다들 궁금한데도 준스엔젤의 화력을 익히 알고 있기에 묻지 못했던 것이었다. 괜히 물었다가 대답 대신 불똥이 튀는 일은 누구든 겪고 싶지 않으리라. 이럴 땐 필터링 없는 진웅이 고맙다.

"우리 엄마가 금 선생 엄마랑 같은 에스테틱 다녀."

준스엔젤 중 가장 센 화력을 지닌 아이였다. 그러면 또 신빙성이 있는 것도 같고.

"이상하다. 나 어제 병원에서 두 분 봤는데."

반장이 아이들에게 수학여행 안내지를 나눠 주다 말고 고개를 갸웃거렸다

"병원? 어느 병원?"

반 아이들의 이목이 단번에 반장에게로 쏠렸다.

"일등재단 병원. 거기 1층 카페에 앉아 계시더라고. 우리 할머니, 그 병원에서 무릎 수술하셔서 갔었거든."

"할머니는 괜찮으셔?"

맘씨 고운 은진이 반장 할머니 걱정부터 했다.

"야, 지금 쟤 할머니가 문제야? 빨리 더 말해 봐. 둘이 분위기 어땠어?"

좀 전에 엄마가 금 선생과 같은 에스테틱 다닌다고 했던 준스엔젤이 신경질을 내며 끼어들었다.

"할머니는 괜찮으셔. 고마워, 은진아."

반장은 은진에게 빙긋이 웃으며 대꾸하고는 준스엔젤들에게 시선을 돌렸다.

"궁금하면 너네 준한테 가서 직접 물어봐. 금 선생님 정말 찼는지, 안 찼는지. 진짜 남자면 관계 정리 깨끗이 해야지, 왜 그렇게 질질 끄는지. 본인한테 직접 물어보면 답이 나오지 않을까? 나는 그냥 지나가면서 보기만 해서 모르겠지만, 사랑싸움일 수도 있잖아?"

반장의 일갈에 준스엔젤은 실의에 빠지고 말았다. 하는 족족 다 맞는 말처럼 들렸으니까. 반장은 반 아이들에게 수학여행 안내문을 전부 나눠

주고는 소리쳤다.

"우리 수학여행 여행자 보험료만 내면 된대. 인당 1만 원 조금 넘을 거고, 부모님 동의서 받아서 내일까지 내라."

나는 옆으로 지나쳐 가는 반장을 충동적으로 붙들었다.

"반장."

"어?"

"아니다."

반장 말마따나 직접 물어야지. 내가 준스엔젤도 아니고, 죄 없는 반장 잡아서 뭐 하냐.

"수학여행 처음이라 긴장돼?"

"뭐 좀."

"야, 진한별. 타리 잘 챙겨라. 너네 영화는 언제 보냐?"

반장이 유쾌한 웃음을 띤 채 물었다. 고깝거나 놀리는 투가 아닌 순수한 호기심이 담긴 질문이었다.

"네가 챙기지 말라고 해도 알아서 챙길 거다. 영화 언제 볼래?"

순간 아이들의 이목이 전부 나에게 쏠리는 게 느껴졌다.

"글쎄."

뒤에서 진웅이 '마타리, 내숭 떨지 마.' 하고 낄낄거렸다. 한별은 진웅이 그러거나 말거나 낮은 목소리로 속삭였다.

"이번 주말에 보는 거다."

어쨌든 많은 학생이 보는 앞에서 한 약속이니까. 나는 고개를 살짝 끄덕이는 것으로 대답을 대신했다. 그리고 고개를 끄덕인 지 채 1분도 되지 않아서 휴대전화가 울렸다.

[마타리, 너 3교시 끝나고 학교 뒤로 와.]

짧은 메시지에서 감당 못할 분노가 느껴졌다. 메시지 발신인은 이쯤 되면 등장해야 마땅한 안고은 양이었다. 나는 조심스레 교실을 한 번 둘러보았다. 아무리 발 없는 말이 천 리를 간다 해도, 어떻게 고개 끄덕인 지 약 50초 만에 안고은 양 귀에 들어갔는지 모르겠다.

나한테 밀키웨이 프락치를 하라고 해 놓고, 이 반에 나를 감시할 누군 가를 또 심어 두었나 보다. 그게 누굴까? 나는 가늘게 뜬 눈으로 몇 명 되 지 않는 같은 반 여학생들을 눈여겨보았다.

"왜 그래?"

내가 미심쩍게 행동하는 게 느껴졌는지 한별이 의문 어린 목소리를 냈 다.

"아, 아냐. 아무것도."

"영화 뭐 보고 싶은지 생각해 놔. 난 이 영화도 괜찮은데."

한별이 휴대전화 화면을 내밀며 빙그레 웃었다.

"이거 19금인데?"

나는 고개를 비스듬히 기울이며 눈을 흘겼다.

"난 괜찮은데, 넌 안 되려나?"

한별은 이제껏 단 한 번도 자신의 나이와 관련한 언급을 한 적 없었다. 1년 유급당해서 스무 살에 고3으로 학교를 다니고 있는 진환, 그 아이가 한별이 자신의 친구라고 말했던 게 전부였다.

"넌 왜 괜찮은데? 너도 못 보잖아."

나는 시치미를 뚝 떼고 물었다.

"난 볼 수 있는데."

한별이 묘한 미소를 머금으며 눈썹을 추켜올렸다.

"어떻게 볼 수 있는데?"

"궁금해?"

"어."

"주말에 영화 보고 나서 나랑 밥 먹자. 그럼 얘기해 줄게."

나는 덜컥 겁이 났다. 그동안 한별이 나에 대해 호감을 드러내는 것도 미안했는데, 비밀까지 털어놓는 사이가 된다면…… 잠입취재를 끝낼 때쯤 내가 이 아이에게 상처를 입히게 되지 않을까? 은밀하고 어두운 내면 깊숙이 간직한 비밀은 나누지 않는 게 낫지 않을까?

"그때 가서 보고."

"마타리. 적당히 밀어내. 자꾸 그러면 나 상처받는다."

나는 한숨을 내쉬며 그저 고개를 끄덕거렸다. 이래도 상처 주고, 저래도 상처받을 수밖에 없는 사이일까, 우린?

3교시 수업이 끝난 뒤 쉬는 시간, 나는 안고은 양이 나를 불러낸 학교 뒷마당으로 향했다.

"마타리."

밀키웨이 회원을 줄줄이 달고 나올 줄 알았는데, 예상과 달리 고은은 혼자였다.

"네?"

"내가 너 왜 불렀는지 알아?"

모르겠는데 안다고 해야 할 것 같은 분위기였다. 나는 어떻게 하면 질풍노도의 한가운데 있는 여고생 마음을 달랠 수 있을까 고민했다.

나 대신 영화관에 내보내? 그럼 또 한별이가 상처받을 것 같고…….

"데굴데굴 데굴데굴."

"에?"

나는 맹하게 되물었다.

"너 짱돌 굴리는 소리 들린다고."

와, 진짜 안고은 사람 갈구는 거 하나는 타고났나 보다.

"너한테 경고하려고 부른 거야."

나는 마른침을 꿀꺽 삼켰다. 여자의 질투는 무서운 법. 하루아침에 전쟁을 일으키고, 혁명을 주도하고, 역사를 바꾸기도 하는 게 여자의 질투였다.

"무슨 경고요?"

나는 고은을 경계하며 물었다.

"한별이한테 상처 주지 마."

고은은 한숨을 한 번 몰아쉬고는 덧붙였다.

"이미 상처 많은 사람이야. 절대 상처 주지 마."

고은의 얼굴에서는 그 어떤 표정도 읽을 수가 없었다. 너무 많은 감정을 담고 있어서 어떤 얼굴을 해야 할지 모르는 것도 같았다.

"그동안 내가 너한테 시킨 일들은 장난처럼 보였을지도 모르겠지만 지금 이 말은 꼭 새겨들었으면 좋겠어. 한별이, 상처 주지 마."

나는 진중한 눈빛을 내는 고은을 들여다보았다. 작년 겨울 전학 온 나에게는 섣불리 말하지 못할 무언가를, 아이들이 공유하고 있는 느낌이었다. 그리고 그 중심에 진한별, 신은진이 있는 느낌이랄까?

사회부 기자의 촉은 그들을 향했다. 그리고 두 사람을 보호하려는 고은과 정구.

"너 기다리는 애들 있는 것 같다? 난 그만 간다."

고은이 내 등 뒤를 턱짓으로 가리켰다.

"그리고 마타리."

내 옆을 스쳐 지나가던 고은이 멈춰 서서 낮게 읊조렸다.

"너 이사장이 각별히 챙기는 것 같더라? 그러니 저런 벌레들이 꼬이지. 조심해."

그리고 정구, 한별, 은진, 고은, 네 아이들은 묘하게 윤준재 이사장을 경계했다. 서충원 이사장과 윤준재 이사장의 소속이 같아서 내가 의심하고 고민했던 것과 맥락을 같이 하는 것일까?

심장이 두방망이질 쳤다. 나는 고은이 지나쳐 갔는데도 불구하고 움직이지 못하고 가만히 서 있었다. 이윽고 뒤에서 누군가 다가오는 게 느껴졌다.

"마타리, 마침 여기 있었네?"

들려오는 목소리는 준스엔젤 무리였다.

"무슨 일이야? 나한테 볼일 있어?"

무서운 눈빛으로 노려보는 아이들에게 나는 대차게 물었다.

"그냥. 마음에 안 들어서."

"뭐?"

"눈 깔아. 이게 어디서 눈을 부라려?"

기가 막힌 나머지 헛웃음을 내뱉은 순간, 머리가 뒤로 확 기울었다. 둘 중 덩치가 좋은 여자애가 내 머리채를 잡아당긴 것이었다.

"야, 이거 안 놔?"

"못 놓겠다면?"

키도 훨씬 크고 몸도 우람한 아이였다. 이렇게 머리가 잡혔을 때 쓸 수 있는 호신술을 모르는 바는 아니었지만, 10대 여고생에게 행하기에는 다소 과격한 동작이었다. 같은 교복을 입고 있지만, 나는 성인이니까.

"말로 해. 뭔데 이러는 거야?"

"말로 안 통하니까 이러는 거잖아."

커다란 손이 머리채를 우악스럽게 흔들어 댔다. 나는 줄에 걸린 마리오네트 인형처럼 이리저리 흔들리다가 발이 꼬여 주저앉았다. 화단으로 고꾸라진 나는 흙범벅이 되었다.

수업종이 울리는 소리가 들려왔다.

"일단 교실로 가자."

"누구 마음대로?"

이미 눈이 뒤집힌 아이들은 나를 못 잡아먹어 안달이었다.

"여자 아나운서는 안 뽑던 방송반에서 널 받아 주더니, 이사장님이 담당으로 바뀌더라? 그리고 너 왜 그렇게 상담실로 자주 불려가? 대체 뭘 어떻게 했으면?"

"반반한 얼굴 믿고 이사장님한테 들이댔냐?"

나를 집어 던진 여자애가 무릎을 굽혀 앉더니, 주저앉아 있는 나에게 눈을 맞추며 물었다.

"너도 혹시 이상한 짓 하고 다니는 거야?"

"야, 우리 준스는 그런 짓 안 할걸?"

뒤에 서 있던 아이가 그를 두둔하고 나섰다.

"또 알아? 이년이 그년처럼 더러운 짓 하면서 우리 준스한테 들이대고 있는지?"

아이의 손가락이 내 가슴 언저리를 쿡쿡 찔렀다. 더러운 짓?

"수업종 쳤는데, 여기서 뭐 하고 있는 걸까?"

어느새 지척까지 다가온 목소리의 주인공은 이사장이었다.

"어머, 타리야. 괜찮아?"

우악스럽게 머리채를 잡았던 손을 내민 아이가 어서 잡으라며 채근했다. 나는 손을 아이의 손을 잡고 화단에서 몸을 일으켰다. 화단에 곱게 심어져 있던 팬지꽃은 엉망으로 뭉개졌다.

"타리가 발을 헛디뎠는지 여기에 넘어져 있더라고요. 그래서 저희가 일으켜 주고 있었어요."

준스엔젤은 이사장 앞에서 순한 양처럼 굴었다. 누가 봐도 순수한 여고생의 얼굴을 한 모습에 나는 기가 찼다. 요즘 애들 정말 무섭다.

"셋 다 따라와."

내 몰골을 확인한 그는 낮게 읊조리고는 돌아섰다. 나는 흙을 털어 내며 한숨을 몰아쉬었고, 준스엔젤 두 아이는 그 와중에 거울을 꺼내 보며 부산을 떨어 댔다.

결국 우리 셋은 상담실 한가운데 나란히 섰다. 이사장은 한참 동안 아무 말도 하지 않고 창밖만 내다보며 서 있었다. 이윽고 상담실 문이 열렸다.

"이것들이 하라는 공부는 안 하고, 너희 학교 뒷마당에서 뭐 했어?"

상담실 안으로 들어선 이는 뜻밖에도, 아니 당연하게도 담임 윤호재였다. 순간 내내 창밖을 바라보던 이사장의 시선이 나와 마주쳤다. 그는 마치 눈빛으로 '봐, 이래도 내가 윤호재야?' 하고 묻는 듯했다.

"타리가 넘어져서 저희가 일으켜 세워 준 거라니까요."

넘어뜨려 놓고 일으켜 세워 줬단다. 나는 그저 입을 꾹 다물고 빨리 이 시간이 끝나기만을 바랐다.

"야, 마타리. 뭐라고 좀 해 봐."

자신들을 두둔해 달라며 준스엔젤이 억울한 목소리를 냈다.

"심진아."

"헉! 이사장님 제 이름 아세요?"

덩치 큰 여자애가 호들갑을 떨며 물었다.

"이리 와 봐."

가까이 오라는 이사장의 말에 아이의 얼굴은 곧 터질 것처럼 새빨개졌다.

"창밖을 한번 내려다볼래?"

그는 낮고 이지적인 목소리로 조용히 말했다. 심진아라 불린 아이는 창가에 서서 이사장의 시선이 향해 있는 곳을 내려다보았다.

"내가 이사장실보다 여기 상담실에 더 오랜 시간 머문다는 거, 혹시 알아?"

진아는 묵묵부답이었다.

"그리고 특히 쉬는 시간에는 교사들의 시선이 닿지 않는 곳에서 무슨 일이 벌어지고 있지는 않은지 주시하게 된다는 것도."

"이사장님, 그게요!"

"근데 오늘은 내가 직접 둘러보느라 타리가 넘어지는 건 못 봤는데."

이사장의 목소리에 진아의 표정이 급격히 밝아졌다.

"마타리, 넘어진 거 맞아?"

여기서 넘어진 거 아니고 쟤들이 나 매치기 했다고 하면 안 될 것 같은데? 나는 입을 꾹 다문 채로 고개를 끄덕거렸다. 와, 이거 내가 진짜 고등학생이었고, 실제 상황이었으면 겁나 억울했겠는데?

"윤 선생."

"네, 이사장님."

"얘들 참 착한 학생들 같은데, 앞으로 잘 지켜보도록 해요."

담임은 알겠다며 고개를 끄덕이고는 이사장에게 파일 하나를 내밀었다.

"급우를 헤아리는 마음이 참 착하기는 한데, 성적은 안 착하네, 심진아 그리고 이하연?"

성적이고 나발이고, 이름이 불렸다는 사실 하나만으로 아이들은 꿈을 꾸는 듯한 얼굴이었다.

"이사장님!"

내내 조용하던 하연이 입을 열었다. 이사장은 듣고 있다는 듯 자상한 얼굴을 했다.

"저 성적 올라서 대학 붙으면 저랑 결혼해 주세요!"

와, 사귀어 달라는 것도 아니고 결혼해 달래. 애 참 과격하다.

"성적 얼마나 올릴 수 있는데?"

이사장은 잘생긴 얼굴을 십분 활용하려는지 매혹적인 미소를 머금었다. 아니다, 그냥 평소 모습인데 내가 콩깍지가 쓰여서 그렇게 보이는 걸 수도 있겠다.

"이사장님이 올리라는 만큼 올릴게요. 그럼 저랑 결혼해 주실 거죠?"

어떻게 저런 확신에 찬 물음을 던질 수 있는지, 저 아이의 자신감에 박수를 보내고 싶어졌다.

"전국 1%."

그러나 이어진 이사장의 대답에 하연이 동공지진을 일으키며 영혼 잃은 얼굴을 했다.

"저, 저도요! 저 전국 1% 하면 저랑 결혼해 주세요."

그 틈을 타 끼어든 진아가 소리쳤다. 그러자 담임이 피식 웃으며 나를 지목했다.

"마타리는 전국 1% 할 생각 없어?"

상담실 안에 모인 나를 제외한 네 명의 시선이 전부 나에게 쏠렸다.

"글쎄요. 저는 전국 1% 안에 들 자신도 없고요, 이사장님이랑 결혼할 마음도 없는데요."

쭈뼛거리며 내뱉은 말에 담임이 크게 웃음을 터뜨렸다.

"어떡하죠, 이사장님? 마타리한테는 차이셨네요."

그러자 진아와 하연이 나를 들끓는 시선으로 노려보았다.

뭔가 내가 더 튄 것 같니, 얘들아? 그래, 밀당은 이렇게 하는 거야. 언니한테 한 수 배워. 죽자 사자 매달리지만 말고.

"뭐, 저도 이사장님하고 꼭 결혼하겠다는 건 아니고요."

그러자 약삭빠른 진아가 먼저 내 뒤를 따랐다. 하연은 새치기당한 얼굴로 진아를 노려보았다. 그래, 그냥 너희 둘이 싸워. 난 제발 빼 줘. 그런데 하연이 내뱉은 불똥이 나한테도 튀었다.

"사실 마타리도 지금 내숭 떠는 걸 거예요. 이사장님 좋아하면서, 그치?"

어떤 방식으로든 내가 특별해지는 꼴은 못 보겠다는 심리인가. 나는 대답 대신 깊은 한숨을 한 번 내쉬고는 손목시계를 내려다보며 물었다.

"이제 교실로 가도 돼요?"

끝까지 잘난 척이라며 진아와 하연이 입술을 씰룩거렸다.

잘난 척이 아니야, 얘들아. 너희들 덕질에 마타리는 제발 빼 줘!

"수업 시작한 지 꽤 됐는데……."

내가 모범적인 목소리로 덧붙이자, 이사장이 자상한 미소를 머금으며 입을 열었다.

"윤 선생님. 세 사람 교실까지 무사히 데려다주세요. 셋 중 한 사람은 제 신부가 될지도 모르니까."

역시나 나를 가장 곤란케 하는 이는 이사장이었다. 교실로 돌아가는 내내 두 아이는 나를 노려보며 씨근덕거렸다.

"아, 저것만 안 꼈어도 우리 둘이 후보 되는 건데."

"그러니까. 확률이 50에서 33.3으로 줄었잖아. 나쁜 계집애."

"야, 마타리. 너 공부 잘해?"

진아의 물음에 대답한 건 내가 아니라 담임 윤호재였다.

"보자, 타리 공부 잘하나."

그는 이사장에게 건넸던 파일을 들춰 보았다. 진아와 하연은 마른침을 꿀꺽 삼키며 담임을 주시했다. 나는 그 모습이 우스워서 하마터면 크게 웃음을 터뜨릴 뻔했다.

아니, 담임하고 이사장하고 똑같이 생겼잖아. 근데 왜 이사장한테만 그렇게 목숨을 걸어?

"야, 우리 타리가 가능성이 제일 높네. 타리 전국 10%야."

이과 수학은 하나도 모르겠고, 나 때와는 교육 과정이 바뀌어서 전부 찍었는데…….

"진짜요?"

나는 체육대회 직전에 본 모의고사 성적표를 들여다보았다.

"뒤에서. 요 녀석아."

순간 쥐구멍에라도 숨고 싶었다. 나 이래 봬도 명실공히 국내 최고 대학인 한국대 나온 여잔데……. 담임은 내가 그저 마타리인 줄 안다는 사실만으로 위안을 삼아야 할까 싶다.

잠깐 근데 아까 이사장이 이걸 본 거야? 아오, 이게 뭔 망신이야.

내가 얼굴을 와락 구기자 옆에서 진아와 하연이 낄낄거렸다.

"너희는 뒤에서 5%."

애들 공부 좀 해야겠네. 나는 돌아갈 회사라도 있지. 나는 한심한 눈빛으로 아이들을 바라봤다.

"자, 둘은 교실에 들어가고, 타리는 나 잠깐 따라와."

"네? 저요?"

나는 놀라 되물었다.

"어, 지금 확통 시간이지 아마? 확통 선생님이 프린트물 깜빡하셨다고, 갖다 달라고 부탁하셨어. 네가 나 따라와서 가져가."

나는 뺨을 타고 오르려는 입꼬리를 단속했다. 확통 시간을 잠시라도 피할 수 있다면야 지옥에라도 따라갈 것이다. 그런데 담임은 교무실이 아닌, 텅 비어 있는 음악실로 나를 이끌었다.

"여긴 왜……?"

나는 담임을 올려다보며 조심스레 물었다.

"일단 들어가."

심장 박동이 격해지는 게 느껴졌다. 나는 될 수 있는 한 멀찌감치 떨어져서 담임의 뒤를 따랐다.

"문 닫고."

조심스레 닫으려 했는데, 음악실 창문이 열려 있던 탓인지 쾅 하는 소리와 함께 문이 닫혔다.

"죄송합니다. 바람 때문에……."

나는 절대 어른 앞에서 버릇없게 군 게 아니라며 사과부터 했다.

"그것보다 다른 걸 사과해야 할 것 같은데?"

그는 피아노에 기대서며 고개를 비스듬히 기울였다.

"제가 뭘 잘못했을까요?"

나는 의문 어린 눈길로 담임을 바라보았다.

"내가 준재 형인 줄 알았다면서요?"

순간 등줄기가 오싹했다. 나는 무의식적으로 어깨를 좁히며 숨을 멈추었다. 쉽게 말해 쫄았다는 뜻이다.

"제가요?"

"그래요. 변유정 기자님."

나는 떡 벌어지려는 입을 간신히 다물고는 잠시 생각에 잠겼다. 이 인간이 비밀로 한다고 해 놓고 그새 사촌 동생한테 불었나 보다.

"준재 형한테 대충 들었어요. 준재 형 돕고 있다고."

나는 일단 고개를 끄덕거렸다.

"준재 형이 알은척하지 말라고 했는데, 나도 할 말도 있고."

"무슨 할 말이요?"

"나랑 준재 형이랑 많이 닮았죠?"

담임은 무슨 말을 하려는지 뜸을 들였다. 나는 그저 고개를 끄덕이고는 이어질 말을 기다렸다.

"쌍둥이니까."

순간 망치로 뒤통수를 얻어맞은 기분이었다. 마타리와 변유정이 동일 인물이라는 사실이 이들에게도 이렇게 충격적이었을까?

"쌍둥이라고요?"

"어머니가 같다는 뜻이죠."

얼마 전 이사장을 낳아 주신 어머니께서 돌아가셨다고 했다. 그때 담임도 음악 교사 세미나가 있다며 자리를 비웠었다. 이제야 뭔가 아귀가 맞아떨어진다.

"내가 하고 싶은 말은······."

"잠시만요!"

나는 두 손바닥을 활짝 펼쳐 보이며 담임의 말을 저지했다.

"이미 본인이 아닌, 다른 사람한테 너무 많은 이야기를 들은 것 같아요. 이러면 오해가 생길 수도 있고요. 저, 나머지 이야기는 윤준재 씨에게 직접 듣는 게 좋을 것 같은데요?"

은근히 굳어 있던 담임의 얼굴에 묘한 미소가 피어올랐다.

"내가 괜한 걱정을 했네."

그는 고개를 가로저으며 유쾌한 웃음을 터뜨렸다.

"무슨 걱정이요?"

"기자 신분인 변유정 씨가 우리 착한 형 이용할까 봐."

담임의 얼굴에 애틋한 미소가 어렸다.

"아마 형이 본인 입으로 직접 말할 일은 없을 거예요. 변유정 씨 많이 좋아하는 것 같으니까."

"그것도 본인 입으로 들었으면 더 좋았을 뻔했네요."

나는 어깨를 으쓱하며 씁쓸한 미소를 머금었다.

"우리 형 상처 주지 마요. 충분히 많이 아팠던 사람이니까."

이거 어디서 들었던 이야긴데? 나는 데자뷰처럼 머리를 스치는 장면에 고개를 갸웃거렸다. 학교 뒷마당에서 고은이 한별을 두고 했던 말과 정확히 일치했다.

한별을 걱정하는 고은, 이사장을 걱정하는 담임. 그리고 철저히 대립하는 듯 보이는 한별과 이사장.

머릿속이 복잡하게 얽혔다. 우선 이사장과 한별이 사이에 흐르는 묘한 기류의 정체부터 파악해야 했다. 막연하게도 그게 핵심일지 모른다는 생각이 들었다.

머릿속은 치열했지만 나는 애써 태연한 척 입을 열었다.

"윤준재 씨, 보기완 다르네요."

"무슨 뜻이에요?"

"제 앞가림 못해서 동생이 나서야 할 만큼 무능력한 남자는 아닌 것 같았는데?"

내 물음에 담임은 아차 싶은 얼굴을 했다.

"본인이 되게 오지랖 넓게 쓸데없는 걱정 하고 있다는 거 알죠? 형 아끼는 마음은 알겠는데, 위장된 신분이기는 하지만 엄연히 학생이에요, 나. 수업 시간에 이러면 곤란하죠."

내가 싱긋 웃으며 덧붙이자 담임의 얼굴에 온화한 미소가 자리했다. 불안감이 해소된 안도감 어린 얼굴이랄까?

"저 그만 가 봐도 되죠?"

그는 환한 미소를 머금은 채로 고개를 끄덕거렸다. 음악실을 나서려던 나는 문 앞에서 잠시 머뭇거렸다.

"저기, 근데요."

아, 변유정. 또다시 삽을 집어 들었다.

"금 선생이랑 윤준재 씨랑 진짜 아무 사이도 아녜요?"

그러자 담임의 얼굴에 대번에 장난기가 어렸다. 그는 미소를 거둬 내고는 심각하게 미간을 좁혔다.

"그런 거야말로 본인한테 물으셔야 하지 않을까요? 제가 막 이야기해 주고 싶은데, 아까 형한테 직접 들어야 오해가 없을 거라고 변유정 씨가 이야기한 지 5분도 안 지났는데요?"

얄밉게 조잘거리는 모습이 이사장이 날 놀릴 때와 똑 닮았다.

"그쵸? 제가 괜한 걸 물었네요."

"아마 형은 아무 사이 아니라고 할 거예요. 한번 캐 봐요. 쉽지는 않겠지만."

아까 멋지게 되로 준 것을 나는 말로 받았다. 음악실을 나서는데, 4교시를 마치는 종소리가 들려왔다. 아이들이 우르르 교실에서 쏟아져 나와 급식실로 달려가는 소리 역시 들려왔다.

아무 사이 아니라고 할 거예요? 한번 캐 봐요? 쉽지는 않겠지만? 이건 그럼 무슨 특별한 사이였다는 뜻 같잖아!

입맛이 뚝 떨어진 나는 곧장 방송실로 향했다. 급하게 밥 먹고 방송실로 달려오느니, 그냥 방송실에서 미리 방송 준비를 하고 있는 게 낫겠지 싶었다. 당연히 닫혀 있을 거라 생각했던 방송실 문이 열려 있었다.

안으로 들어서자 방송 부스 안에 서 있는 한별과 석기의 모습이 눈에 들어왔다. 뭐든 열심히 하는 녀석들, 점심도 포기하고 와서 방송반 활동을 논의하고 있나 보다.

둘이 어떤 바람직한 청춘 드라마를 찍고 있나 한번 들어 보실까? 나는 조심스레 부스와 연결된 이어폰을 귀에 꽂고 전원을 올렸다.

"풀자. 어? 이거 풀고 어떻게 되는지 지켜보자, 형."

석기의 목소리는 애원에 가까웠다.

"그거 풀면, 은영이 두 번 죽이는 거야."

"그럼 어쩌자는 건데! 형 학교로 왜 돌아왔는데. 그거 밝히려고 돌아온 거 아냐?"

나는 헉 소리가 절로 나올 것 같아서 손으로 입을 틀어막았다. 그리고 내 시선은 석기의 손에 들린 태블릿 PC로 향했다.

「학생 손에 있을 수도 있어.」

순간 이사장의 목소리가 귓가를 스쳤다. 태블릿 PC를 갖고 있는 사람이 무려 석기였나 보다.

나는 얼른 귀에서 이어폰을 빼내고 전원을 내렸다. 더 엿듣고 싶었지만, 방송 시간이 가까워지고 있었다. 곧 엔지니어를 맡은 학생들이 들이닥칠 거다. 그 말인즉슨, 한별과 석기도 마냥 저 안에 있지만은 않을 거라는 의미였다.

아니나 다를까 방송 부스 문이 열리는 소리가 들려왔다. 나는 게임에 심취한 양 얼른 휴대전화를 꺼내 들었다.

"마타리, 일찍 왔다."

"아, 네. 안녕하세요, 선배님. 한별이도 있네."

두 사람이 서로를 한 번 마주 보더니, 석기가 명령조로 말했다.

"타리야, 거기 전원 좀 켜 볼래. 안에 마이크 잘 안 된다고 하던데?"

내가 엿들었을지도 모른다고 의심하는 듯했다. 나는 자리에서 허둥지둥거리며 수많은 버튼을 내려다보았다.

"저, 제가 아나운서만 해서요. 전원 버튼이 어디 있는지……."

내가 꾸지람을 들을 각오가 되어 있다는 목소리로 대꾸하자, 두 아이의 얼굴에 안도의 기색이 어렸다.

"야, 너는 아무리 아나운서라도 전원 버튼을 몰라?"

석기가 나를 구박하며 나서자, 한별이 다가와 빙그레 웃으며 빨간 버튼을 들어 올렸다.

"이거야, 전원."

"아, 고마워."

나는 고맙다는 인사를 건네고는 재빨리 석기에게 시선을 돌렸다.

"근데 선배님. 저희 학교 스마트 기기 갖고 오는 거, 뭐라고 하지 않아요?"

"이거? 동영상 강의 시청용이라 괜찮아."

석기는 아주 자연스레 대꾸하고는 방송실을 나섰다. 내 시선은 석기의 손에 있는 태블릿 PC를 끝까지 좇았다.

분명해, 저게 그거야. 바로!

"아마 담임한테 승인받으면 너도 들고 다닐 수 있을걸? 동영상 강의 어플만 실행되는 걸 거야."

한별이 석기를 두둔하고 나섰다. 다정한 목소리가 들려오자 나는 단호했던 좀 전의 한별이 목소리를 다시금 떠올렸다.

「그거 풀면, 은영이 두 번 죽이는 거야.」

은영이라는 이름을 가진 아이는 대체 누굴까? 두 번 죽여? 은영이가…… 죽었어?

대체 뭘까. 이 아이들이 숨기고자, 혹은 밝히고자 하는 진실이.

수업을 마친 나는 파김치가 되어 오피스텔로 돌아왔다. 야간자율학습이 이렇게 빡센 일이었나? 나는 그나마 야자를 끝내고 집으로 와서 쉰다지만, 아이들은 또다시 학원, 독서실 등 제2의 장소로 향하여 책과 씨름할 것이다.

교육 정책은 백 년을 내다봐야 하지만 시시각각 변하는 통에 아이들은 고되고, 학부모는 불안했다. 고등학교 졸업한 지가 언젠데, 교육 환경은 그대로였다.

씁쓸함을 감추지 못하고 맥주 캔을 집어 든 순간이었다. 재킷 주머니에 넣어 두었던 휴대전화가 윙윙 울렸다.

"여보세요?"

— 도착했어?

다정한 물음에 미소가 번졌다. 휴대전화 너머에서 들려오는 목소리는 역시나 이사장이었다. 생일 선물로 받겠다며 생일도 안 가르쳐 주는 사특한 남자 말이다.

나는 누가 보고 있는 것도 아닌데 애써 느긋한 미소를 지으려 노력했다.

"방금 들어왔어요."

— 뭐 해?

"맥주 마셔요."

— 같이 마실래?

사특한 꼬임에 귀가 녹아내리고, 가슴이 파닥거렸다.

"지금 맥주 한 캔밖에 없는데."

— 문 열어.

또 다짜고짜 문을 열란다. 나는 마시던 맥주 캔을 싱크대 위에 올려놓고 현관문을 열었다.

"나가서 한잔할까?"

"나 씻지도 못했는데."

"나 좀 일단 들어간다."

나는 무작정 밀고 들어오는 그 때문에 옆으로 비켜섰다. 현관 신발장에 바짝 붙어 서서 신발을 벗고 있는 그의 발을 내려다보고 있는데, 커다란 손이 뒤통수를 부드럽게 잡고 끌어당겼다.

정수리에 그의 입술이 닿았다가 떨어지는 게 느껴졌다.

"오늘 고생 많았어."

하루가 너무 긴 탓인지 준스엔젤이 나를 덮쳤던 일도 잠시 잊고 있었다.

"고생은 무슨."

"무릎 까진 것 같던데, 약은 발랐어?"

이 남자가 말해 주지 않았으면 무릎이 까진 줄도 몰랐을 거다. 나는 피딱지가 앉아 있는 무릎을 내려다보며 대수롭지 않게 웃었다.

"금방 낫겠네요, 뭐. 근데 갑자기 웬 술?"

"맨정신에 못할 말을 해야 할 것 같아서."

갑자기 심장이 왈칵 치솟아 올랐다. 어떤 심각한 고백을 하려고 이러실까.

어제 금 선생을 만났다더니, 그 얘기를 하려나. 담임 윤호재에게 변유정에 대해 털어놓은 것처럼, 나에게 집안사를 털어놓으려는 건가.

나는 복잡한 마음으로 이사장을 올려다보았다.

"옷 갈아입고 나와. 나가자."

"지금요?"

"어."

그는 집 안을 한 번 휘둘러보더니 다정한 시선으로 나를 내려다보았다.

"제대로 된 데이트 해 본 지 오래됐잖아. 나가자고."

그는 자상한 미소를 머금으며 내 머리를 부드럽게 어루만졌다.

"알았어요. 잠깐만 기다려요."

옷을 갈아입으려 방으로 향하는데 그가 따라 들어왔다.

"지금 뭐 하는 거예요?"

나는 당황한 나머지 그를 올려다보며 양팔을 교차해서 가슴께를 가렸다.

"내가 이불 들어 줄게. 그 안에서 갈아입어."

그의 표정이 심상치 않았다. 장난이라고 하기엔 너무 심각한 얼굴이었다. 보이지 않는 누군가의 시선을 차단하려는 느낌이랄까. 나는 이상하도록 불안한 예감에 방 불을 꺼 버렸다.

"자, 이렇게 하고 갈아입으면 되겠죠?"

"눈치 하나는 빠르네."

그의 목소리에서 웃음기가 묻어났다. 이 남자 진짜 사람 헷갈리게 왜 이러실까.

"근데 나 옷 갈아입는 동안 거기 그러고 서 있을 거예요?"

"아마도."

장난기 어린 목소리에 나는 혹시나 하는 의구심을 걷어 내고 어둠 속에서 그를 노려보았다.

"윤준재 씨, 사람 그렇게 안 봤는데, 엉큼한 구석이 있네요?"

"남자는 다 엉큼해."

나직이 울리는 목소리를 들으며 나는 아랫도리를 벗어 내렸다. 어둠

속에서 그가 마른침을 꿀꺽 삼키는 소리가 들려왔다. 두세 발자국 떨어진 곳에 그가 서 있었다.

　그는 더 이상 다가오지도, 멀어지지도 않았다. 나는 깊게 숨을 들이마시며 윗도리도 마저 벗어 던졌다.

　"변유정."

　"⋯⋯."

　나는 대꾸 없이 가만히 서 있었다.

　"얼른 옷 입어."

　뭉근한 열기에 휩싸인 그의 나직한 목소리는 아주 약간 쉬어 있었다. 나는 일부러 느릿한 동작으로 옷걸이에 걸어 두었던 면 원피스를 집어 들었다. 바깥에서 들이치는 가로등 불빛에 슈트를 입은 그의 실루엣이 보였다.

　그에게도 역시 내 실루엣이 보일 터였다. 갑자기 한없이 요염해지고 싶은 충동이 일 만큼, 공기가 밀도 높게 차오르는 기분이었다.

　"어디 갈 거예요? 차려입어야 해요?"

　나는 면 원피스를 손에 든 채로 물었고, 그 순간 대답 대신 그가 성큼 다가왔다.

　"제발 좀 아무거나 입어. 사람 미치게 하지 말고."

　"그러게 누가 옷 갈아입는데 따라 들어오래요? 엄마야!"

　등허리에 굳센 팔이 와락 휘감겼다. 부드러운 슈트 자락은 차가웠다. 그는 단번에 내 입술을 머금고는 키스를 퍼부었다. 심장이 쿵쿵 울렸다. 짧고 강렬한 입맞춤에 다리에 힘이 풀릴 듯했다.

　"하아."

　입술이 떨어지자 긴 숨이 터져 나왔다.

　"이럴 시간 없으니까, 빨리 입어. 나가서 실컷 해 줄 테니까."

"방금 덮친 건 제가 아니라, 윤준재 씨거든요?"

"그래, 알겠으니까. 빨리 옷이나 입어."

그는 안 되겠다 싶었는지 내 손에 들린 면 원피스를 빼앗아 가서는 내 머리에 씌웠다.

"아오. 알았어요. 내가 입을게."

나는 손을 뻗어서 그를 저지하며 스스로 옷을 꿰입었다.

"자, 됐죠?"

"그래, 나가자. 이제."

달각 하는 소리와 함께 방 불이 켜졌다. 불이 켜지자 심각했던 목소리와 달리 그가 장난스러운 얼굴로 웃고 있었다.

"뭐야, 진짜. 이런 유치한 장난을 해요, 왜."

나는 은밀하게 빛나는 그의 눈동자를 바라보며 빙긋이 웃었다. 그 역시도 미소를 머금고 있었지만, 애써 느긋하고 태연한 척하는 듯 보였다.

"알았으니까. 나가자고."

그는 내 손을 꼭 붙잡고 현관으로 향했다.

"휴대전화랑 지갑은 챙겼어?"

"와, 혹시 나한테 술 사 달라는 거예요?"

그는 뭐가 그리 우스운지 내 볼을 살짝 꼬집었다 놓고는 현관문을 열어젖혔다. 엘리베이터에 오른 그는 1층이 아닌 지하 주차장 버튼을 눌렀다. 나는 의아한 시선으로 그를 올려다보았다.

"어디 멀리 가요?"

"어."

"이 밤중에?"

시계를 보니 이제 11시가 막 넘은 시각이었다.

"나 내일도 학교 가야 하는데요?"

내내 엘리베이터 문을 바라보고 있던 그의 시선이 나를 향해 왔다.

"따라와. 가 보면 알아."

이렇듯 말을 아끼는 묵직한 면이 그의 매력이기는 했다. 그러다 한 번씩 가슴 설레는 말을 빵빵 터뜨려 주면, 나는 정신을 차리지 못하고 핑크빛 아우라에 휩싸여 가슴을 떨어야 했다.

그런데 지금은 그 분위기가 핑크빛이라고만 하기에는 다소 긴박해 보였다. 대체 무슨 이야기를 하려고 사람 피를 이렇게 말리실까?

오피스텔 지하주차장에서 올라탄 그의 차는 삼성동에 있는 주상복합 건물 지하주차장에 멈춰 섰다. 우리가 사는 오피스텔에 비하면 대궐 같은 포스를 자랑하는 곳이었다.

"여긴 왜요?"

"일단 들어가서 이야기하자."

설마 여기서 막 나 팔아넘기고 그러는 건 아니겠지?

'사실 나는 불의였어. 네가 생각했던 그 악당이 맞아. 미안한데, 네 운명은 여기까지인 걸로. 잘 가라, 변유정. 탕!'

나는 전혀 현실성 있어 보이지 않지만, 어딘지 모르게 일리 있는 상상을 하며 혼자 오싹해했다.

"들어가자."

그가 나를 안내한 곳은 건물의 최상층인 펜트하우스였다.

혹시 부자들만 가는 고급 술집이 여기 있나? 그런 데를 예약했으면 면 원피스 말고 드레스 업 할 시간을 좀 주지!

나는 속으로 구시렁거리며 그가 열어 준 문 안으로 들어섰다. 집 안은 그야말로 입이 떡 벌어질 정도로 휘황했다. 바닥과 내부는 아이보리색 대리석으로 장식되어 있었고, 반짝반짝 빛나는 크리스틸 샹들리에가 머리 위에 드리워졌다.

앉으면 큰일이라도 날 것 같은 하얀색 가죽 소파와 발을 내디딜 수 없을 정도로 황홀한 결을 뽐내는 카펫까지, 거실 입구에 선 나는 한 발짝도 더 움직이지 못했다. 마치 공간 디자이너가 완벽하게 꾸며 놓은 영화 세트 안으로 들어온 기분이었다.

'여기가 남자 주인공 집입니다!' 이런 느낌이랄까?

그는 카펫 한가운데 놓인 은색 메탈 테이블에서 리모컨을 집어 들었다. 그가 손가락을 가볍게 움직이자 샹들리에 조도가 낮아졌고, 거실 창을 드리우고 있던 커튼이 좌우로 벌어졌다.

"우와."

나는 촌스럽게 감탄하고 말았다.

"어때?"

거실 통유리창 밖으로 보이는 한강 야경이 기가 막히게 아름다웠다.

"멋지네요."

나는 하마터면 박수까지 칠 뻔했다.

"근데 여기 뭔데요?"

여전히 이곳이 어딘지, 뭐 하는 곳인지 감을 잡지 못한 나는 어리둥절한 얼굴로 그를 바라보았다.

"유정아."

그가 성을 빼고 이름을 부르는 경우는 극히 드물었다. 그런데 그간 있었던 일을 되짚어 보면, 그가 별안간 내 이름을 다정히 부를 때는 뭔가 부탁이 있을 때였다.

"혹시 맨정신에 못한다는 말, 지금 하려는 거예요? 아직 술 한 모금도 입에 안 댔는데?"

내 물음에 그는 빙긋이 웃음을 머금었다. 저 까닭 모를 웃음에 내 심장은 속절없이 두근거렸다.

"술은 너 불러낼 핑계였고."

나직이 울리는 목소리에 나는 마른침을 꿀꺽 삼켰다. 나를 바라보는 그의 눈동자는 다채로운 빛을 내고 있었다. 완벽히 멋진 공간과 기가 막히게 잘 어울리는 남자를 앞에 둔 나는 어정쩡한 자세로 서서 그를 바라보았다.

이곳에서 나만 따돌림당하는 느낌이었다. 옷이라도 갖춰 입고 나올걸.

"여기 좋지?"

"좋네요."

그는 빙긋이 웃으며 내 앞으로 성큼 다가왔다. 나는 새삼 멋진 남자를 가만히 올려다보았다.

"유정아."

또다시 들려오는 다정한 부름에 뺨에 뭉근한 열기가 오르는 게 느껴졌다. 그의 먹색 눈동자는 은밀하게 타오르고 있었다.

"말해요. 여기까지 나 데려온 이유가 있을 거 아녜요."

그는 '흠흠.' 소리를 내며 목을 한 번 가다듬었다. 지금 보니 그의 목덜미도 새빨갰다.

"같이 살자, 나랑."

나는 순간 내가 잘못 들었나 싶어서 눈을 크게 깜박거리고는 머리를 가볍게 흔들었다.

"뭐라고요?"

나도 모르게 목소리가 튀어 오르고 말았다.

"여기에서 같이 살자고."

나는 순간 말문이 막혀서 멍하니 입술을 벌린 채로 그를 올려다보았다. 너무 당황스러우니 뭐부터 물어야 할지 감이 오질 않았다.

"지금 나한테 프러포즈한 거예요?"

나는 믿을 수 없다는 얼굴로 그에게 물었다.

"아니."

같이 살자는 말이 프러포즈가 아니야?

나는 미간을 찌푸리고 턱을 뒤로 당기며 고개를 갸우뚱 기울였다. 생각해 보니 이 남자는 처음 나한테 작업을 걸 때도 그랬다.

「고백하는 거 아닌데? 꼬시는 거죠, 나랑 연애하자고.」

나는 그렇게 앞뒤 안 맞는 허술한 꼬임에도 홀라당 넘어갔었구나. 갑자기 스스로가 몹시도 한심해지는 순간이었다. 기가 막히도록 멋진 공간에서 같이 살자는 말을 들었는데, 프러포즈가 아니라니.

나는 기가 막혀서 헛웃음을 흘렸다. 웃음소리가 다소 신경질적이어서 내 귀에도 히스테릭하게 들릴 정도였다. 그러자 그가 커다란 손으로 내 뺨을 감싸며 진중한 얼굴을 했다. 미간에는 아주 미세한 주름이 잡혀 있었고, 눈동자는 그 어느 때보다 검게 빛났다.

그 어떤 난관이 닥쳐와도 굴하지 않고 자신의 의견을 관철시키겠다는 그의 굳은 의지가 느껴졌다.

"프러포즈도 아닌데, 같이 살자. 이거 나 어떻게 받아들여야 할지 모르겠는데요?"

나는 사고 강박증에라도 걸린 사람처럼 그가 나와 같이 살고자 하는 이유를 찾기 위해 머리를 굴렸다.

걱정스러운 눈빛으로 나를 바라보는 그의 얼굴을 유심히 들여다보고 있는데, 불현듯 신경을 거스르는 것들이 머릿속을 스쳤다. 나도 모르게 열려 있던 창문. 세 번이나 마주친 의문의 여자. 심장 박동이 둔화되는 게 느껴질 정도였다.

그가 여기서 살자고 한 말에 무언가 로맨틱한 이벤트가 있을지도 모른다는 생각을 한 좀 전의 나를 타박하고 싶은 심정이었다. 나는 이내 이성적인 사회부 변 기자로 돌아왔다.

"그 집에 무슨 일 있는 거죠?"

감정 하나 싣지 않은 무미건조한 물음에 그는 잠시 입을 벌렸다가 이내 꾹 다물었다. 이렇게 빨리 눈치챌 줄은 몰랐다는 표정이었다.

"역시, 빠르네."

"얘기해 줘요. 무슨 일인지."

"침입 흔적이 있었어. 그때 창문이 열려 있었다고 말했을 때, 혹시나 해서 주변에 CCTV를 추가 설치했는⋯⋯."

"잠깐, 침입 흔적이요? 그래서 아까."

집 안에 혹시 카메라라도 설치되어 있었던 걸까? 나는 순간 오싹해져서 몸을 부르르 떨었다.

"아직 그 집을 둘러보지는 못했어. 이쪽에서 눈치챈 걸 들키지 않도록 천천히 움직일 거야."

"누가 눈치챈다는 거예요?"

"아직 누군지는 정확히 몰라."

둘 다 짐작 가는 인물이 있었지만, 입 밖으로 내지는 않았다. 이 남자가 정의건 불의건 외부 세력으로부터 나를 보호하려는 의도는 분명해 보였다. 하지만 다르게 생각해 보면⋯⋯.

내가 그 집으로 돌아가면 사건의 중심에 설 수도 있다는 뜻이었다. 둔화되었던 심장 박동이 갑자기 치솟아 올랐다. 본능적으로 맡아지는 특종 냄새에 아드레날린이 치솟아 올랐다.

"만약 내가⋯⋯."

나는 일부러 뜸을 들이며 그의 표정을 유심히 살폈다.

내가 사건의 중심에서 벗어나 취재를 하지 못하게 하는 것. 설마 그게 이 남자가 원하는 것이라면?

기자라면 1%의 의문점도 그냥 지나쳐서는 안 된다.

"그곳에 다시 돌아가겠다고 하면요?"

조심스러운 물음에 그의 얼굴이 일그러지는가 싶더니, 나를 품 안으로 와락 끌어당겨 안았다.

"절대, 못 돌아가."

목소리에 성마른 분노가 흘렀다. 그가 내비치는 절대적 노여움에 나는 일면 안심했다. 그리고 그가 울부짖듯 낮은 목소리로 읊조렸다.

"제발, 나 좀 믿어. 변유정. 의심하지 말고."

가슴이 뜨겁게 차올랐다. 나는 손을 올려 가만히 그의 등허리를 감싸 안았다.

"그럼 오늘 밤부터 여기서 지내요?"

갑자기 미묘한 사건들과 온갖 감정이 뒤섞여서 머리는 터질 듯했고, 가슴은 쉴 새 없이 두근거렸다. 그는 고개를 끄덕이며 안심하라는 듯 빙긋이 미소 지었다.

"간단한 소지품이라도 챙겨 올걸. 짐이 다 그 집에 있는데……."

"여기도 있어."

그는 등허리를 감쌌던 굳센 팔을 풀어내고는 가볍게 웃었다.

"내가 설마 변유정 여기로 모시면서 그런 것도 준비 안 해 놨을까 봐?"

그의 입가에 장난기가 머물렀다. 일부러 분위기를 가볍게 만들려는 듯 그는 평소 모습과 전혀 어울리지 않는 익살스러운 얼굴을 했다. 나는 가만히 한숨을 한 번 내쉬고는 그를 올려다보았다.

"너무 애쓰지 마요. 얼굴에 경련 일어날 것 같아요."

나는 인상을 찌푸리며 손가락으로 그의 뺨을 가볍게 튕겼다. 그러자 그도 이내 느릿하게 한숨을 한 번 내쉬었다. 잘생긴 얼굴에 근사한 미소가 느릿하게 번져 갔다.

내가 그를 믿고 안심한 것처럼 보였는지 그제야 그도 여유를 되찾은 얼굴이었다.

"이리 와. 네 방부터 보여 줄게."

내 방이라니……. 대체 난 뭘 기대하고 있었을까?

그는 나를 이끌고 집 안 가장 안쪽에 있는 방으로 향했다.

"이 방 쓰면 돼."

"와."

나는 이 집 거실에 들어설 때처럼 똑같이 입을 떡 벌려 주었다. 말 그대로 '동화 속 공주 방'이었다. 하늘하늘한 레이스 캐노피가 천장에서부터 바닥으로 드리웠고, 그 세모꼴 가운데 레이스로 뒤덮인 침대가 놓여 있었다. 얼마 전 마트에서 산 싸구려 면 이불이 있는 내 침대에서 그를 재웠던 게 갑자기 부끄러워질 만큼 고급스러운 모양새였다.

"이거 설마 윤준재 씨가 골랐어요?"

"어."

이분 취향 참.

"우리 유정이랑 가장 잘 어울릴 만한 걸로 고른 건데, 왜 마음에 안 들어?"

내 평생 언제 이런 공주 방을 누려 보겠는가. 나는 생긋 웃으며 눈을 가늘게 떴다.

"마음에 들어요."

그러자 그의 얼굴에 진심 어린 환희가 번졌다. 뿌듯해하는 얼굴을 마주하자 괜히 내 기분도 가벼워졌다.

"근데 나 교복은요?"

"여기 있어."

그는 방문 오른쪽에 있는 공간을 가리키며 고개를 비스듬히 기울였다. 그곳에는 작은 드레스룸과 개인 욕실이 있었다. 혹시나 했는데, 역시나. 드레스룸에는 어마어마한 옷들이 가득 차 있었다.

"이게 다 뭐예요?"

"옷도 하나도 못 챙겨 왔잖아. 그래서 종류별로 준비해 놨지."

지극히 서민적인 환경에서 자란 나는 가끔 이 남자가 재벌 집 자제라는 사실을 잊고 만다.

"윤준재 씨 돈 되게 많은가 봐요."

"변유정 옷 사 줄 돈은 있어."

"이거 돈 지랄 같은데?"

그러자 그가 맥 빠진 얼굴로 나를 내려다보았다.

"감동하는 태도가 참 격렬해."

그는 팔짱을 끼며 마음이 상했다는 얼굴을 했다.

"아니, 그게 아니라. 이 많은 옷을 다 언제 입어요."

그런데 그때 내 눈에 드레스룸 한가운데 놓인 서랍장이 눈에 들어왔다. 나는 무의식적으로 서랍장으로 손을 뻗었고, 그가 저지하기도 전에 첫 번째 서랍을 열고 말았다.

"엄마야."

하마터면 바닥에 주저앉을 뻔했다. 드레스룸을 가득 채운 겉옷만큼이나 놀라운 수준의 속옷들이 서랍을 한가득 차지하고 있었다. 황급히 서랍을 닫으려는데 브래지어 하나가 튀어나와서 걸리적거렸다.

나는 엄청난 레이스 덩어리를 안으로 욱여넣으며 손을 벌벌 떨었다. 이 남자, 취향이 레이스인가 보다.

"내가 깜빡하고 잊은 게 있는데."

그는 일순간 심각한 얼굴을 하고는 근엄한 목소리를 냈다. 무슨 중요한 말을 하려는지 그의 미간이 잔뜩 좁아졌다. 그가 검지를 까딱 움직이며 가까이 다가오라는 시늉을 했다.

나는 서랍장 속 총천연색 레이스 속옷 따위는 잊고 그에게 성큼 다가갔다.

"다음 주말이."

"다음 주말이?"

나는 긴장감에 마른침을 한 번 꿀떡 삼키고는 그가 한 말을 되풀이했다.

"내 생일이야."

그렇게 말한 그는 유유히 드레스룸을 빠져나갔다. 그가 생일 선물로 날 달라고 했었나?

가슴속에서 음란 자아가 레이스 속옷을 입고 날뛰었다. 심장이 말도 못하게 두근거렸다. 나는 얼른 그의 뒤를 따라 나갔다. 여기서 우물쭈물하고 있으면 뭔가 음란한 상상을 하고 있는 걸 들킬 것만 같았다.

"그럼."

앞서 나간 그를 나는 방문 앞에서 붙잡아 세웠다.

"그럼?"

"윤준재 씨 방은 어디예요?"

그는 말 대신 엄지를 척 빼며 가리켰다. 내가 쓸 곳 방과 마주 보고 있는 방문. 그의 손가락은 정확히 그곳을 가리키고 있었다.

지금 이 순간. 저 방문을 가리키고 있는 손가락조차도 섹시하게 느낀다면, 저 변태 인증 하는 건가요?

손가락 페티시가 있는 것도 아닌데, 불뚝 솟아 있는 엄지가 무척이나 매혹적으로 보였다. 내 가슴속 음란 자아는 '네가 그럼 그렇지.' 하며 고개를 주억거렸다.

아니지. 나 변유정, 절대 저 남자 생일 전에는 먼저 덮치지 않으리.

입은 꾹 다물고 있는데 현란하게 변해 가는 내 표정을 읽었는지 그가 빙긋이 웃으며 입을 열었다.

"생일 선물 미리 줄 생각은 하지 말고."

나는 하마터면 입 밖으로 헉 소리를 내뱉을 뻔했다.

"이제 자. 잠자리 바뀌어서 좀 곤란하겠지만, 잘 자."

"안 그래도 충분히 곤란한 상황이라 별로 신선하지도 않네요."

자정이 가까운 시각, 혼곤함에 정신줄을 놓은 나는 필터링 없이 지껄였다. 그러자 그는 유쾌한 웃음을 터뜨리며 내 정수리를 헝클었다.

"암튼 우리 키티랑 있으면 웃을 일이 많다니까."

한동안 잠잠했던 키티를 그가 다시 불러냈다.

"집사님도 잘 자요. 밤에 키티 방에 몰래 들어오지 말고, 집사 체면 지키시고."

단호한 말로 일갈하고는 돌아섰다. 그런데 등 뒤에서 낮게 신음하는 그의 목소리가 들려왔다. 마치 강아지가 끙끙거리듯 안쓰러운 한숨 소리였다. 이 남자는 사람 마음 약하게 만드는 방법도 참 가지가지로 구사한다.

"굿나잇 키스 정도는 해야 하는 거 아닌가?"

돌이켜 보면 나는 매정함과는 인연이 없는 여자였다. 저 머나먼 나라 불우 어린이 돕기도 하는 마당에, 내 남자 앙탈 한 번 못 받아 주면 되겠어? 최대한 도도하게 돌아서리라 마음먹고 고개를 돌린 순간.

"싫음 됐고."

얄미울 만큼 단정한 목소리가 들려왔다. 그런데 나는 이미 돌아섰고, 그는 이미 자신의 방 문고리를 잡고 있었다. 나는 그와 똑같은 자세로 손을 뻗어 그의 옷자락을 잡아당겼다.

"왜?"

"아니……. 그냥."

"할 말 없으면 나 들어가서 잔다?"

이 남자, 밀당하는 기술이 날로 늘어 간다.

"할 건 하고 자자고요."

수줍음 가득한 내 목소리는 점점 기어들어 갔다. 갑자기 이 상황이 너무 부끄러워서 눈물이 찔끔 나올 것만 같았다. 이 남자, 별것도 아닌 상황에 자꾸만 천하의 변유정을 울려 버린다.

"진작 말을 하지, 그럼."

대수롭지 않은 일이라는 듯 그가 돌아섰다. 확고한 애정을 담은 눈빛에 나는 시선을 빼앗겼다. 그리고 이내 숨을 삼켰다. 그의 입술이 내 입술을 집어삼킬 듯 빨아들였다.

우리는 방문 사이에서 한참 동안이나 서로의 온기를 나누었다.

그는 내 등하교에도 신경을 써야겠다며 기사를 붙여 주었다. 아이들은 사실 마타리가 숨겨진 금수저였다며 떠들어 댔다. 오해다. 나 변유정은 본투비 흙수저다.

금요일 하굣길, 기사가 기다리고 있기에 서둘러 학교를 나서는데 한별이 따라붙었다.

"타리야, 내일 어디서 볼까?"

"어? 내일?"

갑작스러운 거주지 변경에 깜빡했다. 내일이 체육대회 축구 결승전에

서 약속한 그 주말이라는 것을 말이다.

"강남역 11번 출구에서 보자. 밥은 점심이 편해, 아님 저녁이 편해?"

"점심이 낫지. 아마 나 늦으면 엄마가 화내실 거야."

미안해요, 윤준재 이사장님. 내가 당신을 또 엄마로 만들어 버렸네요.

"그래, 그럼 밥 먹고 영화 볼까?"

"좋아."

나는 고개를 끄덕거리며 빙그레 웃음을 머금었다. 한별의 말쑥한 얼굴도 그제야 미소를 머금었다.

"그럼, 조심해서 가. 야자 시작하고 집에 가는 길 걱정했는데, 기사님 계셔서 다행이다."

진심 어린 걱정이 묻어나는 말투였다. 한별은 내가 타는 차가 서 있는 곳까지 바래다주고는 못 미더운지 내일 약속을 다시 한 번 강조했다.

"그럼 내일 정오에 강남역 11번 출구다. 늦지 마."

"알겠어. 내일 보자."

한별은 내가 뒷좌석에 오르고 난 뒤, 차가 떠날 때까지 손을 흔들어 주었다.

"진한별이랑 무슨 이야기 했어?"

"앗! 깜짝이야!"

과묵한 기사님이 운전대를 잡고 계신 줄 알았는데, 운전석에 앉아 있는 이는 이사장이었다.

"어떻게 된 거예요?"

"왜, 내가 보면 안 되는 거라도 봤어? 내가 오면 안 되는 거야?"

"아니, 그게 아니고요."

"내일이 그 축구 결승전 주말인가?"

그도 똑똑히 기억하고 있다는 듯 물었다. 그래, 생각난 김에 나도 묻고 싶어졌다.

"근데 그날이요. 윤준재 씨 금 선생님이랑 아주 찰싹 붙어 다니던데요?"

"언제 또 내가 찰! 싹! 붙어 다녔어? 금주아가 멋대로 나 쫓아다닌 거지."

"난 또 둘이 체육대회 핑계 삼아 데이트라도 하는 줄 알았네. 와, 생각해 보니까 병원에서 둘이 만났다고 했었잖아요. 현 여친은 못 불러도, 전 여친은 불렀나 보죠?"

생각했던 것보다 훨씬 세게 나가고 말았다. 운전대를 그러쥐는 그의 손에 핏줄이 돋아나는 게 보였다.

"금 선생 부친께서 병원에 건강검진 받으러 나왔다가 우연히 본 거야."

"좋겠네요. 우연도 참 많은 사이라."

한번 삐뚤어진 감정은 곱게 나가질 않았다. 어쨌든 한 번은 따져 물었어야 할 일이었을지도 모른다며, 나는 애써 나 자신을 설득했다. 그는 불안하리만큼 조용했다.

뭐라고 대꾸 좀 해 봐, 이 남자야!

나는 여전히 수상쩍다는 눈빛으로 룸미러를 쏘아보았다. 그는 마치 귀빈 의전 차량의 운전자라도 된 양 심각한 얼굴로 운전에 집중한 척했다.

꼭 본인이 불리한 상황에는 저렇게 심각한 척 굴더라!

얼굴이 발갛게 달아오르는 게 느껴졌다. 나는 팔짱까지 끼고 본격적으로 그를 노려보았다. 신호대기에 차가 멈춰 서자, 그가 룸미러를 흘끗 보더니 너무도 단정한 목소리로 물었다.

"변유정, 질투해?"

"누가 뭘 질투를 해요? 아니, 내가 왜? 나 지금 윤준재 씨랑 같이 살아요. 친밀도로 보면 내가 우위 아닌가? 근데 내가 왜 질투를 해요?"

격앙된 목소리에서 느껴지는 설득력은 0에 수렴했다. 나는 자잘하게 숨을 내뱉으며 감정을 가라앉히려 애썼다. 내가 이렇게 질투에 눈이 먼 인간이었나?

"그래? 질투하는 거 아냐?"

"아녜요. 난 그렇게 유치한 거 할 줄 몰라요."

순간 나 자신이 너무도 유치해서 손발이 오그라들 뻔했다. 뻔뻔하기도 하다, 변유정.

나는 해탈한 듯 창밖을 내다보았다. 서울 야경은 마치 축제라도 열린 듯 아름다웠다. 유치하게 비비 꼬인 마음을 다잡으려 일부러 바깥 풍경에 집중한 나는 그가 조용히 읊조린 말을 놓치고 말았다.

"뭐라고요?"

그냥 되묻지 말 것을. 그는 심상한 목소리로 대꾸했다.

"이제 내가 하는 말에 집중도 안 하네."

"잠깐 딴생각했어요."

"무슨 생각? 내일 진한별이랑 무슨 영화 볼까 생각했어? 점심은 뭘 먹을까 생각했나? 강남역 11번 출구가 얼마나 복잡할지 걱정했어?"

"설마 다 들었어요?"

차 옆에 서서 한별과 나누었던 이야기를 그가 다 들었나 보다.

"들으라고 그 옆에 서서 이야기한 거 아냐?"

"윤준재 씨가 나올 줄은 몰랐죠."

"그럼, 나한테 이야기도 안 하고 진한별이랑 데이트하러 나가려고 했어?"

금주아 선생 이야기는 왜 꺼냈을까? 이거 내가 완전 밀리는 것 같은데?

"아니, 그게 아니라."

"그럼, 나한테 말하고 나가려고 했다고? 누가 보내 준대?"

"안 보내 주면 어떻게 할 건데요."

차는 어느새 주상복합건물 지하주차장에 멈춰 섰다

"내가 어떻게 할지."

주차를 마친 그는 한숨을 한 번 몰아쉬고는 뒷좌석을 향해 고개를 돌렸다. 매혹적인 눈이 반짝 빛났다.

"내일 한번 봐 봐."

『2권에서 계속…』